LA CASA D'INVERNO

LIBRI DI SUE WATSON

In lingua italiana

Il primo appuntamento

Tu, io, lei

La casa d'Inverno

In inglese

Thriller Psicologici

Our Little Lies

The Woman Next Door

The Empty Nest

The Sister-in-Law

First Date

The Forever Home

The New Wife

The Resort

The Nursery

The Wedding Day

The Lodge

You, Me, Her

Wife, Mother, Liar

SUE WATSON

LA CASA D'INVERNO

Tradotto da Sofia Cambiaghi

bookouture

L'edizione originale è stata pubblicata nel 2023 con il titolo "The Lodge" da Storyfire Ltd. che opera come Bookouture.

Edizione italiana pubblicata da Bookouture, 2025
Prima edizione Settembre 2025

Un'edizione di Storyfire Ltd.
Carmelite House
50 Victoria Embankment
London EC4Y 0DZ

www.bookouture.com

Il rappresentante legale nel SEE è Hachette Ireland
8 Castlecourt Centre
Dublin 15 D15 XTP3
Irlanda
(e-mail: info@hbgi.ie)

ISBN: 978-1-80550-401-6
eBook ISBN: 978-1-80550-400-9

A Kim Nash,
grazie per quelle incantevoli notti nello chalet, in cui
sorseggiavamo gin, condividevamo le nostre storie e abbiamo
dato vita a questa...

PROLOGO

L'oscurità incombente mi avvolse mentre me ne stavo in piedi nel vento gelido a fissare il corpo davanti a me, il sangue penetrava nella neve bianca e fredda. Il giaccone strappato rivelava la carne nuda sul suolo ghiacciato, tutt'intorno un silenzio penetrante, funereo.

All'improvviso, un braccio si distese, le dita di protesero in un gesto di sconcerto e dolore. Un movimento vano, un ultimo fremito di vita, poi il nulla. Dovetti distogliere lo sguardo. Era difficile guardare ciò che avevo fatto, il disastro che avevo combinato, ma era l'unico modo per poter andare avanti e vivere la mia vita. Quella era la mia vendetta.

In piedi nel bianco paesaggio invernale, con gli scheletrici alberi ritorti come unici testimoni, urlai per controllare se ci fosse qualcuno nelle vicinanze. Attesi e attesi, ma solo il vento e il mare risposero. Poi me ne andai.

1

FIONA

Venerdì pomeriggio

Con il senno di poi, ero stata ingenua a pensare che potesse funzionare. Io, il mio ex marito, la sua nuova moglie, sua madre e figli vari, tutti sotto lo stesso tetto per un lungo fine settimana. Cosa mai sarebbe potuto andare per il verso giusto? Ma quando la mia ex suocera, Angela, mi aveva chiamata e mi aveva implorata di andare a festeggiare il suo settantacinquesimo compleanno, mi era stato difficile rifiutare.

«Ho affittato un lussuoso chalet in una splendida baia della Cornovaglia.» esordì. «Mi farebbe tanto piacere che veniste anche tu e i ragazzi, tutto pagato.»

Ero in ufficio e non avevo tempo di parlare. Lavoro nelle risorse umane e stavo per prendere parte a una riunione impegnativa, così, senza nemmeno conoscere i dettagli, la ringraziai e le risposi che mi sarebbe piaciuto festeggiare il suo compleanno in Cornovaglia. Da quel momento, mi bombardò di foto di scintillanti paesaggi invernali sotto cieli nevosi, lo chalet in questione brillava dall'interno, come se andasse a fuoco.

Era la classica tecnica di persuasione attuata da Angela:

aveva iniziato con la scelta del mio abito da sposa e aveva finito con la casa post-divorzio che lei stessa mi aveva aiutata a trovare. Non mi importava, le volevo bene ed ero grata per il suo supporto. I soldi scarseggiavano e Angela si era offerta di pagare una piccola vacanza per me e i ragazzi, in un luogo incantevole. Ma come spesso accade, questa offerta così vantaggiosa nascondeva una fregatura.

«Voglio solo che ci ritroviamo tutti insieme sotto lo stesso tetto, così possiamo dimenticarci di tutti i problemi ed essere di nuovo una famiglia.» aveva detto quella sera, quando l'avevo richiamata per discutere del programma.

«Quando dici "tutti insieme", a chi ti riferisci?» domandai, conoscendo già la risposta, percependola in ogni singola terminazione nervosa.

«A Scott e Danni, e alla bambina, ovviamente.»

Il mio stomaco fece il suo ultimo tuffo, atterrando con un tonfo. Nemmeno tutta quella bellezza invernale e il cibo gratis avrebbero potuto convincermi a trascorrere una notte sotto lo stesso tetto con il mio ex-marito e la sua nuova moglie. Stavo quasi per declinare educatamente la gentile offerta di Angela, ma mentre cercavo di inventarmi una scusa, lei colse la palla al balzo prima ancora che io potessi capire come dirle di no. E Angela non accettava un "no" come risposta.

«Fiona, so che non è una situazione ideale. Stare in compagnia di Scott e Danni potrebbe essere un po'...» Fece una pausa, senza dubbio chiedendosi come definire quell'orribile e contorta unione tra il passato e il presente.

«Infernale? Tremendo? Insopportabile?» suggerii.

Silenzio, poi: «Potrebbe metterti un po' *a disagio*.» rispose lei, rilassandosi nel pronunciare la parola.

«*A disagio*? Questo è un eufemismo.» replicai. «È un'offerta molto gentile la tua, perciò grazie, ma no, grazie.»

Odiavo dirle di no, ma Angela doveva aver capito quanto tutto ciò mi risultasse impossibile. Amava il suo unico figlio, ed era stata una suocera fantastica; perfino durante il divorzio si era preoccupata tanto per il mio benessere quanto per quello di Scott e dei ragazzi. Ma non potevo accettare.

«Non fraintendermi, *l'ho* superata.» mentii. «Sono passati tre anni ormai e sono andata avanti, ma credo che nessuno di noi sia pronto per fare una *vacanza* insieme.»

Dopo un lungo silenzio, disse: «Significherebbe molto per me. Da quando Jack è mancato, voi siete tutto quello che ho: tu e ragazzi, Scott... e Danni.» Pronunciò il nome di lei in fretta, probabilmente nel vano tentativo di seppellirla nella conversazione. Ma il nome dell'amante-ora-moglie del mio ex marito non avrebbe *mai* potuto essere insabbiato, né cancellato. Era stato marchiato a fuoco sulla mia carne, e ogni volta che sentivo *Danni* le cicatrici tornavano a infiammarsi di un rosso incandescente. Non avrei mai potuto perdonare nessuno dei due, ma i miei sentimenti per Scott erano più pacati. Era il padre dei miei figli, avevamo condiviso la stessa storia, quei ricordi del nostro passato continuavano a legarci e sarebbero sempre stati preziosi. Non volevo cancellare il passato con il mio rancore. Vedevo ancora Scott quando passava a prendere i ragazzi per portarli fuori o nei weekend in cui spettava a lui tenerli, ed era ancora parte della mia vita in un modo in cui Danni non era mai stata; perciò, avevamo mantenuto un rapporto civile e, di recente, un certo affetto era rinato tra me e il mio ex-marito. Ma dopo tutto il dolore e l'umiliazione, gli avevo chiesto di tenere Danni fuori dalla mia vita, così da poter fingere che non esistesse. A volte mi faceva bene immaginare di essere ancora sposata, inventarmi che Scott stesse solo lavorando fino a tardi o fosse via per seguire un corso. Eppure, ogni mattina mi svegliavo ancora di soprassalto nel ricordare che il marito che avevo amato ora viveva con una nuova moglie in un nido d'amore pagato con la vendita della nostra casa di famiglia.

Angela sembrava comprendere la situazione, sapeva di non dover menzionare l'altra donna, né ciò che succedeva nella nuova vita di mio marito. Era così attenta ai miei sentimenti da non aver mai nemmeno accennato alla nascita della loro figlia, e di questo gliene ero grata. Nei primi tempi dovevo proteggermi, trovare un modo per convivere con il mio nuovo status quo.

Scott stava vivendo il sogno della crisi di mezza età, e in un primo momento aveva creduto che creandosi una famiglia nuova di zecca avrebbe cancellato gli errori del passato. Io l'avevo invidiato perché, all'epoca, in quanto madre quarantaduenne di due adolescenti, la mia nave era ormai salpata quando si trattava di nuovi inizi e nuovi bambini.

«Non posso farlo, Angela.» dissi. «Che ne dici se invece ti porto fuori a cena insieme a Sam e Georgia per festeggiare il tuo compleanno?»

«Ma ormai ho prenotato lo chalet, è in una splendida baia della Cornovaglia. Io e Jack ci siamo stati qualche anno fa.» disse, giocandosi ancora una volta la carta del marito defunto. Ero sorpresa che avesse prenotato per tutti noi senza consultarci. Credeva davvero che avessi perdonato Scott e Danni? In tal caso, doveva avermi scambiata per qualcun'altra.

«Ti supplico, Fiona.» Di nuovo la voce incrinata, la breve pausa prima del mio nome. «Per favore. Ho *bisogno* che ci siate tutti.»

«I ragazzi possono venire senza di me. Io e te possiamo festeggiare separatamente.»

Silenzio.

«Perché è così importante che ci sia *io*?» chiesi.

«Perché potrebbe essere il mio ultimo compleanno.»

«Non dire sciocchezze.» dissi in modo forzato. «Hai solo settantacinque anni, sei giovane di questi tempi e... sei... malata o qualcosa del genere?» Avvertii una fitta improvvisa al petto.

«Non parliamo di questo adesso.» ribatté lei con aria misteriosa. «Dimmi solo che verrai, va bene?». E così accettai di unirmi a quella vacanza, come avrei potuto rifiutarmi? Riagganciai il telefono, in un angolo della mia mente fremevo per la preoccupazione. C'era qualcosa che non andava in lei?

Angela era stata più di una suocera per me, era stata un'amica. Non doveva essere stato facile per lei ascoltarmi mentre piangevo e inveivo contro Scott che ci aveva lasciati. Avevo fatto commenti ignobili sul suo figlio adultero e sulla nuova donna della sua vita, ma Angela l'aveva sopportato e mi era stata accanto nel periodo più buio della mia vita. Che adesso fosse il mio turno di starle accanto?

Ed ecco perché, in un freddo pomeriggio dei primi di dicembre, mi ritrovai a guidare per quattro ore da casa mia, situata nell'area continentale delle Midlands, fino alla splendida costa rocciosa della Cornovaglia. Qui avrei trascorso un lungo fine settimana con la donna che mi aveva rubato il marito e rovinato la vita. Mi sentivo male fisicamente al solo pensiero.

Mentre guidavo nel cupo e gelido pomeriggio, la radio aggiunse altro terrore: «Il servizio meteorologico nazionale ha emanato una grave allerta meteo...» Un altro severo monito sulle imminenti nevicate che minacciavano di causare ritardi, chiusure stradali, interruzioni di corrente elettrica e caos. La mia auto era vecchia, non delle più affidabili, ed ero seriamente preoccupata che si potesse guastare nel bel mezzo del grande freddo. Le strade erano deserte, a quanto pareva tutte le altre persone avevano dato ascolto agli avvertimenti ed erano rimaste al sicuro nelle proprie case. Pensai ai miei figli che erano in viaggio verso la Cornovaglia per conto proprio. Georgia, la minore, aveva trascorso un paio di giorni alla Bristol University dove Sam, il maggiore, frequentava il primo anno di Giurisprudenza. In questo momento erano in macchina insieme e si stavano dirigendo verso lo chalet; lui era al volante, ma io temevo che andasse troppo veloce, o che Georgia riuscisse a convincerlo a farla guidare – aveva appena superato l'esame di guida, ma moriva dalla voglia di sedersi al posto del conducente. Avevo fatto promettere a Sam che sarebbe andato piano e che non avrebbe fatto avvicinare sua sorella al volante, soprattutto con questo tempo, ma era molto probabile che lei gli facesse pressione.

La sera si avvicinava rapidamente, e già da tempo sulla strada costiera non c'era più alcun tipo di illuminazione. La visibilità era scarsa e, come se non bastasse l'avanzare dell'oscurità, il parabrezza della mia auto aveva iniziato a ricoprirsi di nevischio, piccoli schizzi ghiacciati tessuti insieme come una coperta che rendeva quasi impossibile vedere oltre qualche metro di distanza. I tergicristalli facevano ben poco per rimuovere quel velo spesso, ma *riuscivano* a scandire il ritmo serrato del mio cuore inquieto mentre scivolavano da un lato all'altro, producendo un rumore sordo. *Tonf, tonf, tonf.* Ripensai ai ragazzi e desiderai che avessero preso un treno, ma lo chalet era così sperduto che non c'erano stazioni ferroviarie nelle vicinanze.

Dovevo smetterla di preoccuparmi per loro, altrimenti sarei impazzita, ma intanto che la mia mente si dibatteva per cercare qualcosa di più semplice su cui focalizzarsi, il mio cellulare notificò l'arrivo di un messaggio, di nuovo. Ero certa che fosse Nick; perché non mi lasciava in pace?

Avevo conosciuto Nick qualche mese prima su una App di incontri, ed era sembrato la risposta a tutte le mie preghiere. Nelle prime inebrianti settimane era stato premuroso, gentile, affettuoso, e mi aveva fatta sentire di nuovo attraente. Ben presto, sentimenti ormai da tempo dimenticati iniziarono a sbocciare ed io credetti perfino di poter dimenticare Scott, che mi aveva distrutta con il suo egoistico desiderio di inseguire una donna dieci anni più giovane. Scott ci aveva lasciati appena prima del lockdown e, quando poi ne uscimmo, io non ero andata avanti per niente; per me, la vita si era semplicemente fermata. Non mi ero adattata alla nuova situazione, ero rimasta sospesa nella terra di nessuno in cui lui mi aveva lasciata prima del Covid, di Zoom, dei dolci fatti in casa e della morte. Avevo questa idea folle che, alla fine del lockdown, tutti quanti saremmo riemersi dalle nostre tenebre, strizzando gli occhi alla luce del sole, e ci saremmo ripresi la nostra vita e il nostro matrimonio. Ero ossessionata dal pensiero di riannodare il legame, riconquistarlo e rimettere in piedi la nostra famiglia, ma a quel punto era ormai troppo tardi. Danni era incinta.

Fu la mia amica Cindy ad accorgersi che l'idea assurda di risanare il mio matrimonio stava diventando un chiodo fisso, e a suggerirmi di *provare* almeno a voltare pagina.

«Devi tornare in pista.» mi aveva esortata, mostrandomi le applicazioni, gli *swipe* e le norme di comportamento da seguire per gli incontri online. All'inizio non ne ero convinta, ma Nick fu il primo uomo che mi diede attenzioni e, dopo esserci scambiati messaggi per un paio di settimane, mi chiese di uscire. Ci incontrammo in un ristorante locale. Era bello come in foto, era affascinante e divertente, e io ne rimasi ammaliata all'istante.

Dopo circa un mese accennai ai ragazzi che stavo frequentando una persona e loro sembrarono sorpresi, ma mi incoraggiarono. Una sera, quando passò a prendermi per uscire, Sam era in casa e così glielo presentai. Solo ora capisco che, inconsciamente, speravo lo raccontasse a Scott, così lui si sarebbe ingelosito e, rendendosi conto di ciò che aveva perso, sarebbe tornato di corsa a casa. Ma probabilmente Sam era stato discreto, perché Scott non ne fece mai parola.

La mia vecchia auto continuò ad arrancare in salita finché non vidi un'indicazione per Kynance Cove, dove secondo le promesse del sito web avrei trovato "una baia dalle acque turchesi che incorniciano falesie spettacolari e vaste distese di sabbia bianca". Uscendo dalla strada principale sorrisi tra me e me, mentre il paesaggio si dispiegava davanti ai miei occhi sotto un cielo sempre più scuro. Non c'era traccia di quelle acque turchesi a dicembre, di fronte a me c'erano solo il grigiore, un vento sibilante e il pallido nevischio che atterrava leggero al suolo.

Mentre la strada serpeggiava attraverso il terreno collinare, al di sopra di un mare urlante, i pochi alberi disseminati qua e là erano neri contro lo sfondo del cielo, costretti dal vento a torcersi come scheletri tormentati. Nel passarci accanto li osservai, e per un terrificante momento ebbi l'impressione che uno di quegli alberi fosse umano. Sembrava proprio un uomo alto che mi osservava mentre si contorceva nel vento, facendo correre il mio cuore più veloce dei tergicristalli.

Premetti il piede sull'acceleratore tentando di mantenere il controllo dell'auto, e del mio cuore, mentre gli pneumatici slittavano sulla strada scivolosa. Cercai di scrutare attraverso il parabrezza offuscato dalla neve che cadeva, cercando disperatamente di mantenere la macchina sulla carreggiata mentre la voce alla radio ricordava la minaccia di forti nevicate in arrivo, esortando gli ascoltatori a non intraprendere viaggi non necessari, mettendo *a rischio la propria vita.*

Ma proseguii lungo la strada ghiacciata, con il vento che ululava, la neve che vorticava, e i miei tergicristalli che stridevano contro il vetro, ignara dell'orrore che mi attendeva.

Come un vento invisibile e impetuoso, giungeva rapidamente attraverso il mare, se ne stava in agguato ai bordi della strada e poi si inerpicava su per le buie colline invernali, distruggendo tutto e tutti al suo passaggio. E mentre percorrevo quel viale deserto verso l'oscurità, era già troppo tardi.

2

DANNI

Il tempismo di questa cosiddetta "vacanza invernale" non poteva essere peggiore. La piccola sta mettendo i dentini e, a quanto pare, io e Scott stiamo attraversando un periodo davvero difficile. Non so perché, ma di recente è cambiato, non è più lui; è irritabile e nervoso, e sembra che faccia perfino fatica a guardarmi. Ieri sera gli ho chiesto se ci fosse qualcosa che non andasse, ma lui si è limitato a dire: «La vita», il che mi ha fatto male, perché sono *io* la sua vita adesso. Sono forse io a renderlo così? Percorro le strette stradine della Cornovaglia consapevole che un lungo fine settimana con la sua ex moglie e i suoi figli è l'ultima cosa di cui abbiamo bisogno in questo momento. Mi si rivoltano le viscere, ho un bruttissimo presentimento e il cielo sta iniziando a chiudersi sopra di me, sono davvero tentata di fare inversione e tornare a casa. Ma non posso, perché Angela ha lasciato intendere che questo potrebbe essere il suo ultimo compleanno, quindi come potrei dire di no?

Scott dice che il luogo che ha affittato è stupendo, e molto costoso. Sembra fantastico, ma anche se *fosse* il suo ultimo compleanno, perché mai sente il bisogno di fare un esperimento sociale mettendo la vecchia moglie e quella nuova sotto lo stesso tetto? È strano, e di certo non mancheranno i momenti di tensione, potrebbe perfino avere ripercussioni negative sulla sua salute, per non parlare di quella di tutti noi. Se tutto questo fosse stato organizzato da una qualsiasi persona che non sia Angela, penserei che si tratti di una sorta di gioco perverso. Insomma, che senso ha? Ma suppongo che, se è semplicemente preoccupata che non le resti molto tempo, il senso sia riunire la propria famiglia e cercare di trarne il meglio. Perciò, nonostante l'evidente orrore di tutta questa situazione, credo proprio che dobbiamo sforzarci di far funzionare il tutto, almeno per quanto possibile, perché Angela se lo merita.

Lei è sempre stata gentile con me, anche se a volte in famiglia ho ancora l'impressione di essere vista come "l'altra donna". Riesce a trovare il giusto equilibrio nel mantenere il rapporto con Fiona, la prima moglie, mentre ne costruisce uno con me. Scott dice che mi adora tanto quanto adora Fiona, ma a volte mi chiedo se sua madre non stia semplicemente evitando di schierarsi. È davvero possibile nutrire una genuina lealtà verso *due* persone che si trovano su due fronti contrapposti? È *davvero* affezionata a entrambe come vuole far credere, o sta solo fingendo di apprezzarmi per compiacere Scott?

Sospiro e guardo dritto davanti a me la strada lunga e stretta, il parabrezza offuscato dal nevischio. Se Angela *sta* fingendo, non sarà l'unica a doversi trattenere dal mostrare ciò che prova davvero in questo fine settimana. Ho incontrato Fiona solo una volta, quando ha accompagnato uno dei ragazzi a scuola; era solo la moglie di Mr. Wilson all'epoca e non pensavo granché a lei. Ricordo solo di aver pensato quanto fosse fortunata ad essere sposata con un uomo così. È incredibile la piega che può prendere la vita, adesso sono io sua moglie e la madre della sua figlia più piccola. A volte mi riesce difficile credere che abbia scelto me invece di lei. Nonostante l'abbia sposato e abbia avuto una figlia da Scott, mi sento ancora minacciata da Fiona. Tanto per cominciare, lei è elegante e raffinata, mai un capello fuori posto, e a quanto pare ha superato brillantemente i primi momenti della maternità, cosa che a me invece sta creando non poche difficoltà. Il solo pensiero di incontrarla mi spaventa a morte, in parte perché non la conosco e non ho idea di che persona sia. Fiona ha messo ben in chiaro di non voler avere nulla a che fare con me. Non posso biasimarla per questo, ma tutti dobbiamo andare avanti e finché lei non mi accoglierà, nessuno di noi potrà voltare pagina. Il suo rifiuto di accettare la mia esistenza mi fa sentire un'intrusa, come se avessi bisogno della sua approvazione per poter essere accettata. Devo ricordare a me stessa che la mia relazione con Scott è legittima quanto la sua, è solo nata più tardi, e pur essendo praticamente due sconosciute l'una per l'altra, le nostre vite sono orribilmente intrecciate in un modo così intimo che mi sento esposta. Le nostre rispettive relazioni con Scott sono ciò che ci lega e al tempo stesso ci divide, e non c'è nulla che possiamo fare per cambiare le cose. Non potremo *mai* essere amiche.

Si sta facendo buio. Quanto vorrei aver aspettato Scott per affrontare il viaggio in auto con lui, ma ha avuto un'emergenza al lavoro. Di nuovo! Non potevo rimanere ad aspettarlo, dovevo pensare a Olivia, nostra figlia, che a soli dodici mesi ha bisogno di una routine. Santo cielo, odio questa parola. Evoca l'idea di un'esistenza rigorosa, fatta di date e orari, impegni e obblighi. Ma la maternità comporta tutte queste cose, e invece di segnare sul calendario le uscite con le amiche o le vacanze, tutte le annotazioni riguardano solamente asilo, festicciole e appuntamenti dal pediatra. Amo mia figlia, ma non per forza amo anche le urla assordanti per via della dentizione e le dermatiti da pannolino. Non vedo l'ora che arrivi il giorno in cui Olivia sarà abbastanza grande e potremo raccontarci come sono andate le nostre giornate e divertirci insieme. Ma questi primi giorni sembrano un ciclo infinito di sveglia, pappa, cambio pannolino e sventolio di coloratissimi giocattoli nel tentativo di calmare il suo pianto. E non solo, perfino quando dorme mi preoccupo se è troppo tranquilla, e così controllo costantemente che respiri ancora. Dare alla luce una figlia è stato uno shock colossale per il mio organismo, e il bisogno fisiologico di un po' di sonno e di pace mentale porta a galla di tutto. Ora sono l'orgogliosa proprietaria di una bella collezione di pensieri intrusivi e ricevo una fornitura di attacchi di panico ben due volte al mese, pur non avendo sottoscritto alcun contratto. Forse è tutto riconducibile alla mancanza di sonno e agli ormoni, ma da quando è nata Olivia, ho attraversato momenti davvero bui. Mi sono persino detta che forse lei starebbe meglio senza di me. Ma poi subentra questa roba primordiale per cui sai di non potertene andare, perché questo legame fisico, viscerale, ti avvinghia a sé e ti succhia via tutto, per sempre. Quanto meno, in questo lungo fine settimana potrò concedermi una pausa. Scott può legare con la piccola mentre io dormo e mi rilasso. Ho perfino acquistato una crema per il viso da applicare mentre mi riposo, che bel tuffo nel passato.

Distolgo lo sguardo dalla carreggiata per un millisecondo per dare un'occhiata a Olivia che dorme profondamente nel suo seggiolino, poi ritorno alla strada. Forse è un bene che io arrivi allo chalet da sola, non voglio che Fiona mi creda una povera fifona che non è in grado di guidare. E non voglio nemmeno che pensi che io mi vergogni o che mi senta semplicemente l'accompagnatrice di Scott in questa situazione. Ho diritto di stare qui tanto quanto lei. Ammetto di sentirmi un po' in colpa per il modo in cui io e Scott ci siamo messi insieme, non avrei mai *scelto* di innamorarmi di un uomo sposato e con figli. Ma non sempre in amore si può scegliere, giusto?

Avverto un leggero slittare delle ruote; la superficie della strada ha la stessa consistenza di una granita e, quando congelerà del tutto, sarà ancora più pericoloso. L'autoradio mi informa che le temperature caleranno sotto lo zero nelle prossime ore. Devo arrivare allo chalet il prima possibile, ma non mi azzardo a premere il piede sull'acceleratore per evitare di sbandare.

Continuo a scivolare pian piano sull'asfalto melmoso e, dopo circa tre chilometri, i fari illuminano le indicazioni per Kynance Cove. Mi si rivolta lo stomaco: per settimane ho temuto questo momento, e adesso è reale. Non esistono manuali per questo genere di situazioni e io non so cosa provare. Le mie emozioni contrastanti non riguardano solo me e Fiona, perché lei ha creato un imbarazzante triangolo che mi mette a disagio. Ho l'impressione che Fiona creda che ci sia ancora una possibilità per lei e Scott, e questo mi manda fuori di testa. Lo chiama a notte fonda solo per chiacchierare, e ogni singola parola scritta nel bigliettino di auguri per il compleanno di Scott era un riferimento ai loro preziosi ricordi e al tempo passato insieme. Mi ha fatto sentire come se lei fosse ancora sua moglie e io un'estranea, ma Scott dice che ha solo bisogno di un po' più di tempo per accettare che tra loro sia finita.

So che Fiona ha i suoi ricordi, ma anche io ho i miei, e solo perché non sono così lontani nel tempo come i suoi, questo non li rende meno preziosi o validi. Ripenso ora a quel primo giorno in cui Scott mise piede nella mia classe e si presentò. Stavo preparando la mia prima lezione, seduta da sola alla cattedra. Si fermò sulla soglia della porta. «Miss Watkins?»

Sollevai lo sguardo e vidi quel bellissimo ragazzo, con un sorriso disarmante, e nel rendermi conto che si trattava del mio nuovo capo mi alzai in piedi, facendo cadere sul pavimento una montagna di graffette. Lui si abbassò sulle ginocchia all'istante e mi aiutò a raccoglierle, smorzando la tensione con una battuta.

«Di solito non mi metto in ginocchio quando incontro una nuova insegnante.» disse.

«E io di solito non getto le graffette ai piedi dei presidi.» ribattei. In quel momento le nostre mani inavvertitamente si toccarono, e l'aria si fece carica di elettricità. Ancora adesso mi sciolgo al solo ricordo di quel momento e vorrei poter ritornare indietro, a quando eravamo semplicemente noi, un segreto nella nostra piccola bolla, prima che il mondo vi facesse irruzione.

Una volta usciti allo scoperto, tutto cambiò, e ancora mi rattrista che quei primissimi giorni passati a conoscerci siano stati così brevi, prima di ritrovarci coinvolti in uno scandalo. Non dimenticherò mai quanto sia stata bella la prima volta che andammo a letto insieme. Stavamo redigendo una relazione ed era divertente farlo in sua compagnia. Sapevo che stavamo flirtando e i nostri occhi continuavano a incrociarsi. Io ero dall'altro lato della cattedra, la vicinanza era insostenibile. Il suo dopobarba, il suo sorriso, il suo modo delicato di parlare. Lo desideravo, e quando lentamente si alzò dalla sedia e fece il giro della scrivania venendo verso di me, sapevo cosa stava per succedere, ed ero impotente. Allungò una mano e io mi alzai per avvicinarmi a lui, all'improvviso eravamo stretti in un abbraccio, le nostre labbra unite, le lingue ansiose di trovare quello che per settimane entrambi avevamo solo immaginato. E fu meraviglioso, facemmo l'amore come due adolescenti, come se lui fosse single e non ci fosse una moglie, né dei figli, perché tutto ciò che fino ad allora ci aveva frenato si trovava oltre la porta di quell'ufficio. Nei giorni seguenti ero al settimo cielo, sembrava tutto un gioco, un gioco innocente in cui per vincere non dovevamo fare altro che tenere per noi il nostro delizioso segreto. Se fosse rimasto tale, nessuno ne sarebbe stato ferito; non avevamo nulla di cui sentirci in colpa, perché potevamo smettere in qualsiasi momento, giusto? E così, iniziarono le strizzatine d'occhio nei corridoi, una conversazione davanti agli studenti in cui lui mi chiamava "Miss Watkins" e io rispondevo con un cenno e "Mr. Wilson". Dopodiché avremmo assaporato le notti insonni a fare l'amore sulla sua scrivania, in auto, su un materassino negli spogliatoi della scuola quando tutti erano già andati a casa. Era folle e meraviglioso, e finché la cosa fosse rimasta solo tra me e Scott, non avremmo ferito nessuno, e nessuno avrebbe potuto ferire noi.

Ma venne fuori che qualcuno poteva farci del male, e che quel *qualcuno* ci aveva osservati, rimanendo in attesa. Ancora oggi non sappiamo chi sia stato, ma qualche pervertito aveva scattato delle fotografie sfocate di noi due nell'ufficio di Scott. Non solo quella persona le aveva pubblicate sul forum online della scuola, ma aveva anche diffuso le foto su una pagina anonima di Facebook, taggando le parti coinvolte. I volti nelle fotografie erano stati oscurati, ma oltre ad aver taggato me, Scott e sua moglie, aveva inserito nella didascalia degli indizi che, per chiunque non l'avesse ancora capito, rivelavano *esplicitamente* chi fossimo. Ero mortificata, e anche spaventata, perché chiunque avesse scattato e pubblicato quelle foto era determinato a distruggerci, ed era evidente che non avesse limiti.

Dopo quell'episodio, ogni cosa degenerò. La scuola venne inondata di lamentele da parte dei genitori che avevano visto le foto, e quelli che non le avevano viste vennero ben presto informati dai loro figli, o dagli altri genitori davanti ai cancelli della scuola. Venne convocato il consiglio d'istituto, e Scott ed io venimmo interrogati e dovemmo affrontare diversi comitati e commissioni, il che fu mortificante. Lui era il preside e io ero la coordinatrice di dipartimento, ma ci trattarono come criminali, e io piansi prima, durante e dopo ogni incontro. Eravamo stati stupidi, sconsiderati e avventati, e questo tra di noi lo ammettemmo, ma non potevamo permetterci di perdere le nostre carriere, così fummo obbligati a negare tutto. La nostra strategia, ideata da Scott, era quella di dare la colpa alla tecnologia, dicendo che le foto erano palesemente ritoccate con Photoshop. «La risoluzione è pessima.» disse Scott mentre fissava la foto di noi due sdraiati sulla scrivania del suo ufficio. «Non è altro che un elaborato scherzo di qualche studente, o un modo di vendicarsi per qualche provvedimento disciplinare attuato da uno di noi due.»

Non era facile dimostrare nessuno dei due casi, e Scott interpretò così bene il ruolo del preside calmo, intelligente ma indignato, che mantenemmo il lavoro, per il rotto della cuffia. So che eravamo in torto ed è difficile trovare giustificazioni, ma in fin dei conti siamo entrambi bravi insegnanti, abbiamo a cuore i nostri studenti e in fondo non abbiamo messo in pericolo la vita dei ragazzi, né fatto loro alcun male. Certo, in seguito probabilmente assumemmo un'aria colpevole, ma poi arrivò il Covid e con il lockdown la situazione tra di noi si fece nebulosa come quelle foto. Alla fine di tutto, i genitori erano così grati di rimandare i figli a scuola che non importava chi fossero i loro insegnanti, né cosa facessero dopo l'orario di lavoro nell'ufficio del preside. Chiunque sia stato a pubblicare quelle foto, non potrò mai perdonarlo per quello che ci ha fatto passare. E neanche Fiona: quanto dev'essere stato doloroso e umiliante venire taggata nelle foto che provano l'infedeltà di tuo marito? Eppure, a volte mi chiedo: e se le avesse *già* viste? Se fosse stata *Fiona* a scattarle e pubblicarle online? Io non riesco a immaginare che una persona possa essere così folle da esporre il proprio matrimonio al pubblico ludibrio e rischiare che i propri figli vedano cose del genere, ma chi può dirlo? Immagino sia proprio questo che mi spaventa di più: e se *non* fosse stata Fiona? Chi altro potrebbe odiarci così tanto da aggirarsi là fuori, di notte, e poi starsene con il volto appiccicato alla finestra, pronto a scattare quelle foto? Ancora adesso rabbrividisco al solo pensiero.

A tre anni di distanza, ancora non sappiamo chi sia stato. Una volta chiesi a Scott se secondo lui potesse essere stata Fiona, ma mi rispose che lei non farebbe mai una cosa simile. «Non sapeva assolutamente nulla di noi due.» aveva detto con fermezza. Io non ne ero così sicura. Le mogli hanno un sesto senso per queste cose... proprio come io adesso sento che c'è qualcosa che non va in Scott. Sta forse facendo a me quello che ha fatto a Fiona?

Se questo sconosciuto aveva pubblicato quelle foto con l'intento di separarci, allora non aveva raggiunto il suo obiettivo, perché l'unico risvolto positivo di tutta quella faccenda era che Fiona ora sapeva la verità. Scott la implorò di non dirlo ai ragazzi (né al consiglio d'istituto, del resto) e lei, bisogna dargliene atto, fu discreta. Ad ogni modo, non era nel suo interesse che Scott perdesse il lavoro, dovevano mantenere due figli che entro pochi anni si sarebbero iscritti all'università e avevano quindi bisogno di soldi. Scott disse di averle spiegato che amava me e così, appena prima del lockdown, la lasciò e venne a vivere a casa mia. All'inizio non fu un "e vissero per sempre felici e contenti": finalmente stavamo insieme, ma Fiona lo chiamava costantemente al cellulare e al telefono fisso, e quando lui rispondeva, lei non faceva altro che singhiozzare nella cornetta, dicendo cose orribili su di me, su di noi. Andò avanti così per un po', fino a che non sembrò rendersi conto che il loro matrimonio era davvero finito, arrivò il divorzio e, dopo un paio d'anni insieme, io scoprii di essere incinta. Scott disse che Fiona sembrò ancora sconvolta e turbata quando venne a sapere della bambina, e io credo che, se ne avesse l'occasione, si riprenderebbe il suo ex marito oggi stesso. Capisco che dev'essere stato difficile lasciarlo andare dopo tutti quegli anni insieme, eppure vorrei che voltasse pagina.

Sam, il loro figlio maggiore, aveva quindici anni quando Scott se ne andò, e iniziò a frequentare un gruppetto di ragazzi noti per essere coinvolti nel giro delle droghe. Nel frattempo, l'alimentazione di Georgia divenne un po' incostante, il che fu motivo di preoccupazione. Aveva quattordici anni e proprio come suo fratello era stata messa in imbarazzo e presa in giro per le foto di me e suo padre su tutti i social media, ma noi continuavamo a rassicurarli che non erano reali. Sono certa che sapessero la verità; se *non erano* reali, perché i loro genitori stavano divorziando? Ricordo che uno dei membri del consiglio d'istituto fece a Scott la stessa identica domanda, ma lui riuscì a convincerlo con il suo fascino come aveva fatto con tutti gli altri, ribadendo che sì, adesso eravamo una coppia, ma all'epoca no. Credo che l'unico motivo per cui l'abbiamo fatta franca è che Scott è molto bravo nel suo lavoro, è famoso per la sua capacità di rimettere in piedi le scuole in difficoltà e viene visto come una sorta di genio.

Ma ora che sono madre anch'io, mi sento ancora in colpa per il potenziale danno che una cosa simile avrebbe potuto causare ai loro figli.

Alla fine, Sam e Georgia accettarono la situazione e alla nascita di Olivia, circa un anno fa, sembrarono innamorarsi della loro sorellina. Per la gioia di Scott, iniziarono a venirci a trovare a casa nostra più spesso, fermandosi a dormire o perfino facendo da babysitter per permetterci di uscire.

Scott dice che mi vedono come una sorella maggiore con cui potersi confidare, ed è davvero così. So tutto delle cotte da liceale di Georgia e delle difficoltà di Sam a scuola, che grazie al cielo sono finite quando è partito per andare a frequentare l'università un paio di mesi fa.

E così, di recente, ho iniziato a ritenermi fortunata per ciò che ho. Abbiamo attraversato momenti difficili, ma adesso guardo al futuro con più ottimismo. Devo farlo per Olivia.

Il cellulare tintinna per l'arrivo di una notifica e, pensando che possa essere Scott, decido di accostare. Tiro fuori il telefono. Mi ha scritto per dirmi che sta per partire. "Ci vediamo presto." dice, e io avverto un brivido di eccitazione. Era da tempo che non mi sentivo così e questo mi conforta, mi fa capire che c'è una luce in fondo al tunnel e che possiamo farcela a uscirne. Abbiamo una splendida bambina, una bella vita, perciò forse, se sto attenta, possiamo avere anche un bel futuro, giusto?

Sto quasi per rimettere a posto il cellulare e ripartire, quando vedo una notifica di Facebook. Qualcuno che non conosco mi ha taggata in un post. Panico e terrore mi invadono, la mia mente torna di nuovo lì, a quelle orribili fotografie, all'umiliazione, alla sensazione che tutti stiano sparlando di me. Metto via il telefono e accendo il motore. Chiunque sia la persona che ha cercato di distruggerci tempo fa, ormai sarà andata avanti con la propria vita, no? Non è che *sa* qualcosa, vero? Ahimé, sono consapevole che questo tarlo mi ucciderà se non leggerò il post. E poi, potrebbe non essere nulla, una vecchia amicizia che non ricordo, una pagina che ho seguito tanto tempo fa. Sì, è tutto qui, una cosa innocente. Mi costringo a cliccare sul sito e scorrere verso il basso. Per quanto io ripeta a me stessa che non è nulla, i miei occhi si posano sul post e so che non è così. È un orrore. Mi viene voglia di vomitare mentre lo stomaco si rivolta, e devo fare lunghi respiri profondi per evitare un attacco di panico.

Anche Scott è stato taggato, insieme a gran parte del corpo docente.

Un membro senior del nostro personale docente ha un GROSSO segreto e lo tiene nascosto a suo marito, anche lui membro senior del personale docente. LOL!

3

FIONA

Quando parcheggiai davanti allo chalet era ormai buio. Faceva freddo, avevo i nervi a fior di pelle, ma soprattutto ero intorpidita. Rimasi seduta in auto per un po', giusto il tempo di riprendermi, e alla fine mi sentii abbastanza tranquilla da uscire, nonostante mi tremassero le mani nel togliere le chiavi dal quadro di avviamento. Scendendo dalla macchina, temetti che le gambe potessero cedere, così mi appoggiai alla portiera per ricompormi.

Fu solo allora che vidi lo chalet più da vicino. Era ancora più incantevole che nelle foto inviate da Angela. Un moderno edificio in legno e vetro si ergeva nel crepuscolo invernale come un'astronave. Era un'immagine ultraterrena, di un bagliore intenso, come un'apparizione spettrale tra un mare e un cielo sudici. Finalmente ero lì, ai confini dell'Inghilterra, sollevata di aver raggiunto la destinazione, ma poi un panico crescente mi riempì il petto al pensiero di quello che poteva attendermi.

Sembrava tutto così tranquillo e morto; alberi spogli e scheletrici se ne stavano lì sulle colline circostanti come corvi in attesa delle carcasse. C'era forse un senso di angoscia nell'aria, o ero solo io che proiettavo all'esterno le mie paure?

Rimasi a fissare lo chalet per un lungo istante. Era stranamente spettacolare, e ignorando il freddo pungente, il vento contrario che mi assaliva fischiando debolmente e il brutto tempo in lontananza, scattai una foto. Le mie mani stavano ancora tremando quando estrassi il cellulare, che non aveva smesso di segnalare l'arrivo di notifiche per tutto il viaggio. Cliccai e subito vidi il nome di Nick sullo schermo, e mi venne da vomitare. I suoi messaggi mi avevano raggiunta come una mano che cerca di afferrarti nel buio, e la mia paura si stava trasformando in vero e proprio terrore. Ne aveva inviati *trentasei* nelle quattro ore che avevo impiegato per arrivare qui. Senza leggerne nemmeno uno, cliccai "elimina". Se solo fosse stato altrettanto facile liberarsi di Nick in persona. Finalmente feci quello che avrei dovuto fare diverse settimane prima: bloccai il suo numero e lo cancellai dal mio cellulare. Non sarebbe stato facile, ma adesso dovevo relegarlo in un angolino della mia mente e prepararmi a ciò che mi aspettava: vedere Scott e ritrovarmi faccia a faccia con *lei* e la loro figlia. Cercai di rimuovere dalla mente quello che mi attendeva fotografando il paesaggio, e continuai per un po' con fare svogliato.

Scattai qualche altra fotografia, poi rinfilai il cellulare, e il pensiero di Nick, nella borsa. D'istinto, mi guardai intorno nel buio del crepuscolo. Avvertii quella sensazione fin troppo familiare di essere osservata. C'era un silenzio assoluto, a parte il vento lontano. Mi guardai comunque intorno nella speranza che non ci fosse nessuno in agguato dietro un albero, o nella nebbia in lontananza, ma non ne ero sicura. Rimasi in piedi al gelo per un lungo istante, solo io e chilometri e chilometri di bianco sotto un freddo cielo sempre più cupo, sperando, solo sperando che la paura mi desse un po' di tregua. Aprii il bagagliaio, tirai fuori le valigie, mi stampai un sorriso in faccia e avanzai lungo il terreno sconnesso fino alla luce invitante dello chalet.

L'enorme porta in legno di quercia si aprì all'improvviso

prima ancora che bussassi, e la testa di Angela fece capolino. Guardò da un lato all'altro, preoccupata, come se stesse cercando qualcosa davanti a sé.

«Angela?»

«Oh, sei tu?» Ebbe un leggero sussulto, era evidente che non mi aveva vista.

«Va tutto bene?» domandai.

«Sì, scusami, stavo solo vedendo se... era arrivato qualcuno.»

Sembrava un po' fuori fase e il mio stomaco si attorcigliò lievemente al ricordo delle sue parole sulla possibilità che quello fosse il suo ultimo compleanno. Non era disinvolta come suo solito e mi chiesi se avesse qualcosa a che fare con la sua "malattia", se di questo si trattava.

«Sono la prima?» chiesi mentre mi accoglieva all'interno.

«Sì. Sono solo preoccupata per tutti gli altri che sono ancora in viaggio. Non avevo considerato il meteo, il che è stato davvero sciocco. Siamo a dicembre, era ovvio che ci sarebbe stato brutto tempo e le strade ghiacciate.»

Le posai una mano su un braccio. «Ti preoccupi sempre per noi, non è vero?» dissi con un sorriso.

«Sono una madre, è il nostro compito.» rispose lei, afferrando la mia mano. «Anche per te è lo stesso.»

Annuii e lasciai andare un sospiro di sollievo, la abbracciai. Angela capiva sempre. Mi sentivo così fortunata ad averla nella mia vita, e grata di continuare a far parte della sua. Molte altre suocere mi avrebbero abbandonata dopo il divorzio, ma non Angela.

Lasciando le valigie all'ingresso, la seguii nel salotto. Sembrava essersi ricomposta ed era tornata a essere la vecchia Angela, chiacchierona e vivace con orecchini bizzarri e stivali di gomma di un rosa acceso.

«Siamo appena arrivate.» annunciò lei mentre io ammiravo la stanza, che era più grande del salotto di casa mia. Era enorme, con soffitti alti e una struttura in legno a vista che la rendeva calda e accogliente.

«È stupendo.» mormorai, rendendomi conto tutto a un tratto di quanto sarebbe stato orribile se quello fosse *davvero* stato il suo ultimo compleanno. D'istinto, mi protesi verso di lei e la presi sottobraccio.

«Buon compleanno.» mormorai, poggiando la testa contro il suo collo.

«Il mio compleanno è domani, mi sto aggrappando a ogni ultimo minuto, quindi non farmi sentire già una settantacinquenne.» ridacchiò. «Santo cielo, odio invecchiare.»

«So come ti senti. Io ne ho quarantacinque e mi sento già da buttare, soprattutto quando i ragazzi mi prendono in giro.» Alzai gli occhi al cielo. «Le mie citazioni obsolete e la mia incapacità di comprendere i social media li diverte a non finire. Avere dei figli adolescenti è una gioia, ma anche un costante promemoria del fatto che la mia mente e il mio corpo invecchiano.»

Scoppiò a ridere. «Aspetta di arrivare a settantaquattro anni, allora *sì* che saprai come ci si sente a essere vecchi.»

Mi resi conto che questo forse non era l'argomento ideale, considerando che avrebbe potuto essere il suo ultimo compleanno, così passai oltre.

«Allora, hai portato il cane?» chiesi.

«No.» rispose lei, perplessa.

«Ah, è solo che hai detto "*siamo* appena arrivate", così ho pensato che avessi portato anche Poppy.»

«No, è alla pensione per cani. Ho pensato che sarebbe stato troppo pesante per lei.»

Annuii. Era troppo pesante perfino per *me*, e io ero una donna adulta. Aspettarsi che un piccolo Shih Tzu sopravvivesse a questo fine settimana d'inferno era chiedere davvero troppo.

«Quando ho detto "siamo" mi riferivo a qualcun altro.»

rispose. «Ho assunto una chef gourmet, è venuta qui insieme a me.»

«Che bel pensiero, quindi non dovremo cucinare?»

«No. Penserà Jenna a tutto, ha studiato nientemeno che alla scuola di cucina Cordon Bleu.»

«Wow!» Ero piacevolmente colpita. Se non altro, almeno ci sarebbe stato del buon cibo questo weekend.

«Si occuperà di cucinare, lavare i piatti e pulire all'occorrenza, e ha anche fatto *tutte* le compere.» proseguì Angela.

«Sembra fantastica, dov'è?»

«Oh, non è qui in questo momento. Data l'allerta meteo, è appena uscita a comprare un paio di cose in più. Mi ha chiamata la signora della società proprietaria dello chalet, ha detto che c'è neve sulla strada e che dovremmo assicurarci di avere tutto il necessario.»

«Quindi ci sono altri chalet qua vicino?»

«Sì, solo quattro o cinque sparsi qua e là, ma non così vicini da darci fastidio. Non vogliamo certo dover sopportare il baccano di qualche festa fino a notte fonda.»

«Non riesco a immaginare che questo possa essere quel tipo di posto.»

«Ne rimarresti sorpresa, sulla terrazza in legno abbiamo una vasca idromassaggio con le luci colorate.» disse lei con una strizzatina d'occhio.

«Angela Wilson, *stai* forse organizzando una festa di compleanno scatenata?» la punzecchiai. Alla luce di quanto aveva detto sulla possibilità che quello fosse il suo ultimo compleanno, scelsi di reggerle il gioco e continuare a fingere che tutto ciò fosse divertente, che non c'era nulla di cui essere tristi.

Ridacchiò. «Be', ho sentito dire che ai giovani piacciono le vasche idromassaggio. Io di certo non ci entro.»

Sorrisi. «Nemmeno io.» La sola idea di mettere piede in una vasca idromassaggio con il mio ex e la sua nuova moglie mi inorridiva, quanto sarebbe stato strano? Ma ai ragazzi sarebbe piaciuta.

Ero contenta che Angela avesse assunto qualcuno che cucinasse per noi. Non mi entusiasmava affatto la prospettiva di me e Danni intrappolate in cucina a giocare alla famigliola felice. Mi riusciva ancora difficile anche solo pensare a lei, figuriamoci chiedersi quali potessero essere le sue doti culinarie; ma ora che avevamo a disposizione una cuoca, si sperava che la cucina *non* sarebbe stato il terreno di battaglia di due mogli.

«Vieni, ti mostro il resto della casa.» disse Angela guidandomi dal salone principale alle camere da letto. Si trovavano tutte lungo un corto corridoio, tranne quella che lei aveva scelto per sé, che si trovava in cima a una breve rampa di scale. «La mia è lassù, ha un bagno en suite, si affaccia sul mare. Non vedo l'ora di godermi il panorama al mattino, quando c'è più luce.» Era passata dall'aria distratta a un improvviso entusiasmo quasi infantile.

Aprì la porta di un'altra camera da letto, ed entrambe sbirciammo all'interno. «Bella, vero?» Per la mia gioia, la spaziosa camera doppia aveva un enorme letto matrimoniale e delle ampie vetrate a tutta parete.

«Sì, è bellissima, grazie, la adoro.» Feci per entrare, ma Angela appoggiò una mano sul mio braccio.

«Oh... questa non è la *tua* stanza. Ho pensato che fosse più adatta come camera famigliare.» aggiunse in imbarazzo.

Quelle parole mi colpirono forte al petto, come un vero pugno, nel rendermi conto di essere stata declassata. «Ma se *vuoi*, sono certa che potremmo...?» Era evidente che per lei era difficile da dire tanto quanto per me era difficile da ascoltare.

«Oh, no, va bene così, lasciala pure a Scott e...» risposi, incapace di pronunciare il suo nome. Ero così imbarazzata dalla mia stupida supposizione che da donna single avrei avuto la camera padronale. Per quanto fossi accolta con calore da Angela, rimaneva sempre il fatto che io non ero più la moglie, il mio ruolo era stato usurpato e dovevo fare un passo indietro, sotto ogni aspetto. Sorridendo, Angela mi condusse attraverso il corridoio per scegliere una delle altre tre stanze più piccole.

Erano tutte graziose, ma chiunque avesse dormito in quelle stanze si trovava senza dubbio più in basso nella catena alimentare e avrebbe dovuto condividere un unico bagno. Avevo vagliato molti aspetti di quell'orribile fine settimana, cercando di prepararmi ad affrontarli, ma la ripartizione delle camere da letto non era uno di quelli.

«Ho pensato che questa potesse andare bene per te, che ne dici?» suggerì Angela, aprendo la porta di una stanza molto rosa che era solo a un unicorno di distanza dall'essere il rifugio dei sogni di una bambina di otto anni.

«È perfetta.» risposi, sentendomi vuota dentro quando mi lasciò davanti al piumone rosa stellato, circondata da ghirlande luminose a chiedermi come diavolo ci fossi finita lì. Non faceva parte del mio progetto. Avevo già programmato il mio futuro e, lavorando nelle risorse umane, ero informata sulle pensioni e avevo pianificato un prepensionamento. Io e Scott avremmo smesso di lavorare a cinquant'anni e avremmo girato il mondo. Quanto sono stata stupida a pensare che sarebbe andata così solo perché l'avevo progettato? Crediamo di avere il controllo sulle nostre vite, ma non è così, perché un qualsiasi evento casuale può gettare tutto all'aria e all'improvviso ci troviamo in un posto in cui non avremmo mai pensato di finire. Non per colpa mia, la lussuria di un uomo di mezza età, mio ex marito, mi aveva condotta a questa stanza illuminata da ghirlande di luci, con una parete ricoperta di stampe di coloratissimi pony anatomicamente sbagliati. Non era sulla mia lista delle cose da fare prima di morire, ma dovevo sopportare l'umiliazione per permettere a mio marito e alla sua nuova moglie di godersi "la stanza famigliare" con la loro bambina.

Mi sorprese che Angela non avesse considerato l'ingiustizia derivante da questo miscuglio di famiglie passate e presenti. Di solito era sempre così premurosa, così attenta alle emozioni delle altre persone, e questo fu un crudo e doloroso promemoria di qual era il mio posto nella scala gerarchica. Ero certa che la mancanza di tatto della mia ex suocera fosse più che altro dovuta all'età, o alla malattia, non un mezzo per rimettermi al mio posto. E tuttavia, il termine "stanza famigliare" fu come uno schiaffo in pieno volto, e io mi chiesi se fosse davvero così gentile e premurosa come avevo sempre creduto.

Ma in verità, trovavo molto difficile essere razionale. Angela non mi avrebbe mai fatto del male intenzionalmente, né ci avrebbe messi l'uno contro l'altro. Ma con il passare dei minuti, il seme del rancore nei confronti di Danni e Scott cresceva come un cancro.

Alzai lo sguardo verso le stelle rosa fosforescenti intrecciate ad arcobaleni color pastello sul soffitto e dissi a me stessa che mi stavo comportando da egoista. Non si trattava di me, era il compleanno di Angela ed era stata così gentile da rendermi partecipe. Perciò smisi di autocommiserarmi e presi le mie valigie dall'ingresso per iniziare a disfarle.

Avevo preparato una torta di compleanno per Angela. Mi piaceva infornare dolci per le occasioni speciali in famiglia e avevo continuato a prepararne ad Angela per tre anni dopo che Scott mi aveva lasciata. Adorava la mia torta al cioccolato. Ci mettevo sempre un goccio di liquore al caffè, il suo preferito, nel pan di Spagna e nella glassa. «Fiona, non sarebbe un vero compleanno senza la tua torta.» diceva sempre.

Una volta finito di disfare le valigie, riposi il contenitore Tupperware con la torta all'interno in una delle credenze della cucina insieme alle settantacinque candeline, sperando di riuscire a tenerlo nascosto ad Angela per farle una sorpresa. Di ritorno in salotto, la trovai che si stava riposando. Sembrò non accorgersi della mia presenza. Mi avvicinai e lei rimase immobile, l'espressione sul suo volto era una strana combinazione di paura e malinconia. Ma forse stavo solo proiettando su di lei quello che provavo io, quelle erano esattamente le stesse emozioni che mi attraversavano. Avevo il terrore di vedere Scott con *lei* e mi sforzavo di non pensare all'alternativa: che senza Danni, sarebbe stata una semplice vacanza di famiglia. Come ai vecchi tempi, saremmo stati io, Scott, i ragazzi e Angela, non sarebbe cambiato nulla. Quanto desideravo che fosse di nuovo così e di poter tornare a un tempo in cui Danni non c'era.

Mi avvicinai alla gigantesca vetrata e guardai fuori. Sulla sinistra c'era un enorme terrazzo in legno con la vasca idromassaggio. Sembrava illuminata dall'interno e notai il vapore che si alzava. «È sempre accesa?» domandai, voltandomi verso Angela, che mi guardò con aria assente.

«La vasca idromassaggio. È illuminata ed esce del vapore.»

D'un tratto Angela parve rendersi conto della mia presenza, sollevò una grande tazza di caffè in terracotta e ne indicò un'altra sul tavolino per me.

«Sì, sì, la tengono ben curata, la puliscono ogni giorno, così rimane calda e pronta all'azione.» scherzò, ritornando alla persona di sempre.

«Come me, allora?» dissi con un risolino. Questo la fece ridere, poi si alzo e andò in cucina, mentre io continuai a guardare fuori dalla finestra. Il nevischio era diventato neve e non era facile distinguere bene le forme, ma nell'osservare il vapore che si innalzava vorticoso dalla vasca, credetti di vedere qualcos'altro. Fissai e fissai a lungo, cercando di decifrare ciò che avevo visto; qualcosa o qualcuno si trovava sul terrazzo. Poi lo vidi: un volto nell'ombra, illuminato dall'acqua gorgogliante. Le mie dita formicolarono dalla paura mentre lui sembrava fissarmi a sua volta, poi si chinò, il viso quasi a contatto con l'acqua. Udii me stessa gemere quando sussultai con orrore, afferrando la sedia per reggermi in piedi. Poi, lentamente, si rialzò e indietreggiò, il suo volto scomparve nell'oscurità, e infine se ne andò.

«Sembri pallida.» disse Angela mentre rientrava nel salotto, impugnando una bottiglia di brandy e versandone un goccio in entrambi i caffè.

La ringraziai, mi sforzai di sorridere mentre sollevavo la tazza e dissi a me stessa che era solo frutto della mia immaginazione. Eppure, non potevo fare a meno di sentirmi come se lui fosse là fuori a guardarmi, in attesa.

«Allora, raccontami un po' cosa succede nella tua vita.» chiese Angela radiosa, mentre io sorseggiavo il mio bollente caffè corretto, accogliendone il calore e sperando nell'oblio.

Cercai di rilassarmi e infilai le gambe sotto il corpo, entrambe le mani intorno alla tazza, ma mi sentivo inquieta e desiderai di avere qualcosa con cui potermi difendere.

«Sto bene, solo un po' nervosa di rivedere Scott... e Danni.» ammisi.

«Oh, sono certa che andrà tutto bene.»

Non ne ero convinta. Speravo disperatamente che non arrivassero ancora per un po'. Avevo bisogno di tempo per calmarmi, per apparire composta e rilassata, come se fossi perfettamente a mio agio in questo posto. Per vari motivi, volevo anche far vedere a entrambi quanto il mio rapporto con Angela fosse ancora forte nonostante tutto. Ogni due weekend perdevo i miei ragazzi per colpa loro, e strada facendo avevo perso anche un po' mia suocera. Quando un matrimonio finisce, più di due persone si ritrovano con il cuore spezzato.

Chiedermi di vedere Danni era come chiedere a un aracnofobico di vedere un ragno. Avevo cercato di lavorare sulla mia persona, di diventare la miglior versione possibile di me stessa, mi ero perfino sforzata di *perdonare*, ma questo non sarebbe mai successo. E così provai un approccio diverso per ricostruire la fiducia in me stessa, riparare la mia autostima distrutta e prendermi la mia vendetta. Ero costantemente a corto di soldi dopo il divorzio, perché ogni cosa era stata divisa a metà ed entrambi ci eravamo ritrovati con la metà dei nostri averi. Ma sapendo che sarei stata faccia a faccia con la mia nemesi, mi servivano i rinforzi. Cercavo sempre di vestirmi bene, pur avendo pochi soldi al momento. Non volevo che Danni vedesse la mia camicia da notte malandata e la vestaglia di cent'anni fa. E così, prima del viaggio, avevo trascorso diverse serate su internet alla ricerca di vestiti carini ma economici da indossare una volta arrivata qui. Non volevo che Danni si presentasse davanti a me con il suo corpo più giovane e più magro, e con vestiti migliori dei miei, così riuscii a trovare degli abiti da casa che erano un'imitazione degli articoli di The White Company. Avevo bisogno di quella spinta: in quanto moglie tradita, per troppo tempo avevo indossato le tinte dell'amarezza, ma ero pronta per qualcosa di più positivo. E così, quel fine settimana avrei avvolto il mio dolore e la mia rabbia nelle tenui sfumature di grigio. Emanando amore, luce e accettazione attraverso pantaloni invernali di lana bianca abbinati a un soffice maglioncino grigio tortora, ero intenzionata a spaccare – come avrebbe detto Georgia.

«A che ora dovrebbero arrivare Georgia e Sam?» domandò Angela, la sua voce mi riportò nella stanza.

Alzai gli occhi al cielo. «E chi lo sa, sono solo felice che stiano venendo qui insieme. Sono sicura che il loro viaggio sarà movimentato, e non necessariamente in senso buono.»

«Guida Sam?»

«Cielo, sì. Georgia moriva dalla voglia di guidare, ma non glielo avrei permesso per niente al mondo.»

Angela si lasciò andare a un risolino. «Ricordo quando Scott superò l'esame, aveva appena diciotto anni e voleva guidare ovunque. Tutto a un tratto diventò così servizievole,» disse con un sorriso, «si offriva di darmi passaggi da tutte le parti. "Ti vengo a prendere io, mamma" diceva. Ed ero solo andata al negozio all'angolo.»

Ridacchiammo tutte e due a questo aneddoto. Il brandy era stato molto gradito, e sembrava averci fatto rilassare entrambe.

«Spero che i ragazzi stiano bene.» mormorò, poi si guardò l'orologio al polso.

«Se la caveranno.» dissi, pentendomi immediatamente del mio commento piuttosto frivolo sul loro viaggio movimentato.

«Spero che anche Scott e Danni stiano bene, non hanno chiamato.» Si voltò a guardarmi. «*Tu* chiamavi sempre se vi capitava di essere in ritardo.»

Non risposi. Non c'era granché che potessi dire; invece, mi offrii di preparare altro caffè e feci per alzarmi in piedi per portare le nostre tazze in cucina. Fu allora che lo vidi: un piccolo portachiavi a forma di mazza da cricket. Giaceva sul pavimento, vicino al divano su cui ero seduta. Credetti che il mio cuore avrebbe smesso di battere proprio lì, in quell'istante. Conoscevo quel portachiavi, ero stata io a comprarlo apposta per lui quell'estate, quando mi aveva portata a una partita di cricket. *Nick.*

«I ragazzi sono qui.» disse Angela, alzandosi, felice del loro arrivo. Ero stata così impaziente di rivederli, ma tutto a un tratto una nuvola nera aleggiava sopra di me, soffocandomi, densa come fumo. Mi alzai per salutare i miei figli, ma prima di andare alla porta, lanciai un'altra occhiata alla vasca idromassaggio, che gorgogliava ed emanava una luce inquietante in mezzo al buio. Non c'era nessuno lì, ma adesso ero sicura che qualcuno c'era stato...

4

DANNI

È quasi buio quando raggiungo lo chalet. Accosto dove mi indica il navigatore satellitare, non sapendo se quello sia l'indirizzo giusto oppure no. Fa freddissimo e nevica, e io sono così preoccupata per il messaggio su Facebook da non riuscire a pensare lucidamente. Ricontrollo il post, e nonostante sia stata taggata anche altra gente, io *so* che è riferito a me. Perché questo? Perché adesso? Clicco in fretta sul forum della scuola. L'ultima volta le foto incriminate si trovavano anche lì. Scorro verso il basso per vedere i commenti dei genitori. Tutti riguardano le solite domande sugli esami e gli eventi scolastici, finché lo vedo, e mi si gela il sangue.

Un membro senior del nostro personale docente ha un GROSSO segreto e lo tiene nascosto a suo marito, anche lui membro senior del personale docente. LOL!

Esattamente lo stesso messaggio pubblicato su Facebook. Sta accadendo tutto di nuovo. Chiunque abbia cercato di crearci problemi in passato, ora è tornato in azione, e io ne sono terrorizzata. Chiamo subito Charlotte, un'amica che lavora nella segreteria scolastica. Lei dovrebbe riuscire a eliminare il commento, dal momento che vi ha accesso. Non risponde, perciò le lascio un messaggio.

Devo sperare che Scott non l'abbia visto e smettere di pensarci. Gli parlerò quando sarò assolutamente costretta a farlo, quando sarà il momento giusto.

Per ora devo stamparmi un sorriso in faccia e mentire a me stessa e a tutti gli altri. Scendo dalla macchina e, dopo aver preso Olivia dal seggiolino con quanta più delicatezza possibile per non svegliarla, mi incammino verso lo chalet a passi pesanti. Angela apre la porta e guarda alle mie spalle. «Ciao, Danni, dov'è Scott... è con te?»

«No, doveva lavorare, quindi sono venuta da sola con Olivia. Arriverà più tardi.»

«Ah.» Vorrei che nascondesse il suo evidente disappunto.

«È arrivato qualcuno?» domando.

«Ci sono i ragazzi, e Fiona.» risponde lei, e il mio cuore sprofonda mentre chiude la porta dietro di me. Prendo un respiro profondo prima di mettere piede nell'ingresso, dove Angela prende Olivia dalle mie braccia. La stringe forte e mi afferra la mano, conducendomi in salotto. All'improvviso sento la bocca secca per il nervosismo, e mi chiedo se Fiona abbia visto il post su Facebook. Non ho controllato se lei fosse stata taggata, ma se conosce qualcuno che lo è stato, allora lo vedrà. Poi, il mio stomaco si contorce di nuovo. E se hanno pubblicato il nome dell'insegnate nei secondi trascorsi dall'ultima volta che ho controllato?

Ma prima ancora che possa elaborare questo pensiero, all'improvviso mi ritrovo faccia a faccia con la donna che ho rimpiazzato. Eccola lì, seduta dritta come una regina, tutta agghindata in abiti color tortora firmati The White Company, a sorseggiare caffè e sorridere con benevolenza.

«Ciao, Fiona.» mi sforzo di essere gentile, non ho intenzione di fare giochetti, nemmeno se lei dovesse farli. Sto cercando di non pensare a quanto possa aver speso per quel completo da casa, dev'essere costato una fortuna. Non posso fare a meno di provare un certo risentimento, considerando che solo la scorsa settimana ha chiesto ancora altri soldi a Scott, dato che Sam è all'università e deve pagare un affitto.

«Ciao, Danni.» risponde lei, a quanto pare incapace di obbligarsi a sorridere. «Hai fatto buon viaggio?» chiede. Mi rendo conto che è difficile per entrambe e cerco di essere carina con lei, ma non so se sentirmi arrabbiata o in colpa quando torna a guardare il suo cellulare. Non ha nemmeno degnato di uno sguardo Olivia, nella sua tutina da neve rosa cipria, coccolata da Angela. Speravo che il mio status di moglie e madre mi avrebbe garantito una protezione, ma la sua freddezza mi ha portata a chiudermi in me stessa. Questo è il nido creato da Angela, e dove Fiona ha vissuto molto più a lungo di me.

«Un po' di ghiaccio lungo la strada.» rispondo, ma lei non solleva lo sguardo. Mi sto rivolgendo alla sommità della sua testa, il che mi fa sentire una sciocca, come se la stessi implorando di vedermi. Ciocche di un biondo accesso alternate ad altre color caramello dorato partono dalla sua riga dei capelli. Le stanno bene, probabilmente è andata dalla parrucchiera apposta per questo fine settimana. Io non ne ho avuto l'occasione, non metto piede in un salone da mesi e mi sento sciatta e banale in sua presenza. Tento di confortarmi ricordando la risposta di Scott quando gli ho chiesto se provasse ancora qualcosa per Fiona. «Lei è il passato, tu sei il futuro. Io non la *vedo* nemmeno, Danni.» Lo dice spesso quando cerca di rassicurarmi sul loro rapporto. Potrò anche sembrare decisa, sicura di me con il sesso opposto, ma non lo sono. Sono stata ferita e tradita così tante volte che mia madre dice che ho un talento naturale nello scegliere uomini sbagliati, e questo mi ha fuso il cervello. Paradossalmente, ecco perché ero attratta da Scott: perché era sposato con figli. Sapevo che sarebbe stato responsabile e affidabile. È intelligente, gentile e non sono mai stata con nessuno come lui prima d'ora, ma odio il fardello che si porta dietro. È difficile per me quando sparisce per ore e ore per passare del tempo con Fiona e i ragazzi, quando avrebbe potuto passarlo con me e Olivia. E mi fa star male quando lei lo chiama e stanno al telefono un'eternità a parlare del passato, di quando i loro figli erano piccoli e andavano in vacanza tutti insieme. Mi infastidisce quando inizia le frasi con parole come: «Ti ricordi quel Natale in cui...» Mi sforzo di non pensare al loro passato insieme. Mi sforzo di non pensare a lei affatto. Trovo più semplice fingere che non esista, ma è complicato perché compare ancora nella vita di mio marito attraverso i ragazzi, e per quanto io leghi con Sam e Georgia, rimarrò sempre esclusa da quel nucleo familiare. Qualche settimana fa hanno portato Georgia alle giornate di orientamento di varie università a cui sta facendo domanda di ammissione, e ogni volta Scott è tornato a casa tardi, una volta a mezzanotte, con l'alito che sapeva di alcol.

Non lo capisco, ma Fiona ha questo strano potere, che immagino abbiano tutte le ex mogli con figli. E anche ora che io e Scott siamo sposati, le piace far finta che loro siano ancora un nucleo famigliare, mentre io sono l'estranea. Vengo esclusa dalle feste di compleanno dei loro figli o da qualsiasi tipo di evento scolastico e universitario, e fa male come una coltellata. Mi piacerebbe tanto avere l'occasione di supportare Sam e Georgia, sono i fratelli acquisiti di Olivia e, se mi venisse concessa l'opportunità, potrei essere una brava madre per loro. Ma dal momento che Fiona si rifiuta di accettarmi, c'è una parte delle vite di Sam, di Georgia – e di Scott – da cui io e Olivia saremo sempre escluse. È una delle questioni principali sulle quali mio marito ed io non siamo d'accordo, ma immagino sia il prezzo da pagare per aver sposato un uomo che è già stato sposato.

Me ne sto in piedi al centro del salotto come un pezzo di ricambio mentre l'ex di mio marito continua a sorseggiare il caffè e guardare il telefono. Si sente in imbarazzo, o mi sta *deli-*

beratamente ignorando? Non so cosa dire né cosa fare, mi sento trasandata dopo il viaggio, senza trucco e con i capelli bisognosi di un bel lavaggio. Sono stata sveglia quasi tutta la notte con Olivia e non ho avuto modo di prepararmi né fisicamente, né mentalmente, a questo incontro. Il mio piano iniziale era quello di arrivare qui presto, avrei schiacciato un pisolino durante il viaggio e mi sarei data una truccata in auto, ma all'ultimo minuto Scott è stato trattenuto al lavoro. Dover guidare da sola fino a qui mi ha messa in crisi e adesso mi sento abbandonata da lui. Mi balena il dubbio che mi abbia volutamente lasciata venire fin qui da sola per essere gettata in pasto al lupo vestito The White Company...

Angela sta liberando Olivia dalla tutina da neve imbottita, e anche io inizio a sudare avvolta nel giaccone e nella sciarpa, mentre me ne sto in piedi vicino al fuoco ardente del camino. Fiona ha già vinto la battaglia arrivando prima di me e mettendosi comoda con Angela come se fosse a casa sua. Sento l'ansia insinuarsi nel mio petto e, nel disperato tentativo di ritrovare l'equilibrio, dico: «Allora, Sam e Georgie sono già qui?»

«Sam e *Georgia* sono qui, sì.» risponde lei lentamente, correggendo il nome di sua figlia. Nel rendermi conto che non lo approva, prendo mentalmente nota di continuare a chiamare la mia figlia acquisita Georgie. Fiona non controlla *ogni cosa*, per quanto le piacerebbe.

«Dove sono?» Mi guardo intorno, come se potessero spuntare fuori da dietro il divano, mentre lei mi fissa con disgusto malcelato.

«Sono arrivati una decina di minuti fa, sono nelle loro stanze. Emergenza TikTok, probabilmente.» mormora, ritornando al suo cellulare.

Sorrido a questa frase. Credo abbia fatto una battuta. O forse no? In ogni caso, proseguo: «Ah, ottimo, vado a salutarli. Le loro stanze sono da questa parte?» Mi incammino fuori dal salotto verso un piccolo corridoio, dove suppongo si trovino le camere da letto.

«Oh, non disturbarli, hanno fatto un lungo viaggio.» dice lei come se fossi un'irritante bambina di sei anni che infastidisce i ragazzi più grandi.

«Solo un...» Mi dirigo verso le porte, pronta ad affrontare la sfida, quando Angela interviene.

«Danni, credo sia meglio lasciare un attimo di respiro ai ragazzi, staranno dormendo entrambi dopo il viaggio. Tengo d'occhio Olivia mentre recuperi le tue cose dall'auto, prima che il maltempo arrivi qui dal mare.»

Questa frase mi ferisce un po'; forse Angela *si schiera* dalla parte di una delle due, dopotutto? Tenendomi lontana dai miei figli acquisiti, dimostra di essere dalla parte di Fiona.

«Va bene, prima provo a chiamare Scott per vedere dov'è.» dico, tirando fuori il cellulare per chiamarlo. Scott starà guidando, e odia usare il telefono mentre è al volante, ma sono disperata e lui è tutto ciò che ho. Resto lì ferma per qualche secondo mentre subentra la segreteria, proprio come immaginavo. Di solito la sua voce mi rassicura, invece questa volta mi fa sentire ancora più sola.

«Starà guidando.» borbotto, infilando il cellulare nella tasca del giaccone. «Allora vado a prendere le mie valigie e inizio a disfarle.» dico, seguendo le istruzioni che Angela aveva mascherato da consigli. Si comporta in modo diverso con me, o sono io a vederla in modo diverso perché Fiona è presente? Mi incammino verso la porta ricordando a me stessa che è il suo compleanno, che potrebbe essere malata e che devo smetterla di pensare che tutti mi odino.

«Quella è la stanza tua e di Scott.» Angela sorride e gesticola con una mano mentre fa saltellare Olivia sul suo ginocchio.

Alzo il pollice in segno di conferma, poi mi dirigo fuori dalla porta per trascinare a fatica i miei bagagli e il set completo per neonati giù dall'auto senza – prendo atto – alcuna offerta di aiuto da parte di Fiona. Rientrando in casa con il primo carico di roba, devo attraversare il salotto per arrivare alla stanza, e nessuna delle due donne solleva lo sguardo. Fiona sta ancora facendo scrolling sul telefono, mentre Angela è seduta sul pavimento insieme a Olivia, dove l'ha adagiata sul tappeto.

La camera da letto è splendida e, già dall'istante in cui metto piede all'interno, il mio cuore si rianima. C'è una meravigliosa vetrata a tutt'altezza, dalla quale sbircio fuori, ma poiché è buio, non vedo altro che un grigiastro paesaggio innevato. Non vedo l'ora di ammirarlo domani quando ci sarà luce.

Una volta finito di disfare i bagagli, mi ricordo della torta di compleanno di Angela nella borsa della spesa appoggiata sul letto. Una delle prime volte in cui Scott mi portò a conoscere sua madre era il suo compleanno, così le avevo fatto una torta al limone e fiori di sambuco, e la apprezzò tanto che nei due anni successivi gliel'ho sempre preparata.

«Il mio compleanno non è lo stesso senza la torta squisita di Danni.» dice sempre. Significa molto per me. È diventata una nuova tradizione di famiglia, cosa a cui tengo con tutta me stessa. Voglio sentirmi accettata, odio essere considerata un'estranea. Non è facile inserirsi in una famiglia nel modo in cui ho fatto io, tutto sembra di seconda mano, come se avessi ereditato il matrimonio, i figli, la famiglia da qualcun'altra. A volte mi sento come se mi stessero punendo per essermi innamorata, e credetemi, mi autoflagello già abbastanza da sola per questo. Perciò avere un legame con la madre di Scott è importante per me, e la mia torta preparata ogni anno ne è il simbolo: è un pensiero da parte mia per lei, e nessun'altro dal passato ne è coinvolto.

Apro la borsa della spesa ed estraggo la scatola contenente la torta. Nell'aprirla, mi ritengo soddisfatta del risultato di tutto il mio duro lavoro. È la solita torta al limone e fiori di sambuco, la preferita di Angela, ma con l'aggiunta di glassa al limone. Ci ho messo un'eternità a dare forma a dei piccoli limoni fatti di zucchero che ho disposto sulla sommità, intorno all'intricata glassatura che ho preparato tra un pisolino di Olivia e l'altro; mi ci sono voluti secoli. Anche se non dovrei dirmelo da sola, sembra una torta di pasticceria e non vedo l'ora di esibirla domani sera con tutte le candeline accese. Sarà un gran bel momento. Devo trovare un posto fresco in cui nasconderla, perché voglio che sia una sorpresa; perciò, quando esco dalla stanza mi dirigo in cucina e la posiziono su un ripiano alto della dispensa.

All'improvviso, mi accorgo del trambusto e delle risate provenienti dal salotto, ed entrando resto sorpresa di vedere che Scott è arrivato.

Sorride raggiante da un orecchio all'altro e ride fragorosamente di qualcosa che ha appena detto Angela, e questo suppongo significhi che non ha visto il post su Facebook a proposito del GROSSO segreto di uno dei membri senior del personale docente. Nel frattempo, ho scritto una seconda volta a Charlotte per chiederle di cancellarlo, nel caso non abbia tempo di ascoltare il messaggio che le ho lasciato in segreteria. Lei mi è stata sempre di grande supporto in passato, alla fine fu lei a rimuovere le foto originali quando furono pubblicate la prima volta. Siamo diventate buone amiche da allora, Charlotte sa ascoltare ed è molto discreta. Ho vissuto a Londra per anni e mi ci è voluto del tempo per fare amicizia nel Worcestershire, dove mi sono trasferita per accettare il lavoro di Coordinatrice di Dipartimento. Suppongo sia per questo che mi sono tuffata con tanta facilità nell'amicizia con Jenna, ma ci siamo legate troppo e troppo in fretta, e in realtà non la conoscevo così bene. Charlotte, invece, è stata un dono del cielo, una vera amica con cui poter parlare, ci raccontiamo tutto e adesso ho bisogno di lei più che mai. Mi conforta sapere che, non appena leggerà il mio messaggio, si metterà subito al lavoro; io devo solo mantenere i nervi saldi e cercare di non stressarmi troppo. Questo fine settimana sarà già abbastanza difficile senza la minaccia di essere messa alla gogna ancora una volta.

«Eri solo qualche minuto indietro rispetto a me.» dico a bassa voce. «Quindi non dovevi lavorare *così tanto*, saremmo potuti venire qui insieme alla fine.»

Spostando la sua attenzione da Angela e Fiona, si volta a guardarmi, il suo sorriso svanisce. «*Dovevo* lavorare tanto, ma sono riuscito a finire tutto.» Si avvicina a me, sfiorandomi la guancia con il viso come se fossi appena una conoscente. «*E poi, io guido molto più veloce di te, anche con il maltempo.*» È la mia immaginazione, o sembra agitato?

«Scott, dovresti fare attenzione sulle strade ghiacciate. Corri sempre troppo.» lo stuzzica Fiona, e vedere il suo improvviso interesse per quello che succede mi manda su tutte le furie. A quanto pare, il cellulare su cui tanto era concentrata fino a qualche secondo fa è stato abbandonato.

«*Scott!*» dice, alzando la voce. «Lo fai *sempre*, sei proprio un mascalzone!» Fiona ride, Angela scuote la testa, e io mi sforzo di capire di cosa stiano parlando così da potermi unire a loro. Ma nessuno mi coinvolge, la parola "sempre" è un tacito riferimento alla loro storia condivisa e io mi sento subito emarginata. Sola.

Scott ha appoggiato il giubbotto ricoperto di neve su uno dei divani; probabilmente è a questo che si riferisce Fiona, è il genere di cose che evidentemente la irritano tanto quanto irritano me. Sto quasi per unirmi all'affettuoso coro di dissenso, dicendogli di spostare il giubbotto perché sta bagnando tutto il divano. Ma prima che riesca a proferire parola, Angela lo solleva e si dirige al portico d'ingresso per scrollarlo. Scott non sembra nemmeno accorgersene, immagino sia un gesto scontato. A volte penso che sua madre non si renda conto che è un uomo adulto. Angela ha sempre fatto tutto al posto suo, stravede per lui e, ai suoi occhi, il suo unico figlio non sbaglia mai.

«Non hai caldo?» mi chiede Fiona a un tratto, e io, che non

sono sicura a cosa si riferisca, devo avere un'aria confusa. «Indossi ancora il giubbotto. Hai freddo?»

«Sì, ehm, sì.» mento, stringendomelo addosso mentre lei si alza per alimentare il fuoco e rendere la casa ancora più calda. Sono certa che l'abbia fatto di proposito. Sembra di stare nel maledetto Sahara qui dentro, ma non voglio darle soddisfazione mostrando il mio malessere, e poi, il giubbotto è la mia coperta di Linus. Mi sento nuda e vulnerabile in questo meraviglioso salotto dai soffitti altissimi in compagnia di mio marito e della sua ex moglie. Fiona e Scott si conoscono da così tanto tempo che io mi sento esclusa. Mi sorprende vedere la confidenza che c'è tra loro, quasi affettuosa, mi mette a disagio.

Sembra quasi che uno sappia sempre cosa sta pensando l'altro, c'è questa complicità che mi stupisce.

«Ehi, com'è andato il viaggio?» gli chiedo, dicendo a me stessa di smettere di essere così patetica.

«Bene, bene. E tu come stai?» aggiunge in tono dolce e amorevole, e sto quasi per rispondere quando mi rendo conto che non stava parlando con me. Si sta accovacciando a terra rivolgendosi a Olivia, che farfuglia e distende le gambine.

«Sta bene, ha dormito per tutto il viaggio.» comunico.

Scott solleva lo sguardo, il volto terrorizzato. «Il che significa che rimarrà sveglia tutta notte.» mormora, riportando lo sguardo su nostra figlia. A quanto pare, ultimamente non ne faccio una giusta secondo mio marito; quindi, sarà colpa mia se Olivia ci terrà svegli stanotte.

«Scusa, ero troppo impegnata a guidare, non avevo modo di intrattenerla e tenerla sveglia.» Pronuncio la frase in tono bonario, ma c'è una punta di sarcasmo.

Ho l'impressione che Fiona mi stia osservando, che *ci* stia osservando, e non voglio che pensi che ci siano problemi tra di noi, così mi chino per avvicinarmi a lui. Sorridendo a Olivia, gli appoggio una mano sulla schiena e con un bacio gli sfioro la guancia, nella speranza che ricambi. Voglio che si volti, che mi baci, ma non lo fa, probabilmente perché si preoccupa dei sentimenti di Fiona. Si muove in punta di piedi per essere certo che lei non si senta ferita. Ma che ne è di me? Mi ha a malapena rivolto lo sguardo, e non ha fatto nulla per includermi o farmi sentire la benvenuta in questo gruppetto chiuso. E adesso si allontana da me per prendere in braccio Olivia, abbandonandomi chinata a metà davanti al quadretto padre e figlia come un'intrusa sgradita. Noto il fugace compiacimento sul volto di Fiona e questo mi uccide.

«I ragazzi sono arrivati.» commenta lei, per ricordare a Scott che Olivia non è la sua *unica* figlia.

«Oh, ottimo. Stanno bene?»

«Credo, sai come sono fatti. Sono arrivati poco dopo di me, mi hanno a malapena rivolto la parola.»

«Vado a salutarli.» dice, porgendomi Olivia.

«No,» dico, «hanno bisogno di riposare.»

«Cosa?» Scott si volta a guardarmi come se avessi appena detto qualcosa di disgustoso.

«Fiona ha detto...» La indico vagamente, ma lei non viene in mio soccorso, e nemmeno Angela, che è appena rientrata con il giubbotto di suo figlio.

«Vai pure, saranno felici di vederti.» gli dice Fiona mentre guarda dritto verso di me. «Le loro stanze sono proprio lì». A quanto pare, l'ordine di non disturbare i ragazzi valeva solo per me.

Scott si incammina verso il corridoio.

«Sono certa che riceverai un'accoglienza migliore della mia. Di certo non avevano voglia di unirsi a me e alla nonna per un Irish coffee e quattro chiacchiere.» aggiunge lei in tono leggero.

«E come biasimarli.» scherza lui. Attendo la reazione di Fiona, e con mia grande sorpresa, gli lancia addosso una coperta di pelo.

«Ma che sfacciato, io e tua mamma siamo un'ottima compagnia.» emette un risolino. «E poi gli abbiamo offerto un caffè con del whisky dentro, e non mi pare che tu l'abbia mai rifiutato.»

«Nemmeno tu, del resto.» ribatte lui con quello che sembra un sorriso condiscendente, mentre adagia Olivia sul tappeto e rientra in salotto, prendendo un cuscino dal divano e scagliandolo contro Fiona.

«Stronzo!» sibila lei, accovacciandosi con fare teatrale mentre entrambi ridacchiano.

Non sorrido nemmeno, mi limito a fissare davanti a me, come se non avessi notato la scena. Spero che Scott abbia percepito la mia freddezza e che questa sia la fine del loro scherzoso battibecco, ma poi Fiona gli rilancia il cuscino e adesso si stanno scambiando finti insulti. Sono di nuovo sola nel bel mezzo di qualcosa di cui non faccio parte, e il dannato cuscino vola avanti e indietro mentre io me ne sto qui in piedi come un'idiota.

«Attenti alla bambina con quel coso.» dico senza rivolgermi a nessuno in particolare.

«Non era neanche lontanamente vicino alla *bambina*,» mormora lei, «ma hai ragione, Danni, meglio tenere gli occhi aperti perché la sua mira ha sempre fatto schifo.» Si rivolge a lui come se io non fossi nemmeno qui. Alzandosi in piedi, Scott si avvicina a Fiona, che giocosamente si raggomitola su sé stessa, con le braccia allungate come per difendersi. «No, non volevo, Scott, non farlo, mi rovinerai i capelli.»

Non fare *cosa?* Cosa *diavolo* si aspetta che le *faccia?* Sono inorridita, pensavo che si odiassero. Se si comportano così davanti a me, come si comportano quando sono soli?

Sono turbata. Questo non è assolutamente quello che mi sarei aspettata da due persone appena uscite da un divorzio a tratti molto sgradevole. Mi aveva detto che Fiona sapeva essere spietata, che il loro matrimonio era agli sgoccioli, che entrambi erano annoiati e lui non l'amava più. Doveva essere vero, altrimenti perché mi avrebbe corteggiata?

«Credo che Angela stia uscendo di nuovo con il tuo giubbotto, Scott.» dico, osservando sua madre che apre la porta. Sono preoccupata per Angela, ma allo stesso tempo spero di fermare questa sceneggiata infantile tra loro due. Mi ricordano gli studenti dell'ultimo anno che fanno casino in classe.

«Angela?» la chiama Fiona, il suo atteggiamento cambia in un istante, il sorriso svanisce dal suo volto. «Scott?» Si volta verso di lui, allarmata, a indicare chiaramente che vorrebbe che lui andasse fuori a controllare che sua madre stia bene.

Ma lui non si muove, tiene in braccio Olivia e guarda Fiona come se fosse pazza. «Sono certo che sta bene.» risponde, tornando a rivolgere la sua attenzione a nostra figlia.

«Vado io.» dico, e attraverso la stanza a passo di marcia fino alla porta d'ingresso. Angela è in piedi sul portico, stringe ancora in mano il giubbotto di Scott, e io lo sfioro con il palmo, sorprendendomi nel notare quanto sia ancora umido e pieno di neve. Perché è così bagnato? Scott è sceso dall'auto e ha percorso solo qualche metro fino alla porta, avrebbe dovuto stare all'aperto molto più a lungo per ricoprirsi di tutta quella neve e diventare così fradicio.

«Va tutto bene?» le chiedo.

«Sì, sì, certo.» Sembra sopraffatta, e io la riaccompagno all'interno dello chalet. Ricordo la stessa espressione confusa negli occhi di mia madre, e mi balena il dubbio che, qualsiasi cosa abbia ispirato questa riunione, potrebbe avere poco a che fare con il compleanno di mia suocera, e molto con il declino cognitivo.

«Va tutto bene.» A un tratto pare ricomporsi, e insieme rientriamo in casa. «Mi sono appena resa conto di non aver detto a te e a Scott della Chef di Cordon Bleu che abbiamo a disposizione per il weekend.»

«Oh, wow. Fantastico.» rispondo, rimettendo piede nel calore dello chalet, sollevata di non dover dividere la cucina o fare competizioni culinarie con Fiona. Avrei perso.

«Sì, è davvero brava, ed era entusiasta di venire. Mi ha fatto un prezzo decisamente inferiore rispetto a quello che chiede di solito.»

«È in cucina?» domando, desiderosa di conoscerla.

«No, è fuori a scaricare l'auto. È andata al negozietto che serve gli chalet. È a dieci minuti da qui, ma è il posto più vicino in cui fare compere, ha detto che le servivano delle erbe.»

Nel rientrare in salotto, mi volto e vedo Angela che si agita davanti alla porta.

«Eccola!» annuncia mentre la chef di Cordon Bleu passa a fatica attraverso la porta. Sta trasportando una cassa di vino, ma non vedo erbe. Ha i capelli appiccicati al volto, è evidente che sia stata sorpresa dalla neve.

«Santo cielo, sei finita proprio in mezzo alla bufera, eh? Sei andata a piedi?» domanda Fiona.

La cuoca solleva lo sguardo. «No, in auto.»

Mi sta guardando dritta negli occhi, l'eyeliner nero e spesso, un velo di rossetto rosso, quel familiare sorriso distorto.

I miei occhi scivolano su Scott e, a giudicare dal colore del suo volto, anche lui ha capito chi è.

Non dico nulla, e nemmeno lui, ma il cuore mi batte forte e mi viene voglia di andarmene. Lei mi guarda da capo a piedi, fissa il giubbino che non ho ancora avuto occasione di togliere. Si tocca la parte anteriore del proprio giubbino di un giallo acceso, e mi rendo conto che è identico al mio. Le sottili labbra rosse si allargano. «Anche tu!» dice.

Mi volto verso Scott con circospezione, lui non riesce a guardarmi. Tiene lo sguardo fisso davanti a sé, ed è allora che capisco: lui *sapeva* che sarebbe venuta.

5

FIONA

Ma che diavolo? Danni piombò in casa, scaricò la bambina ad Angela aspettandosi che si facesse subito carico della cura di sua figlia, e a malapena mi degnò di uno sguardo. La piccola indossava una tutina da neve firmata che doveva esserle costata una fortuna, e anche Danni sembrava essersi concessa qualche vizio. I suoi biondi capelli corti e mossi erano maledettamente belli e sfoggiava quel look acqua e sapone... nessuno ha una pelle davvero così bella. Senza dubbio si stava godendo la vita alla grande da quando aveva sposato mio marito, anche se, devo ammetterlo, un po' provai pena per lei quando tirò fuori quel vistoso cellulare rosa e provò a chiamarlo. La segreteria telefonica di Scott era una cosa a cui mi ero abituata durante gli ultimi mesi del nostro matrimonio, quando non poteva rispondere perché era con *lei*.

Era così tesa e sembrava nervosa anche dopo aver passato la bambina ad Angela. Trovavo un po' strano il modo in cui se ne stava ferma nel bel mezzo del salotto, a fissarmi mentre controllavo il telefono. Mi stavo assicurando di aver cancellato tutte le mail di Nick, non volevo distrazioni. E tuttavia era rimasta lì a fissarmi, come se si aspettasse che dicessi qualcosa. Non avevo nulla da dire a Danni Watkins; per me, non sarebbe *mai* stata Danni *Wilson*.

Cosa voleva da me? Non si era già presa tutto, compresi i miei figli?

Continuavo a pensare al portachiavi, immaginando lui che se ne andava in giro per lo chalet, toccava tutto, si sedeva sui letti in nostra assenza, come una sorta di inquietante Riccioli d'Oro. Quando Scott arrivò mi sentii sollevata. Datemi pure della sessista, ma viste le mie paure, ero più contenta sapendo che in casa c'era un uomo di un metro e ottanta. Tentai disperatamente di apparire felice come mio solito, punzecchiando Scott, solo per scrollarmi di dosso la paura, ma Danni continuava a lanciarmi occhiatacce. E quando io e lui iniziammo a scherzare tirandoci l'un l'altro un morbidissimo e leggerissimo cuscino, in sostanza ci accusò di mettere in pericolo la piccola Olivia.

In effetti, avvertii una punta di rimorso quando Scott e io stavamo ridendo di una sciocchezza e lei ci osservava, impotente ed emarginata, ma non era nulla paragonato a quello che loro avevano fatto a me sulla scrivania dell'ufficio. Mi sarei aspettata che tra di loro fossero più affettuosi, anche solo per il bene di Angela. Dopotutto, dovevano dimostrare che per il loro amore era valsa la pena di aver distrutto una famiglia. Ma da parte di Scott sembrava esserci una certa tensione, perché potrei giurare che, quando lei aveva allungato una mano per accarezzargli la schiena, lui si era ritratto.

E come se questo non fosse già abbastanza intrigante, rimasi stupita nel vedere l'espressione di Danni quando entrò in casa Jenna, la cuoca di Cordon Bleu. Che cosa c'era sotto? Fui tentata di scherzare dicendo qualcosa come «Ops, chi è che non ha ricevuto la circolare?» per provare a riderci su, ma qualcosa sul volto di Danni me lo impedì. Perché era così palesemente turbata nel vedere Jenna? I suoi occhi incrociarono quelli di Scott e lui sembrava piuttosto a disagio, poi le due donne rimasero a fissarsi a lungo, finché Jenna non fece una battuta sul fatto che indossavano lo stesso identico giubbotto. Ma Danni non rise. Iniziai a pensare che il tanto temuto fine settimana non sarebbe stato poi così male.

Non erano solo i giubbotti gialli a essere identici. Anche Jenna portava i capelli corti tinti di biondo, proprio come quelli di Danni, ma il suo trucco era piuttosto pesante, sottili labbra rosse e una montagna di eyeliner. Sembrava sicura di sé, senza alcuna paura di fissare Danni, poi chiese a Scott di aiutarla a portare la cassa di vino che aveva comprato. Invece, ancora nessun segno delle erbe che aveva detto di volersi procurare, il che non mi sorprese. Eravamo in pieno inverno in mezzo al nulla, dubitavo che il negozietto di alimentari locale fosse fornito di erbe. Però ero grata di vedere del vino, supposi di averne bisogno.

Non appena tutti se ne andarono a disfare le valigie e Jenna si diresse in cucina per iniziare a preparare la cena, cercai di scoprire qualcosa in più su di lei, e forse Angela poteva fare luce sulla strana reazione di Danni alla presenza della ragazza.

«Che coincidenza che abbiano lo stesso giubbotto giallo.» dissi. «Danni sembrava davvero sorpresa.» Era un eufemismo, sia Danni che Scott sembravano sconvolti.

«Ah, il giubbotto? La moda è tutta uguale al giorno d'oggi, dico bene? Omogenea. I giovani vogliono tutti avere "un look". Cos'è successo al voler essere unici, originali?» Sospirò. Angela sembrava così inquieta che non ero nemmeno sicura avesse notato la guerra di vestiario.

«L'hai ingaggiata tramite una società?»

Scosse la testa. «No, lavora al bar dove Margaret e io ogni tanto andiamo a pranzare. È molto carino, fanno delle insalate e dei panini deliziosi. Jenna lavora lì da qualche mese ormai, è molto dolce.»

«Wow. È sprecata a lavorare in un bar con un diploma della Cordon Bleu.» commentai.

«Be', da quel che ho capito, *ha* effettivamente studiato a Parigi, ma è rimasta senza soldi, perciò ha dovuto mollare tutto e tornare a casa.»

«Che peccato.» risposi. Stavo per insistere e cercare di scoprire se Angela avesse qualche altra informazione che potesse spiegare la reazione di Danni, ma proprio in quel momento Georgia riemerse dalla sua stanza.

«Ciao, tesoro, sei riuscita a riposare?» domandai. Lei scosse la testa con aria cupa e si accasciò sul divano accanto ad Angela, che la circondò con un braccio.

«È un viaggio bello lungo, vero, cara? Mi sento in colpa ad avervi fatto fare tanta strada, ma morivo dalla voglia di tornare qui finché posso.»

Angela non offrì altri indizi, ma Georgia ed io ci scambiammo un'occhiata. Era preoccupata per sua nonna quanto me. Credo che entrambe temessimo di chiederle *perché* avesse insistito tanto su questa festa e perché, a settantacinque anni, questo avrebbe potuto essere il suo ultimo compleanno.

«Jenna è in cucina se vuoi andare a salutarla, Georgia. Dice che vi conoscete.» aggiunse Angela.

«*Conosci* Jenna la cuoca?» Ora sì che ero davvero confusa.

Georgia si mise seduta dritta. «Sì, era l'assistente di laboratorio nella nostra scuola, ma non lavora più lì.»

Questo spiegava perché Danni la conosceva. I ragazzi avevano frequentato la stessa scuola di cui Scott era il preside. Anzi, i ragazzi già la frequentavano prima che il padre ottenesse il lavoro, e lui l'aveva comunicato all'istituto prima ancora di fare domanda. Comunque, avevano già deciso che Scott era la persona giusta per quel ruolo, era considerato un preside eccellente. E così, dal momento che entrambi i ragazzi avevano quasi terminato gli studi, si trattava di un problema temporaneo e nessuno obiettò.

«Quindi è passata da assistente di laboratorio a chef?» riflettei. «È un bel cambio di carriera.»

«Sì, suppongo.» Georgia mi guardò e, nel vedere l'espressione interessata sul mio volto, aggiunse: «Non la *conosco*, ma so chi è. Comunque, mi è sempre sembrata carina.» Si strinse nelle spalle.

«Facciamo così: perché non fai un salto in cucina a salutarla, magari le serve una mano?» suggerì Angela.

Attesi la reazione di Georgia celando un sorrisetto, chiedendomi quale delle scuse del suo repertorio avrebbe usato per tirarsi indietro. Mia figlia non aiutava nessuno, soprattutto in cucina, dovevo minacciarla di confiscarle il telefono solo per farle svuotare la lavastoviglie. Ma prima che potessi mettermi a ridere al pensiero di lei che indossava i guanti per lavare i piatti, si alzò in piedi entusiasta. «Sì, va bene.»

«Wow! Mai vista una cosa *simile* prima d'ora.» commentai mentre usciva dalla stanza.

«Credo che andranno d'accordo.» disse Angela, poi, cambiando discorso, chiese «Comunque, come vanno le cose con il tuo uomo?»

Pose la domanda con tale schiettezza che fu come un pugno in faccia. Mi ero quasi dimenticata di averglielo detto, ma quando avevo appena conosciuto Nick qualche mese prima, ero felice e volevo la sua opinione, e anche la sua approvazione. Ma ora desideravo solo dimenticarlo. «Oh, non c'è stato nulla, è finita ancora prima di iniziare.» mentii, ricordando il portachiavi e avvertendo un senso di nausea. Me lo immaginai mentre passava lentamente la mano lungo il divano, accarezzando i cuscini. Mi staccai dallo schienale, sentendomi a un tratto molto a disagio. «Angela, quando sei arrivata oggi pomeriggio, sai se c'era qualcuno qui?»

Ci pensò su un istante. «No, perché?»

«Nulla, mi stavo solo chiedendo se qualcuno della società fosse passato a darti il benvenuto e farti entrare in casa.»

«No, lasciano la chiave in una cassetta di metallo, bisogna

solo inserire il codice a quattro cifre, poi prendi la chiave ed entri da sola.»

«Ah, ottimo.» Sentii la mia voce incrinarsi leggermente nel pronunciare la risposta. «Qual è il codice?»

«È 1234.» disse lei con un risolino. «Non so come facciano a non farsi derubare. Certo, siamo nella parte più sperduta della Cornovaglia, immagino che si possano anche lasciare tutte le porte aperte e nessuno ti verrebbe a disturbare.»

Annuii con fare incerto. Io non ne ero così sicura, e ripensai a quel primo mese con Nick, quando ero stata davvero felice, ma anche ingenua riguardo alle relazioni. Dopo essere stata sposata così a lungo, era tutto nuovo per me e credevo che quello fosse ciò che stavo cercando. Era iniziato tutto come un divertimento, una bella amicizia un po' civettuola, seguita da qualche notte in hotel, o a casa mia quando i ragazzi non c'erano. Ma non si era mai trasformata in nulla di più profondo, e l'amore e le attenzioni che in un primo momento avevo accolto con piacere iniziarono a provocarmi una sensazione di claustrofobia. La gentilezza di Nick si tramutò in dipendenza, la sua intelligenza si limitava ai suoi interessi e non ero nemmeno sicura di trovarlo ancora attraente.

E poi, quando iniziò a comportarsi come se non si fidasse di me, come se usassi ogni minuto del mio tempo libero per tradirlo, sapevo di doverci dare un taglio. Sembrò sorpreso quando gli dissi che tra noi non funzionava più, e mi implorò di riprovarci. «Farò tutto quello che vuoi.» aveva supplicato, e questo mi convinse che non era affatto una relazione sana. Gli dissi a chiare lettere che era finita, ma era come se non mi avesse sentita, o semplicemente non volesse sentirmi. Tutto ciò era accaduto qualche settimana prima della vacanza allo chalet, e da allora mi aveva riempita di telefonate e messaggi ogni singolo giorno, rendendomi nervosa e spaventata. Angela mi stava guardando, la testa inclinata da un lato con aria interrogativa. «Quindi state ancora insieme?» chiese.

«No.» dissi con un sospiro. «Non frequenterò più nessuno; a esser sincera, è stato un disastro.»

«Che peccato, speravo che avessi trovato ciò che stavi cercando.»

«Ce l'avevo già.» le ricordai, pensando a Scott.

Angela annuì con imbarazzo. «Lo so, tesoro, se potessi tornare indietro...»

«Non devi portarti addosso questo senso di colpa. Adesso devo solo ritrovare me stessa e smetterla di cercare qualcuno che non esiste.»

«Allora, chi di voi tira fuori il brandy?» Sam apparve sulla soglia, in tutto il suo metro e ottanta, mio figlio, lo studente di Giurisprudenza di cui tutti eravamo più che orgogliosi. Gli sorrisi, non potevo farne a meno, i miei figli mi facevano sempre sorridere. Ricaricavano le mie energie quando ero a terra e, pur senza rendersene conto, mi stavano aiutando a superare il tradimento di Scott e la situazione con Nick. I miei ragazzi erano tutto, a volte avevo come la sensazione che si trovassero all'estremità di una corda collegata direttamente al mio cuore, e mi veniva voglia di stringere forte quella corda per sempre. Ecco perché capivo il dilemma di Angela con Scott: non approvava né giustificava ciò che aveva fatto, ma era suo figlio. Lo amava così tanto che, nonostante avesse distrutto la sua famiglia e ferito i suoi stessi figli, gli era rimasta accanto e aveva accolto la *nuova* famiglia nella propria vita.

«Dov'è Georgia?» domandò Sam, solo dopo che Angela gli ebbe consegnato il bicchiere di brandy richiesto.

«Spero che quello sia un bicchiere piccolo.» dissi in tono di avvertimento. Lui rivolse un sorriso a sua nonna, che ricambiò con una strizzatina d'occhio.

«Georgia è in cucina con Jenna – Jenna è la chef che è qui con noi per cucinare.» lo informò Angela, come se gli potesse importare qualcosa.

«Jenna?»

«Sì, forse la conosci, lavorava nella vostra scuola. In laboratorio, può essere?» risposi.

«Ah, sì. Cioè, non la *conosco*, ma so chi è.» disse lui, ripetendo le stesse parole di sua sorella. «Bene, allora vado a salutarla.»

Entrambe lo osservammo mentre usciva dalla stanza, con il brandy in mano.

Angela si sporse in avanti. «So che a volte può essere un po' ansiosa. Ma le sue intenzioni sono buone.»

«Chi?»

«Danni.»

«Ah... va bene.» Trovai la sua vaghezza un po' sconcertante. «A volte è un po' eccessiva, ma è una brava persona.» aggiunse, sembrando più lucida.

«Sono certa che lo sia, e per quanto mi dispiaccia dirlo, la tollero solo per te.»

Riuscii a vedere il dolore sul suo volto e subito mi pentii della mia brutale onestà.

«Per tradire bisogna essere in due, e incolpo Scott allo stesso modo, se non di più, ma è molto *più facile* prendersela con lei.» esordii. «È più facile raccontare a me stessa che è stata lei a sedurre *lui*. L'idea che Scott abbia potuto semplicemente *desiderarla* è ancora troppo dura da sopportare, Angela.»

Allungò una mano, la appoggiò sul mio ginocchio e sussurrò appena nel silenzio. «Non la supererai mai, non è vero?»

Mi strinsi nelle spalle. «È per i ragazzi...» Non riuscii a terminare la frase. Vidi le lacrime nei suoi occhi e, sentendole affiorare anche nei miei, mi alzai in piedi e afferrai una manciata di fazzoletti, passandone uno a lei.

Nel prenderlo, mi strinse leggermente la mano. «Mi dispiace.» sussurrò. «Se potessi cambiare le cose...»

«Nessuno può farlo.» Scossi la testa e con delicatezza ritrassi la mano per asciugarmi gli occhi con il fazzoletto, mentre lei fece lo stesso. Il silenzio che seguì fu pesante, nessuna delle due sapeva cosa dire per confortare l'altra.

«Angela.» la voce di Danni penetrò l'aria come il suono acuto di un allarme, ricordandoci che c'era anche lei lì, e *finché* ci fosse stata lei, nulla sarebbe cambiato. Arrivò a passi fragorosi dal disimpegno, allarmata, rossa in viso, sollevando una nuvola di tensione che riempì la stanza prima ancora del suo ingresso.

«Fuori ci sono due volanti della polizia.»

6

DANNI

«È la polizia.» dico, guardando fuori dalla finestra della nostra stanza. Due veicoli hanno parcheggiato all'esterno, i lampeggianti blu accesi. Mi volto verso Scott, che se ne sta sdraiato sul letto. «Scommetto che ha qualcosa a che fare con *lei*.»

«Chi?» chiede lui, fingendo di non capire.

«Sai *esattamente* a chi mi riferisco: a Jenna.»

«Cavolate. So che non ti va a genio, ma non è una *criminale*.» sibila lui in risposta.

«È una questione di punti di vista.» sbotto. «E dal mio punto di vista, lo è!»

Spero davvero che abbia fatto qualcosa di stupido e che la polizia sia venuta a prenderla, perché se *davvero* fosse lei a minacciare di rivelare il "grosso" segreto di un insegnante, un arresto potrebbe distrarla per un po'. Ma d'altronde, è lei che sta pubblicando quei post? I miei primi due sospetti sono Fiona e Jenna. Potrebbe benissimo essere una delle due a minacciar di rivelare il mio segreto durante la nostra prima vacanza di famiglia. Dopotutto, sono entrambe qui, ed entrambe hanno un motivo per odiarmi.

Non so chi mi spaventi di più: Fiona, che mi vuole fuori

dalla vita di tutti così può riavere indietro la sua famiglia, oppure Jenna, che mi incolpa di averle rovinato la carriera. Sono sinceramente terrorizzata che possa essere lei, perché è senza dubbio una squilibrata, e adesso se ne sta qui con noi nello chalet spacciandosi per una chef. Ma ciò che non ha proprio senso è: come può qualcuno anche solo sapere che *ho* un segreto che voglio disperatamente nascondere? Non l'ho raccontato ad anima viva, fatta eccezione per Charlotte, e di lei mi fido ciecamente, il che mi ricorda che non ha ancora rimosso il post sul forum né risposto al mio messaggio. Spero che stia bene.

Non appena la polizia scende dalle auto, lascio Scott in camera da letto e sfreccio in salotto per vedere cosa sta succedendo. Angela e Fiona sono lì sedute a chiacchierare tranquillamente, del tutto ignare dei nostri ospiti parcheggiati sotto la neve. «Fuori ci sono due volanti della polizia.» dico.

«Oddio.» sospira Angela. Entrambe assumono un'espressione terrorizzata, e stanno ancora elaborando la frase quando dei forti colpi alla porta ci fanno sobbalzare tutte e tre.

Mi dirigo all'ingresso, la apro e trovo due poliziotte in piedi sulla soglia, tremanti, con le radio che strepitano.

«Scusate il disturbo, ma speriamo che possiate aiutarci nelle nostre indagini.» Fa così freddo che, mentre parla, il suo alito si trasforma in una sorta di nuvola che poi si dissolve nella notte.

La guardo con aria assente.

«Si tratta di un incidente avvenuto lungo la strada a meno di un chilometro da qui...»

«Oh. Farete meglio a entrare.» dico, e le accolgo all'ingresso.

Allarmati dai colpi alla porta, tutti quanti si stanno radunando in salotto con un'espressione interrogativa in volto. «Che succede?» chiede Georgia seguita da Jenna, che sembra molto preoccupata.

Dopo che le due donne si sono presentate come l'Ispettore Capo Freeman e l'Agente Fry, Angela le invita a sedersi e, da buona padrona di casa, ci presenta a uno a uno.

«C'è stato un incidente stradale, a meno di un chilometro da qui lungo la strada.» esordisce Freeman.

«Non mi sorprende con questo tempo da lupi.» risponde Angela, stringendosi nel suo spesso cardigan di lana come per proteggersi. «Qualcuno si è fatto male?»

«Sì,» risponde Fry, chinando leggermente il capo, «ma le circostanze sono misteriose.»

«Oh, perché?» Angela inclina la testa da un lato.

«Esaminando le ferite riportate dalla vittima, e considerati numerosi altri fattori che non posso ancora divulgare, si è trattato di un investimento con omissione di soccorso. La vittima risulta gravemente ferita e al momento è ricoverata in terapia intensiva in condizioni critiche.»

Sembriamo tutti scossi, siamo tutti certamente sconvolti.

«Chiunque abbia commesso il crimine,» prosegue la donna, «chiunque abbia colpito quella persona con l'auto, potrebbe essere un conoscente della vittima, e ci sono forti indizi che non sia stato un incidente.»

L'intera famiglia mormora per esprimere preoccupazione, è evidente che siamo tutti turbati. Non so perché, ma rivolgo un'occhiata a Jenna e sì, forse sono prevenuta, ma giurerei di aver visto un luccichio nei suoi occhi.

«Be', è terribile, agente, grazie per averci informati.» dice Scott, come se la poliziotta avesse affrontato quel viaggio in auto in pessime condizioni meteorologiche solo per comunicarci la notizia.

«Spero che qualcuno qui possa fare luce sull'accaduto.» dice lei. «Qualcuno ha visto o sentito qualcosa? Perché pare che la vittima sia stata colpita da un'auto che viaggiava proprio sulla strada che conduce direttamente a *questo* chalet.»

Ci guardiamo l'un l'altro, e io non posso fare a meno di chiedermi cosa stiano pensando tutti gli altri. Si stanno chiedendo se il pirata della strada sia uno di noi?

«Quindi ci sono altri chalet nei paraggi?» domanda Sam. È

seduto rilassato su una poltrona, Georgia è appollaiata sul braccolo, entrambi hanno ancora il proprio cellulare in mano. Non ho idea del perché l'abbia chiesto, forse spera che ci siano altri ragazzi negli altri chalet. Per il momento, è abbastanza interessato alla questione da aver smesso di fissare il telefono, e perfino Georgia solleva lo sguardo, ma dubito che questo dramma li terrà lontani dai loro schermi ancora a lungo.

«Sì, ci sono cinque chalet, tutti di proprietà della Cornish Cream Leisure. La società ci ha fornito i dettagli di tutti gli arrivi e le partenze di oggi.» risponde lei, prima di tornare alla questione principale. «Il punto è che chiunque abbia colpito la vittima dev'esserne stato consapevole, perché pare che sia stata sbalzata in aria e sia atterrata sul parabrezza, poi l'auto ci è passata sopra in retromarcia.»

Angela sussulta.

«Quindi, come potrete immaginare, abbiamo *molte* domande.» Freeman si guarda intorno. Abbiamo tutti le braccia conserte, come se fossimo sulla difensiva.

«È chiaro che la scientifica potrà ricostruire una parte dell'accaduto, ma questa è la teoria su cui stiamo lavorando al momento, finché i colleghi non riusciranno a raggiungere la scena del crimine. Il tempo è pessimo e la strada è chiusa, e noi dobbiamo trovare quel veicolo.»

Scott è rimasto in silenzio finora, limitandosi a osservare e ascoltare come tutti noi. Ma ben presto il preside che è in lui prende il sopravvento. «Oh... è terribile. Quando è successo?»

«Questo pomeriggio, appena qualche ora fa, perciò è importante riuscire a ottenere informazioni finché i ricordi sono ancora freschi. La strada è l'unica via di accesso agli chalet, quindi dovremo prendere nota dell'orario di arrivo di ciascun ospite, e oggi è il giorno dei nuovi arrivi; perciò,...» Abbassa lo sguardo sui propri appunti. «Il check-out era previsto per le dieci di mattina e tutti gli ospiti hanno lasciato il posto. Secondo le nostre stime, l'incidente è avvenuto questo pomeriggio tra le tre e le cinque, ovvero nell'orario di arrivo dei nuovi ospiti degli chalet.»

«Ma *tutti* noi eravamo per strada in quel lasso di tempo.» commenta Angela. «Potrebbe essere stato chiunque di noi.»

Ci voltiamo tutti a guardarla. Ha ragione, ma tanto valeva accusarci *tutti* di aver investito quella persona, proprio lì davanti alla polizia.

«E come fate a essere così certi che sia avvenuto tra le tre e le cinque, agente?» domanda ora Angela.

Fry solleva lo sguardo dal suo blocchetto per appunti, con molta probabilità più abituata a fare domande che a rispondere. «Risulta facile stimare l'orario grazie alla neve caduta.» Tiene gli occhi fissi su mia suocera mentre lo dice. Non mi sorprenderebbe se pensasse che Angela stia nascondendo qualcosa, ma non è così. Lei guida talmente piano che non riuscirebbe a investire nessuno, nemmeno con il maltempo.

«Dunque supponete che il guidatore che ha commesso il crimine sia ospite in uno degli chalet?» interviene Scott, esprimendo ad alta voce quello che tutti noi pensiamo.

«No di certo, vero?» dice Angela, portandosi una mano alla bocca.

Lei e Scott stanno giocando al poliziotto buono e poliziotto cattivo con la polizia stessa. Lo trovo esilarante, sono davvero pappa e ciccia. Entrambi si prendono troppo sul serio. Anche Angela era un'insegnante, e suppongo che questo sia il risultato di una carriera passata a parlare ai bambini con condiscendenza.

Fry accenna un'alzata di spalle. «Per il momento, questa è la teoria sulla quale stiamo lavorando, chiunque abbia compiuto questo gesto deliberato ha lasciato una persona a morire in mezzo alla neve.» dice. «È un atto gravissimo, e abbiamo ragione di credere che la vittima sia stata presa di mira intenzionalmente.»

Smette di parlare, permettendoci di elaborare queste informazioni. Avverto un brivido freddo lungo la spina dorsale mentre osservo le persone presenti intorno a me. Di certo non è stato nessuno di noi. Vero?

«E gli ospiti degli altri chalet?» domando nel disperato tentativo di respingere questa ipotesi.

«Stiamo interrogando anche loro.»

«Se qualcuno di noi *avesse* visto qualcosa, avrebbe subito chiamato la polizia.» suggerisco, non sapendo cos'altro dire.

Fry mi guarda. «Sì, ne sono certa. Ma nessuno l'ha fatto.»

«No, no, capisco.» rispondo, sentendomi stupida.

«Dunque, per poter proseguire con le indagini, abbiamo bisogno di nomi, orari di arrivo e dati delle auto di tutti. Partiamo da lei, Mrs. Wilson...» Sia io che Fiona solleviamo lo sguardo, pronte a rispondere, ma ovviamente è ad Angela che si sta rivolgendo.

«Jenna e io siamo arrivate intorno alle tre e un quarto,» dice lei, «poi è arrivata Fiona, circa venti minuti dopo di noi.»

Adesso tocca a Fiona dire la sua. «Se state cercando qualcuno che *potrebbe* sapere qualcosa, vi suggerisco di chiedere ai ragazzi dell'addio al celibato che alloggiano nell'ultimo chalet lungo la costa. Per poco non mi hanno gettata fuori strada prima...»

«Oh, davvero?»

«Sì, a circa un chilometro da qui, sono arrivati giù lungo la strada sfrecciando, andavano come pazzi. E con la neve fitta!»

«Come sa che era un addio al celibato?» domanda Fry, e tutti ci voltiamo verso Fiona, che arrossisce e comincia a balbettare.

«Non intendevo in senso letterale, volevo solo dire che si comportavano come se fosse una festa di quel tipo. Urlavano fuori dai finestrini e andavano velocissimi.»

«Grazie, Mrs....?»

«Ms... Sono Ms Penny.» risponde, e un po' mi si stringe il cuore. Le ho rubato perfino il cognome.

Dopodiché, Fry si rivolge al gruppo e, iniziando da Sam, chiede a tutti gli orari di arrivo e una descrizione delle auto su cui hanno viaggiato.

Mentre la polizia fa domande, Angela, da brava padrona di casa, chiede a Jenna di preparare bevande calde per tutti. Di fronte alla richiesta, lei si rabbuia in volto. È evidente che non vuole perdersi nemmeno un istante.

«Adesso?» chiede, mettendo il broncio. «Vuoi che prepari da bere per *tutti*?»

Angela sorride, annuisce in segno di conferma, poi riporta l'attenzione sull'interrogatorio.

Io evito il contatto visivo con Jenna. Se è lei a pubblicare quei messaggi, una sola parola da parte mia potrebbe indurla a sputare il suo veleno senza indugio.

Gira sui tacchi e si dirige in cucina. Jenna è una di quelle persone che fanno qualcosa solo ed esclusivamente per trarne beneficio, e fingersi una cuoca di Cordon Bleu le conferisce un certo status, permettendole al tempo stesso di entrare nelle grazie delle persone che lei pensa possano tornarle utili. Mio marito e sua madre.

Rientra qualche minuto dopo con un vassoio di tazze di tè per le due agenti; a quanto pare, il resto di noi non ne berrà. Io non commento. Sto già avendo abbastanza difficoltà con Olivia che non vuole più stare in braccio, non ho bisogno di complicarmi ulteriormente la vita tenendo in mano una tazza di tè bollente. Poi si mette a strillare e io mi alzo in piedi e passeggio per la stanza con la piccola in braccio, mentre la polizia finisce di fare domande e di bere il tè.

«Finché non sapremo esattamente cosa sia successo su quella strada questo pomeriggio, vi chiedo di stare all'erta.» dice Fry prima di andarsene. Cerco di sentire le sue parole tra le urla di Olivia. Cammino su e giù per il salotto, cullandola senza successo.

«Qualcuno sa cos'è successo su quella strada,» dice ora, «e

devo avvertirvi: la vittima versa in condizioni gravissime. Chiunque sia capace di commettere un atto simile potrebbe essere capace di cose ben peggiori, perciò prestate attenzione, e se qualcuno ricorda un qualsiasi dettaglio, o desidera parlare con me in privato, per favore, chiami la centrale.»

«Wow, in pratica ci sta chiedendo di fare la spia.» dice Sam quando le due agenti se ne sono andate.

«Mettila come vuoi, ma se davvero qualcuno qui ha investito una persona ed è fuggito, cosa che ovviamente nessuno di noi ha fatto, allora sì che dovremmo *fare la spia*, come dici tu.» replica Scott. È stizzoso, l'irritazione trasuda dalla sua voce, poi si volta verso di me.

«Danni, perché non hai portato Olivia nella nostra stanza?» sbotta. «Non riuscivo a concentrarmi su una sola parola di quello che le agenti stavano dicendo con le sue urla in sottofondo, e tu che camminavi su e giù per la stanza, era dannatamente fastidioso.»

«Oh, mi scusi, *Detective* Scott Wilson.» sibilo. «Perché non ce l'hai portata tu nella nostra stanza? O sei troppo impegnato a risolvere il mistero?» sbotto, pentendomene subito quando Angela, Fiona e Jenna si voltano tutte a guardarmi. Jenna ha gli occhi spalancati, è palesemente elettrizzata da questa situazione. Me la immagino a sgranocchiare popcorn.

«Scusa, Danni, io... è solo che era veramente fastidioso, e anche l'agente cercava di prendere appunti, ma non riusciva a sentire quello che stavamo dicendo.» risponde in tono conciliatorio.

Sono così arrabbiata da non riuscire a parlare, mi limito a camminare in tondo, cullando Olivia, che strillando ancora più forte sembra determinata a mettermi in imbarazzo tanto quanto mio marito. Ma prima che possa fare qualsiasi cosa, Jenna si incammina verso di me allungando le braccia. «Forza, Danni, lasciami provare un attimo, tu sei stressata e i bambini lo percepiscono.» Ora sta toccando Olivia, in modo apparentemente delicato, ma tenta di strapparmela dalle braccia, e più lei cerca di tirarmela via, più io la stringo forte.

«Le serve una pausa, diglielo, Scottie.» dice, afferrando Olivia, e per un istante rivolgo il mio sguardo a lui nella speranza che intervenga, che mi supporti, ma mio marito mi guarda inerme. Sono sola in questa situazione.

«No, NO.» dico a voce più forte, ma i nostri sguardi si incrociano, e io vedo i suoi occhi di acciaio che mi fulminano. Possibile che nessun altro lo veda? Tengo stretta la mia bambina, ma lo stesso fa lei, e tira con tanta forza che temo Olivia possa farsi male se continuo a opporre resistenza. Così, riluttante, allento la presa, e Jenna me la strappa dalle braccia.

«Va tutto bene.» dice a mia figlia, abbassando lo sguardo su di lei, sussurrando con una finta vocina rassicurante a cui io non abbocco. Ogni mio singolo nervo freme, non sopporto che tocchi la mia bambina, voglio disperatamente riportarla al sicuro tra le mie braccia. Ma ora che Jenna la sta cullando, avvicinandola al proprio volto, Olivia, nel ritrovarsi tra le braccia di una sconosciuta, all'improvviso si è acquietata, incerta, e questo dà l'impressione che sia tranquilla.

«Wow, sei davvero portata.» annuncia Fiona in un tono pieno di allusioni. Vorrei tirarle un pugno, subito dopo aver colpito Jenna, che adesso si muove in cerchio intorno alla stanza con mia figlia, mentre tutti sussurrano la loro approvazione per il modo in cui l'ha fatta smettere di piangere.

Mi mordo la lingua, provo a mantenere la calma e mi avvicino a lei con le braccia tese. «Adesso la porto a fare il bagnetto.» dico, tentando di non far trapelare la paura e l'odio che provo.

«Va tutto bene, Danni,» dice Jenna, guardandomi dritta in faccia. «Posso badare io a lei per stasera, tu prenditi del tempo libero. Te lo meriti.»

«No, non mi serve.» insisto. «La rivoglio indietro, rivoglio indietro Olivia.» Allungo di nuovo le braccia, e questa volta lei fa un passo indietro stringendo a sé la bambina, come se di me non ci si potesse fidare.

«Danni, sta bene con Jenna.» sento Scott mormorare, e questa è la goccia che fa traboccare il vaso.

«Jenna, DAMMELA!» urlo, provocando il pianto di Olivia, mentre Jenna si guarda intorno mostrandosi sorpresa della mia rabbia.

«E va bene, va bene, se proprio la vuoi.» dice, come se volessi solo dare spettacolo. Riprendo Olivia in braccio e, nonostante le sue grida, il sollievo mi inonda. Mi dirigo in camera nostra con le gambe tremolanti. Dopo aver chiuso la porta, mi sdraio sul letto con mia figlia, che nel giro di pochi minuti si calma e si addormenta. Me ne sto lì sdraiata a lungo ad ascoltare il suono delle voci, una strana esplosione di risate, qualcuno che racconta una storia, tutti che ascoltano. Io non faccio parte di tutto questo, il mio posto non è qui con queste persone, mi sono illusa a pensare che un giorno sarei riuscita a integrarmi in questa famiglia con le sue regole di comportamento, la sua storia, i suoi segreti. Ma d'altro canto, chi sono io per parlare di segreti di famiglia quando ne nascondo uno grosso tutto mio. Adagio Olivia nel suo lettino e mi addormento per un po', poi vengo svegliata da Scott quando circa un'ora dopo si mette a letto.

«Stai bene adesso?» domanda, come se dovessi vergognarmi per il mio comportamento di prima.

«Sì, sto benissimo, e continuerò così a patto che quella non si avvicini di nuovo a nostra figlia.» dico a voce un po' troppo alta.

«Oh, Danni, ti prego, dacci un taglio.» dice con un sospiro mentre si sbottona la camicia.

Mi metto seduta sul letto, spingendo qualche cuscino dietro di me. «No, non ci do un taglio. Sono davvero convinta che l'offerta di Jenna di cucinare per noi questo fine settimana sia molto più infausta di quanto tua mamma e chiunque altro sembri pensare.»

Scott non risponde, si limita a mettersi a letto con aria stanca.

«Non riesco a credere che Angela l'abbia *invitata*. Secondo me è venuta qui per vendicarsi di *me*. So che sembra una cosa esagerata, e dubito che Jenna mi farebbe realmente del male.» aggiungo in fretta, prima che possa accusarmi di essere paranoica. «Credo solo che si diverta a vedere il mio disagio in sua presenza. E quella... quella *performance* con Olivia è stato troppo, sapeva che mi avrebbe turbata togliendomela dalle braccia. È malvagia.»

«Danni, stai drammatizzando troppo, stava solo cercando di aiutarti.»

«Non è così, maledizione, non hai visto la scena? È stato brutale. Mi fa davvero paura, non riuscirò a dormire dopo quello che è successo. Non sopporto l'idea che sia sotto lo stesso tetto con me e Olivia, non mi fido di lei, Scott.» Mi volto verso mio marito nella speranza di avere il suo supporto.

«Oh, Danni, sei stressata. Non dormi e questo ti rende paranoica.»

Ecco, ci risiamo.

«Cavolate, non ha niente a che fare con questo. Semplicemente non vedo per quale altro motivo, tra tutte le persone possibili, si sarebbe avvicinata proprio a tua madre. Ed è palese che così facendo si è assicurata un biglietto gratis per questo fine settimana.»

«Jenna non è così ambigua. Ha perso il lavoro e adesso fa la cameriera in un bar, ha bisogno di soldi, tutto qui.» dice lui in tono deciso.

«Oh, quindi dovrebbe dispiacermi per lei?»

«No, ma è a causa *tua* se adesso si trova in questa situazione difficile.»

«Non di nuovo. *Sai* cos'è successo, Scott, e tu stesso hai dato il consenso.»

«Non avevo scelta, mi stavi minacciando di andare dalla polizia...»

«Non capisco come tu faccia a non essere terrorizzato da lei. Si è presentata qui sembrando la mia sosia, si spaccia per una cuoca di Cordon Bleu e cerca di portarmi via mia figlia, è una fottuta pazza!»

«Non credo proprio che queste cose facciano di Jenna, per usare le tue stesse parole, *una fottuta pazza.*»

«Si è decolorata i capelli, si è perfino fatta il mio stesso identico taglio!» Mi sporgo in avanti per essere faccia a faccia con lui. «Vuole mia figlia.»

«Danni, non è così.» È divertito dalla situazione.

«Stai ridendo di me?»

«No, credo solo che tu faccia degli esempi un po' bizzarri per dimostrare la follia di una persona. Ha cercato di aiutarti a tranquillizzare Olivia, e ha funzionato. Avete comprato entrambe lo stesso giubbino, e tu non hai il monopolio dei capelli biondi corti.»

«Non dico di avercelo, ma lei portava i capelli lunghi e scuri fino a poco tempo fa, e in più ho una foto su Instagram in cui indosso quel giubbino, lei deve averla vista e ha comprato lo stesso identico modello. Scott, all'improvviso si è trasformata in me.»

Lui si limita a fissarmi, scuotendo la testa.

«Che c'è?»

«Smettila, tutta questa storia è assurda, ti comporti come una sedicenne! Si è tagliata e tinta i capelli, e chi lo sa, magari aveva quel giubbotto da molto più tempo di te. E se anche ti stesse copiando, cosa che dubito, guarda il lato positivo. L'imitazione è la forma più sincera di adulazione.»

«Non sono lusingata. Sono spaventata. E perché adesso fa la

cameriera e si spaccia per una cuoca di Cordon Bleu quando chiaramente non lo è?»

«Potrebbe esserlo. Ma qualsiasi cosa faccia, ammiro il fatto che si sia rimessa in sesto così in fretta e che non disdegni di lavorare in un bar per guadagnarsi da vivere.»

«Wow, la ammiri *proprio* tanto, non è così? E come diavolo ha fatto a trovare tua madre? Di certo non può essere una coincidenza.»

Scott inizia a parlare lentamente per dimostrare quanto io stia mettendo alla prova la sua pazienza. «Non sapeva che Angela avesse qualcosa a che fare con me. Per puro *caso* mia mamma è andata al bar dove lei lavorava e si sono messe a chiacchierare.» dice. Per essere un uomo istruito, a volte sa essere molto stupido, o forse pensa che la stupida sia io e che gli creda? Jenna ha sempre avuto un debole per Scott, ed essendo io stata l'altra donna, so con quanta facilità lui si innamori di una donzella in difficoltà. Ma Jenna crede davvero che io sia così stupida da lasciare che si insinui nel mio matrimonio?

Forse *sono* paranoica. Ma nei confronti di Jenna non nutro la stessa fiducia di Scott, né la grande stima che sembra avere lui. Qualunque cosa dica, non mi farà cambiare idea, perché presentarsi alla nostra vacanza di famiglia, con lo stesso giubbotto giallo, con un nuovo taglio di capelli identico al mio non è una coincidenza: è *inquietante*.

7

FIONA

«Be', Jenna, era veramente squisito.» disse Angela posando la forchetta e afferrando il tovagliolo per tamponarsi la bocca.

«Già, era davvero buono.» concordò Georgia. Ero particolarmente contenta che mia figlia fosse stata entusiasta della cena, perché negli ultimi due anni le sue abitudini alimentari erano state discontinue, a dir poco.

Invece, la mia preoccupazione più grande quella sera era rivolta a Sam, che aveva trascorso le due giornate precedenti a un rave party e, a giudicare dai suoi occhi, ne subiva ancora i postumi. Mio figlio aveva abbracciato pienamente il lato sociale della vita universitaria, che sono certa fosse una piacevole distrazione dopo il divorzio dei suoi genitori. Ma la sua magnifica vita sociale stava forse interferendo con gli impegni accademici? Avevo condiviso i miei timori con Scott solo la settimana prima, ma lui aveva detto di non preoccuparmi, Sam doveva solo crescere, e sarebbe successo prima o poi. Nonostante spesso chiacchierassimo a lungo al telefono quando Danni era fuori casa o quando era tardi e lei già dormiva, era molto diverso quando lei era presente. Molte volte sentivo la bambina strillare, Danni lamentarsi in sottofondo e lo stress nella voce di Scott.

«Accidenti, Danni, sono al telefono.» diceva a denti stretti, e lei rispondeva allo stesso modo. In quelle occasioni mettevo giù il telefono chiedendomi con stupore come un uomo di mezza età potesse essere così folle da scambiare una vita felice e tranquilla con una vita dura e insonne fatta di nuove mogli e nuovi figli.

«Grazie, Jenna, il manzo era eccellente.» disse Scott.

«Ce n'è ancora tanto.» annunciò Jenna e, sporgendosi verso di lui, cominciò a servirgli un'altra porzione con grande cura.

«Sì, grazie, Jenna, era delizioso. Vorrei avere la ricetta...» iniziai a dire, ma prima che potessi completare la frase, o che Jenna potesse rispondere, Danni prese la parola.

«Quindi cosa diavolo è successo stasera su quella strada?» Si stava rivolgendo a tutto il tavolo, riportando l'attenzione su di sé, palesemente infastidita dai complimenti rivolti a Jenna.

«Che bel modo di rovinare l'atmosfera.» mormorai, chiedendomi ancora una volta che problema avesse con questa giovane donna che sembrava molto gradevole e desiderosa di compiacerci. A differenza di Danni.

«Be', magari non *tutti* sono turbati,» disse lei con enfasi rivolgendomi un'occhiataccia, «ma io mi sento in colpa sapendo che una persona è stata investita a poche centinaia di metri da qui e noi ce ne stiamo qui a mangiare *stufato*.» Allontanò il suo piatto a malapena assaggiato, come se fosse contagioso.

Ne seguì un silenzio imbarazzante. Si udiva solo il tintinnio delle posate di Scott sul piatto – avevamo tutti ormai finito di mangiare, ma lui si stava gustando la seconda porzione.

«Non è *stufato*, è manzo alla borgognona.» disse infine Jenna, il volto paonazzo per la rabbia a malapena contenuta.

«Ed è buonissimo, il migliore che io abbia mai mangiato, Jenna, grazie.» la rassicurò Angela.

«Non pensiamo all'incidente,» dissi in tono calmo, «è il fine settimana del compleanno della nonna.»

Notai gli occhi di Danni alzarsi al cielo e le rivolsi uno sguardo truce, che lei ricambiò, con aria di sfida.

«Sì, ben detto, mamma.» incitò Sam. Ne ero grata, forse aveva colto la frecciatina maligna di Danni rivolta a me e a Jenna? Mio figlio odiava i conflitti, ne aveva sentiti parecchi nelle settimane che portarono suo papà ad abbandonare la casa coniugale. E ora, come allora, era ansioso di calmare le acque. Era un risolutore, non esisteva nulla che gli desse più soddisfazione del rimettere a posto le cose.

«Chi vuole farsi un bel bagno caldo nella vasca idromassaggio dopo?» disse a un tratto. Per poco non scoppiai a ridere. Clima gelido a parte, pensava davvero che uno spumeggiante bagno di gelosia e risentimento avrebbe alleviato questa tensione? Altro che stufato! Ne verrebbe fuori un bell'intruglio, pensai tra me e me.

«La vasca idromassaggio? Con questo tempo? Si congela.» esclamai.

«È proprio questo il punto, mamma,» rispose lui, divertito. «Segui gli indizi, ho detto "bagno caldo".»

Danni ridacchiò sotto i baffi, cogliendo al volo la presa in giro di mio figlio per trasformare il mio commento in qualcosa di negativo e meschino.

«Non ne ho mai capito l'utilità.» dissi, rifiutandomi di cascarci.

«Be', tanto per iniziare, puoi startene lì tutta notte a guardare le stelle, non importa quanto sia freddo, l'acqua ti tiene al caldo.» rispose lui.

«Preferisco sedermi davanti al camino.» mormorai.

«Anch'io.» intervenne Angela. «Quando mi hanno detto che c'era la vasca idromassaggio, non sapevo nemmeno cosa fosse, ma ero certa che a voi giovani sarebbe piaciuta.» Indicò

Jenna, Danni e i ragazzi, e all'improvviso mi sentii molto vecchia.

«Sì, io ci sto a fare il bagno nella vasca idromassaggio, Sam.» propose Jenna. Il modo in cui pronunciò il suo nome e lo fissò negli occhi mi portò a chiedermi se potesse esserci della chimica tra loro. Mi venne in mente che gli avrebbe fatto bene avere una bella ragazza nella sua vita. Jenna aveva qualche anno in più e la testa sulle spalle, e io avrei anche potuto ignorare le braccia ricoperte di tatuaggi e il trucco pesante, se avesse cucinato così ogni sera.

«Mangiamo il dolce nella vasca idromassaggio?» suggerì lei. «Ho preparato la cheesecake.»

Angela ed io ci scambiammo un'occhiata perplessa.

«Mi sembra un'operazione complicata.» scherzai.

«Be', io *amo* le complicazioni.» disse Danni entusiasta, rivolgendomi un'occhiata sprezzante. «Contate pure su di me!»

«Okay, fantastico, allora mangiamo il dolce nella vasca?» suggerì Sam.

«Evviva.» rispose lei con una vocina civettuola, il tipo di voce che immaginavo avesse usato mentre seduceva mio marito. Nonostante fossero sposati, continuavo a considerare Scott *mio* marito.

«Angela mi aveva detto che ci sarebbe stata la vasca idromassaggio, così ho portato il bikini.» aggiunse lei. Senza dubbio non vedeva l'ora di esibire quel corpo post-parto, sembrava che avesse trascorso tantissimo tempo in palestra, ma Georgia mi aveva detto che aveva iniziato ad allenarsi a casa dopo aver avuto Olivia.

«Ha i pesi e fa la cyclette.» mi aveva rivelato mia figlia in un raro momento di mancanza di discrezione. Georgia era evidentemente colpita dall'impegno di Danni nel mantenere la forma fisica, ma cercava di nascondere l'ammirazione per la sua matrigna quando parlava con me. Solo di rado mi raccontava qualcosa dei pernottamenti a casa di Scott e Danni, perché cercava di proteggermi. Nonostante la sua giovane età, mia figlia era intuitiva e sapeva che le mie domande innocenti sui suoi fine settimana celavano un desiderio di carpire informazioni che avrebbero potuto ferirmi. Io morivo dalla voglia di conoscere le minuzie della loro vita domestica da innamorati e paragonarla a quello che avevamo avuto noi. Volevo sapere *perché* avesse preferito lei a me e ai nostri figli, e mi sarei aggrappata a qualsiasi briciola che i ragazzi si lasciavano dietro ingenuamente per usarla come prova di ciò che era andato storto per noi e bene per loro. Ma Georgia sapeva cosa stessi facendo e quanto fosse doloroso per me; perciò, raramente mi raccontava i momenti che condivideva con Scott e Danni.

Non avendola mai vista insieme ai miei figli, mi chiedevo spesso che matrigna fosse. E da quel che avevo potuto osservare fino a quel momento, pareva che usasse la sua giovane età a suo favore, giocandosi la carta dell'amica, della sorella maggiore, piuttosto che della matrigna severa. Ma nonostante ce la mettesse tutta per essere una di loro, pareva non cogliere il significato sottinteso di ciò che stava accadendo. Probabilmente Sam aveva accennato alla vasca idromassaggio in quel modo un po' goffo per cercare di rimanere solo con Jenna. Avevo la sensazione che desiderasse conoscerla meglio, e se anche lei provava lo stesso? Georgia ovviamente l'aveva intuito e aveva detto di non essere interessata all'idromassaggio, ma a Danni sembrava sfuggire questo dettaglio. Felice e ignara, avrebbe fatto da terzo incomodo, a meno che non stesse deliberatamente cercando di intromettersi? Dopotutto, non era una grandissima fan di Jenna. Qualunque fosse il motivo che l'aveva spinta a unirsi a loro, adesso Jenna e Sam si sarebbero messi a guardare le stelle in compagnia della matrigna di lui!

«E la bambina?» chiesi. Era una domanda tendenziosa da parte mia, soprattutto dopo la scenata con Jenna. Sapevo che l'avrebbe infastidita, ma non potei farne a meno. Speravo che ricordarle di sua figlia potesse spingerla a rinunciare alla vasca idromassaggio, e consentire a Sam e Jenna di stare un po' di tempo da soli.

Ma la testa di Danni si voltò di scatto e mi fulminò con lo sguardo. «È anche figlia di Scott. Non ha mai badato a Sam e Georgie quando *loro* erano piccoli?» Sorrise a Scott con fare cospiratorio, come se condividessero una battuta segreta su di me.

«No, non proprio.» replicai. «Scott è un bravo papà, ma non ci sapeva fare con i bambini, vero?» chiesi direttamente a lui. Scott si strinse nelle spalle, senza sorridere. «No,» proseguii, «se la cava meglio quando raggiungono l'età scolare.» Non voleva essere un'offesa nei suoi confronti, ma ovviamente fu così che venne percepita, e lui mi incenerì con lo sguardo. Era tutto così fragile, questo conflitto tra passato e presente, la dinamica tra due mogli plasmate dal dolore e dal risentimento. Ogni parola, ogni azione, era percepita come una vittoria o una sconfitta, uno stupido gioco arbitrato dall'uomo che aveva causato tutta quella sofferenza. Avrei dovuto dichiarare una tregua in quel preciso istante, perché c'era solo un vincitore in questa guerra tra mogli: il marito.

«Mi occupo volentieri della piccola se vuoi unirti agli altri nella vasca idromassaggio, Danni.» si offrì Angela, come sempre una scialuppa di salvataggio in mezzo alla tempesta, che era esattamente ciò che Danni sperava. Era evidente che aveva visto in quel fine settimana un'occasione per rilassarsi e scaricare la bambina ad Angela, come aveva fatto fin dal primo momento in cui aveva messo piede in casa.

«Non passerai il weekend a fare da babysitter.» sbottai, poi cercai di indorare la pillola. «Senti, Angela, questo weekend è in tuo onore. Sei stata fin troppo gentile a invitarci tutti qua a tue spese, e mi dispiace, ma non dovresti trascorrere il giorno del tuo compleanno cambiando pannolini e mettendo a nanna una bimba.»

Vidi Danni starsene seduta a bocca spalancata, simulando un'espressione oltraggiata, ma io la ignorai.

«Posso badare io a Olivia.» si offrì Jenna. Questa frase atterrò in mezzo a noi come una bomba, e tutti abbassammo gli occhi sul tavolo, in attesa della reazione di Danni finché, per il sollievo di tutti i presenti, Scott si alzò in piedi. «Ci penso io a Olivia.» disse con aria stanca. «Sono abituato a metterla a letto. Tu va' nella vasca idromassaggio con gli altri.»

Danni si accigliò. Rimasi sorpresa da quell'offerta perché, in passato, sarebbe stato lui quello nella vasca idromassaggio, mentre io badavo a Sam e Georgia. Evidentemente questa seconda volta si sentiva più coinvolto. Ma d'altra parte, con ogni probabilità stava cercando di evitare una nuova guerra tra le due in nome di Olivia. Quell'episodio aveva lasciato tutti con l'amaro in bocca.

E così, mentre i "ragazzi" – Jenna, Sam e Danni – portavano i propri dessert fuori sul terrazzo in legno, io e Angela ci sedemmo davanti al fuoco con i nostri dolci, mentre Scott metteva Olivia a letto.

«Questa cheesecake è fantastica, leggerissima e soffice.» commentò Angela.

«Sì, devo dire che hai fatto la cosa giusta ad assumere Jenna. Anche se non sono sicura che Danni ne sia altrettanto entusiasta, non trovi?»

«Me lo sono chiesta. Ha a malapena assaggiato quel manzo squisito. Credo che Jenna sia più amica di Scott.»

«Amica di *Scott*?» Ne rimasi sorpresa.

«Sì. Non penso che lei e Danni vadano d'accordo.»

«Mhmm, ho come la sensazione che a Danni non piaccia. Prima, quando l'ha incontrata, sembrava... non so, *turbata* di vederla.»

Angela si strinse leggermente nelle spalle e sorrise con

affetto, come se non mi avesse sentita, o avesse scelto di non farlo.

Entrambe guardammo fuori verso la terrazza in legno, osservando in silenzio i ragazzi nell'idromassaggio, i faretti colorati passavano pian piano dal blu al verde al rosa, il vapore assumeva tutte le diverse sfumature, cambiando la scena minuto dopo minuto.

«Finalmente è sistemata.» Scott ruppe il silenzio entrando nella stanza dopo aver messo Olivia a dormire. Si mise a parlare con sua madre della dentizione della piccola, mentre io tenevo d'occhio il terrazzo, dove Jenna e Sam se ne stavano seduti in acqua a parlare. Pochi secondi dopo apparve Danni, si tolse lentamente l'accappatoio rivelando un bikini striminzito, che mi parve inappropriato per una riunione di famiglia.

«Danni sta benissimo, la bambina ha appena dodici mesi.» mormorai in tutta onestà. Scott non rispose e Angela aveva la mente altrove.

Ero incantata a guardare Danni, che subito distolse l'attenzione di Sam da Jenna dicendogli qualcosa mentre entrava nella vasca. Osservai lui che osservava lei, e notai l'espressione di mio figlio quando Danni entrò in acqua, sedendoglisi un po' troppo vicina. Era evidente che adesso era Jenna a sentirsi il terzo incomodo e, mentre Danni fissava mio figlio negli occhi, lei uscì dall'idromassaggio. Mi aspettavo che uscisse anche Sam, ma non lo fece. Anzi, non sembrò nemmeno notare che se n'era andata. Rimase seduto nel vapore e nella penombra a parlare con la sua matrigna sotto le stelle, come se fosse una cosa che avevano già fatto molte altre volte.

Nel giro di pochi secondi, Jenna entrò in salotto avvolta in un asciugamano.

«Fa troppo freddo per me là fuori.» borbottò, sorridendo a Scott. «Fatti più in là, Scottie.» disse, infilandosi accanto a lui sull'estremità del divano. Avevo già sentito Jenna rivolgersi a lui in quel modo prima, ma ancora una volta rimasi sorpresa dal suo tono confidenziale. Nessuno chiamava Scott "Scottie", l'avrebbe odiato, dico bene? Invece non sembrava irritato, si limitò a spostarsi un po' più in là sul divano per farle spazio e continuò a fissare la vasca idromassaggio come il resto di noi. Trovavo sgradevole vedere Sam in atteggiamenti piuttosto intimi con la sua matrigna e, a giudicare dal silenzio di tomba, credo che anche tutti gli altri la pensassero allo stesso modo. Lanciai un'occhiata a Scott, ma non riuscii a vedere il suo volto perché Jenna mi bloccava la visuale. Mi chiesi perché non si fosse seduta accanto a me con tutto lo spazio libero che c'era sul divano. Aveva ragione Angela nel dire che Jenna e Scott erano amici, o c'era forse dell'altro – almeno da parte della ragazza?

Ero inquieta e sì, anche un po' afflitta nel vedere quanto Sam e Danni fossero a loro agio l'uno con l'altro. Non avrei mai immaginato che condividessero questo tipo di intimità. Sam non parlava mai di lei, solo le informazioni più basilari se ero io a chiederle: sì, c'era anche lei; sì, ha cucinato la cena; sì, sta bene. Mai nulla di significativo che mi permettesse di farmi un'idea. Nessuno dei miei due figli mi aveva mai fornito resoconti dettagliati del tempo passato insieme a lei e io avrei dovuto esserne grata, rendeva tutto più semplice. Ma adesso, la scena che si stava svolgendo all'esterno suggeriva un'amicizia *molto* stretta, che andava oltre il semplice rapporto tra matrigna e figliastro. Li osservai con discrezione ma attentamente mentre parlavano, una conversazione in apparenza così intima, così segreta, che le loro teste dovevano stare per forza vicine. Parlava quasi solamente Sam, ed era evidente che quel discorso non somigliava per niente alle chiacchierate monosillabiche che a volte si degnava di fare con me. Mi sentii ferita; non solo Scott mi aveva scaricata per una moglie nuova e migliore, ma ora anche mio figlio mi aveva sostituita con una madre nuova e migliore.

Tutti quanti continuammo a guardare fuori, in silenzio come se fossimo al cinema, in attesa di vedere la scena successiva. Dovetti afferrarmi al divano per impedirmi di uscire furiosa là fuori e porre fine a qualsiasi cosa stesse succedendo, era insopportabile. E quando, nella nebbia prodotta dal vapore e dai loro aliti caldi, vidi Danni toccare la luccicante spalla nuda di mio figlio, il mio cuore sprofondò. Poi, lei si avvicinò ancora di più a lui e gli sussurrò qualcosa all' orecchio. Il modo in cui i loro corpi si toccarono, scombussolò tutto il mio mondo.

8
DANNI

Sabato

Mi sono svegliata questa mattina sentendomi sconvolta e arrabbiata. Ieri sera sono rimasta sorpresa quanto Fiona e Angela quando Scott si è offerto di occuparsi della bambina mentre io ero nella vasca idromassaggio. Certo, mi sono sentita sollevata, perché non volevo fare un'altra scenata con Jenna che giocava a fare Mary Poppins e cercava di portarmi via Olivia. Ma Scott si è comportato perfino peggio: dire "Sono abituato a metterla a letto" con quel tono, davanti a Fiona e a sua madre, è stato imperdonabile. L'insinuazione che io sia un genitore negligente, mentre Scott si occupa di tutto, è semplicemente falsa. Ero così arrabbiata da non riuscire nemmeno a parlargli, sono andata in camera, ho indossato il costume e sono entrata nella vasca idromassaggio. Ma più tardi, quando sono tornata nella nostra stanza, mi sono arrabbiata ancora di più nel vedere Olivia nella culla con indosso solo il pannolino e una magliettina a maniche corte, mentre lui se ne stava sdraiato a ronfare.

«E questo vorrebbe dire metterla a letto? Non le hai

nemmeno messo il pigiama!», gli ho urlato dritto in faccia mentre dormiva.

Ero in piedi di fronte a lui, in attesa di discutere. Forse stavo esagerando, ma qua dentro sono sottoposta a una grandissima pressione.

«Scott?» ho detto, aspettando una risposta, ma lui si è limitato a voltarsi e coprirsi la testa con il cuscino per non dovermi ascoltare. Ero ferita e arrabbiata, e se a quel punto lui mi avesse semplicemente circondata con un braccio dicendomi di stare tranquilla, mi sarei sentita meglio, invece mi stava ignorando. Era come se nemmeno gli *importasse*.

«Fai credere di essere Mr. Perfettino, soprattutto a Fiona e a tua madre... volevi che pensassero che sei il padre dell'anno!» ho detto tra le lacrime.

«Sssshhh, sveglierai tutti.» ha mormorato lui.

«Non mi INTERESSA!» ho gridato, proprio per essere assolutamente certa che *tutti* si svegliassero, accidenti! Purtroppo, in quei "tutti" era compresa anche Olivia, e ho dovuto prendermene cura io mentre lui se ne stava a letto mezzo addormentato, riproponendo le solite vecchie lamentele.

«Ecco, hai svegliato Olivia e probabilmente anche tutti gli altri, non ti importa di *nessuno* se non di te stessa.» ha borbottato. «Davvero, devi essere più rispettosa delle altre persone.»

«Oh, invece tu sei così *rispettoso* delle altre persone. *Non devi svegliare tutti, non devi turbare mia madre o Fiona, non devi ferire i sentimenti di Jenna*. Che ne è dei *miei* sentimenti?» ho urlato.

«Non ce la posso fare, Danni.» ha detto lui da sotto il cuscino.

«Nemmeno io, Scott. Sono tua moglie, ma ti importa più di Fiona, lei viene sempre per prima e lo sa benissimo, sa che se ti chiede una cosa tu gliela darai, che se ha bisogno tu ci sei. Non dobbiamo assolutamente contrariare Fiona!» Mi sono gettata sul letto e ho singhiozzato contro il cuscino, pensando a come la sua incapacità di lasciare una volta per tutte sua moglie abbia influenzato le nostre vite. Solo pochi mesi fa, Scott ed io eravamo stati invitati a cena da alcuni miei amici. Avevo perso un po' del peso accumulato con la gravidanza, avevo comprato un vestito nuovo e non vedevo l'ora di passare una serata tra adulti, conversando e gustandomi del buon cibo. Ci eravamo accordati con Angela perché facesse da babysitter a Olivia, ma sono convinta che l'abbia detto a Fiona perché, mezz'ora prima di uscire di casa, il telefono di Scott squillò. Ricordo il tuffo al cuore quando disse «Oh, ciao, Fiona.» Se ne andò in un'altra stanza, come faceva sempre quando parlava con lei, e al suo ritorno disse: «Georgia torna dalla gita scolastica stasera, ma Fiona ha mal di testa e non può andarla a prendere.»

Ero davvero amareggiata, non riuscivo a credere che si fosse spinta così in basso.

È davvero una persona orribile, e se ha l'occasione di danneggiarmi, non si fa scrupoli.

E non mi riferisco solo ai grandi eventi come le serate fuori casa, ma anche a episodi minori. Fiona vuole rovinare tutto, e anche ieri mentre ero seduta nella vasca idromassaggio con gli altri, la vedevo fulminarmi con lo sguardo dalla finestra del salotto. Mi guardava con tale disgusto solo perché indossavo un bikini. Poi, non appena sono entrata in acqua, Jenna è uscita e – ma che sorpresa! – si è unita a Scott, Fiona e Angela, che credevano di essere discreti, ma attraverso il vapore riuscivo a vederli mentre mi osservavano, mi giudicavano. Ho visto Jenna apparire in salotto e infilarsi accanto a Scott sul divano mentre Fiona se ne stava seduta da sola su un immenso e morbido sofà. Conoscevo il giochino di Jenna, e anche quello di Fiona. Non mi fido di nessuna delle due, perciò sento la mia ansia crescere. È orribile trovarsi sotto lo stesso tetto con due persone che, lo so benissimo, mi odiano.

Adesso mi volto a guardare Scott nella luce fioca del mattino. Ha spostato il cuscino da sopra la testa e ora dorme accanto a me. Nella penombra, osservo il suo splendido volto a riposo. Allungo una mano e tocco i suoi capelli neri arruffati, lascio scorrere il dorso della mano lungo il suo viso, il rilievo dei peli della barba sulla mascella volitiva, le ciglia lunghe, e un bel paio di zigomi come sua madre. Un tempo amavo quel viso, avrei fatto qualsiasi cosa per lui. Lo amo ancora, mi ha dato Olivia, ma non è più lo stesso.

Scott si muove e io mi metto seduta sul letto, tocco il suo petto nudo. Apre gli occhi e per un brevissimo istante mi chiedo se potremmo fare sesso, ma quella spontaneità è sparita, entrambi sappiamo che Olivia si sveglierà presto, viviamo sempre e solo di ritagli di tempo. Abbiamo fatto sesso di fretta ieri, poco dopo essere arrivati qui. Lui sembrava infervorato, ma io gli ho detto che mi sembrava strano farlo con la sua ex moglie nella stanza accanto. Potrei giurare che fosse proprio questo a eccitarlo ancora di più, e prima ancora di rendermene conto, mi sono ritrovata seduta sul lavandino del bagno en suite con le gambe avvolte intorno a lui, cercando di non gemere troppo forte. Ma adesso sto ancora facendo i conti con la rabbia di ieri sera. Ho bisogno che lui mi ascolti e prenda atto del modo in cui le sue parole mi fanno sentire; perciò, gli dico che mi ha ferita ieri, quando mi ha fatto sembrare una madre snaturata di fronte a tutti. Ma lui si limita a sollevare il piumone e dirigersi in bagno a lavarsi i denti. Così ci rinuncio e tento un approccio più positivo. «Ti va di fare qualcosa oggi, solo noi tre?» propongo mentre lui sputa il dentifricio nel lavandino.

«No», risponde, asciugandosi il viso con una salvietta.

Sorrido incredula di fronte alla sua maleducazione. «Non puoi dire solo di no in questo modo. Potremmo fare un giretto in macchina?» suggerisco. Siamo arrivati solo ieri e già mi sento claustrofobica.

«Hai visto la neve?» domanda lui, rientrando nella stanza. «Non si va da nessuna parte con questo tempo. E forse te ne sei dimenticata, ma oggi è il compleanno di mia madre.» aggiunge, afferrando i vestiti e indossandoli così in fretta che sembra sul punto di scappare via.

«Non me ne sono dimenticata.» Indico un borsone nell'angolo della stanza. «Ho comprato e impacchettato tutti i regali per lei. E le ho anche preparato una torta.»

«Allora perché suggerisci di andare a farci un giro e lasciarla da sola il giorno del suo compleanno?» Sta indossando i calzini dandomi la schiena, non si volta nemmeno a guardarmi.

Alzo le mani in aria in preda alla frustrazione. «Non è così!» sibilo. «Ho solo pensato che sarebbe stato carino ritagliarci un po' di tempo per noi, per stare insieme.»

«Avremo tutto il tempo del mondo per stare *insieme* una volta tornati a casa, ma adesso siamo qui per una vacanza di famiglia e non gira tutto intorno a quello che vogliamo *noi*.» Lo dice con il tono pieno di sussiego che di solito riserva alle assemblee scolastiche, quando qualcuno "manca di rispetto a qualcun altro" chiacchierando o usando il cellulare.

«Oh, ma smettila, sei solo uno stronzo presuntuoso.» borbotto sottovoce.

Finge di ignorarlo. «Magari puoi aiutare Jenna in cucina, credo che potresti fare almeno un tentativo.» Finalmente si volta a guardarmi. «Eravate amiche un tempo, non sarebbe poi così assurdo, no? Credo che tu non ti stia comportando bene nei confronti di mia madre, stai rovinando l'atmosfera.»

«Scusa, non volevo offendere tua mamma, ma non esiste che io mi avvicini anche solo lontanamente a quella psicopatica che sta in cucina.»

«Jenna non è una psicopatica...»

«È una psicopatica e una bugiarda.» dico a voce un po' troppo alta, poi abbasso il volume quando Olivia si dimena. «Cordon Bleu? Direi più che altro Cordon Bleah, non sa preparare nemmeno un toast!» dico con un sussurro teatrale. «Meglio che continui a dedicarsi al suo lavoro principale: la spacciatrice.» aggiungo, incapace di trattenermi.

«Sono proprio i commenti come questi che possono rovinare la vita della gente. Ha perso il lavoro perché tu hai fatto osservazioni infondate come questa...»

«Non erano osservazioni *infondate*. Santo cielo, Scott, a volte sembri maledettamente altezzoso, come un giudice della Corte Suprema. Vorrei che tu riuscissi a vedere oltre, Jenna sta inscenando un teatrino per te e tua madre, recita la parte della dolce ragazzina innocente, ma non lo è, Jenna è...»

«Abbassa la voce, ti sentono tutti, sei isterica, Danni. E per quanto riguarda la sua formazione culinaria, puoi dire quello che ti pare, ma i suoi piatti di ieri sera erano squisiti.» Fa una pausa mentre si alza in piedi, infilandosi il maglione. «E ritengo che sia stato scortese da parte tua non mangiare.»

«Be', facci l'abitudine, perché non mangerò nulla di quello che prepara *lei*. Sta mentendo sul fatto di essere una chef qualificata. E probabilmente aggiungerà un ingrediente segreto nei miei piatti: il maledetto liquido antigelo.»

Scott alza gli occhi al cielo. «Allora morirai di fame, perché è *lei* la cuoca.»

«Oh, ma tu non devi preoccuparti, Mr. "Io ne prendo una seconda porzione, grazie, Jenna".» Ripeto la sua richiesta con una vocina stridula. «Ammettiamolo, non ci sarà nemmeno una goccia di liquido antigelo nel tuo piatto, *Scottie*.» aggiungo imitando la voce inquietante e compiacente di Jenna. «Non mi fido di lei, non riesco a credere che siamo state amiche, ma adesso so che è una carogna, e anche la polizia deve saperlo.»

Ripenso a quando Jenna ed io eravamo amiche, e non ci volle molto prima che lei coinvolgesse Scott in un cosiddetto progetto di scienze di cui, a quanto pareva, era "appassionata". So che Scott stava cercando di migliorare il suo programma di insegnamento delle materie scientifiche, ma perché rimanere al lavoro fino a tardi per discuterne all'infinito con Jenna? Lei era l'assistente di laboratorio, e come dissi a Scott all'epoca: «Perché non discuterne direttamente con gli *insegnanti* della materia in questione?»

«Perché Jenna è una ventata di novità, la nuova generazione, ed è piena di idee.» aveva risposto colmo di entusiasmo. Avrei voluto vomitare; per come la vedevo io, non era altro che una piccola opportunista che si era aggiudicata il lavoro mentendo. E adesso ho ancora la stessa sensazione.

Scott se ne sta lì in silenzio a fissarmi, pensando a quale sia la cosa più orribile che possa dirmi. Attendo, preparando già la mia risposta, ormai abituata a questo nostro gioco di crudeltà reciproca.

«*Tu* sei la carogna, Danni. Lei è giovane e brillante, ha tutta la vita davanti, *ecco* perché ce l'hai tanto con lei.»

Ahia, eccole lì, le parole che bruciano come uno schiaffo sulla mia guancia. Quindi è così che lui la vede, non è vero? *Giovane e brillante*. Io la vedo in modo molto diverso, è una minaccia per me e il mio matrimonio, so che è disperata, e le persone disperate sono pericolose.

«Come puoi essere così intelligente e allo stesso tempo non vedere ciò che è proprio davanti ai tuoi occhi? Non sono *gelosa* di lei, non mi *fido* di lei, Scott!»

«Oh, non fare la drammatica. È solo una ragazzina. Questa non sei tu, cos'è successo alla donna forte e indipendente che ho sposato?»

«L'hai *sposata*, ecco cos'è successo.» sbotto. «E non sono solo io a essere cambiata, Scott. Tu sei come un qualsiasi altro uomo di mezza età, che cerca la redenzione attraverso il sesso con donne più giovani, mentre rimane aggrappato agli ultimi capelli che gli rimangono in testa.»

Adesso è in piedi davanti alla porta. Capisco dalla contrazione di una vena sulla sua fronte che questa frase l'ha ferito, ma all'esterno non fa una piega. È così controllato, ma sta pensando a come ribattere. «Dio, sei meschina.» dice infine. «Com'è che non me ne sono mai *accorto?*» Mi guarda con tale astio, tale cupezza, che un brivido mi attraversa.

Getto indietro le coperte e afferro la vestaglia, dirigendomi verso il bagno en suite. Voglio andarmene, fuggire via dal suo odio. «Mi faccio una doccia, perché tu non prendi Olivia e mostri a tua mamma e alla tua ex quanto sei bravo a darle la colazione? Oh... ma forse ti servirebbe una mano, perché non l'hai mai *fatto* prima!» sibilo, sbattendo la porta del bagno con tanta forza che tutti nello chalet devono averlo sentito.

Apro il rubinetto della doccia e me ne sto in piedi sotto il getto d'acqua calda. Mi calma, ma non abbastanza. Sono piena di rabbia, ma sono anche triste per come sono andate le cose. C'è stato un tempo, quando Scott era ancora sposato con Fiona, in cui me ne stavo a mollo nella vasca da bagno del mio appartamento in affitto a fantasticare su di lui, canticchiando canzoni d'amore e *sapendo* che era l'uomo giusto. Ero convinta di non aver bisogno d'altro se non che lui lasciasse sua moglie e costruisse una vita con me, così gli avrei dimostrato cos'era il *vero* amore. E dopo il divorzio, il matrimonio e la nascita di nostra figlia, la gente andò avanti, scoppiarono nuovi scandali, tutti quasi si dimenticarono che io ero "l'altra donna" e diventammo semplicemente Scott e Danni. Finalmente avevamo cancellato Scott e Fiona, e non erano più l'infedeltà e i pettegolezzi riguardo ai nostri amoreggiamenti sulla scrivania della presidenza a definirci. Mantenemmo i nostri lavori, nacque nostra figlia ed eravamo sulla buona strada per riuscire a riscattarci e riabilitare la nostra reputazione, o almeno così credevo. Ma la realtà di essere sposata con Scott è ben lontana dai sogni a occhi aperti che facevo quando ero single e canticchiavo canzoni d'amore nella vasca da bagno.

Uscita dalla doccia, mi vesto e clicco sul forum, andando dritta al post del grande segreto. È come una malattia. Non riesco a riposare, non riesco a dormire, non riesco a fare a meno di controllare ogni momento se qualcuno ha scritto qualcosa, perché se non lo faccio, chissà per quanto tempo quel post può rimanere lì alla portata di tutti? Charlotte non mi ha ancora risposto, spero solo che abbia ricevuto i miei messaggi e sia lì pronta a cancellare il post rivelatore non appena sarà pubblicato, perché sicuramente succederà.

Scorro verso il basso, trattenendo il fiato, sperando che non sia stato aggiunto nulla, e quando arrivo in fondo alla pagina, non ci sono aggiornamenti. Posso rilassarmi... per ora.

All'improvviso il telefono fisso inizia a squillare. Mi fa sobbalzare e, dopo qualche secondo, la voce di Scott ci chiama tutti a raccolta in soggiorno.

«C'è la polizia al telefono. Potete raggiungermi? Devono parlare con tutti noi.

Mentre entriamo in salotto l'uno dopo l'altro e ci accomodiamo su divani e poltrone, Scott dice «Ho messo in viva voce. La polizia ha delle novità.»

«Sono l'Ispettore Capo Freeman. Mr. Wilson, ci siete tutti?»

«Sì, siamo tutti qui.» risponde lui.

«Sono spiacente di interrompere la vostra mattinata, e in effetti la vostra vacanza, ma temo di non avere altra scelta. Sono emerse ulteriori questioni riguardanti sia le indagini che il maltempo, e me ne scuso, ma purtroppo ci saranno ripercussioni per lei e gli altri ospiti.»

«Va bene» risponde Scott con cautela. Il tono della voce di Freeman non promette nulla di buono.

«Ci sono sette ospiti nello chalet, corretto?»

Scott tiene in braccio Olivia, che con un tempismo perfetto emette un verso.

«Sì... no, in realtà, c'è Olivia. Devo correggermi, siamo in *otto*, includendo anche una bambina di quasi un anno.»

Sorridiamo e questo smorza un po' la tensione, ma avrei voluto che lasciasse parlare la poliziotta, tutti quanti ci stiamo chiedendo cosa diavolo sia tutta questa storia.

«In primo luogo, il motivo per cui vi ho chiamato invece di *venire* allo chalet, è che è stata emanata un'allerta meteo rossa. È caduta così tanta neve nella notte che tutte le strade della zona, sia di accesso che di uscita, sono bloccate. È impossibile lasciare la baia, per non parlare di quanto sia pericoloso; perciò, vi chiediamo di rimanere in casa.»

Tra tutti noi si leva un mormorio carico di preoccupazione. Avrei voglia di gridare: il solo pensiero di essere bloccata qua dentro con Jenna e Fiona a causa della neve è terrificante. A un tratto sono sull'orlo delle lacrime, il panico mi cresce nel petto.

«Ma c'è dell'altro. Sono spiacente di informarvi che, purtroppo, la vittima dell'investimento di ieri è morta. Abbiamo condotto ulteriori indagini e sembra che i nostri sospetti siano stati confermati... *non* si è trattato di un incidente. Abbiamo aperto un'indagine per *omicidio*, e stiamo chiedendo a tutti di non abbandonare il luogo fino a nuovo avviso.»

9

FIONA

Quando l'Ispettore Capo Freeman ci comunicò la morte della vittima dell'investimento, rimanemmo tutti lì seduti, sconvolti e sotto shock.

Pensai che Danni avrebbe perso le staffe. «Non posso...» disse, «non posso stare qui un minuto di più.»

Mentre il resto di noi stava elaborando il fatto che una persona era morta, Danni pensava solo a sé stessa. Una volta tanto, Scott non la assecondò, si limitò a ignorare la sua scenata e continuò a dondolare Olivia sulle proprie gambe, con il cellulare in mano. Ma con mio grande sgomento, Sam si alzò, andò a sedersi accanto a lei e le circondò le spalle con un braccio. Un fremito di preoccupazione inondò il mio corpo.

«Avremo bisogno della vostra piena collaborazione, e nelle prossime quarantott'ore parleremo con *tutti* gli ospiti degli chalet...» stava dicendo Freeman, mentre io osservavo la mano di Sam massaggiare la spalla di Danni.

Distolsi lo sguardo, chiaramente disturbata dalla morte della vittima, ma sempre più disturbata dall'intimità del rapporto tra mio figlio e la sua matrigna.

«Siamo ancora in una fase iniziale delle indagini e nessuno

si è fatto avanti.» diceva Freeman. «Sebbene ci siano diversi chalet nelle vicinanze, e abbiamo interrogato tutti, come dicevo ieri, la strada su cui è avvenuto l'incidente porta dritta al *vostro chalet.*»

Mi guardai intorno per vedere le reazioni degli altri, ma sembravano tutti circospetti.

«Salve, Detective, posso dire una cosa?» domandò Angela.

«Sì, certo, ma vi chiedo la cortesia di presentarvi prima di prendere la parola.» ordinò risoluta Freeman. Non aveva più quell'aria da "scusate il disturbo" che aveva assunto il giorno prima, la questione si era fatta seria e lei era diventata molto più pragmatica.

«Angela... sono Angela Wilson. Volevo solo far notare che non siamo stati solo *noi* a percorrere quella strada ieri.» Sembrava sulla difensiva.

«Ha visto un'altra auto?» chiese subito Freeman.

A quella domanda, Angela si avvilì leggermente. «No, ma il fatto che le macchine abbiano percorso quella strada non significa che il conducente sia arrivato *qui*. Non può essere che uno degli altri ospiti si sia immesso su questa strada e poi abbia svoltato, trovando un percorso alternativo diretto al *proprio* chalet?»

«No, tutte le stradine laterali che si immettono su quella strada sono vicoli ciechi. Solo pochi metri più avanti si entra nel bosco, non c'è via d'uscita, a meno che non si faccia inversione e si torni verso la strada principale o verso questo chalet.»

«Merda.» mormorò Jenna sottovoce. Ci voltammo tutti verso di lei, che arrossì e assunse un'espressione imbarazzata.

«Qualcuno potrebbe aver percorso quella strada, poi aver fatto inversione ed essere tornato indietro?» suggerì Scott, riportando la conversazione sulla questione principale.

«Non ci sono segni di inversioni di marcia.» rispose Fry. Ebbi la netta sensazione che ci stesse mettendo alla prova. La sua voce era solenne, le parole misurate, e le pause di silenzio ci rendevano inquieti.

«E se fosse arrivato in fondo alla strada, avesse investito la vittima, avesse fatto inversione e fosse tornato indietro?» chiese Sam, e mi sembrò una domanda ragionevole.

«Impossibile. Purtroppo, la neve ha coperto gran parte delle tracce di pneumatici, ma da quel che abbiamo potuto osservare, tutti i veicoli che sono passati da quella strada ieri sono arrivati direttamente al vostro chalet. Per il momento non riusciamo a determinare con precisione *quale* veicolo fosse, né *chi* stesse guidando...»

«Ve l'ho detto, una Ferrari piena di ragazzi ieri mi è sfrecciata accanto.» suggerii. «Erano diretti al nostro chalet.»

Ci fu un istante di silenzio dall'altro capo del telefono, poi la poliziotta domandò: «Le persone a bordo di quell'auto si sono presentate al vostro chalet?»

«Nessuno si è presentato qui, ci siamo solo noi.» disse Angela, il che smentì la mia versione.

«Sì, ma mi sono passati accanto,» dissi, «a gran velocità.» La mia voce si affievolì, non ero più sicura di cosa volessi dimostrare.

Freeman non rispose, senza dubbio pensavano che mi sbagliassi... o che me lo stessi inventando.

«Non ci sono telecamere?» chiese Scott.

«No. Ma ciò che *possiamo* stabilire con certezza in questa fase iniziale, è che il veicolo che ha investito e ucciso la vittima è arrivato dritto al vostro chalet.»

Tutti quanti abbassammo lo sguardo sul lucido pavimento in legno. Credo che ciascuno di noi stesse cercando di sembrare innocente, di controllare le reazioni degli altri senza incrociarne gli sguardi. Probabilmente quel comportamento ci fece sembrare *tutti* colpevoli, e fui contenta che Freeman fosse dall'altro lato del telefono anziché davanti a noi in carne e ossa, con i vestiti gocciolanti e lo sguardo indagatore.

«Ma, con tutto il rispetto,» Scott non aveva intenzione di

lasciar perdere, «ha nevicato tutta notte, di certo avrà coperto tutte le tracce.»

«Forse. Ma speriamo che l'intervento tempestivo della squadra forense ieri abbia permesso di raccogliere una grande quantità di informazioni che altrimenti sarebbero andate perse durante la notte.»

Sospirai. A causa del maltempo e dell'atto di pirateria stradale, eravamo completamente bloccati qui dentro tutti insieme. Il panico mi inondò il petto, non riuscivo a pensare a niente di peggio.

Alla fine, lasciandoci con molte domande e poche risposte, Freeman si congedò dicendo che avrebbe richiamato l'indomani con ulteriori informazioni. «Se qualcuno è a conoscenza di qualcosa, o scopre qualcosa nel frattempo, ci chiami, anche con la massima riservatezza, se necessario.»

«È convinta che sia stato uno di noi.» disse Sam con leggerezza una volta riattaccato il telefono. Nessun altro parlò, rimanemmo tutti seduti zitti con aria evasiva, finché Angela non ruppe il silenzio.

«È una cosa molto triste.» disse. Tutti quanti annuimmo e mormorammo la nostra tristezza.

«Sì, è davvero una brutta notizia.» rispose Scott. «Pensare che una persona è morta a poche centinaia di metri da qui mi inquieta.»

«Anche a me, e mi dispiace per la vittima, chiunque fosse. Ma questo significa che la polizia ci può tenere tutti rinchiusi qui dentro come sospettati per tutto il tempo che vuole.» ribatté Danni.

«Dobbiamo collaborare, Danni.» disse Scott con un tono lievemente ammonitorio.

«Io sto *collaborando*.» sibilò lei. «Mi sento solo come se fossi chiusa in una boccia per pesci rossi e tutti ci stessero osservando. Sam ha ragione: credono che sia stato uno di *noi*!»

«Potranno anche *pensarlo*, ma noi *sappiamo* che non è così, quindi manteniamo la calma e facciamo quello che ci chiedono.» Scott era irascibile e, cosa del tutto insolita per lui, stava lasciando trasparire i suoi sentimenti.

«Non ce la faccio.» borbottò lei, sembrava sull'orlo delle lacrime. Si ritrasse da Sam e si alzò in piedi, poi si diresse in camera sua, sbattendo la porta alle proprie spalle. Angela mi lanciò un'occhiata e inarcò le sopracciglia. Imitai il suo gesto e suggerii a tutti di prenderci una pausa.

«È una notizia terribile,» dissi, «ed è difficile da metabolizzare per tutti noi. Credo che dovremmo prenderci un po' di tempo.»

«E la cena di stasera?» domandò Jenna, guardando prima me e poi Scott.

«Credo che dovremmo continuare a fare quello che stavamo facendo.» rispose lui. «Hai sentito cos'ha detto la detective, non possiamo andarcene, ed è triste che una persona sia morta, ma questo non cambia nulla per noi. Mia mamma ci ha invitati qui per il suo compleanno e io penso che dovremmo onorare l'invito e festeggiare, in modo consono.» Si voltò verso Sam. «Niente palloncini o fuochi d'artificio, caro mio.»

Sam si strinse nelle spalle. «L'anno prossimo.»

Nessuno rispose. Tutta questa farsa non era forse stata organizzata perché Angela aveva lasciato intendere che questo avrebbe potuto essere il suo ultimo compleanno? Osservai gli altri alzarsi e tornare alle proprie attività quotidiane. Rimanemmo solo Angela, Jenna ed io.

«Buon compleanno?» dissi ad Angela con un sorriso.

«Grazie.» Sembrava triste. «Non è esattamente un'atmosfera di festa. Quel pover'uomo.»

«Ammesso che *sia* un uomo?» dissi.

«Sì, ma certo. Non abbiamo idea di *chi* sia la vittima, è tutto così assurdo.»

«Non è poi così assurdo se il gesto è stato intenzionale; non è quello che ha detto la polizia?» sottolineò Jenna.

Mi strinsi nelle spalle. «E chi lo sa? L'interpretazione della polizia non è sempre quella giusta. Mi riesce difficile credere che qualcuno possa aver fatto una cosa del genere intenzionalmente.»

«Ne rimarresti sorpresa.» ribatté lei.

«Cosa vuoi dire?» domandai.

«Certa gente non si ferma davanti a nulla per ottenere quello che vuole.» disse in modo enigmatico, poi si alzò e di diresse in cucina, dove avrebbe preparato una delle sue complesse ricette francesi per la cena di quella sera.

«Ti serve una mano?» mi offrii prima che uscisse dalla stanza. Speravo di trovarmi da sola con lei e scoprire a chi si stesse riferendo con quel *non si ferma davanti a nulla*.

«No, grazie. È una scienza, non posso essere disturbata.» Si appoggiò allo stipite della porta. «Cucinare per me è come un intervento di neurochirurgia, non posso lasciar entrare nessuno in cucina mentre sto operando, disturba la mia concentrazione.»

Ridacchiò e fece un inchino prima di sparire. Angela e io sorridemmo, rimanendo a sorseggiare il nostro caffè e a osservare la nascita di un nuovo giorno. Nell'ora successiva, ci godemmo la lenta trasformazione del paesaggio in una distesa bianco-bluastra, dalla terra al mare e fino al cielo. I fiocchi di neve sembravano fiori che cadevano dal cielo al rallentatore, atterrando leggeri sulla sconfinata coltre bianca luccicante. Appena oltre, le grigie increspature del mare.

«È spettacolare il mare d'inverno.» commentai. Avendo vissuto per tutta la vita nelle Midlands, senza sbocchi sul mare, per me il massimo era stato visitare qualche caletta durante l'estate, con il gelato e il pizzicore delle spalle scottate dal sole.

«Il paesaggio marino in questo periodo dell'anno ha una bellezza quasi crudele.» rispose lei, annuendo mentre parlava. Guardammo fuori dalla finestra verso quello splendido, infido paesaggio. Angela sembrava riflessiva e io mi chiesi, ancora una volta, se non stesse meditando sulla fine della sua vita.

«Stai bene?» domandai, esitante.

Si voltò a guardarmi, leggermente spaventata.

«È solo che... hai detto che questo potrebbe essere il tuo ultimo compleanno. Scusami se te lo chiedo ma, stai poco bene, Angela?» dissi con delicatezza.

«Non lo so. A dire la verità, non mi va di parlarne.» Sembrava turbata, e io mi pentii di essere stata così invadente.

Decisi di lasciar perdere e magari chiedere a Scott di parlare con lei. Se era malata, dovevamo saperlo, perché tutti quanti avremmo voluto starle vicino. Desideravo che condividesse questa preoccupazione con noi, e avvertii un lieve senso di colpa, perché non era così che aveva pianificato di trascorrere il giorno del suo compleanno. Avrebbe dovuto essere un momento di festa, invece eravamo bloccati lì a riflettere sulla morte di una persona.

Nelle ore successive, la tormenta di neve continuò, e dentro casa tutto sembrava grigio e privo di significato. Ci riunivamo di tanto in tanto per esaminare le prove, fare il punto della situazione e assicurarci che tutti stessimo bene. O forse ci stavamo controllando l'un l'altro nel caso qualcuno avesse confessato?

Il morale di tutti era a terra, perfino la piccola Olivia se ne stava seduta con aria assonnata sulle ginocchia del suo papà, senza tutta quell'agitazione che aveva mostrato la sera precedente. La quiete del mattino sembrava appropriata date le circostanze, e credo che ci aiutasse a elaborare l'accaduto. Ma Sam, come sempre, aveva gli auricolari nelle orecchie. Non era un amante del silenzio, e ben presto apparve Danni, che riuscì a trovare abbastanza spazio per sedersi accanto a lui. Si appoggiò alla sua spalla e allungò una mano verso un orecchio di lui, prendendo con cautela uno dei due auricolari e infilandolo nel proprio orecchio mentre gli sorrideva. Lui ricambiò il sorriso, era evidente che fosse felice di condividere la musica con la sua giovane matrigna. Mi sentii male.

«Sarebbe potuto capitare a me, mentre guidavo da sola lungo quella strada ghiacciata, se mi fossi fermata a controllare una ruota o a prendere qualcosa dal bagagliaio.» disse all'improvviso Danni. I suoi pensieri ruotavano sempre intorno a sé stessa.

«Non se è stato intenzionale.» le fece notare Angela. «Se, come ha detto la polizia, si è trattato di un gesto intenzionale, allora l'assassino lo conosceva, e *tu* non saresti stata un bersaglio interessante.» aggiunse in tono sprezzante. In quella situazione di confinamento, i veri sentimenti delle persone avevano già iniziato ad affiorare, ma ora, senza una data di termine, perfino Angela non riusciva a nascondere ciò che provava. Mi piaceva la sua risolutezza, Danni si meritava di essere rimessa al proprio posto, sembrava che tutto girasse sempre intorno a lei.

«Non lo sappiamo, potrebbe essersi trattato di omicidio intenzionale di uno sconosciuto?» replicò Danni a sua suocera.

«Non ha alcun senso.» si intromise Jenna entrando in salotto dalla cucina. A questa frase, Danni si voltò. Stava per ribattere, ma intervenni io.

«Sentite, credo davvero che dobbiamo smetterla di continuare a rimuginarci su.» dissi. «Nessuno di noi sa cos'è successo, lasciamo le indagini alla polizia. Vi vanno i pancake per colazione?»

«Colazione? È quasi ora di pranzo.» disse Danni.

«Va bene, allora pancake per pranzo.» Non le avrei permesso di rovinarmi quell'iniziativa. Tutti gli altri accolsero la mia proposta con un certo entusiasmo, soprattutto Georgia, che aveva sempre amato i pancake.

«Ci preparavate sempre i pancake il sabato mattina quando eravamo piccoli.» Guardò prima me e poi Scott.

«Allora forza, Fiona, in onore dei vecchi tempi?» chiese lui, alzandosi e consegnando Olivia ad Angela.

«Io penso che farò volentieri a meno di questo tuffo nel passato.» sentii Danni borbottare tra sé e sé e, alzandosi in piedi, s'incamminò lungo il corridoio diretta nella loro camera da letto.

«Ti do una mano.» Jenna balzò in piedi dal divano come un cucciolo impaziente, saltellando dietro a Scott.

«Credo che non ci sia bisogno di me.» dissi ad Angela. «Scott ha tutto l'aiuto del mondo.»

Lei sorrise, tenendo in braccio la bimba addormentata. Sembrava stare bene, ma era consapevole di non essere in sé, e di tanto in tanto pareva assente. Decisi di rimanere con lei per tenere d'occhio la piccola.

«Jenna sembra affezionata a Scott.» dissi. Dopo aver visto come si era comportata in sua presenza la sera prima, ero ansiosa di capire la dinamica. «Credi che lo veda come una figura paterna?» chiesi.

Angela si strinse nelle spalle. «Speriamo di sì.»

Mi si rivoltò lo stomaco. Non sarebbe stata la prima volta che il mio ex marito era coinvolto in una relazione con una donna molto più giovane.

«Dubito che veda Danni come una figura *materna*.» disse Angela con un risolino. «Danni non è materna nemmeno con la *sua stessa* figlia.» mormorò sottovoce mentre scrutava il volto di sua nipote che dormiva.

Ed eccolo lì. Per quanto cercasse di rimanere leale e neutrale, e nonostante il suo recente stato di smarrimento, aveva visto Danni per ciò che era davvero.

Rimasi in attesa che dicesse qualcos'altro sulla sua nuova nuora, ma in modo piuttosto irrazionale riportò l'attenzione su Jenna.

«Jenna è una ragazza adorabile, sai.» Lo disse come se io potessi non essere d'accordo.

«Sì, sembra carina.» risposi, adattandomi senza problemi al nuovo argomento. «La conoscevi già prima che lavorasse al bar?»

Si portò un dito alla bocca. «Non dirlo a Danni, ma sono stata io a farle avere quel lavoro al bar.»

La fissai in totale confusione.

«A Scott dispiaceva per lei, aveva dovuto mandarla via e mi chiese di guardarmi intorno, nel caso qualcuno stesse cercando personale da assumere, e al bar c'era bisogno di una cameriera. Così io la presentai al titolare e Scott le diede le referenze, all'insaputa di Danni.»

«Ma perché non voleva che Danni lo sapesse?»

«Disse che Danni era gelosa di Jenna e aveva raccontato a tutti che aveva problemi con la droga. Da quanto ho capito, disse a Scott che, se non si fosse liberato di lei, sarebbe andata alla polizia... o qualcosa del genere.»

«Quindi lui si liberò di lei, nel senso che la licenziò?»

Angela annuì.

Questo non era da Scott. Non avrebbe mai licenziato qualcuno solo perché Danni gli aveva detto di farlo, era un uomo tutto d'un pezzo e avrebbe fatto solo ciò che riteneva giusto. C'era sotto dell'altro, ma Angela non lo sapeva, oppure lo nascondeva.

«Credi forse che Jenna avesse *davvero* problemi con la droga ed è per *questo* che Scott la mandò via dalla scuola?»

«No, Danni aveva solo *detto* che era così, ma stando a quanto dice Scott, credo che Jenna fosse molto amata dai ragazzi e se la cavasse bene nel suo lavoro, e questo a Danni non piaceva. Nessuno riuscì a dimostrare la presenza di droghe, nessuno dei ragazzi segnalò mai un problema, ma Danni continuò a insistere finché lui disse di non avere altra scelta.»

«Eh?» Non aveva alcun senso per me, ma era *molto* intrigante. Prima che potessi farle altre domande, Angela riprese a parlare di Jenna, la sua mente balzava da un argomento all'altro come una cavalletta.

«Jenna è una brava persona, e mi dispiace molto per lei. Scott dice che ha avuto un'infanzia difficile, ha trascorso diverso tempo in affido e io credo sia per questo che è... be', che a volte è un tantino *impetuosa*.» disse quasi in un sussurro.

Non poteva essere sfuggito all'attenzione di Angela che Jenna era amica di entrambi i miei figli, e sollevò una mano in sua difesa. «Nulla di cui preoccuparsi, è una ragazza assolutamente a posto.» Era ansiosa di rassicurarmi, agitando la mano in aria con noncuranza, come se non dovessi dubitarne. Capivo perché Jenna avesse bisogno di supporto, e ammiravo Scott per l'aiuto che le dava, ma ero più interessata al fatto che Danni era in qualche modo riuscita a farla licenziare. Era ovvio che Danni fosse pericolosa, e ora la tensione tra le due acquisiva un senso.

Prima che potessimo discuterne ulteriormente, Georgia entrò nella stanza con piatti, posate e tovaglioli, e cominciò ad apparecchiare.

«Allora, come stanno venendo questi pancake?» chiesi allegramente.

Georgia alzò gli occhi al cielo. «Ci stiamo mettendo una vita. Jenna è convinta di aver lasciato le uova nel bagagliaio dell'auto; perciò, papà la sta aiutando a portarle in casa.»

Era chiaro che non ne fosse contenta, e non ero sicura del motivo, ma qualcosa in quello scenario mi disturbava. Jenna aveva chiesto a Scott di aiutarla e Georgia si era sentita esclusa? O c'era qualcos'altro sotto? Vedevo il modo in cui lei lo guardava, e mi infastidiva.

«Ci vogliono *due* persone per recuperare una ventina di uova dalla macchina?» domandai con un sorriso, cercando di nascondere a Georgia i miei dubbi e la mia preoccupazione.

Si strinse nelle spalle. «Boh. Ho detto che sarei andata io ad aiutare Jenna, così papà poteva continuare a cucinare i pancake. Ma nessuno dà mai retta a *me*.»

«Oh, amore, questo non è vero.» ribattei, percependo il suo dolore.

«Tesoro, tutti quanti ti danno retta, perché sei dolce e intelligente e interessante.» commentò Angela con un sorriso smagliante.

«Tu sei mia mamma e tu sei mia nonna,» ribatté Georgia fingendosi imbronciata, «siete di parte.»

«Nient'affatto.» scherzò Angela, e tutte sorridemmo mentre io mi sforzavo di non pensare a Jenna e Scott, e alla morte, e al fatto che eravamo bloccati in casa dalla neve, e ai campanelli d'allarme che sentivo quando pensavo a Sam e Danni. Ci ero già passata. Ma questa volta non avevo intenzione di starmene con le mani in mano e lasciare che la mia vita venisse stravolta in mia assenza, avrei assunto il controllo. E così, con il pretesto di andare in bagno, sgattaiolai nel corridoio. Volevo controllare dove fosse Sam ed ero tentata di andare in cucina per vedere se Scott e Jenna erano davvero andati a prendere le uova nell'auto. Guardai l'orologio, era da poco passata l'una. Udii delle voci e il cuore mi sprofondò nel petto come un macigno. Solo una cosa poteva essere peggiore dell'idea che Scott avesse un debole per Jenna, ossia che Sam avesse un debole per Danni, e dopo la loro intimità della sera prima nella vasca idromassaggio, quel dubbio mi frullava ancora per la testa.

Vagabondai nel corridoio il più a lungo possibile, nel disperato tentativo di sentire ciò che si stavano dicendo. Udii solo «Morirei se lo dicessi a papà.» e poi, all'improvviso, Danni spuntò sulla soglia della porta. Aveva un'espressione cupa, evidentemente pensava che avessi sentito qualcosa che non avrei dovuto sentire. Lo speravo.

Nel frattempo, Scott e Jenna ci impiegarono diciassette minuti per recuperare le uova, nonostante l'auto fosse parcheggiata appena fuori dalla porta della cucina. Prima che rientrassero, controllai nella credenza: conteneva sei confezioni intere per un totale di trentasei uova che, secondo i miei calcoli, sarebbero state sufficienti per preparare i pancake per tutti.

«Sono *deliziosi*, Scott.» commentò orgogliosa Angela, circa mezz'ora più tardi. Ci eravamo seduti a fare colazione con i pancake al tavolo del salotto open space.

«Sei davvero pieno di sorprese, tesoro.» proseguì, come se suo figlio avesse appena scoperto la cura per il cancro. Scott era il suo prezioso unico figlio e lei lo adorava, ma aveva sempre esagerato con le lodi. Di conseguenza, Scott era cresciuto aspettandosi di essere adulato per qualsiasi cosa facesse, dall'ottenere una promozione a portare fuori la spazzatura. E vederlo così raggiante per i complimenti ricevuti mi fece sorridere.

Dovetti ricordare a me stessa che non era più mio marito. Talvolta, questo mi coglieva ancora di sorpresa, e mi sentivo perfino peggio perché sapevo che il più grande desiderio dei ragazzi era quello di vederci tornare insieme. Come se avessi bisogno di prove, Georgia ora era seduta al tavolo con un sorriso a trentadue denti rivolto a me e suo padre. Sam si era unito a noi e, nonostante fosse incollato al cellulare, sembrava rilassato e felice, e flirtava con Jenna. Sembrava che Jenna piacesse anche a Georgia, ma era un po' timida in sua presenza, il che non mi sorprendeva. La ragazza più grande, con le labbra rosse, i capelli biondo platino e i tatuaggi artistici, doveva essere fin troppo "cool" agli occhi di mia figlia. Temevo che i ragazzi si sarebbero annoiati un po' quel fine settimana, ma a quanto pareva, Jenna era in grado di intrattenerli entrambi, seppur in modo molto diverso.

Per me, la nostra colazione a base di pancake era un momento d'oro: niente Danni, niente drammi, nessuna tensione, solo una famiglia seduta intorno a un tavolo a mangiare pancake. Era come ai vecchi tempi, e io osai immaginare un mondo senza Danni. La piccola Olivia avrebbe potuto essere la nostra terza figlia? Avevo sempre desiderato un altro bambino. Quanto avrei voluto allora poter fermare il tempo a quella mattina innevata. Era come se, senza Danni, tutto fosse puro e bianco, incontaminato. Ma ancora per poco...

10
DANNI

«Buon compleanno, Angela.» dico mentre ci sediamo a tavola per la tanto temuta cena di compleanno.

Mi sto sforzando di non pensare a quante altre volte sarò costretta a farlo con quella falsa di Jenna e quell'arrogante di Fiona. Gli interminabili convenevoli e i runner da tavola senza fine sono troppo da sopportare per chiunque abbia un cervello.

«In otto ci stiamo comodi.» continua a rassicurarci Angela, ma non c'è nulla di *comodo* in questa serata. Jenna ha apparecchiato la tavola. Ha senza dubbio cercato su Google "come allestire una tavolata di compleanno", perché questo "scenario innevato", come lo chiama lei, è *esagerato*. Dai piatti alle candele, ogni cosa è bianca, la tovaglia e il runner, i tovaglioli, c'è perfino un dannato pezzo di rete bianca appeso al soffitto sopra il tavolo.

«Rappresenta la neve.» annuncia Jenna quando Angela le fa i complimenti per la mise en place.

«Spero solo che la "neve" non finisca su una candela, perché con questa struttura in legno non ci sarà la neve, ci sarà il fuoco.» sottolinea Scott. Sento il delicato rimprovero nella sua voce. Lo conosco bene perché è lo stesso modo con cui si rivolge a me, e dall'espressione sul volto di Jenna capisco che è mortificata. Come sospettavo, questo allestimento non era per Angela, era per Scott, e senza nemmeno rendersene conto, lui l'aveva pubblicamente rifiutata. Jenna reagisce con un debole sorriso a qualcosa che dice Georgia, poi fa il giro del tavolo per versare il vino nei nostri calici, i suoi occhi colmi di lacrime passano inosservati a tutti, tranne che a me. Ha lavorato sodo per questa cena di compleanno e, per chiunque sia, qualunque motivazione l'abbia spinta, non posso fare a meno di essere dispiaciuta per lei. Georgia e Sam l'hanno *aiutata*, ma per tutto il pomeriggio non hanno fatto altro che gonfiare palloncini e urlarsi contro per una partita a Monopoly. Facevano così tanto chiasso che non riuscivo a far addormentare Olivia per il sonnellino pomeridiano, così Scott l'ha portata a fare una passeggiata e a giocare un po' nella neve, cosa che ha fatto calmare lei e anche me. Adesso è nel suo lettino nella nostra stanza, e speriamo solo che dorma per almeno un paio d'ore.

«Allora, l'antipasto.» annuncia Jenna, entrando con un grande vassoio e posandolo al centro della tavolata.

Ci sono sette piattini e, spostandosi in cerchio per consegnarne uno ciascuno, li appoggia con cautela sul tavolo.

«Antipasto? Da quando una salsiccia bella grossa è un antipasto?» Sam sta facendo una battuta, ma proprio come suo padre, anche lui a volte ci va giù un po' pesante con l'umorismo. Si guarda intorno, aspettando che uno di noi si metta a ridere, ma perfino a me non va di sbeffeggiare Jenna. Che impressione darei?

«È tartufo nero con salsiccia.» replica Jenna, un po' sottotono adesso, ma comunque sorridente. «Ho preparato le salsicce io stessa, è una ricetta francese.» prosegue, mentre Sam borbotta: «Ok, la salsiccia c'è... ma la patata dov'è?» puntando ancora una volta a suscitare risate, senza riuscirci.

«La salsiccia al tartufo è accompagnata da mele caramellate, purea di sedano rapa e salsa al Calvados.» prosegue lei a voce più alta, non solo per fingere di ignorare Sam, ma anche per coprire la sua voce. Non scorre buon sangue tra i due, è evidente che lui le dà ai nervi. Sam è leggermente più giovane di lei ed è un ragazzo divertente, gentile e adorabile, ma è palese che Jenna ne sia irritata.

«Prego, buon appetito.» ordina, rimanendo a breve distanza dal tavolo, senza dubbio in attesa delle lodi.

Con mia sorpresa, l'antipasto è davvero buono, anche se le scaglie di tartufo nero hanno un sapore sospettosamente simile a quello del pepe nero, ma in fondo, cosa ne so io?

La mia mente vaga su altre questioni, come: Sam sta bene? E chi detesto di più tra Fiona e Jenna, e per quanto tempo ancora saremo costretti a recitare questa pantomima? Quante probabilità ci sono che una persona si ritrovi a partecipare a un'eterna cena intima con le due persone che odia di più al mondo?

Sono seduta tra Fiona e Scott, non è simbolico? So che non è casuale, perché è stata Jenna a disporre i posti a sedere. È un tavolo rotondo, e lei è seduta all'altro lato di Scott. Lo sta completamente monopolizzando, e sembra che a lui vada bene così, ma dal momento che io e Fiona non interagiamo, è tutto piuttosto imbarazzante. Perciò faccio un noioso commento sul meteo rivolto ad Angela, nella speranza disperata che risponda e mi salvi da questa situazione. Ma Fiona riesce a fare un'osservazione ancora più banale sul cibo, a cui Angela replica immediatamente.

Guardo di fronte a me con la voglia di gridare "aiutatemi", ma non c'è nessuno da quella parte del tavolo, ed è orribile. Sam sta ancora facendo battutine sulle salsicce nel tentativo di attirare l'attenzione di suo padre, ma viene ignorato da Scott, che ha appoggiato il baby monitor sul tavolo e ha alzato il volume. Mi si spezza il cuore. Sam desidera disperatamente che suo padre sia orgoglioso di lui, ed è proprio per questo che ha paura di dirgli la verità, ma Scott sembra ignaro dei bisogni di suo figlio. Una volta mi confessò di sentirsi in colpa perché, in quanto preside, si è sempre preso cura dei figli degli altri e di conseguenza i suoi sono passati in secondo piano. Non vuole commettere lo stesso errore con Olivia, ma come gli ho fatto notare, non è troppo tardi per recuperare anche con Sam e Georgia. Nel frattempo, Georgia si è di nuovo chiusa a riccio, e io mi chiedo se abbia qualcosa a che fare con l'imperscrutabile Jenna, che con la coda dell'occhio vedo sorridere maliziosa mentre se ne sta comodamente seduta accanto a Scott.

L'antipasto è seguito da un piatto di cassoulet (altra salsiccia!) e Sam ora sta chiedendo: «È uno stufato?» Non è da lui comportarsi in modo così irritante, ma finché suo padre lo ignora, c'è un'alta probabilità che continui. Mi sorprende che non abbia fatto qualche riferimento freudiano alle salsicce... ah, ho parlato troppo presto, eccolo qui.

Cerco di offrirgli una scialuppa di salvataggio e ridacchio alla sua battuta. È un ragazzo divertente e gli voglio bene, ma Fiona sembra a disagio. «Grazie, Sam, non abbiamo bisogno della telecronaca, né delle tue battutacce.» sbotta lei, il che è piuttosto strano da parte sua.

Ora tocca a Jenna, che ogni due minuti chiede a mio marito se gradisce il cibo e, cogliendo il suo debole per gli elogi, si complimenta con lui per la scelta del vino. Devo trattenermi dal dirle di chiudere quella cazzo di bocca e smetterla di provarci con mio marito sotto il mio naso. Voglio anche dire a Fiona di smetterla di chiamare mio marito a notte fonda per parlare del passato e dei ragazzi e per chiedergli di portare la macchina nel maledetto garage come se fossero ancora sposati. Voglio che Angela mi riconosca come l'attuale moglie di suo figlio e non come una qualsiasi irritante fidanzatina che è costretta a tollerare. Mangio un altro boccone di cibo per impedirmi di esprimere come mi sento, perché questa è veramente una cena d'inferno. E dopo aver appreso la notizia che potremmo rimanere intrappolati qui dentro insieme per giorni, mi rendo conto che, se davvero Jenna mette il liquido antigelo nei miei piatti, allora ben venga, perché la morte sarebbe una vera benedizione. E così, senza più niente per cui vivere, mangio di gusto, mentre Fiona o Angela o non so chi altro accenna di nuovo al meteo, e la monotonia di questa serata viene ristabilita.

Durante il dessert, la conversazione si sposta infine dal meteo all'investimento con fuga, per gentile concessione di Angela.

«La polizia dice che la vittima è stata sbalzata in aria e ha colpito il parabrezza.» dice all'improvviso. A metà boccone, tutti ci voltiamo a guardarla, sorpresi dal suo repentino cambio di tono. Dopo un silenzio imbarazzante, Scott posa il cucchiaino e allontana il piatto di mousse lasciato a metà. È mousse al cioccolato, uno dei suoi dolci preferiti. Mi sorprende che non voglia finirlo, ma il commento di Angela ci ha ricordato, nel bel mezzo della cena, che la morte incombe su di noi.

«Già, anch'io continuo a pensarci.» Scuote la testa; lui *vuole* parlarne.

«Chissà se ha sofferto?» domanda Angela, la voce ora roca per la commozione. Provo una gran pena per lei. Questa povera donna voleva solo un ultimo compleanno in compagnia della sua famiglia; invece, è in corso un'indagine per omicidio, siamo bloccati in casa da una tempesta di neve e le due mogli di suo figlio sono pronte a uccidersi a vicenda. *Buon compleanno, Angela!*

«Secondo *me*, dovremmo cercare di non rimuginarci su.» dice Fiona con rispetto, e rivolge uno sguardo a Scott in cerca di supporto.

Lui si stringe nelle spalle. «È difficile *non* rimuginarci su. Cosa diavolo ci faceva una persona da sola a vagare su quella strada, al gelo, sotto la neve?»

«E perché mai qualcuno avrebbe voluto falciarla con l'auto?» esclamò Angela, rivivendo l'orrore.

«Forse la vittima è stata prima spinta fuori dalla macchina?» suggerisco, aprendomi all'argomento. Santo cielo, almeno è più interessante del meteo.

«Oddio, non riesco *nemmeno* a...» Georgia getta il cucchiaino sul tavolo, abbandonando la mousse al cioccolato. «Possiamo *evitare*?» Il silenzio piomba sul tavolo come una calotta di ghiaccio. La figlia adolescente, che è chiaramente tesa come una molla come il resto di noi, non è in grado di reggere la finzione mentre l'ansia continua ad accumularsi.

Fiona comincia ad agitarsi. «Scusa, tesoro, ne stavamo solo parlando, è stato uno shock. Ma hai ragione, *evitiamo*.» Lancia uno sguardo di avvertimento a me e Scott, come se fosse colpa *nostra* se sua figlia è sconvolta. Se qualcuno ha la colpa del fatto che Georgia non riesce ad affrontare questo argomento, quel qualcuno è Fiona: controlla in modo eccessivo le emozioni della ragazza e ha sempre paura di turbarla. E dal mio punto di vista, Georgia non sa come sentirsi senza prima averne parlato con sua madre, e si sente obbligata ad avere una crisi emotiva solo per compiacerla. Non è piacevole parlare di un incidente stradale, ma sono cose che succedono e i ragazzi devono ascoltare anche le brutte vicende per capire come va la vita, prima che la vita li colpisca in pieno.

«Georgia, so che è un argomento difficile, ma credo che tu sia un po' troppo suscettibile.» dico in tono rassicurante, ma prima che lei possa rispondere, Fiona si volta verso di me, puro odio nei suoi occhi.

«Ah, è questo che pensi, che mia figlia sia *suscettibile*?»

«In realtà, *sì*!» sbotto in risposta.

«Be', sono *io* sua madre e la conosco molto meglio di te, e di certo *non* è suscettibile. Quindi ti prego di tenere per te i tuoi commenti ignoranti e non richiesti!» sibila.

«Forse tu *credi* di conoscerla, ma...» esordisco, sul punto di raccontare tutto quello che so di Georgia, ma mi fermo appena in tempo. Il viso di Angela si contrae. Mi fissa sconcertata, scuotendo la testa, pronta a dubitare di qualsiasi cosa io abbia da dire, e non posso farle questo.

«Vi prego, non roviniamo questa serata, è il mio compleanno.» Le si spezza la voce, e io vorrei prendere Fiona a sberle per aver trasformato la conversazione in una lite.

«Hai ragione, Angela.» dico. «Mi dispiace.»

Abbasso la testa, allontanando il piatto di mousse e cercando di non rivolgere lo sguardo a Fiona. Se lo facessi, direi qualcosa di cui mi pentirei, e questo non farebbe altro che creare problemi tra me e Georgia. Ho lavorato troppo sodo e a lungo per costruire il nostro rapporto e non ho intenzione di mandare tutto all'aria per una rivelazione dettata dalla rabbia nel bel mezzo della cena. Il mio rapporto con Georgia era cominciato in modo burrascoso quando suo papà se n'era andato di casa. Fiona incolpava me, e senza dubbio aveva espresso chiaramente i suoi sentimenti davanti ai figli. Ma dopo quell'inizio complicato, le cose tra me e la mia figlia acquisita sono cambiate. Adesso Georgia è ospite fissa a casa nostra per cena, e io accolgo con piacere quelle serate, perché è in quei momenti che riusciamo davvero a parlare. Condivide tutto con me, e la scorsa settimana mi sono quasi commossa quando mi ha detto che per lei sono più una migliore amica che una matrigna. Per me è lo stesso, apprezzo la nostra amicizia, andiamo insieme ai concerti delle band e a fare shopping di vestiti alla moda, sono perfino uscita con il suo gruppo di amiche, che mi ricordano come una loro vecchia prof. L'unico problema è che Georgia mi ha chiesto di non raccontare a Fiona che usciamo insieme, perché potrebbe rimanerci male. Lo capisco, ed è molto dolce che voglia proteggere sua madre, ma credo che Fiona dovrebbe sapere quanto siamo unite. In questo modo, forse, capirebbe che quando offro un consiglio o esprimo un'opinione sulla mia figlia acquisita, lo faccio con cognizione di causa, affetto e amicizia. Solo quando

Fiona vedrà quanto sono legata ai ragazzi capirà che sono entrata nelle loro vite per restare, e può volermi morta quanto le pare, ma io non me ne vado da nessuna parte.

Ora è andata in cucina con Jenna a preparare il caffè, e io mi ricordo della torta che ho preparato per Angela, perciò le seguo in fretta. Nessuna delle due mi degna di uno sguardo e così, mentre loro chiacchierano e l'acqua nella moka bolle, mi dirigo nella dispensa, dove ieri ho riposto la torta. Sollevo la scatola dallo scaffale e la porto in cucina, posandola sul bancone, poi trovo un piatto abbastanza grande su cui trasferirla e lo appoggio lì accanto.

Quando sollevo il coperchio, aspettandomi di vedere il mio capolavoro al limone, sussulto. Sembra che *qualcuno* abbia aperto la scatola e abbia scavato un enorme buco proprio al centro. Mi viene da piangere. Ci ho messo tutta me stessa in questa torta, è stata fatta con amore per Angela.

La fisso a bocca spalancata. Le altre due si sono ammutolite e anche loro la fissano a bocca aperta.

«Che cos'è?» chiede Fiona.

Sono certa che sappia esattamente cosa sia, ma assecondo la sua farsa.

«È la torta di compleanno di Angela. Se l'aspetta, come dice sempre: "Il mio compleanno non è lo stesso senza la torta squisita di Danni".»

Lo dico nella speranza che chiunque sia stato possa sentirsi in colpa, ma le mie parole sembrano infastidire Fiona, che commenta: «Davvero? È questo che dice?»

«Si è afflosciata?» domanda Jenna facendo un passo avanti, fissando l'abisso al centro della crema al limone. «È successo durante il viaggio?»

La guardo. «No, *certo* che no, la torta era intatta ieri quando l'ho appoggiata sullo scaffale della dispensa.»

«Va bene, ho solo *chiesto*.» Si finge offesa per compiacere Fiona, e io le fulmino entrambe con lo sguardo.

«Non guardare *me*, Danni.» dice Fiona, appoggiando un palmo sul petto e mettendosi sulla difensiva. «Non sapevo nemmeno che *ci fosse* una dispensa.»

Questa cosa non è semplicemente accaduta. *Qualcuno* ha commesso il gesto. Mi viene da piangere, ma non ho intenzione di lasciarmi intimidire. Chiunque sia stato, si trova senza ombra di dubbio insieme a me in questa cucina, in questo momento, solo che non so chi sia delle due. Ma desidero con tutta me stessa servire questa torta, perciò apro alla cieca un cassetto della cucina e, vedendo all'interno una spatola, cerco di porre rimedio al danno, ma riesco solo a peggiorare la situazione.

Jenna si sporge, percepisco il suo sguardo da sopra la mia spalla.

«Oh, merda.» dice, e io sollevo lo sguardo dalla torta sul suo volto. Non riesco a capire se sia compiaciuta o sorpresa, il suo viso è una maschera, come sempre.

«Non c'è motivo di preoccuparsi, ne ho preparata una io, lo faccio sempre.» dice Fiona mentre si avvicina con un'enorme torta al cioccolato ricoperta di candeline accese. «Angela se l'aspetta, come dice sempre: "Il mio compleanno non è lo stesso senza la torta squisita di Fiona".»

11

FIONA

Mi sentii davvero dispiaciuta per Danni; chiunque fosse stato a distruggere la sua torta di compleanno per Angela faceva sul serio. Sapevo che mi credeva colpevole, soprattutto considerando che anche io ne avevo preparata una, ma non fu affatto piacevole vedere la sua torta rovinata, perché avrebbe potuto benissimo essere la mia. La sua reazione fu decisamente esagerata, ma comprendevo la frustrazione perché Angela è il genere di donna che vuoi compiacere. Ricordo di essermi sentita così io stessa quando ero una giovane sposa, e mi sentivo ancora allo stesso modo. Era una donna gentile ma incuteva rispetto, e tutti volevano la sua approvazione, perché garantiva inclusione. E vedere la reazione di Danni mi convinse che per lei era lo stesso.

Era nel panico, tentava disperatamente di resuscitare il pan di Spagna al limone, singhiozzando e colpendolo con una spatola, cosa che non faceva altro che peggiorare la situazione. Aveva risposto in malo modo a Jenna e adesso rivolgeva sguardi truci a me; perciò, ritenni più prudente andarmene via dalla cucina e portare la mia torta in salvo. Sembrava così fuori di testa che non mi sarei stupita se, in preda allo sconcerto, si fosse scagliata contro di me e la mia torta, e non c'era bisogno di *due* torte infortunate. Mi dispiaceva per Danni, ma ancora una volta, la cosa non riguardava lei, riguardava Angela, e io volevo solo proseguire con i festeggiamenti, c'erano già stati fin troppi inconvenienti. Così accesi le candeline ed entrai in salotto, lasciandola in cucina con Jenna e la sua torta massacrata. Rientrando lentamente in soggiorno, Scott spense le luci mentre io presentavo la mia torta ad Angela. Lei strillò dall'emozione, il suo volto brillava alla luce delle candeline mentre esprimeva un desiderio.

La osservai, gli occhi chiusi, le mani giunte in un apparente stato di gioia, come tutti gli altri anni. Ma questa volta era diverso, perché a quanto pareva aveva detto la stessa identica cosa a Danni riguardo la *sua* torta, e tutti gli anni in cui gliel'avevo avevo preparata sembravano essere stati cancellati. C'era in ballo molto più di una semplice torta, tutto ruotava attorno al ruolo di Angela all'interno della famiglia. Ciò che contava era il principio "stessa famiglia, stesse regole", e non importava chi fosse la nuora, noi eravamo intercambiabili. Mentre soffiava con forza sulle fiammelle, lasciando solo piccoli sbuffi di fumo nella penombra, finalmente vidi Angela per la prima volta. I suoi sentimenti per me e Danni erano superficiali: per lei, eravamo entrambe un'estensione di Scott, gli importava *veramente* solo di lui e dei suoi nipoti. Tutti gli altri, comprese Danni e io, eravamo pezzi di Lego da incastrare nella famiglia quando necessario, e poi rimuovere all'occorrenza.

Dopo aver cantato "Tanti auguri", ancora quasi completamente al buio, tutto a un tratto udii un suono provenire dalla cucina. Stavo per chiedere a Scott di riaccendere le luci quando Danni apparve sulla soglia, il mascara sbavato, lo sguardo da pazza, il volto illuminato dal bagliore delle candeline. Sembrava uscita da un film dell'orrore, stringeva in mano la torta ammaccata che aveva decorato con delle fiammanti candeline. Tutti si voltarono a guardarla e lei, con voce roca per il pianto, cominciò a cantare "Tanti auguri".

Era una scena inquietante e imbarazzante. Lanciai un'occhiata a Scott, e perfino nella penombra riuscii a vedere l'espressione allarmata sul suo volto. La fissammo tutti, non sapendo cosa fare, come gestire la situazione, fino a quando, dopo che ebbe compiuto qualche passo barcollante, Sam si alzò in piedi e le si avvicinò. Poi, in tono sommesso, si unì al suo canto, seguito da Georgia, e una volta finito accompagnò lei e la torta fino al tavolo. Angela celò quello che doveva essere puro orrore quando le fu posato davanti quel pastrocchio fiammeggiante, e fece apprezzamenti sulla torta schiacciata.

Il mattino dopo il compleanno di Angela, ci riunimmo tutti insieme in salotto. Fingevamo che fosse una qualsiasi domenica oziosa, trascorsa a mangiare toast, bere caffè, fare due chiacchiere, ma credo che in realtà stessimo tutti aspettando che squillasse il telefono. Il rientro a casa era previsto per lunedì, perciò quello avrebbe dovuto essere il nostro ultimo giorno, e per quanto lo chalet fosse incantevole, nessuno di noi voleva fermarsi oltre. Ma ora come avremmo fatto?

«Potremmo essere ancora qui la prossima settimana?» dissi, cercando di non lasciar trapelare il panico che avevo dentro.

«Evita, ti prego, evita.» gemette Danni. Si aggirava furtivamente per lo chalet da tutta la mattina come un leone in gabbia e adesso camminava avanti e indietro per il salotto con Olivia in braccio.

«Allora, mamma, parliamo di quanto sei vecchia oggi.» scherzò Scott, portando una ventata di allegria in quell'atmosfera cupa. Mi fece sorridere. Rivedevo lo stesso sfacciato senso dell'umorismo in Sam. Somigliava tantissimo a suo padre, cercava sempre di rendere le cose migliori, tentando di risolvere i problemi di tutti, a volte con una battutina stupida.

«A partire da ieri, sono una giovincella di settantacinque anni, impertinente che non sei altro.» ribatté Angela con un risolino. Poteva sopportarlo dal suo unico figlio, perché insieme a Sam, Georgia e Olivia, era tutto per lei.

«Te li porti benissimo, Angy.» disse Sam, sorridendo con affetto.

«Per te sono *la Nonna*.» rispose lei in tono amorevole, e ridacchiò. Sam sorrise a Danni, che stava ancora camminando su e giù per la stanza. Lei ricambiò il sorriso e io cercai di osservarli con discrezione e capire cosa stesse succedendo tra i due, perché *qualcosa* stava succedendo.

«Angela, Sam ha ragione, non dimostri settantacinque anni, sei splendida!» disse Jenna, mandandole un bacio.

«Grazie, cara.» Angela era raggiante mentre tutti mormoravamo il nostro assenso.

«E io? Anche io sono splendida?» chiese Jenna.

Sam arrossì leggermente e il mio cuore si spezzò un pochino. «Sì, sì, bellissima.» borbottò, imbarazzato.

Spostai all'istante lo sguardo su Danni e vidi il sorriso svanire dal suo volto.

«Non sono bellissima. Smettila di prendermi in giro, Sam.» ribatté Jenna.

«Oh, lui prende sempre in giro tutti.» disse Danni con voce piatta, senza sorridere. Li stava fissando entrambi, finché Jenna non riuscì più a sostenere il suo sguardo, ma gli occhi di Sam erano fissi nei suoi. C'era sicuramente qualcosa sotto la superficie, se solo fossi riuscita a capire di cosa si trattasse, ma andava oltre la mia comprensione.

Quella mattina, in cucina, mi ero imbattuta in una conversazione tra i due che chiaramente nessun altro avrebbe dovuto sentire. Sam stava parlando di qualcosa che le aveva detto la sera prima, ma per quanto mi sforzassi, non riuscivo a cogliere il succo del discorso. Ma poi Danni mi aveva vista girovagare lì intorno (cosa che io negai) ed era andata su tutte le furie, e io pensai che forse non avrei mai scoperto cosa lui le avesse detto. Ora mi chiedevo, ancora una volta, cosa fosse successo tra i due per provocare questa conversazione piuttosto tesa. Non era tipico di mio figlio, lui era il burlone, quello accomodante, non avevo mai visto questo suo lato prima d'ora. Forse Danni si era presa gioco di lui, che ora si sentiva ferito e voleva ripagarla con la stessa moneta? Oppure tutto questo aveva qualcosa a che fare con Jenna, con cui Danni aveva palesemente qualche problema? Le due donne stavano forse litigando per avere l'attenzione di mio figlio, in qualche strano modo? Non riuscivo a venirne a capo, ma fui sorpresa di vedere Jenna toccare discretamente l'avambraccio di Sam con il dorso della mano. Fu appena un istante, rapido, delicato. Era un gesto di conforto, o di incoraggiamento? In entrambi i casi, aveva un significato che io non ero in grado di capire.

«Be', io adoro questo posto.» annunciò Jenna all'improvviso. «Ma è un vero peccato essere confinati qui durante il tuo compleanno, Angela, soprattutto considerando che sei stata così gentile da invitarci tutti.»

«Esistono posti *peggiori* in cui essere rinchiusi.» tentò di rassicurarci Scott.

Io non condividevo il suo ottimismo. Il luogo in sé era bellissimo, ma eravamo bloccati qui a causa delle insidiose condizioni meteorologiche e di un omicidio; comunque cercasse di indorare la pillola per il bene di Angela, non è così che si festeggia un compleanno.

«Già, non dovremmo lamentarci, e ovviamente il mio pensiero va alla vittima e alla sua famiglia, ma santo cielo, è stato un incidente. Dubito che qualcuno l'abbia pianificato. Il meteo era pessimo, si stava facendo buio e qualcuno ha deciso di andare a farsi una passeggiata, il che è stato stupido.» Angela scosse la testa incredula di fronte a tanta incoscienza.

«La polizia ha detto che non possiamo andarcene da qui, ma significa che non possiamo nemmeno fare un giro *in auto* da qualche parte?» chiese Danni guardandosi intorno con ansia.

«Date le condizioni meteorologiche, non riusciremo a muoverci in auto.» ribatté Scott. Sembrava esasperato da lei.

«Ma di certo è permesso uscire a fare una passeggiata nei dintorni, prendere una boccata d'aria fresca, no?» suggerì Sam.

«Già, questo possiamo farlo. Non è vero?» Jenna guardò Scott come se fosse l'oracolo.

«Sì, suppongo che *possiamo* uscire a fare una passeggiata.» rispose lui con un'alzata di spalle. «Non nuoce a nessuno, purché nessuno vada da solo. Non è solo del meteo che dobbiamo preoccuparci.» aggiunse. «A quanto pare c'è qualcuno là fuori che usa la propria auto come arma per uccidere.»

Sentii i peli della mia nuca rizzarsi a quelle parole.

«Avevo intenzione di andare a fare un giro in macchina, andare a vedere Capo Lizard.» disse Danni.

«Cosa? Sei pazza?» replicò Sam.

«Danni, Capo Lizard è in capo al mondo. La gente viene spazzata giù dalla scogliera in posti come quello.» disse Scott. «Io non ci proverei nemmeno ad andare lì nel bel mezzo di una bufera di neve.»

«Tu *no*?» ribatté lei in tono sarcastico prima di aggiungere «Io *sì*.»

Questo scambio di battute si schiantò sul tavolo e rimbalzò di qua e di là per qualche istante. Il resto di noi sembrava trovare qualcosa di davvero affascinante sul fondo delle proprie tazze di caffè. A quanto pareva, non era tutto rose e fiori per la coppietta in luna di miele. Mi sforzai di nascondere la mia soddisfazione.

«La neve là fuori è così bella.» disse Jenna mentre si alzava in piedi e si voltava verso la finestra. «Voglio uscire e fare l'angelo nella neve.» annunciò, voltandosi di nuovo in direzione del tavolo e guardando dritto verso Scott.

«Credo che dopo aver fatto colazione *dovremmo* uscire,» disse lui, rivolgendole un sorriso indulgente, «non so voi, ma io ho bisogno di un po' d'aria fresca di mare.»

Georgia si illuminò a quella proposta di suo papà. «Sì, facciamo gli angeli nella neve! Anche tu, papà?»

«Non ne sono convinto.» rispose lui con dolcezza.

«Usciamo *tutti*.» dissi io, decisa a tenere d'occhio mio figlio e la sua matrigna.

«Spero di non pentirmene.» disse Scott con un sorriso.

«Lo farai.» ribatté Danni, il volto cupo. C'era una vaga minaccia nel suo tono e all'improvviso mi accorsi di una dinamica che fino a quel momento non avevo notato. Danni era *arrabbiata* con Scott. Ero curiosa di scoprire il perché; *cosa* le aveva fatto?

Lanciai un'occhiata a Scott per vedere la sua reazione. Non rispose a parole, ma le rivolse uno sguardo ferito. Era forse la fine di una qualche discussione che avevano già affrontato in privato?

Misi da parte quei pensieri per un secondo momento e ascoltai educatamente mentre Angela e Scott parlavano con affetto delle loro vacanze di famiglia a Kynance Cove quando lui era piccolo. Tutti quanti sorridemmo al momento giusto e facemmo domande, permettendo alla festeggiata di ricevere un po' di attenzioni. L'incidente e il maltempo avevano determinato l'atmosfera di quella vacanza e non era stato molto divertente per Angela, che desiderava solo essere circondata dalla propria famiglia. Ma rimanere bloccati qui era un inferno, e quando non eravamo io e Danni a bisticciare, erano Danni e Jenna, e queste dinamiche complesse avevano creato una certa tensione. Aleggiava nell'aria perfino ora, mentre tutta la famiglia era riunita. Per fortuna, ben presto Danni si stancò e interruppe i ricordi di madre e figlio per annunciare che sarebbe andata a cambiare Olivia per la passeggiata.

L'uscita di Danni dalla stanza alleggerì immediatamente

l'atmosfera, e io potei tornare a respirare. Senza di lei mi sentivo libera di parlare senza essere giudicata. Potevo ridere con Scott di qualcosa del nostro passato, accennare a quando i ragazzi erano piccoli senza preoccuparmi di farla sentire esclusa. In sua presenza, mi sentivo come se dovessi cancellare la mia vita, e questo mi infastidiva. Ma adesso, mentre chiacchieravamo, bevevamo caffè e parlavamo della giornata che ci aspettava, c'era una rara naturalezza tra di noi. Proprio com'era prima che arrivasse lei e rovinasse tutto.

A una qualsiasi persona estranea, quella sarebbe sembrata una normalissima scena famigliare, il filmato di gente che rideva, chiacchierava, ascoltava. In quel momento, con il crepitio del fuoco, il profumo del caffè appena preparato e il suono delle risate dei miei figli, mi chiesi se ci fosse la possibilità che un giorno la nostra famiglia risorgesse dalle proprie ceneri. Ma qualcosa incombeva su quella scena famigliare, e nonostante i sorrisi e i dolci in tavola, il rancore e l'odio ribollivano ancora sotto la superficie. Il passato e il presente erano entrati in collisione e, se avessimo ascoltato attentamente, avremmo sentito in lontananza il rombo della tempesta in arrivo dal mare. Si infilava sotto le porte e attraverso le finestre, portando con sé qualcosa di così terribile che nessuno di noi sarebbe mai più stato lo stesso.

12

DANNI

Mi sento ancora un po' strana riguardo a ieri sera. Sono rimasta sconvolta per quanto successo con la torta di Angela e questa mattina, quando ho visto il resto della famiglia, mi sono sentita in imbarazzo. Tutti quanti sembrano evitarmi, o si comportano in modo strano in mia presenza. Jenna mi lancia più occhiate del solito, e non so se è pena o disgusto quello che vedo sul volto di Fiona. Perfino Sam si tiene a debita distanza da me, ed è la cosa più dolorosa.

Muoio dalla voglia di andarmene da questo posto, mi sento in trappola. E nonostante il freddo all'esterno, trovo che il camino sempre acceso sia esagerato. Il calore costante mi soffoca e l'ho fatto presente ad Angela e Scott, che continuano ad alimentare il fuoco e aggiungere combustibile, ma mi hanno ignorata, e anzi Angela ha detto: «Non ci sei solo tu, Danni. A tutti gli altri piace.» Ma questo non è vero perché anche Sam e Georgia hanno detto che faceva troppo caldo in casa. Ad ogni modo, hanno avuto la pessima idea di uscire tutti insieme nella neve, altro che fuggire da loro! Ma mi farà bene prendere un po' d'aria fresca e allontanarmi dall'aria viziata che c'è qua dentro.

Nel frattempo, devo andarmene dal salotto, stanno tutti

ascoltando educatamente Scott e Angela rievocare un'infinita serie di ricordi d'infanzia. Un tempo avrei adorato rivivere i ricordi di mia suocera di quando a due anni Scott chiedeva il *ghelato*, o di come portasse sempre con sé il suo pupazzo a forma di elefante e lei dovesse fotografarlo. Ma li conosco già tutti, e comunque, non posso fare a meno di controllare il cellulare, riesco a malapena a intrattenere una conversazione. Perciò dico che Olivia ha bisogno di riposare e, proprio mentre sto per evadere, Scott mi ricorda della passeggiata di famiglia, e il cuore mi sprofonda nel petto. Gli prometto di tornare entro dieci minuti.

Ora sono nel santuario che è la nostra camera da letto e ho solo pochi minuti per preparare Olivia e me stessa per uscire all'aria aperta, ma prima devo controllare il telefono. Accendo lo schermo, poi clicco sul sito della scuola, comincio a scorrere verso il basso e per mio grandissimo - ma temporaneo – sollievo, non è stato pubblicato nulla... non ancora.

Ho questa meravigliosa fantasia che il persecutore se ne sia dimenticato, o che sia passato oltre, ma forse è solo quello che *vuole* farmi credere? Mi sento come se qualcuno mi stesse costantemente osservando: nell'auto dietro di me, in piedi alle mie spalle alla cassa del supermercato, ma quando rallento l'auto, o mi volto, non c'è nessuno. Non sono nemmeno più sicura di fidarmi di Scott. Insomma, chi potrebbe fidarsi di un uomo che chiama sua moglie per dirle che lavorerà fino a tardi e poi fa sesso con te sulla scrivania del suo ufficio? Inorridisco ancora al ricordo di quegli scatti spontanei, la mia camicetta aperta, le gambe divaricate. Rabbrividirò per sempre per l'imbarazzo e la vergogna, e non smetterò mai di desiderare ardentemente di sapere chi diavolo se ne stava fuori dalla finestra dell'ufficio del preside alle nove di sera, così vicino da poter scattare quelle foto.

Eravamo sempre attenti, aspettavamo che tutti se ne fossero andati e che le luci fossero spente. Spostavamo perfino le nostre auto dal parcheggio, in modo che nessuno capisse che eravamo ancora lì. Che sia stata, come dice Scott, una pura casualità che un ragazzino dispettoso, un genitore arrabbiato, o semplicemente qualcuno a spasso con il cane, sia passato di lì quella sera? Mi riesce difficile crederlo, ma l'alternativa – cioè che qualcuno sapesse di noi e avesse atteso appositamente per scattare quelle fotografie – è un pensiero raccapricciante. E a differenza di Scott, io credo che quel qualcuno ci abbia scoperti perché ci stava cercando, e questo mi spaventa.

Vesto Olivia per uscire all'aria aperta, poi indosso la mia tuta da neve e fatico a chiudere la cerniera, maledizione. Un tempo potevo mangiare tutto quello che volevo e fare quello che mi pareva, ma ora non più. Adesso la mia vita consiste nel mantenere la forma fisica dopo la gravidanza, produrre latte e andare a dormire presto. Non sopporto che Scott possa andare in palestra e a bere qualcosa con gli amici dopo il lavoro senza problemi, mentre io riesco al massimo a ritagliarmi saltuariamente una decina di minuti per allenarmi davanti alla TV mentre Olivia dorme.

Getto la tuta da neve sul letto e, dopo aver indossato una canottiera e un maglione, afferro il giubbotto e mi dirigo fuori dalla porta con Olivia. Non c'è nessuno in salotto, si stanno tutti cambiando per uscire. Ma dov'è Scott? Perché non è nella nostra stanza. Tenendo in braccio la piccola, mi avvicino alla finestra per vedere se è già uscito, ma non c'è traccia di lui, nemmeno in cucina. Non può essere da nessun'altra parte, se non in camera di qualcun altro.

Ripenso a Fiona e allo strano modo in cui mi guardava e, soprattutto, al modo in cui Jenna guardava Scott. La tensione cresce dentro di me, raggelandomi le vene, costringendo il sangue a pompare più forte, e mi chiedo se sia con lei.

So che non è qui, né fuori, e non era nella nostra camera da letto; quindi, deve per forza essere nella stanza di qualcuno. Me ne sto in piedi in mezzo al salotto così da riuscire a vedere le porte di tutte le stanze lungo il piccolo corridoio. E ogni volta che ne sento una aprirsi, osservo, in massima allerta. Una alla volta, le porte si schiudono, prima quella di Angela, poi di Sam, infine quella di Fiona. Uno alla volta, tutti spuntano dalle rispettive camere da letto. Tranne Scott, Jenna e Georgia. E così aspetto.

Devo sapere che non mi ha già lasciata per un'altra: Jenna.

Questa è la disgrazia dell'amante-diventata-moglie: l'ombra è sempre presente, il passato plasma il presente, nulla può essere cancellato, in fin dei conti. Mi concentro sulle ultime due porte chiuse per vedere da quale uscirà Scott. C'è il cinquanta percento di possibilità che sia quella di Jenna. E anche se dovessero uscire da lì insieme, lui con i capelli un po' arruffati, lei con il rossetto sbavato, direbbe che la stava solo aiutando a compilare un modulo di candidatura, o che le stava facendo da mentore per la scelta di una futura carriera. La scusa sembrerà plausibile e Jenna al suo fianco annuirà con vigore. Ma io conosco i suoi trucchi, l'ho visto mentire a Fiona.

E così, quando la porta di Georgia si apre pian piano e lei esce dalla stanza da sola, il mio mondo comincia a vorticare. Se lei è da sola, allora c'è solo un'altra stanza in cui Scott può trovarsi. Poi, a un tratto, Georgia si sporge all'indietro dentro la stanza, dice qualcosa, ed eccolo lì che attraversa la soglia, il braccio intorno alle spalle della figlia. E mentre insieme percorrono il corridoio, lui con la testa bassa mentre le parla con dolcezza, sono così sollevata che solo per un breve istante mi chiedo cosa stia succedendo e se la ragazza stia bene.

Georgia cade spesso in piccoli momenti di crisi, che poi svaniscono sempre. Può essere un'amica che è stata rude con lei, o Sam che l'ha presa in giro. Temo che questi avvenimenti siano ingigantiti da sua madre, che incoraggia il dramma, inducendo così Scott a correre dalla sua prima famiglia, e da lei.

Entrano in salotto e io vedo il volto teneramente preoccupato di Scott mentre osserva sua figlia. Lo trovo adorabile e spero che un giorno condivida un rapporto simile anche con Olivia, e che a quel punto abbia ancora le energie per essere un bravo padre. Di certo, non sembra avere la volontà di essere un bravo marito ultimamente.

«Dov'è Jenna?» domanda Sam, mentre si avvicina alla sua porta e comincia a bussare.

«Sam, magari sta schiacciando un pisolino.» dice Fiona con un leggero rimprovero nella voce.

«Jenna non schiaccia mai un pisolino.» ribatte lui con un sorriso.

«Forza, andiamo, forse a Jenna non va di uscire con questo freddo.» aggiungo io, incamminandomi verso la porta d'ingresso, ben sapendo quanto in realtà desideri uscire, ma per nulla disposta ad aspettarla. Sono già abbastanza riluttante a fare una passeggiata in compagnia di Fiona, aggiungerci anche Jenna sarebbe insopportabile. Durante tutta la mattinata ha insistito tanto con questi maledetti angeli nella neve, e la prospettiva di stare a guardare una donna di venticinque anni che si sdraia per terra e inizia a far ruotare le gambe non mi entusiasma particolarmente.

Non appena apriamo la porta di ingresso, il vento entra in casa ululando, e sento la voce di Jenna. «Aspettatemi, ragazzi!»

Avverto un tuffo al cuore. Santo cielo, quanto vorrei non aver acconsentito a questa passeggiata, ma non posso rifiutarmi perché Scott metterebbe il broncio e, allo stesso tempo, non voglio che se ne stia là fuori da solo con Jenna. Comunque, tengo le dita incrociate perché lei non venga. Mi avvicino ad Angela, che è avvolta in numerosi strati di lana e maglioni rivestiti dall'impermeabile imbottito di cui va tanto fiera. Perfino con temperature inferiori allo zero, nulla penetrerà il suo abbigliamento a prova di freddo. Impugna il bastone da passeggio, di cui dice di non aver bisogno. Invece ne ha eccome.

«Devi essere proprio al caldo e all'asciutto lì sotto, Angela.» dico nella speranza di avviare una conversazione che posso portare avanti con il pilota automatico pur tenendo d'occhio la porta della stanza di Jenna.

«Sì, grazie.» risponde lei in modo sbrigativo e sorridendo, ma non con gli occhi, poi si volta per dire qualcosa a Fiona, che ride alle sue parole. Non riesco a sentire cose le stia dicendo, ma è evidente che oggi persino Angela non è interessata a me.

«Porto Olivia nel marsupio?» si offre Scott, e ne sono sollevata perché non mi sento del tutto sicura a camminare sul terreno ghiacciato con lei in braccio, nel caso dovessi cadere. Ma allo stesso tempo, sono irritata perché di solito avrebbe lasciato che fossi io a portare Olivia nel marsupio, perciò significa che sta ancora recitando il ruolo del padre partecipe per fare una buona impressione. Ma su chi? Sua madre? Jenna? Fiona?

Comunque, ben presto abbandono quell'idea quando lo vedo scaricare Olivia sul divano per aiutare Jenna a indossare il giubbotto, quello identico al mio. Guardandola adesso, in effetti *ha* cambiato il suo stile di recente ed è diventata più sicura di sé, più matura, suppongo? È una bella trasformazione, perché l'ultima volta che l'ho vista stava singhiozzando e mi implorava di non denunciarla alla polizia.

13

FIONA

Non fu facile guardare Scott prendere Danni per mano e aiutarla a camminare nella neve. Trovavo difficile comprendere che l'uomo che solo fino a qualche anno prima si era preso cura di me e dei nostri figli, ora si prendeva cura di un'altra donna e un'altra figlia. I ragazzi ed io eravamo tutto per lui, eppure con quanta facilità si era calato nello stesso ruolo con un'altra persona. Come aveva potuto? Io non riuscivo a impegnarmi con *nessuno* dopo la rottura. Avevo frequentato Nick per circa sei mesi e all'inizio avevo sperato che potesse aiutarmi ad andare avanti, ma fu esattamente il contrario. Sarei mai stata pronta ad abbandonare ciò che avevamo? Rimasi in piedi da sola nel candore della neve, a guardare Scott che posava un braccio intorno a Danni con fare protettivo, mentre cullava la bambina nel marsupio. Mi riempì di tanto dolore che dovetti distogliere lo sguardo. Anche Angela se ne stava da sola, in piedi in mezzo a tutto quel bianco gelido con il suo bastone dal manico in madreperla. Sembrava disorientata, perciò mi incamminai verso di lei facendo scricchiolare la neve, e infilai il mio braccio sotto al suo. Lanciò un'occhiata a Danni e Scott, così vicini e senza dubbio intenti a sussurrarsi dolci parole, poi mi accarezzò la mano e mi sorrise con tanta compassione che mi venne voglia di piangere.

Proseguimmo fino al punto in cui Georgia e Jenna se ne stavano distese a terra con le braccia e le gambe spalancate nella neve. Sorridemmo con indulgenza alle due ragazze, ma poi, rivolgendo uno sguardo a Danni, la vidi inquieta. Evidentemente non sopportava che l'attenzione non fosse concentrata su di lei, e nel giro di pochi secondi aveva già abbandonato l'intimo tête-à-tête con Scott. Pensai che se ne stesse andando, ma al contrario, in modo piuttosto convulso, strillò «Fate spazio a una piccoletta.» Sarebbe stato più appropriato "fate spazio a una disperata", pensai mentre la osservavo stendersi sulla schiena e dimenare gli arti in modo scoordinato. Adesso tutte e tre stavano muovendo gambe e braccia da una parte all'altra, creando la forma di tre angeli sul terreno bianco. Georgia e Jenna lo facevano per puro divertimento (okay, forse a Jenna piaceva anche essere al centro dell'attenzione), ma trovai il coinvolgimento di Danni alquanto imbarazzante. Sembrava costantemente tesa, e questo le impediva di rilassarsi e fondersi con la neve come le altre due. Nonostante mostrasse sicurezza, sembrava a disagio e anche un po' impacciata. Ebbi come la sensazione che volesse competere con le due ragazze più giovani. Guardai Scott che guardava sua moglie e mi diede l'impressione di non essere granché colpito dalla sua esibizione. Danni era davvero troppo giovane per lui, sotto tanti aspetti.

Il gioco finì e le ragazze si alzarono in piedi per fotografare le forme di angelo nella neve. Ma proprio in quel momento, Jenna si lasciò andare a un urlo tremendo e ricadde a terra. «Oddio! Danni, credo che tu mi abbia rotto la caviglia.» gemeva in preda al dolore.

«Ma cosa dici? Non ti ho nemmeno toccata.»

Jenna era distesa nella neve, guardando Danni dal basso con un'espressione sofferente. «Sai di averlo fatto, mi hai calpestato la *gamba* di proposito!» esclamò, indignata per quel diniego.

Scott avanzò barcollando nella neve e accorse subito in aiuto di Jenna. Con Olivia ancora avvolta nell'imbracatura intorno al collo, si chinò in avanti e le porse la mano.

«Scott, la farai *cadere*.» gridò Danni, il volto paonazzo.

Non avevo visto cos'era successo e non avevo idea di chi delle due stesse dicendo la verità. Entrambe sembravano ugualmente indignate e offese, e io ritenni più saggio rimanerne fuori, proprio come fece Georgia, che si allontanò dalla scena.

Con ogni probabilità, Scott si rese conto che nell'aiutare Jenna avrebbe messo a rischio ben più della sua sola vita, perciò indietreggiò, leggermente imbarazzato, mentre Sam subentrò per aiutare. Afferrò Jenna per entrambe le braccia, poi la sollevò mettendola in piedi. «Ahia.» strillò lei, tenendosi la caviglia e guardando Scott.

Dopodiché Sam si avvicinò a Danni per chiederle se stesse bene. Lei scoppiò a piangere all'improvviso e disse «Non l'ho mai toccata, Sam, tu mi credi, vero?»

Sam non rispose, ma il fatto che avesse la mano appoggiata sulla sua schiena e le permettesse di posare la testa sulle proprie ampie spalle mi suggeriva che era dalla parte di Danni.

Rivolsi un'occhiata ad Angela che finse di non vedere, ma dalle labbra serrate capii che trovava quella situazione esagerata. Scott era impegnato a calmare Olivia, che ora stava piangendo. Il nasino e le guance erano rossi per il freddo, non sarebbe proprio dovuta uscire all'aria aperta.

Nel frattempo, a Sam sembrava stare più che bene quella situazione, ed era ovvio che fosse così, no? La donna avvinghiata a lui poteva anche essere la sua matrigna, ma per un ragazzo di diciotto anni era anche un'avvenente donna più grande. Mi infastidiva la loro reciproca familiarità nel contatto fisico, e mi chiesi che cosa ne pensasse Scott, ma lui era troppo distratto da Olivia. Notai che anche Jenna lo distraeva mentre se ne stava appoggiata a un albero, ricoperta di neve, con una gamba sollevata, a guardare Danni e Sam con odio malcelato.

«Danni?» gridò in tono accusatorio mentre si teneva la gamba con un'evidente espressione di dolore sul viso. «Mi hai calpestato la caviglia.»

Danni sollevò la testa dalla spalla di Sam.

«*Sai* che non è vero.»

«*Sai* che è la verità! Mi hai calpestato mentre cercavi di alzarti.» disse Jenna in tono accusatorio, gli occhi ridotti a due fessure.

«Forza, basta litigare.» disse Sam. «Jenna, riesci a muovere la gamba?» le chiese, staccandosi da Danni e incamminandosi verso l'albero a cui l'altra se ne stava appoggiata in modo teatrale.

Anche Georgia le si avvicinò, e Sam suggerì che insieme aiutassero Jenna a camminare. Jenna sembrava provare molto dolore, il volto era di un pallore mortale e lei pareva sull'orlo delle lacrime.

Danni, nel frattempo, era tornata da Scott e dalla loro incontrollabile figlia, ignorando la lesione che forse aveva causato.

«L'ha fatto *apposta*.» udii Jenna sussurrare ai miei figli. «Mi ha *calpestato* la gamba!»

«Sarà meglio riportarti in casa.» disse Sam, ignorando con tatto le sue parole. A quel punto, vidi Jenna lanciare un'occhiata a Scott, come se sperasse che fosse lui a riaccompagnarla in caso o, quantomeno, che partecipasse ad aiutarla. Ma lui era troppo impegnato a cercare di tranquillizzare Olivia mentre Danni, ormai ripresasi emotivamente, controllò il cellulare, di nuovo!

«Sto bene.» disse Jenna, con ogni probabilità rendendosi conto che tutto ciò non avrebbe portato da nessuna parte. Non ero una grande fan di Danni, ma dubitavo fortemente che avesse calpestato *di proposito* la gamba di Jenna.

«Sicura di stare bene, Jenna?» domandai. Solo Sam e Georgia sembravano preoccuparsi della sua lesione, ammesso che di questo si trattasse, e perfino loro non mostravano poi così tanta solidarietà.

Georgia si chinò per toccarle la gamba. «Non credo sia rotta.» annunciò, e la dichiarò in grado di camminare.

Nella mia mente, riuscivo a immaginare mia figlia con indosso un camice bianco e uno stetoscopio, e mi sentii così fiera di lei in quel momento che avrei voluto abbracciarla.

Tutti quanti proseguimmo un altro po', Jenna si unì al gruppo insieme a Sam e Georgia, mentre io rimasi con Angela. Ma poi, tutto a un tratto, Sam si fermò per tirare palle di neve contro sua sorella, che strillando per la sorpresa e l'allegria, contrattaccò. Ben presto si unì anche Jenna, e infine Danni si precipitò di corsa dal punto in cui si trovava con Scott e si gettò nel bel mezzo dell'azione. Nel giro di pochi secondi, aveva placcato Sam buttandolo a terra e si era seduta a cavalcioni sopra di lui, cercando di infilargli la neve in bocca. Ero inorridita. Il mio istinto fu quello di attraversare la distesa di neve a passo spedito e allontanarla da mio figlio prendendola per i capelli, ma strinsi i pugni nelle tasche del giubbotto e trattenni la rabbia. Rivolsi un'occhiata a Scott, che stava fissando Danni come me. I suoi occhi scivolarono verso i miei e mi rivolse un'impercettibile alzata di sopracciglia. Eravamo entrambi due spettatori, entrambi adulti, i *veri* genitori del gruppo, i *veri* marito e moglie.

«Vieni con me, Fiona, voglio vedere il mare da quell'altura dall'altro lato dello chalet.» disse a un tratto Angela. «Guarda il faro, ieri ha lampeggiato tutta notte nella mia stanza, è sempre acceso. Proviamo ad avvicinarci.»

Distolsi lo sguardo da Scott e sorrisi, grata. La mia ex suocera mi stava offrendo una via di fuga, che io accettai di buon grado. Morivo dalla voglia di allontanarmi da quella scena innevata che mi stava rendendo estremamente nervosa.

Così ci incamminammo e, per quanto desiderassi allontanarmi, ero anche entusiasta di vedere il faro da vicino e la vista spettacolare che Danni e Scott si godevano dalla loro camera padronale.

«Noi vi raggiungiamo.» gridò Sam alle nostre spalle, ancora

nel bel mezzo della battaglia di neve contro Danni e senza alcuna fretta di unirsi a noi. Temetti che Angela potesse far fatica, perché si appoggiava con tutto il peso sul bastone da passeggio, e mi resi conto di quanto fosse ripido il sentiero. Ma nonostante la confusione di quel fine settimana, non mostrò segni di debolezza *fisica*. Sembrava in ottima forma considerando che aveva settantacinque anni e quello avrebbe potuto essere il suo ultimo compleanno.

La neve era piuttosto profonda e scricchiolava sotto le scarpe, in alcuni punti mi arrivava a metà del polpaccio, e perfino più su ad Angela, che era più bassa di me di circa cinque centimetri. Finalmente raggiungemmo la cima del pendio, eravamo senza fiato, sia per lo sforzo che per la meraviglia alla vista che si apriva davanti a noi. Il faro era bianco, e sebbene dovesse essere un punto di riferimento, si perdeva nel paesaggio altrettanto bianco, fatta eccezione per la continua luce lampeggiante che avvertiva le navi delle correnti pericolose.

Il mare ruggiva contro le rocce sottostanti e le onde alte e insidiose erano visibili attraverso la neve, una gigantesca coltre ricamata che mitigava i pericoli provenienti dal basso. Mi resi conto che, nell'entusiasmo di ammirare il panorama, ci eravamo avvicinate pericolosamente al bordo, e mi aggrappai ad Angela per la sicurezza di entrambe. Un solo passo falso e quella avrebbe potuto essere la fine.

«Allontaniamoci un po'.» dissi, il vento mi sferzava il volto. Eravamo in cima all'altura senza un riparo, completamente esposte alle intemperie. «Sei troppo vicina al bordo.» avvertii, ma Angela non sembrava per niente spaventata, il che mi preoccupò.

«Angela?»

Con gli occhi semichiusi, sollevò pian piano la testa per affrontare qualsiasi cosa si stesse dirigendo verso di lei, verso di noi. Il panico mi inondò, ma non volevo spaventarla, sarebbe potuta cadere.

«Angela?» ripetei il suo nome con calma, per non allarmarla, e cercando nel frattempo di allontanarla con delicatezza dal bordo. Non rispose. L'unico suono era il costante ruggito delle onde che si infrangevano con forza contro gli scogli, la neve ghiacciata e gli schizzi del mare mi colpivano in volto. Tutt'a un tratto, Angela strinse una mano intorno al mio braccio e si voltò a guardarmi. Il suo sguardo era quello di un'estranea, nessun barlume di riconoscimento nei suoi occhi.

«Angela, stai bene?»

Allungò una mano e si aggrappò al mio braccio, sporgendosi verso di me e guardandomi dritta in faccia.

«Stai bene, Angela?»

«Sta' attenta... non fidarti di lei, Fiona.»

Sentii i peli sulla mia nuca rizzarsi.

«Chi, tesoro? Di chi non mi posso fidare?»

Eravamo sole in cima a una scogliera, il tumulto del mare sotto di noi, e gli occhi di Angela erano spiritati, sembrava terrorizzata.

«Dimmelo.» la invitai con dolcezza.

Senza dire una parola, tornò a voltarsi verso il mare, soccombendo al bianco oblio della neve, che ora cadeva più fitta intorno a noi.

Era ancora aggrappata al mio braccio e io, incerta delle sue facoltà, temevo che potesse saltare giù.

E per quanto ci tenessi a mia suocera e volessi tenerla al sicuro, dal modo in cui mi stringeva avrebbe potuto benissimo trascinarmi oltre il bordo *con* sé. Tentai di arretrare, guardandomi nel frattempo alle spalle. Nessun segno degli altri, eravamo da sole qui, solo noi due. Ero terrorizzata.

14
DANNI

Tutti stanno bevendo cioccolata calda e giocando alla famigliola felice dopo la passeggiata nella neve, ma io non posso unirmi a loro. Non è stato pubblicato nient'altro online, ma Charlotte non ha rimosso le domande allusive riguardo all'insegnante che sta nascondendo un grosso segreto. Dev'essere in ferie o qualcosa del genere, il che mi fa sentire davvero vulnerabile ed esposta, potrebbero pubblicare qualsiasi cosa in qualsiasi momento. Questo pensiero riempie ogni singola ora della mia giornata.

Ciò che non ha senso è che io non sono ancora rientrata a scuola da quando è nata Olivia. Ho volutamente preso una lunga pausa per la maternità, proprio per far dimenticare qualsiasi questione riguardo a quelle foto. Quindi perché questo psicopatico ha deciso che questo è il momento perfetto per iniziare a esasperarmi? Forse perché il congedo di maternità finirà presto e dovrò tornare? Per quanto desideri riprendere a insegnare, non posso sopportare il pensiero di rientrare a scuola se quel persecutore mi sta aspettando al varco.

Mi sento così sola, non è il genere di cosa che si può condividere con chiunque. Ma ho un legame molto stretto con Sam e così, quando va in cucina, lo seguo. Gli racconto del post su Facebook e sul sito, e lui appare preoccupato.

«E tu *hai* un grosso segreto che stai tenendo nascosto a papà?» chiede, facendosi improvvisamente serio.

«No, *certo* che non ho un grosso segreto che sto tenendo nascosto a tuo papà.» mento, già pentita di questa conversazione.

«Allora di cosa ti preoccupi?» Ben presto ritorna al suo tipico atteggiamento rilassato e noncurante.

«Sono preoccupata per quello che minacciano di pubblicare, ancora una volta diffonderanno bugie sul mio conto. C'è in gioco la mia reputazione, la mia carriera...»

«È la stessa persona che ha pubblicato le altre foto?»

«Non lo so, ma credo che *debba* essere la stessa.» Arrossisco nel rivivere l'orrore di mio figlio acquisito che vede una foto di me e suo padre colti in flagrante.

«Immagino che dovrai ignorarlo e basta.» è il suo consiglio.

«Non posso, non finché non so cosa ha intenzione di pubblicare.»

«È possibile che non riguardi te?» Inarca speranzoso le sopracciglia, il suo tenero tentativo di offrirmi conforto.

«Insomma, è una bugia, ma so come fanno questi impiccioni. Può essere una semplice coincidenza che il post sia comparso online proprio quando devo rientrare a scuola dopo il congedo di maternità?»

«Immagino di no.»

«Chiunque sia, mi odia, ma *chi* potrebbe odiarmi così tanto?» chiedo nella disperata speranza che proponga un nome, o almeno una teoria.

Sam si limita a scuotere la testa, in apparenza confuso. Dubito che possa suggerire apertamente che si tratti di sua madre, ma di certo gli sarà venuto in mente che lei potrebbe avere qualcosa a che fare con tutto questo. È ancora sulla mia lista dei sospettati insieme a Jenna.

Tuttavia, la parte razionale del mio cervello si chiede come sia possibile che una di loro due sia a conoscenza del grande segreto che sto nascondendo a Scott.

Sam si appoggia ai mobili della cucina e dice sottovoce «A proposito di misteri, hai qualche idea su chi abbia investito quella persona?»

Non mi aspettavo che lo chiedesse. Abbiamo parlato e riparlato di chi ha fatto cosa, quando e perché, ma giriamo a vuoto. Sono incuriosita; forse sa qualcosa?

«Non ne ho la minima idea.» rispondo. «Penso che forse sia più casuale di quanto creda la polizia. Non penso che qualcuno *qui* l'abbia fatto, no?»

Inarca le sopracciglia.

«Chi?» Ora non sto più nella pelle. Angela, la benintenzionata ma pessima guidatrice? Jenna, la psicopatica che falcia i passanti innocenti? Fiona con la sua amarezza, che le impedisce di vedere i pedoni in arrivo al buio? Scott? Sam che va troppo veloce? Glielo dico sempre. Suppongo che possa essere stato chiunque, ma in fin dei conti, non siamo criminali (tranne Jenna) e di certo, se fosse stato uno di noi, si sarebbe fermato e avrebbe chiamato la polizia.

«Chi, Sam?» ripeto impaziente, osservando il sorriso impertinente sulle sue labbra.

«Ho le mie teorie.» risponde lui, continuando a stuzzicarmi.

«Quindi credi che sia stato volontario? Credi che potrebbe essere uno di noi?» dico in un sussurro, guardandomi intorno per assicurarmi che nessuno sia in ascolto.

«Secondo me sono stati quei ragazzi di un altro chalet, venerdì sera ci sono sfrecciati accanto a bordo di una dannata Ferrari. La mamma dice che per poco non l'hanno spinta fuori strada.»

Resto leggermente delusa, ma anche estremamente sollevata che non creda alla colpevolezza di uno di noi. Proprio in quel momento, Fiona appare sulla soglia come un maledetto fantasma.

«Sam, eccoti. Ti stavo cercando.» Entra in cucina e afferra lentamente un coltello.

«Sono sempre stato qui con Danni,» dice, «non hai dovuto cercare molto.»

«È solo che Jenna stava chiedendo dove fossi.» dice Fiona con uno scintillio negli occhi. Oh, santo cielo, quanto può essere ingenua a pensare che Sam e Jenna... ma che cavolo? *Davvero* non ne ha idea? Non riesce a vedere ciò che ha sotto il naso?

Estrae una pagnotta dal portapane e ne taglia una fetta. «Qualcuno vuole del pane tostato?» chiede, impugnando il coltello in un modo che io percepisco come minaccioso. Sono iper-paranoica in questo momento, ma non si può mai sapere.

«No, grazie.» Scuoto la testa mentre Sam, che non smette mai di mangiare, annuisce con vigore. Fiona infila altre fette nel tostapane.

Poi, con mia grande sorpresa, si avvicina e si ferma proprio di fronte a me. Non so se fuggire o mantenere salda la mia posizione. Ci fissiamo a vicenda per almeno trenta secondi, che è molto tempo per una gara di sguardi tra la nuova moglie e la ex moglie. E quando allunga una mano portandola fin troppo vicina al mio volto, socchiudo gli occhi in attesa dello schiaffo che tanto desidera darmi. Trattengo il fiato, stringo i denti e me ne sto lì ferma, consapevole di meritarmelo.

«Stai bene?» dice, guardando prima me e poi Sam.

«Io... sì, e *tu*?» rispondo, incerta.

«Sì. È solo che sei davanti al frigo. Devo prendere il burro per il pane tostato.»

Mi sento una vera stupida, e tutto il mio corpo si distende come se diventasse liquido, mentre mi sposto dallo sportello scintillante del frigorifero in modo che Fiona possa aprirlo.

Sono così in imbarazzo che borbotto «Vado a prendere...» poi lascio la frase a metà ed esco dalla cucina.

Ritorno in salotto, dove tutti gli altri sono ancora seduti intorno al camino a sorseggiare cioccolata calda. Siamo appena stati fuori per quella che Angela ha con grande ottimismo definito "una piacevole passeggiata in famiglia" anche se, ovviamente, non era nulla del genere. Scott mi teneva il broncio perché per una volta non ho voluto occuparmi di Olivia, Fiona se ne stava lì a fissarmi con quell'espressione giudicante come una maledetta Regina delle Nevi e Jenna mi ha ingiustamente accusata di aggressione! Già, proprio una piacevole passeggiata in famiglia.

Inoltre, trovo davvero inquietante il fatto che Jenna faccia di tutto per attirare l'attenzione di Scott. Crede che vestendosi come me e portando il mio stesso taglio di capelli, lui cadrà ai suoi piedi, ma questo dimostra solo quanto è infantile e superficiale. Vorrei poter dire che Scott non se ne rende conto, invece ne è fin *troppo* consapevole, è sempre pronto a interagire con lei, a volte li sorprendo a chiacchierare tranquillamente tra loro. Ma quando glielo faccio notare, lui mi dà della pazza.

«La conosco a malapena. È solo la tua immaginazione.» dice. «Sei così tormentata dal senso di colpa per via di ciò che è successo tra noi, che ti immagini che adesso io sia infedele a *te*.» Tenta di rassicurarmi, ma io non ne sono convinta, la dinamica tra loro due mi infastidisce.

Ora osservo Jenna, i suoi occhi rivolti a lui al di sopra della tazza di cioccolata calda, ascolta attentamente ogni sua parola. È un modo piuttosto sfacciato di comportarsi davanti a me, ma quello che davvero mi fa incazzare è il modo in cui Scott la incoraggia. Sembra così gentile e coinvolgente nei suoi confronti, eppure deve accorgersi che lei sta flirtando. Non ha alcun senso per me. Be', forse ce l'ha, solo che non voglio vederlo.

«La cioccolata calda è squisita, Jenna.» dice Angela, e tutti mormorano in segno di approvazione.

«Il tempo sta peggiorando.» commenta Scott. «L'applicazione del mio cellulare dice che è stata emanata una nuova allerta meteo. Temo che potremmo rimanere qui perfino più tempo di quello che la polizia impiegherà a risolvere il caso di investimento.»

«Oh no!» Angela si porta le mani alla bocca.

Fiona sembra pallida «No, dobbiamo tornare al lavoro.» dice.

Sono seduta su uno dei divani con Scott e Olivia quando, pochi minuti dopo, Sam ci raggiunge con la sua fetta di pane tostato e si lascia cadere accanto a me. Sono stanca e mi appoggio a lui, perché Olivia sta cercando di prendergli la fetta di pane e lui sta al gioco. Olivia ride sempre quando c'è Sam, e anche io, è simpatico.

Pochi secondi dopo, Fiona ritorna nella stanza e noto che non è felice della disposizione dei posti a sedere. Odia che Sam ed io siamo così vicini. Odia *me*. Vorrei che andasse avanti, per il suo bene, ma non ci riesce. Si siede accanto a Jenna, che se ne sta comodamente accanto ad Angela, come se appartenesse a questa famiglia. Perché nessun altro è preoccupato dalla sua presenza come lo sono io?

Ma gli altri non sanno quello che so io su di lei. E ci sono così tante cose che vorrei dire, che *potrei* dire per far capire a tutti che Jenna non è la dolce ragazza che credono. Non ha principi morali, è pericolosa, ma Scott prenderà sempre le sue difese in pubblico. L'aveva sostenuta a scuola, si era schierato dalla sua parte e contro di me sia a livello personale che professionale, cosa che non potrò mai perdonargli. Ma se dicessi qualcosa contro di lei in questo contesto, non solo rovinerebbe il compleanno di Angela, ma risulterei perfino gelosa del legame che ha con mio marito. Ma le cose non sono sempre come sembrano, ed è lei a essere gelosa di me; io, al contrario, non sono *gelosa* di lei... ho *paura* di lei.

15

FIONA

Finalmente riuscii a portare Angela giù dalla stradina costiera, ma non so come, tra la cima e lo chalet, perse il bastone da passeggio. Non era mai stata così distratta, ed ero arrabbiata con me stessa per non essermi accorta che non l'aveva con sé al ritorno. Sam disse che sarebbe andato a cercarlo, ma tornò indietro scuotendo la testa. La neve era così fitta che doveva averlo sotterrato nel brevissimo lasso di tempo in cui era stato dimenticato là fuori.

Una volta tornati allo chalet, bevemmo cioccolata calda e io andai in cucina per controllare cosa stesse succedendo tra Danni e Sam. Proprio come mi aspettavo, erano vicinissimi l'uno all'altra, così preparai del pane tostato per me e mio figlio per potermi trattenere lì con loro. Ma Danni si comportava in modo davvero strano, se ne stava in piedi di fronte al frigorifero impedendomi di aprirlo, sembrava in ansia. La situazione era insostenibile per tutti, ma era chiaro che lei non riuscisse a nascondere i propri sentimenti.

Più tardi, in salotto, vidi Danni fare una smorfia quando Jenna menzionò la cena. Si fulminarono a vicenda con lo sguardo in quello strano scontro, ma ne rimasi fuori, avevo già abbastanza problemi per conto mio e non era nel mio interesse farmi coinvolgere nel loro dramma. Dovevo mantenere un profilo basso e superare il fine settimana, ma quando Georgia se ne andò in camera sua a mettersi dei vestiti asciutti, lasciando Jenna da sola ai fornelli, andai in cucina a offrirle aiuto.

«Cosa posso fare?» domandai entrando nella stanza.

«Me la cavo, davvero.» disse lei, mescolando lentamente il latte in una pentola e aggiungendo prima il burro e poi la farina, ma il composto non sembrava amalgamarsi. Non dissi nulla, immaginai che sapesse il fatto suo.

«Allora, da quanto tempo conosci Angela?» chiesi.

«Da circa un anno, credo.» Alzò lo sguardo al soffitto come se lì potesse trovarci la data precisa del calendario. «Sì, è stato a novembre dell'anno scorso, quando ho iniziato a lavorare al bar, è stata la mia prima cliente. È adorabile, vero?»

«Sì, come suocera era adorabile.» risposi.

«Ne sono certa.» Dopodiché parve esitare un istante prima di dire «Sono un po' preoccupata per lei, Fiona.»

«Perché?»

«Sembra un po'... persa?»

«Intendi come se fosse un po' confusa?» domandai, ricordando che solo qualche ora prima, quando Angela e io eravamo fuori, lei mi aveva detto *"Sta' attenta... non fidarti di lei, Fiona"*.

«A volte faccio un salto e passo a trovarla a casa sua, sai, solo per controllare come sta. L'altro giorno l'ho chiamata e stava dormendo.»

«Eh? Hai le chiavi?»

«Sì... è stata lei a volere che le avessi, sai, nel caso dovesse mai aver bisogno di me.»

«Sì, buona idea.» dissi, rendendomi conto di quanto fosse sensato.

«Dicevo, l'altro giorno sono entrata e lei stava dormendo, ma uno dei cuscini era sul pavimento ed era stato strappato, squarciato. C'erano piume ovunque!» Agitò le braccia in aria come una bambina per simulare un'esplosione di piume.

«Chi *era* stato?» domandai sconvolta.

«Angela, suppongo. Gliel'ho chiesto quando si è svegliata e sembrava confusa.»

«Era sola?»

«Credo di sì, chi altro avrebbe potuto esserci in casa?»

Avevo il sentore che Jenna non potesse fornirmi altre informazioni, e per quanto la ragazza mi piacesse, non sarebbe stato giusto nei confronti di Angela proseguire con quella conversazione. Presi mentalmente nota di parlarne con Scott e vedere se lui ne sapeva qualcosa. Se Angela era soggetta a dei vuoti di memoria, questo avrebbe spiegato alcune cose.

«So che sei venuta qui per cucinare, ma spero che tu ti stia anche divertendo.» dissi, avvicinandomi pian piano.

«Oh, sì, mi sto divertendo da matti.» Distolse lo sguardo dalla pentola per voltarsi e rivolgermi un sorriso smagliante. «Siete tutti fantastici, davvero, e non mi sembra affatto di star lavorando, è un privilegio per me essere qui.»

«Siamo fortunati noi ad averti.» risposi. «Le tue cene erano tutte squisite. Hai un vero talento.»

«Oh, non saprei. Ma tu sì che hai talento: la torta di compleanno che hai preparato era deliziosa.»

«Grazie, mi piace cucinare i dolci.» risposi, rendendomi conto che quella era l'occasione giusta per introdurre Danni nella conversazione. «Anche se mi sento un po' in colpa, sai, per Danni che aveva preparato un'altra torta ed è stata...»

Jenna abbassò la fiamma sotto la pentola del latte e sospirò. «Già.» Si appoggiò al piano cottura. «Sono certa che pensa che sia stata io a rovinarle la torta, ma non è così.»

«Ha *detto* espressamente che eri stata tu a farlo?»

Si passò le dita fra i corti e folti capelli biondi, proprio come quelli di Danni. «No, non ha detto nulla, ma so di non piacerle.»

«Davvero?» mi finsi sorpresa.

«Già, non le sono mai piaciuta. Fin dal mio primo giorno in quella scuola, Danni Watkins, così si chiamava allora, mi ha sempre odiata».

«Ma perché?»

Si strinse nelle spalle. «Pensava che spiassi lei e Scott, credeva che fossi stata *io* a scattare quelle foto e...» All'improvviso, parve accorgersi che all'epoca ero ancora la moglie di Scott, e che quindi tutta quella vicenda aveva colpito anche me. «Scusa, Fiona.»

«Oh, è acqua passata. Non è stato piacevole vedere quella foto, anzi, è stato umiliante.» Sollevai la testa per guardarla in volto. «Ma è stato tanto tempo fa, e l'ho superata.» mentii. «Ma perché mai Danni avrebbe dovuto accusare *te* di aver scattato quelle fotografie?»

Jenna si limitò a guardarmi, poi si incamminò verso la porta della cucina e la chiuse con delicatezza, abbassando la voce prima di dirmi «Mi accusò di essere una stalker, diceva che ero ossessionata da Scott, ma la cosa divertente è che era *lei* ad esserne ossessionata. Ricordo il suo primo giorno, gli stava appiccicata addosso.»

Annuii; me lo immaginavo.

«Comunque, raccontò a tutto il corpo docenti che ero stata io, anche i ragazzi vennero a saperlo e ciò mi rese la vita difficile; poi, come se *tutto questo* non mi avesse già creato abbastanza problemi, iniziò a raccontare *altre* bugie sul mio conto.»

«Ad esempio?»

«Oh, qualche cosa a proposito di droga... bugie.»

«Perché credi che...?»

«Come ho detto, era lei quella ossessionata da Scott, e odiava che fossimo amici.»

«Tu e Scott?» La storia si faceva intrigante, e anche un po' preoccupante.

«Danni Watkins mi ha fatto passare le pene dell'inferno.» Scuoteva la testa mentre parlava, ancora afflitta per quello che aveva passato. Sembrava doloroso perfino da raccontare per lei. «Mi accusò di... di spacciare droga.»

«Oh...»

Scuoteva la testa. «Non fu solo questo, Fiona, disse che la vendevo ai ragazzi a scuola.» I suoi grandi occhi azzurri erano sbarrati per la sorpresa mentre una lacrima le rigò la guancia.

«Jenna, è terribile.» Finsi stupore, sebbene Angela me lo avesse già raccontato. Volevo sentirlo da Jenna, perché non avevo idea di quale versione fosse quella vera.

«Minacciò di chiamare la polizia e farmi licenziare, così andai dritta da Scottie.» Ancora una volta rabbrividii per quel suo modo di riferirsi a lui. E ancora una volta notai che lo chiamava per nome. «Gli dissi che non era vero, che *non* ero una spacciatrice, ma poi...» Mi guardò, dopodiché distolse lo sguardo. «Vennero a galla *altre* cose e la situazione si fece complessa. Scott disse che sarebbe stato meglio se me ne fossi andata, e io *so* che c'era lei dietro a tutto questo.»

«Complessa? Cosa intendi, Danni ti denunciò alla polizia come aveva minacciato di fare?»

«No, Scott la convinse a non farlo. Lei disse che se me ne fossi andata non l'avrebbe raccontato alla polizia.»

Non aveva alcun senso per me; se fosse stata colpevole, di certo Scott sarebbe stato d'accordo con Danni sul chiamare la polizia. E allo stesso modo, se fosse stata innocente, perché non lasciare che Danni la denunciasse così da poter dimostrare la sua innocenza?

«Scott è così gentile,» parlava con enfasi, «mi aiutò davvero molto. Mi trovò un lavoro al bar e mi fornì delle ottime referenze.»

Scott cercava sempre di salvare i ragazzi e, nonostante Jenna non fosse una studentessa, era poco più che un'adolescente.

«Mi ha salvato la vita. Volevo suicidarmi, Fiona.»

«Mi dispiace tantissimo che tu abbia dovuto subire tutto

questo. Non c'è nulla per cui valga la pena di togliersi la vita, Jenna. Adesso però stai bene, no?»

«Sì, sì. Sto bene, è bello averti conosciuta e poter passare del tempo con Georgia e Sam, e stare in compagnia di una vera famiglia.»

Annuii in segno di comprensione, ma era strano: più che una *vera* famiglia, eravamo una famiglia *divisa*.

«Certo, sarei più contenta se non ci fosse Danni.» aggiunse con un sospiro. Non potevo essere più d'accordo. «Ma lo faccio per Angela, e per Scott, ovviamente.»

«Ovviamente.» ripetei a bassa voce.

A un tratto, la porta della cucina si aprì ed entrò Georgia, che aprì il frigorifero e prese un po' di succo d'arancia. La nostra conversazione era finita. «Vieni a giocare a scacchi con me, mamma?» domandò. Ero sorpresa che non volesse rimanere in cucina con Jenna, ma comunque, a quest'ultima non piaceva avere gente intorno mentre cucinava.

«Andiamo, allora, lasciamo Jenna in pace.» dissi, notando l'olio giallo vorticare in superficie nella pentola di latte. Era evidente che la salsa si era irrimediabilmente separata e Jenna era nel panico.

Georgia ed io entrammo in salotto e, per la mia sanità mentale, mi sforzai di non notare Danni avvinghiata a Sam. Mi risultava difficile guardare, mi metteva a disagio e non ero l'unica: il disappunto sul volto di Angela era chiaro, mentre guardava verso Danni che palpava suo nipote. Mi sedetti, Georgia portò la scacchiera e iniziammo a posizionarci le pedine. Lanciai un'occhiata agli altri, che adesso stavano parlando dell'investimento.

«È davvero angosciante.» stava dicendo Angela, torcendosi le mani, lo sguardo rivolto dritto davanti a sé verso il nulla. Eravamo tutti turbati dalla notizia della morte della vittima, ma Angela sembrava averla presa peggio di tutti.

Volevo discutere dello strano comportamento di mia

suocera con Scott, mi chiesi se anche lui l'avesse notato. Non avevamo avuto modo di parlare, e non era il tipo di conversazione che volevo affrontato davanti – o insieme – a Danni. Non avevamo bisogno che lei si intromettesse e ci offrisse i suoi stupidi consigli. La osservai in quel momento, ancora seduta fin troppo vicina a mio figlio, e ora stava guardando Scott dritto negli occhi in modo inquietante. Doveva per forza avere *entrambi* gli uomini che amavo? Uno solo non era *sufficiente* per lei?

<hr>

«Sei consapevole che stiamo infrangendo le regole di tuo papà?» dissi a Sam dopo cena, mentre ce ne stavamo in piedi davanti alla porta sul retro. Eravamo andati insieme ad assicurarci che la porta esterna della cucina fosse chiusa, ma c'era la luna piena, così ci trattenemmo un po' sulla soglia ad ammirarla.

La vista era stupenda, nonostante il buio. Sotto la luce della luna, la neve assumeva una sfumatura di un blu lattiginoso, quasi fluorescente, non riuscivo a distogliere lo sguardo.

Sentii la mia voce che diceva «Jenna mi ha raccontato che Danni l'ha fatta licenziare dalla scuola. Lo sapevi?».

Sam si voltò a guardarmi, un'espressione dubbiosa sul suo viso. «Ha detto così?»

«Sì, è vero?»

«Sinceramente non lo so.»

«Credi che Jenna *mentirebbe* su una cosa simile?»

«Non saprei. Non sono sicuro di fidarmi di Jenna, ma Danni la odia. Erano amiche un tempo, è venuta a casa di papà un paio di volte quando c'ero anch'io.»

«Ah, davvero?»

«Sì, ma la cosa si è fatta un po' imbarazzante. Avevo l'impressione che Jenna venisse solo per vedere papà.»

Quella risposta mi lasciò di stucco. Ero sciocca, ma allo

stesso tempo, non lo ero. «Quindi sono amici, Jenna e papà?» La posi come una domanda, ma era evidente che Sam non volesse rispondermi, così rientrò in casa e allungando un braccio mi scortò all'interno.

«Fa freddo là fuori.» disse, chiaramente la conversazione era finita. Mi chiesi perché la mia domanda su Scott e Jenna avesse provocato quella reazione, ma ogni pensiero venne cancellato nell'esatto momento in cui mettemmo piede in salotto. La TV stava annunciando a tutto volume il notiziario della sera, e ci paralizzammo all'istante.

«C'è un assassino a piede libero a Kynance Cove?» domandò la giornalista, guardando dritto nella telecamera con serietà. Eravamo tutti incollati allo schermo, compresi io e Sam; ci eravamo arrestati di colpo per guardare. Senza togliere gli occhi dallo schermo, mi sedetti in silenzio sul bordo del divano, desiderosa di vedere e sentire tutto.

«La polizia ha avviato un'indagine per omicidio dopo che un uomo è morto in seguito a un "brutale e raccapricciante" attacco a Kynance Cove, in Cornovaglia.» esordì la conduttrice.

Un mormorio inorridito pervase tutta la stanza.

«Gli agenti sono stati chiamati sulla scena del crimine nella serata di venerdì. Erano presenti anche i paramedici del servizio di ambulanze del Devon e della Cornovaglia.»

«Oh mio Dio!» gemette Danni, tenendosi il volto con entrambe le mani.

Angela era pallida. «Che malvagità, pura malvagità» sussurrò atterrita, mentre Scott alzò una mano per chiedere silenzio.

A un tratto, l'Ispettore Capo Freeman apparve sullo schermo in quella che sembrava una conferenza stampa improvvisata. Tutti mormorarono nel riconoscerla, ma io mi limitai a guardare con la bocca spalancata mentre l'orrore si dispiegava davanti ai nostri occhi.

«Merda.» sentii Georgia sospirare.

«Sembrerebbe trattarsi di un attacco premeditato, la persona alla guida ha urtato la vittima e, dopo averla trascinata per circa un chilometro, ha fatto retromarcia e ci è passata sopra con il veicolo prima di darsi alla fuga. È uno degli incidenti più brutali e raccapriccianti che abbia mai visto in più di venticinque anni di servizio nel corpo di polizia.» aggiunse, mentre altri gemiti si diffondevano nella stanza.

«Il conducente del veicolo ha lasciato la vittima a morire in mezzo alla strada, dove il corpo è stato rinvenuto da un uomo del posto che portava a passeggio il cane. Stiamo portando avanti le indagini nonostante le condizioni meteorologiche avverse, e speriamo di arrivare in breve tempo a un arresto.» disse. «Chiunque si trovasse nei paraggi a quell'ora o abbia un filmato dell'incidente è pregato di mettersi in contatto con noi.»

Riportando la linea allo studio, la conduttrice concluse il servizio. «La polizia crede di conoscere l'identità dell'uomo e ha informato i parenti più prossimi. L'identificazione ufficiale del corpo e l'autopsia saranno predisposte a tempo debito.»

«Pare che non abbiano ancora arrestato nessuno.» mormorò Scott mentre la giornalista passava a raccontare un'altra storia. Ci guardammo tutti a vicenda, l'angoscia e la paura sui nostri volti: non sarebbe finita tanto presto.

Sentii il sangue gelarsi nelle vene, ma prima che potessi unirmi alla formulazione di ipotesi, apparve la scritta "Ultim'ora" sulla TV e la linea tornò allo studio, dove la conduttrice teneva una mano all'orecchio per ascoltare dall'auricolare ricetrasmittente. «Abbiamo delle novità riguardo all'indagine per omicidio a Kynance Cove di cui vi abbiamo parlato poco fa.» Fece una pausa. «Ci è appena stato comunicato che la vittima dell'investimento di venerdì sera è stata identificata dalla polizia: si tratta di un uomo di quarantadue anni del Worcestershire. La polizia rilascerà ulteriori dettagli solo dopo aver informato la famiglia.»

«Oh, è del Worcestershire come noi.» commentò Angela. «Pover'uomo, che morte terribile, ve lo immaginate?»

«Come ha detto la polizia, non si è trattato di un semplice incidente.» disse Scott, inorridito. «Qualcuno ha usato la propria auto come arma per uccidere un'altra persona a sangue freddo.»

Rimanemmo tutti seduti in silenzio per qualche secondo a elaborare quelle parole, finché Jenna parlò.

«Quindi credete che riusciranno a trovare il colpevole?» domandò. Nessuno rispose.

16

DANNI

Mi sento in trappola. Non c'è un solo posto in cui possa rimanere da sola. Se vado in camera da letto, Scott mi segue. Se vado in cucina, qualcuno entra dopo di me, o è già lì. Il salotto è come la stazione centrale, dove tutti vanno e vengono e dicono sciocchezze.

Ora stanno tutti parlando dell'uomo investito e ucciso con false voci tristi. Alla fine, non si è tratto di un incidente, a quanto pare è stato un vero e proprio omicidio a sangue freddo, e a me sembra che il conducente dell'auto sia un maledetto sadico! Non solo ha trascinato la vittima lungo la strada per centinaia di metri, ma poi ha perfino fatto *retromarcia* sopra di lui. E solo pensare allo stato in cui doveva versare il corpo dopo tutto ciò, mi causava un tremendo mal di testa, tanto che ho dovuto intrufolarmi nella stanza di Angela per vedere se avesse qualche analgesico. Scott aveva scoperto i miei e li aveva gettati nel gabinetto, con il suo maledetto fare melodrammatico. Era furioso con me per averli presi. Ma io avevo bisogno di *qualcosa*. E così, dal momento che la camera da letto di Angela era all'ultimo piano, in cima a una piccola rampa di scale sul retro dello chalet, sapevo che nessuno mi avrebbe vista andare lassù.

Angela è al piano di sotto a chiacchierare con Fiona; quindi, sarà impegnata almeno per un po'. E quando entro nella stanza rimango piuttosto sorpresa: è una dannata suite! Senza dubbio ha scelto la camera da letto migliore per sé stessa, è enorme e conduce a un'altra stanza in cui intravedo un piccolo divano e un tavolino da caffè. Non ho tempo di entrarci per dare un'occhiata, perché nonostante cammini con l'aiuto di un bastone, la cara vecchia Angela è più veloce di quanto sembri, perciò entro di corsa nel bagno en suite. Non voglio vivere l'imbarazzo di farmi trovare nella sua stanza, inoltre non sarebbe contenta di vedermi prendere anche solo una pastiglia di paracetamolo, sono certa che mi farebbe storie e io finirei col sentirmi una criminale.

Una volta entrata nella piccola stanza da bagno, rovisto nella sua trousse e, non trovando ciò che sto cercando, provo a frugare nel mobiletto. Ho solo bisogno di qualcosa per alleviare la tensione, ma purtroppo Angela non ha analgesici, solo filo interdentale e collutorio.

Sto per chiudere l'anta specchiata del mobile prima di andarmene e, nel farlo, colgo un movimento sulla superficie riflettente. Avverto un tonfo nello stomaco, e la vedo. Capelli biondi che ondeggiano alle mie spalle mentre esce dalla stanza. Cosa diavolo ci faceva Jenna nella camera da letto di Angela? Mi volto di nuovo verso lo specchio. Se n'è andata, ma proprio quando mi muovo per andarmene, con gli occhi ancora incollati allo specchio, vedo uscire dalla stanza di Angela una testa con folti capelli scuri e ondulati. Scott! Lo inseguo, ma lui è troppo veloce, e quando raggiungo la cima delle scale non c'è traccia di nessuno dei due. Jenna e Scott, insieme nella camera da letto di Angela. L'ho visto davvero? Certo che sì, non mi immagino le cose. Mi viene da vomitare.

Mi sento così stordita, come se avessi una ferita aperta e sanguinante, mentre scendo dalle scale rivestite di moquette per tornare nel salone principale dello chalet. Sento la voce stupida di Jenna e quella altezzosa di Scott che sovrasta quella di lei, e non posso sopportare la visione. Lo sapevo, sapevo che qualcosa non quadrava, non mi sono mai fidata di lei, e ora so di non potermi fidare nemmeno di lui. Devo scappare nel mio rifugio, perciò vado in camera nostra e me ne sto distesa a letto per un'ora, cercando di metabolizzare ciò che credo di aver appena visto.

Poco dopo, qualcuno bussa alla porta. «Danni, avevi detto che saresti venuta con me nella vasca idromassaggio, voglio parlare.»

Santo cielo, è Sam. Non è il momento giusto questo, la vita è già abbastanza complicata così com'è.

«Arrivo tra un attimo, ho mal di testa.» dico.

«Il prosecco guarisce.» scherza lui. «Ti concedo cinque minuti e se non esci, verrò a prenderti personalmente.»

Sospiro. Dice sul serio. «E va bene, cinque minuti.» dico.

Circa quindici minuti dopo, sono seduta nella vasca idromassaggio con Sam. Sto cercando di formulare ciò che dirò a Scott riguardo al fatto di averlo visto nella stanza di Angela insieme a Jenna. Per poter affrontare il discorso, dovrò dirgli che ero lì nel bagno in cerca di analgesici, ma di certo il fatto che lui fosse nella stanza con una ragazza che ha la metà dei suoi anni è cento volte più grave.

Nel frattempo, non interagisco più di tanto con Sam, che sta bevendo a canna da una bottiglia di Prosecco e pensando a come risolvere i problemi del mondo.

«Mia mamma mi sta guardando, crede che stia bevendo troppo.» dice, facendo un cenno con il capo in direzione della finestra da cui Fiona ci sta fissando. Due grandi occhi malvagi ardono in mezzo a tutto quel candore. È maledettamente inquietante, Dio solo sa cosa ci avrà mai visto Scott in lei.

Mi stringo nelle spalle. «*Stai* bevendo troppo?»

«Mia mamma pensa di sì. Crede che anche tu abbia bevuto troppo ieri sera... be', tutti lo pensano.»

Ricordo la torta con un sussulto. «Già, sono andata un po' in crisi, vero?»

«Vero.» Getta la testa all'indietro, sorridendo.

«Che hai da sorridere?»

Scuote la testa.

«Stai ridendo di me?» Sorrido anch'io, adoro il modo in cui Sam non prende mai le cose troppo sul serio; a differenza di sua sorella, prende tutto con filosofia.

«È solo che... vederti lì in piedi, singhiozzante, con la torta tutta schiacciata!» Scoppia a ridere. «Era solo una torta, ma il tuo volto era tutto illuminato dalle candele.» Fa un'espressione da invasato per simulare la mia faccia della sera prima. Mi spezza il cuore, ma sorrido.

«No! Ti prego, dimmi che non avevo quell'aspetto.» Alzo gli occhi al cielo e gli tiro una leggera sberla sulla spalla nuda.

«Avevi tutto il trucco colato, sembravi uscita da un film horror: *Carrie – Lo sguardo di Satana*.»

Getta di nuovo la testa all'indietro e dall'esterno potrebbe sembrare che stiamo ridendo entrambi, ma io sto piangendo.

«Cosa c'è di così divertente? Vi sentivo fin da dentro casa con la porta chiusa!» Georgia è avvolta in un grande asciugamano, tremante mentre sorride con impazienza.

Infilo la testa in acqua così che non vedano le mie lacrime e, quando riemergo dopo qualche secondo, mi sento un po' meglio. «Tuo fratello sta mancando di rispetto alla tua madre acquisita.» dico, spostandomi un po' per farle spazio nella vasca.

Le porgo la mano e lei la prende. I suoi denti battono mentre con cautela entra nell'idromassaggio, emettendo piccoli strilli per lo shock che le causa il piacevole contatto con l'acqua calda.

«Che meraviglia!» esclama, sistemandosi tra le bollicine e

afferrando la bottiglia dalla mano di Sam per dare un timido sorso, mentre suo fratello ripete quello che aveva appena detto sulla mia faccia e la torta.

«*Sam*, che cattiveria, Danni era sconvolta.» dice lei con fare protettivo.

«Va tutto bene, Sam ha ragione, sembravo una pazza. Ero solo stressata, mi sentivo sopraffatta.» dico. «Il mascara colato lungo le guance, il rossetto sbavato su tutta la bocca. Dovevo sembrare il Joker!» Entrambi ridono a crepapelle, e Georgia getta la testa all'indietro proprio come suo fratello. Sono molto simili, entrambi ragazzi biondi, belli, solari, atletici. Sam è nella squadra di rugby dell'università e Georgia è il capitano della squadra di netball della scuola. Sono fiera di loro, anche se non sono figli miei.

Mentre continuano a ridere, scorgo lo sguardo truce di Fiona dalla grande finestra. Mi colpisce allo stomaco, uccidendo all'istante la mia gioia e sbattendomi a terra. I ragazzi non lo vedono, ma io sento i suoi occhi ovunque.

«Posso dare un altro sorso?» chiede Georgia, allungando una mano per prendere la bottiglia.

«Neanche per sogno.» Sam scuote la testa con aria severa. «Ti ubriacherai, George, poi farai qualcosa di stupido e sarò io finire nei guai per averti permesso di bere.»

Per quanto il mio figlio acquisito sia spensierato, è il fratello maggiore e si prende cura di sua sorella.

Quanto meno, Fiona non cerca di unirsi a noi. Jenna l'ha già fatto, ma non penso che si scomoderà questa sera: quando poco prima sono passata in cucina, era impegnata a mostrare a Scott quanto fosse una brava casalinga. In sostanza, non stava facendo altro che enumerare piatti francesi con una pronuncia sbagliata ed eviscerare un pollo con grande vigore. Dio solo sa cosa volesse mostrargli un'ora fa nella stanza di Angela.

«Questa vasca idromassaggio è l'unico posto in cui posso sedermi senza essere disturbata da qualcuno.» dico, un po' avventata dal momento che con ogni probabilità sanno che mi riferisco alla loro madre e alla loro amica, Jenna.

Entrambi sorridono con circospezione. Sono tesi tanto quanto me per il fatto di essere bloccati qui, ma devo fare attenzione, non devo dire nulla di spiacevole sulla loro madre. È una persona orribile, con i suoi commenti maligni e le sue offese, vuole sempre avere l'ultima parola, è sempre in competizione con me e cerca di surclassarmi, e la torta ne è l'esempio lampante. Angela deve averle accennato che gliela preparo sempre, così Fiona non solo ne ha preparata una sua, ma probabilmente ha anche distrutto la mia in un impeto d'ira. O forse è stata Jenna per indurmi a dare la colpa a Fiona. Mi sto facendo troppe paranoie e immagino che tutti mi stiano prendendo di mira. Ma è davvero così, no?

«Parlando di persone fastidiose, avete visto cosa stava facendo Jenna a quel povero pollo?»

Sto correndo un rischio: entrambi amano Jenna, ma credo di aver notato un certo distacco oggi. Non sono stati in sua compagnia, Jenna era troppo impegnata a stare appicicata a Fiona e Angela e a nascondersi in camera con Scott.

Nessuno dei due risponde alla mia osservazione sul pollo, ma si scambiano un sorrisetto d'intesa. Spero che finalmente si siano resi conto di quanto sia falsa e sleale.

Alla fine, usciamo tutti dalla vasca idromassaggio, ma io ho qualche difficoltà, il che mi fa ridere. Credo che sia una lieve isteria per tutto quello che sta succedendo. Sam cerca di trascinarmi sulla terrazza in legno, ma è scivolosa e così mi aggrappo a lui come a una scialuppa di salvataggio, e quando sollevo lo sguardo, Fiona ci sta ancora osservando dalla finestra del salotto. La sua furia è palpabile, perfino attraverso il vetro. Che problema ha? In quanto mamma, se mai Olivia avesse una matrigna, non chiederei altro che quella donna fosse gentile con mia figlia. E io sono gentile con i *suoi* figli, loro mi vogliono *bene*, insieme ci divertiamo; quindi, perché Fiona non può semplicemente essere grata per questo anziché avercela con me? Stiamo ancora ridacchiando quando entriamo in cucina, ma il buonumore cala all'istante quando entra anche Fiona. Sento i ragazzi tornare sobri, in tutti i sensi.

Pare che Jenna e Fiona stiano preparando il caffè insieme e io mi chiedo cosa potranno mai avere in comune l'ex moglie di mio marito, così snob e criticona, e una persona rozza come Jenna. Scott, forse? Poi capisco: sono io. Il detto *il nemico del mio nemico è mio amico* è stato fatto apposta per questa "amicizia".

Mentre attraversiamo la cucina, Jenna ci ignora e Fiona sorride solo ai ragazzi, poi le due ritornano alla loro chiacchierata e alle loro cialde di caffè.

Essendo uno chalet, non ci sono molti corridoi; una stanza conduce a un'altra e adesso dobbiamo attraversare il salotto per dirigerci nelle nostre stanze. Angela e Scott sono seduti insieme sul divano con Olivia, che sta di nuovo piangendo e sembra che stiano facendo fatica a calmarla. Sentirla piangere risveglia qualcosa di primitivo in me, perciò mi incammino verso Scott e sua madre.

«È stanca, ecco perché piange.» dico. «La porto nella nostra stanza, la sua ora della nanna è passata da un bel pezzo.» aggiungo, allungando le braccia per prenderla, ma Scott si ritrae, stringendola con fare protettivo. È come uno schiaffo. «Scott?»

«No, non la porti da nessuna parte in questo stato!»

«Cosa? Sto bene.»

«Non hai bevuto?» chiede.

«No, certo che no.»

«Non hai nemmeno preso qualche farmaco?» domanda. Suppongo che si riferisca agli analgesici che prima mi ha impedito di prendere.

«NO!» sibilo con il desiderio di gridargli in faccia, ma consapevole che così facendo spaventerei Olivia. «Non sono *ubriaca* e non ho preso farmaci. Hai buttato via il mio paracetamolo, ricordi?» Faccio un passo verso di lui. «Quindi, se non ti dispiace, porto mia figlia con me, è *stanca*.» Allungo di nuovo le braccia, ma lui continua a stringerla come se potessi farle del male. Sono sconvolta e confusa, sta scherzando? Rivolgo un'occhiata ad Angela in cerca di chiarimenti, ma lei mi sta fulminando con lo sguardo e si sposta sul bordo del divano, come se fosse pronta a scattare se mai osassi prendere la mia bambina dalle braccia di suo figlio.

«Cos'hai che non va?» dice Scott sottovoce.

«Cos'hai *tu* che non va!» ribatto.

«Danni, credo che tu debba dormirci su... di qualsiasi cosa si tratti.» dice Angela in tono calmo, senza sorridere.

«Non è nulla. Sono *sobria*, non ho bevuto né preso nulla.» Sposto lo sguardo da uno all'altra. Si stanno coalizzando contro di me, insinuando che non sono in grado di stare da sola con mia figlia.

Mi sembra di vederli entrambi per la prima volta: Scott che mi impedisce di prendere mia figlia, fingendosi preoccupato per lei, e Angela, questa signora di settantacinque anni, perennemente sorridente, con i suoi orecchini bizzarri e le scarpe da ginnastica con gli arcobaleni. La donna che mi ha accolta nella sua famiglia a braccia aperte nonostante tutto, all'improvviso sembra diversa. E ho paura.

«Hai bisogno di dormire.» dice, la sua voce è strana, come se stesse cercando di assumere un tono dolce, ma non riuscisse a nascondere la rabbia. Si alza in piedi e cammina verso di me, le braccia distese per toccarmi, per toccare Olivia. Il suo sguardo fisso è cupo e freddo, non c'è nulla dietro quegli occhi.

«No, non andrò a farmi una maledetta dormita.» Mi sposto rapidamente per sfuggire alle sue grinfie. Angela lancia un'occhiata a Scott, le sopracciglia inarcate in segno di disapprovazione; il sorriso smagliante è ormai sparito, insieme al suo atteggiamento bohémien da "l'amore è tutto ciò che serve", che è il suo marchio di fabbrica. Non mi ha mai giudicata, non mi ha mai trattata come l'altra donna, Angela perdona sempre tutto e tutti. Vero?

Che Fiona sia infine riuscita a portarla dalla sua parte, sputando il suo veleno? Forse Jenna le ha detto qualcosa, ha mentito su quello che è successo a scuola? O è questa la *vera* faccia di mia suocera? Tutto il calore e l'apparente accoglienza erano solo una finzione per far felice Scott? Le sono mai davvero *piaciuta*?

E a un tratto la vedo con la coda dell'occhio. Jenna, in piedi sulla soglia della cucina mentre regge in mano un vassoio di caffè, gli occhi luccicanti. «Va tutto bene?» chiede con quella sua voce cantilenante che riserva a Scott e Angela.

Nessuno le risponde, c'è tensione nell'aria. Voglio mia figlia.

«Che problema hai?» chiedo. «Non ho fatto nulla di male. Il fatto che abbia passato una mezz'ora nella vasca idromassaggio con i miei figli acquisiti non significa che non possa stare con mia figlia.»

Qualcuno si muove dietro di me. Fiona è entrata nella stanza, deve aver sentito tutto. Mi sento in minoranza e mi volto per vedere se i ragazzi sono qui. Loro mi difenderanno, sanno che non sono ubriaca, *sanno* che mi prendo molta cura di Olivia. Ma sono scomparsi nelle loro rispettive stanze quando hanno visto i volti di Scott e Angela, questo non è un loro problema. E così sono sola contro loro quattro. E in un feroce istante di lucidità, mi rendo conto che nessuno qui è dalla mia parte, non verrò mai davvero accettata da *nessuno* in questa famiglia. Nemmeno da mio marito.

«Andiamo, tesoro, perché non ti siedi un attimo? Jenna ha preparato il caffè.» suggerisce Angela.

«Non berrò il suo caffè.» sibilo, con ogni probabilità sembrando pazza, ma non mi stupirebbe se mettesse della droga nelle mie bevande. Jenna ha appoggiato il vassoio sul tavolino e, invece di allontanarsi con discrezione o mettersi a fare qualcos'altro, se ne sta lì in piedi a guardarmi, e sembra che trovi difficile nascondere il proprio piacere.

È la gioia incontenibile sul volto di Jenna e la falsa preoccupazione su quello di Fiona, che si sta avvicinando al resto del gruppetto, a farmi comprendere che non è questo il momento giusto per discutere. Ne parlerò con Scott più tardi, in privato. Nel frattempo, se non vuole che io stia da sola con Olivia, allora gliela lascerò tenere qui con sé finché non la porterà a letto. Se rimango, dirò cose di cui mi pentirò, probabilmente a tutti e quattro, che se ne stanno lì a fare da sentinella, circondandomi come zombie, mentre mi osservano e attendono solo che io dia il via a una scenata. Non prenderò Olivia, non solo perché la turberebbe, ma anche perché darebbe a uno di quegli psicopatici l'opportunità di placcarmi.

«Invece di regalare a Jenna e Fiona la sceneggiata che tanto bramano, me ne andrò a letto, consapevole che mia figlia è al sicuro con suo padre.» dico, poi mi incammino verso il corridoio diretta nella mia stanza. Riesco di nuovo a respirare solo una volta raggiunto il mio rifugio e aver chiuso la porta.

Qui traggo un lungo respiro, guardando fuori dall'enorme finestra e chiedendomi cosa diavolo farò. Controllo il sito della scuola. Il post è ancora lì, è ovvio che Charlotte non abbia ancora letto il mio messaggio o sentito la segreteria telefonica, perché non l'ha ancora rimosso. La mia unica consolazione è che il mio nome non è ancora stato fatto. Ma non avendo ricevuto alcuna risposta da Charlotte in cui mi dice di essere pronta con il dito sopra il tasto "cancella", spero solo che lei stia bene. Adesso, oltre a tutte le altre preoccupazioni, sono in apprensione anche per lei, per non parlare della tensione continua qui nello chalet; stanotte non dormirò.

Mi avvicino alla grande finestra. Perfino al buio sembra un quadro impressionista, una versione innevata della *Notte Stellata* di Van Gogh. Fatta eccezione per il cielo blu, ogni cosa intorno è bianca, gli scheletrici tronchi argentati degli alberi spuntano dalla neve come segreti a malapena nascosti. Poco oltre si vede la turbinante massa d'acqua di un mare infuriato, i fulmini squarciano il cielo e tuoni rimbombano in lontananza arrivando fino a noi, pronti a scagliarsi nella tempesta imminente che viene nella nostra direzione. E nonostante i miei tentativi di aggrapparmi a un briciolo di speranza, vedo il mio riflesso nella finestra scura, già sapendo che è ormai troppo tardi.

17
FIONA

Non me la sentivo di passare un'altra serata a giocare alla famigliola felice radunata intorno a un tavolo. In origine, la vacanza doveva essere un lungo fine settimana, da venerdì a lunedì, il che sarebbe stato già abbastanza complicato, ma a causa del meteo e dell'investimento di quell'uomo, era ormai lunedì e non saremmo andati da nessuna parte. Erano stati i quattro giorni più lunghi della mia vita, e tutti quanti eravamo sul punto di crollare. La tensione nell'aria era palpabile, mostravamo i sintomi della sindrome del prigioniero e tutti noi temevamo che la polizia potesse bussare alla porta e arrestare uno di noi per omicidio doloso.

Io ero distrutta, Angela era ancora fuori fase, distratta e smemorata. Jenna stava bene, ma trovava difficile nascondere il proprio astio se qualcuno osava chiederle di preparare anche solo una tazza di tè. Nel frattempo, i miei figli avevano trascorso fin troppi pomeriggi a bere nella vasca idromassaggio, o sul divano, o perfino nelle loro camere da letto, e questa cosa doveva finire. Scott era stressato perché doveva fare in modo che Olivia fosse sempre tranquilla e felice, e avevo l'impressione che Danni fosse sull'orlo di un esaurimento nervoso.

Provavo compassione per lei, era evidente che stesse soffrendo e che non fosse felice nella sua nuova vita con mio marito. Forse il brivido di una relazione clandestina con il suo capo non aveva preso la piega che si aspettava, ora che era nata una bambina ed erano ritornati alla vita reale? Lo speravo. Ma la felicità di Danni non mi interessava affatto, speravo solo che non fosse passata da mio marito a mio figlio. Più a lungo rimanevamo chiusi lì dentro, vivendo in quell'atmosfera febbrile, più sembrava farsi stretto il legame tra lei e Sam.

A mio figlio non serviva una figura del genere nella sua vita, aveva bisogno di persone solide e affidabili che lo tenessero con i piedi per terra. A scuola era entrato nella compagnia sbagliata e si era lasciato influenzare facilmente, c'era stata una gran quantità di alcol e divertimenti notturni, e questo aveva influenzato il suo rendimento scolastico. Non volevo che accadesse lo stesso ora che frequentava l'università: rimanere invischiato in qualche strana relazione con la sua instabile matrigna era l'ultima cosa di cui aveva bisogno. In base alla mia amara esperienza personale, sapevo che Danni non si sarebbe fermata di fronte a nulla per ottenere ciò che voleva, e anche Jenna aveva sofferto per mano sua, perdendo tutto a causa della gelosia di Danni.

Quella sera, a cena, osservai Danni giocherellare con il cibo che Jenna aveva preparato con tanto impegno, e provai rabbia per la sua mancanza di rispetto.

«Ti va bene il piatto?» le chiesi con lo stesso tono di voce con cui l'avrei chiesto a uno dei ragazzi se li avessi sorpresi a pasticciare con il cibo. Era un gesto scortese, soprattutto con la cuoca seduta a tavola.

«Sì, va *bene*» rispose lei riluttante, senza alzare la testa.

«Magari non hai molto appetito?» suggerì Angela.

«Che vuoi dire?» sbottò Danni, e tutti quanti sollevammo lo sguardo. Nessuno sbottava contro Angela, lei era dolce e gentile e il suo approccio non portava mai a un contrattacco. Sembrò sorpresa da quella reazione e, inarcando le sopracciglia in modo quasi impercettibile, allontanò da sé il piatto vuoto e appoggiò il mento sulle nocche. Aveva uno sguardo distante, ma in realtà stava fissando Danni dritta negli occhi. «Voglio dire che hai l'aria stanca e credo che tu abbia molti pensieri per la mente, non è vero?»

La testa di Danni si sollevò di scatto. Sembrava sinceramente scioccata.

Di cosa diavolo stava parlando Angela?

Proprio in quel momento, il pianto di Olivia risuonò dal baby monitor posato accanto al gomito di Scott.

«Scusatemi.» disse lui, senza dubbio sollevato di abbandonare la tavola in quella circostanza imbarazzante.

«Stavo per servire il dolce, Scottie. Ti aspettiamo?» chiese Jenna con fare impertinente.

Scott si voltò, aveva l'aria infastidita: il dolce era chiaramente l'ultimo dei suoi pensieri.

«Ehm, no, grazie, servi pure tutti gli altri.» rispose con fermezza, poi scomparve nel piccolo corridoio per raggiungere sua figlia che piangeva.

Jenna si guardò intorno, sorridendo. «Bene, siamo pronti per il dolce?» disse con la voce di un'animatrice a una festa per bambini. Il tempismo era pessimo, ma apprezzai il suo goffo tentativo di alleggerire l'atmosfera; Danni, invece, no.

«Chi stai cercando di essere, Jenna?» la fulminò con lo sguardo. Il commento di Angela l'aveva offesa e adesso lo stava riversando su Jenna, o forse la stava usando per sviare l'attenzione dalle parole della suocera, che non si capiva a cosa diavolo si riferissero.

Un silenzio imbarazzato calò sulla tavola come una nube temporalesca.

Jenna sembrava sorpresa e a corto di parole. «Danni, stavo solo chiedendo chi fosse pronto per mangiare il dolce.» disse, il volto teso per la frustrazione.

«Non guardarmi con quegli occhi sgranati e l'espressione innocente. Sai *esattamente* cosa voglio dire.» sbottò Danni. «Sono sorpresa che tu non ti sia offerta di andare ad aiutare Scott con Olivia, così da poter stare un po' da soli!»

«Non capisco...» Gli occhi di Jenna tutt'a un tratto si riempirono di lacrime. Lanciò un'occhiata ad Angela, poi a me. Nonostante la tensione latente tra le due donne, eravamo tutti sbalorditi dallo scatto d'ira di Danni. Se la stava solo prendendo con Jenna, o credeva davvero che ci fosse qualcosa tra lei e Scott?

Sentendosi senza dubbio attaccata e senza supporto, Jenna prese il tovagliolo, si alzò e uscì dalla stanza. Ma prima di farlo, si voltò e si limitò a dire «Hai sentito Charlotte?»

Danni diventò improvvisamente bianca come un cadavere. «Charlotte?»

«Sì, siamo migliori amiche, ci sentiamo sempre. È carina, una gran chiacchierona. Mi ha chiamato prima, ti saluta.»

Danni la stava fulminando con lo sguardo, il viso pallido, le labbra bianche. «Brutta. Stronza.» Si sforzò a pronunciare quelle parole, due gemiti dal suono gutturale, e prima ancora che qualcuno potesse fare qualcosa, si alzò dalla sedia e si scagliò contro Jenna, che gridò e fuggì di corsa nella propria stanza, chiudendo la porta a chiave. Ma questo non placò Danni, che prese a pugni la porta e continuò a urlare insulti finché Scott non riemerse dalla loro camera da letto, il volto rosso dalla collera. «Cosa diavolo sta succedendo, Danni?»

Sam si alzò dalla sedia e si incamminò verso di lei. Danni era ormai accasciata contro la porta, in ginocchio, in un mare di lacrime disperate.

«Aiutami a portarla a letto, Sam.» disse Scott, allungando una mano per tirarla su, ma la sua presenza parve riaccendere la rabbia di lei e, dal profondo del suo essere, proferì lentamente queste parole: «Non *lasciatelo* avvicinare a me.» La frase venne pronunciata con tale ira che Scott fece un passo indietro, in apparenza sconvolto.

«Va tutto bene, tu vai a prenderti cura di Olivia.» disse Angela, alzandosi da tavola e avvicinandosi a Sam, che ora stava cercando di sollevare Danni e rimetterla in piedi. «Danni, non c'era bisogno di tutto questo.» disse Angela, riaccompagnandola in salotto. «Jenna stava solo parlando di una sua amica, un'amica in comune, suppongo?»

Danni non rispose mentre la suocera, con l'aiuto di Sam, la fece accomodare sul divano e le posò una coperta sulle gambe; invece, io e Georgia, le uniche due rimaste sedute a tavola, fissavamo la scena nel tentativo di capire cosa fosse accaduto.

«Tu non la conosci, Angela, non hai idea di cosa è capace. Non ha fatto altro che sputare il suo veleno da quando è arrivata.»

«Cosa? Cos'hai detto, sta avvelenando le persone?» Angela sembrò di nuovo confusa.

«Vi siete lasciati abbindolare, tutti quanti.» continuò Danni, ora stava guardando dritta verso di me, ignorando le attenzioni di Angela, che le posizionò un cuscino dietro la schiena. «Pensateci, ha venticinque anni, quando è venuta a lavorare a scuola ci ha fatto credere di avere una laurea e un master in Scienze della Formazione, ma poi si è scoperto che non c'era traccia dei suoi titoli di studio. E adesso improvvisamente si è reinventata come chef di Cordon Bleu!» rantolò, erano i postumi del pianto.

«È una brava cuoca.» dissi in sua difesa.

«Fiona, ce l'hai davanti agli occhi, non essere *stupida!*» Danni si portò un dito alla testa. «Finge di essere chiunque vogliate che sia, un tecnico di laboratorio, un'amica, una sorella maggiore.» Indicò Georgia. «Angela aveva bisogno di una cuoca e, oh, eccola qui! Lei si butta a capofitto. L'ha fatto anche con me: ero nuova a scuola, e in città, avevo bisogno di un'amica. E lei lo è diventata; *guarda caso*, ci piacevano gli stessi film, gli stessi drink, gli stessi *vestiti*.» Si fermò per asciugarsi gli occhi con un fazzoletto. «Non è amica di nessuno.» Si rivolse ai ragazzi. «*Di nessuno*, chiaro?»

Mi aspettavo che respingessero quell'osservazione – Jenna era loro amica – ma stranamente non lo fecero. Sembravano prendere atto di ciò che la matrigna stava dicendo, Georgia fece perfino un segno di assenso con la testa e Sam inarcò le sopracciglia come se pensasse la stessa cosa.

Dopodiché, Danni si sporse in avanti e sollevò un dito in un gesto di avvertimento, la voce roca per le grida, gli occhi ancora lucidi. «C'è un motivo per cui Jenna Philips è venuta in questo chalet, e credetemi, il motivo non è *cucinare* per noi.»

Le sue parole rimasero sospese in equilibrio precario su di noi, come fossero un lampadario di vetro, mentre prendevamo in considerazione ciò che aveva appena detto.

Pochi istanti dopo, Angela parlò e le mandò in frantumi.

«È venuta a cucinare per noi, Danni.» disse, il volto colorito da una lieve indignazione. «Le ho *chiesto* io di unirsi a noi, l'ho *invitata* qui, non mi ha costretta a portarla.»

«È esattamente quello che *intendo*. Tu credi che sia stata una tua idea, ma non è così. È una manipolatrice e scommetto che, se ci ripensi bene, per settimane ha cercato in tutti i modi di ottenere un invito. Magari girandoti intorno, dicendo che non era mai stata in Cornovaglia perché viene da una famiglia povera e da piccola non è mai andata in vacanza...»

Angela sembrò a disagio; era evidente che Danni fosse sulla strada giusta.

«Riesco perfino a sentirla adesso, quella voce da Gollum che ti dice "Jenna non ha mai visssto il mare, Ssssignora".» Pronunciò la frase strascicando le "S", e Sam reagì con una risatina. «Ma vedendo che non l'hai invitata subito a questa vacanza di famiglia, ha escogitato un altro modo per venirci.» continuò Danni contro Jenna, poi si sedette e ci fissò, a uno a uno, in attesa della nostra reazione. Ma Angela scuoteva la testa, irremovibile, e dal momento che Jenna non era presente per potersi difendere, qualcuno doveva farlo al posto suo.

«Danni, credo che tu possa averla fraintesa.» dico con tatto. «Critichi tutto quello che fa, ma è solo una giovane donna che cerca di fare del suo meglio.»

Danni si appoggiò allo schienale, fece un respiro profondo. Era arrabbiata, frustrata che nessuno credesse alle cattiverie che stava raccontando su Jenna. «Pensavo che almeno *tu* l'avessi vista per come è realmente, Fiona, è una squilibrata! Ma è ovvio che sei un'*ingenua* come tutti gli altri.»

Inarcai le sopracciglia. «Forse lo sono. Dopotutto, non mi sono accorta di *te*, vero?» Mi fermai, pentendomi di quelle parole nell'esatto momento in cui mi uscirono di bocca. Non avrei dovuto dirlo di fronte ai ragazzi e ad Angela.

Com'era prevedibile, il mio commento parve scatenare Danni ancora di più, mi guardò con occhi pieni di una collera feroce. «Sei davvero *ossessionata*, non è vero?» Era appoggiata a Sam, puntava il dito contro di me dall'altro lato della stanza, sul suo volto un sorriso incredulo e rabbioso.

Non risposi. Non volevo che mi urlasse contro come aveva appena fatto con Jenna. Angela sembrava altrettanto scioccata, mentre i ragazzi si limitarono a chinare il capo, imbarazzati.

«Non riesci a sopportare di vedermi con Scott.» continuò a sbraitare contro di me. «Non ti piace nemmeno che io stia con Sam e Georgie. Sei *così* gelosa, sento i tuoi occhi addosso costantemente. Hai davvero bisogno di voltare pagina, Fiona.»

Scott uscì dalla camera da letto, era palese che avesse sentito le alzate di voce.

«È ridicolo, non riesco a far addormentare Olivia con tutto questo rumore. Cosa sta succedendo?»

«Hai lasciato Olivia da sola?» disse Danni, scattando in piedi e attraversando il salotto a passo svelto, gli passò davanti infuriata, diretta in cucina.

«Sei stressata, non farai che peggiorare le cose.» le disse lui alle spalle, seguendola mentre usciva dalla cucina e si dirigeva verso la camera da letto. Un'altra crisi isterica era in procinto di esplodere, senza dubbio. La porta della loro stanza sbatté con forza e tutti noi rimanemmo seduti in silenzio. Lanciai un'occhiata a mio figlio, che alzò gli occhi al cielo.

«Be', è andata bene.»

«Mmm, Danni è *davvero* stressata.» dissi, pronunciando l'eufemismo dell'anno.

Sam e Georgia sembravano avere il morale a terra dopo tutta quella scenata, e ben presto si ritirarono nelle rispettive camere da letto, lasciando Angela e me da sole.

«Sono preoccupata per lei.» disse Angela. Sembrava di nuovo lucida. «Ma ovviamente la mia prima preoccupazione è per mio figlio e mia nipote. Scott è al limite dell'esasperazione, mi si spezza il cuore per lui. Non dovrei dirlo, ma Danni non ha un grande istinto materno.»

Ero d'accordo, ma non risposi, mi metteva a disagio sentire Angela dire una cosa del genere. Di solito teneva per sé le proprie opinioni sulle persone, così tanto che a volte era frustrante cercare di capire cosa provasse davvero. Pensai che dovesse davvero detestare Danni per dirlo ad alta voce, e mi resi conto che nonostante la conoscessi da più di vent'anni, in realtà non la conoscevo affatto.

«Di recente Scott mi ha detto che non gli sembra di aver sposato Danni, ma di aver adottato un'altra figlia.» annunciò, le sue parole erano colme di rancore. «Credo che se ne sia pentito, Fiona.» Mi offrì questa rivelazione come un fiore, un regalo per me da parte sua. Lo accettai, ma non mi sorprese, sapevo esattamente cosa Scott provava per Danni. O almeno, così *credevo*.

Scott ritornò dieci minuti dopo con Olivia e un piumino, ma niente Danni. «È una situazione impossibile, è così *arrabbiata*, non fa altro che inveire, e Olivia ha bisogno di un ambiente tranquillo.» borbottò quasi tra sé e sé mentre lasciava cadere la copertina sul divano e passava Olivia a sua madre. Angela la prese con amore, cullandola e sussurrando parole dolci come una volta aveva fatto con suo figlio e con i miei.

Alzò lo sguardo verso di lui. «Non può andare avanti così, tesoro.» Scott le rispose con un lieve cenno del capo, e l'occhiata che si scambiarono era d'intesa. Non ero sicura di aver capito. Danni era un incubo, ma la causa scatenante era Jenna, e ammettiamolo, anche io. Possibile che né Angela né Scott se ne fossero resi conto prima di questo fine settimana? Erano davvero sorpresi di come stessero andando le cose tra tutti noi? Forse Angela era spesso confusa e perfino un po' smemorata, ma di certo doveva averci riflettuto a fondo. Anche se quello poteva essere il suo ultimo compleanno, sapeva quanto poteva essere rischioso mettere Danni e me sotto lo stesso tetto, ed era anche consapevole dei problemi tra Danni e Jenna, quindi perché mai avrebbe voluto passare il suo ultimo compleanno in una zona di guerra?

«Per la prima volta in vita mia, non so davvero cosa fare.» disse Scott, in piedi al centro del salotto, un bimbo che parlava alla mamma. Era un bel pasticcio, e nonostante fosse l'unico responsabile della situazione in cui lui stesso si era cacciato, la madre che era in me provò dispiacere per Angela, la leonessa che proteggeva il figlio e la nipote dalla nuova moglie pazza. Non riuscivo a immaginare come mi sarei sentita io al pensiero che qualcuno, una *donna*, avrebbe potuto ferire Sam un giorno; come molti altri genitori in quelle circostanze, avrei avuto voglia di *ucciderla*.

Non avevo motivo di dubitare della storia di Jenna riguardo alle false accuse di Danni sullo spaccio di droga agli studenti. Tuttavia, non avendo sentito la versione di Danni, dovevo essere cauta. Era facile credere a cose spiacevoli riguardanti la donna che mi aveva rubato il marito. Ero umana e mi riusciva difficile vedere *qualsiasi cosa* dal suo punto di vista, o a suo favore. Ma chi era Charlotte? E perché Jenna aveva scatenato l'ira di Danni quando aveva detto che era anche sua amica? Era tutto piuttosto misterioso, ma non dubitavo che avesse mentito su Jenna e lo spaccio di droga per liberarsi di lei. Quanto avrei voluto potermi sbarazzare di Danni allo stesso modo. Quanto sarebbe stato bello se non fosse mai esistita e Scott ed io avessimo potuto riportare indietro le lancette dell'orologio, tornare insieme ed essere di nuovo una famiglia.

Di recente, l'amicizia tra me e Scott era riaffiorata: dopo un lungo periodo di gelo, era tornato un po' di calore tra di noi. Ma Danni era la madre di sua figlia, e sarebbe rimasta nelle nostre vite per sempre. I figli sono per tutta la vita, e Olivia li avrebbe tenuti legati: il primo giorno di scuola, le feste di compleanno, il Natale, e perfino una volta cresciuta ci sarebbero stati i fidanzati, il matrimonio, i nipoti. Finché ci fosse stata Danni, il dolore e i guai e le difficoltà sarebbero continuati, e nessuno di noi sarebbe mai stato libero. Era come una macchia impossibile da togliere. Ma Olivia era bellissima, e fin dal nostro arrivo qui, avevo visto quanto i miei figli la adorassero. Sapevo che anche io avrei imparato ad amarla, se ne avessi avuto la possibilità. Scott portò il lettino da viaggio in salotto e io lo aiutai a montarlo, poi presi in braccio Olivia, passeggiando per la stanza, cullandola per farla addormentare. Era solo una bambina innocente. Mi si spezzò il cuore al pensiero di quanto sarebbe stata difficile la sua vita con una madre come Danni. Non aveva fatto altro che scaricare tutto su Scott, che, in un momento di follia temporanea, si era cacciato in quella situazione, ma adesso, con una figlia, era difficile per lui uscirne. Anche se la relazione con la sua nuova moglie non fosse stata un impegno per tutta la vita, Olivia lo era, e con il passare del tempo, perdendo man mano il suo bell'aspetto e le sue opportunità, Danni non avrebbe fatto altro che diventare sempre più appiccicosa. Già ora accusava Scott di ogni genere di cose, era paranoica e insicura, e avevo l'impressione che fosse a tanto così da un esaurimento nervoso. Comunque, non sarebbe stato peggio di quello che avevo passato io, ed ero sopravvissuta. Mi chiesi come avrebbe reagito quando avesse scoperto l'ultimo dei tradimenti di Scott. Cosa avrebbe fatto una volta scoperto che suo marito era andato a letto con un'altra negli ultimi quattro mesi? E come si sarebbe sentita dopo aver scoperto che *quell'altra* ero io?

18

FIONA

«Qualcuno ha visto Danni?» Era martedì mattina, un giorno dopo quella che avrebbe dovuto essere la nostra partenza dallo chalet, ma poiché la polizia non era ancora arrivata a un arresto e il tempo era ancora pessimo, eravamo bloccati lì, a impazzire. Scott era in piedi nel corridoio, teneva in mano quella che sembrava la vestaglia di sua moglie. Io stavo badando a Olivia mentre lui era andato nel bagno en suite a farsi una doccia, ma era stato via solo pochi secondi e ora gridava il suo nome mentre apriva e chiudeva ogni porta in cerca di Danni.

«Scott, probabilmente è in cucina.» feci un cenno del capo in direzione della cucina mentre porgevo a Olivia una pallina azzurra.

«Non c'è.» sbottò lui, agitato, correndo verso la porta d'ingresso e aprendola con forza, permettendo così a un soffio di vento gelido di attraversare lo chalet. «Danni? DANNI?» chiamò a voce più alta, ma il vento e il mare erano più forti di una voce umana; anche ammesso che Danni fosse stata là fuori, non l'avrebbe mai sentito.

Sam sollevò lo sguardo dal cellulare e lo rivolse a me. Lo

fissai con gli occhi spalancati, lui fece lo stesso e tornò al suo telefono. Dio solo sapeva cosa stesse succedendo.

«Non è là fuori.» Scott lasciò che la porta si chiudesse con un forte botto.

«Ma dove può *essere*?»

«Magari è solo andata a fare due passi?» suggerì Sam. «Hai provato a chiamarla?»

«Sì, il telefono squilla, ma non risponde. Non lo sento suonare dentro casa, quindi deve averlo con sé...» Scott sembrava davvero preoccupato, non riusciva a stare fermo, cercava disperatamente un qualsiasi indizio che potesse spiegare la sua assenza.

«Sono certa che sta bene.» mormorai in tono rassicurante.

«Oh, il suo giubbotto.» disse lui, ignorandomi e camminando verso l'appendiabiti. Passò in rassegna tutta l'attrezzatura da esterno, in preda al panico.

«Scott, sono certa che sta *bene*. Ha avuto un paio di giornate difficili, come ha detto Sam, magari è solo andata a fare due passi.» suggerii.

«Ma *non* può essere, il suo giubbotto è qui.» Sollevò l'indumento di un giallo acceso dal gancio e lo esibì come prova del fatto che non fosse uscita per una passeggiata.

«Forse ha un'*altra* giacca?»

«No,» sbottò lui, «ha solo *questa*.»

«Aspetta.» Sollevai la mano in un gesto rassicurante. «Magari indossa la giacca di *qualcun altro*. Mi pare di averla vista con quella di Sam l'altro giorno?» Me lo ricordavo perché vederla così mi aveva irritata, era una cosa da "fidanzatini". Rivolsi uno sguardo a Sam.

«Sì, si era messa una delle mie felpe per stare in casa, aveva freddo. Ma il *mio* giubbino è lì appeso. Può darsi che sia uscita *senza indossare una giacca?*» Si strinse nelle spalle, ritornando al suo cellulare, chiaramente annoiato da quel dramma.

«Con *questo* tempo?» Scott teneva ancora stretto in mano il giubbotto giallo. Seguii il suo sguardo fino alla finestra: il cielo era bianco, la neve fitta e il terreno ghiacciato. Ci scambiammo un'occhiata.

Fu allora che apparve Jenna sulla soglia. «Cosa ci fai con la mia giacca, vuoi provarla, Scottie?» domandò, pronunciando il nome di lui con voce melodiosa e sorridendo mentre entrava in salotto.

Scott spostò lo sguardo dal giubbotto a Jenna e viceversa. «Questo è *tuo*?»

«Sì, perché?» Sembrava perplessa.

«Ne sei assolutamente *sicura*?» chiesi io, alzandomi in piedi e camminando verso Scott e la giacca. «Perché Danni ne ha uno identico.»

«Sì, è vero. Ma quello di Danni è costoso, il mio è tarocco.»

«E tu riesci a distinguerli? Perché io no.» disse Scott, porgendoglielo mentre lei si avvicinava per ispezionarlo.

«Sì, questo è il mio, le cuciture sono diverse. Ma faccio volentieri a cambio con quello di Danni.» scherzò, apparentemente ignara dell'angoscia di Scott.

«Il suo giubbotto non c'è, significa che è uscita.» borbottò lui, ignorando il commento spensierato di Jenna.

«Bene, sono contenta che l'abbiamo chiarito.» disse lei con un sorriso. Senza aver colto per nulla l'atmosfera cupa che c'era nella stanza e mantenendo il suo buon umore, chiese «Colazione?» Poi, senza attendere una risposta, si voltò e si diresse in cucina.

Lanciai un'occhiata a Scott, ma lui stava guardando fuori dalla finestra, in apparenza ignaro di tutti gli altri presenti. Nel frattempo, Sam era ancora incollato al cellulare e non sembrava affatto preoccuparsi degli spostamenti di Danni. L'eccessiva confidenza tra loro mi aveva preoccupata, ma mi chiesi se in fondo non mi fossi sbagliata, e forse non c'era un legame inappropriato tra lui e la sua giovane matrigna indossatrice di bikini e appassionata di vasche idromassaggio.

«Non prenderla male, Scott,» dissi, «ma è possibile che Danni se ne sia andata in questo modo apposta per farti preoccupare?»

«Quindi cosa facciamo?» ribatté lui in tono brusco. «La puniamo permettendole di andarsene in giro là fuori finché non muore di ipotermia?»

Soffocai l'impulso di ammettere che quella sarebbe stata la mia opzione *preferita* e, invece, suggerii di chiamare la polizia.

«A cosa servirebbe?» sbottò lui, rispondendo subito dopo alla sua stessa domanda. «La polizia non può arrivare qui, siamo isolati, e anche se *riuscissero* a venire e iniziassero a cercarla, potrebbe essere troppo tardi.»

«Troppo tardi? Non voglio sembrare insensibile, ma è una donna adulta, Scott... e credo che tu stia esagerando.»

Stava scuotendo la testa. «Siamo sotto zero là fuori, dobbiamo andare a cercarla.» disse. «Tutti noi *dobbiamo* uscire subito e trovarla.»

«Stai scherzando?» borbottò Sam.

Avvertii un tuffo al cuore. «Sarebbe come cercare un ago in un pagliaio, Scott.» dissi con un sospiro.

«Già, soprattutto se *non* ha alcuna intenzione di farsi trovare finché non lo vorrà lei.» aggiunse Sam, il che era una giusta osservazione.

«Perché mai farebbe una cosa del genere?» domandai, ben sapendo che era esattamente una delle cose che avrebbe fatto pur di attirare l'attenzione.

«Può anche *credere* di potersi nascondere per qualche ora,» disse Scott senza rispondere alla mia domanda, «ma fa troppo freddo là fuori e dopo un po'... no, no, non posso lasciare che succeda. Io vado a cambiarmi ed esco a cercarla, e gradirei un aiuto.» disse rivolto in direzione di Sam.

Quando se ne fu andato, mio figlio mi guardò, alzando gli occhi al cielo. «Ma che gli è preso?»

«Mmm, so che la reazione di tuo papà è esagerata, ma ha ragione, dovremmo uscire tutti a cercarla, Sam.»

«E va bene, va bene...» rispose lui, riluttante.

«Dopotutto, tu e Danni siete molto uniti.»

«Cosa vuoi dire con *questo*?» Continuò a fissare il cellulare, le dita volavano da una parte all'altra della tastiera.

«Niente, mi chiedevo solo se non ti avesse *detto* qualcosa a proposito. So che vi parlate.» Era evidente che avessero conversazioni private, mi ero imbattuta in almeno una di queste e, in quanto madre di un diciottenne, ero ansiosa di conoscere la natura di quelle conversazioni.

«Non capisco dove vuoi arrivare.» Sembrava sinceramente confuso, o forse stava solo fingendo?

«Mi chiedo solo cosa mai potreste avere in comune voi due.» mormorai.

«È in gamba, mi piace parlare con lei.»

«Ne sono certa, e sono certa che sia tutto qui, ma sta' attento, Sam.»

Finalmente distolse lo sguardo dallo schermo del telefono. «Perché? È mia madre acquisita. Non c'è nulla di strano o chissà che altro.»

«Magari no, ma Danni sembra ansiosa e infelice, e credo che tu debba fare attenzione.»

A queste mie parole, Sam scoppiò a ridere, e lo trovai irritante.

«Ascolta, Sam, non è divertente. Non mi fido di lei e nemmeno tu dovresti. Credo che tu stia giocando col fuoco, frequentala abbastanza a lungo e ti scotterai.»

«Frequentarla?» Sorrideva a trentadue denti, divertito. «È la moglie di mio papà, sono *costretto* a vederla.»

«Lo so, ma penso che lei si comporti in modo inappropriato con te.» Mi sforzai di dirlo con delicatezza, ma sapevo di apparire giudicante. Da persona che lavorava nelle risorse umane, ero consapevole che il mio tono fosse piuttosto "aziendale", ma volevo essere chiara e non troppo emotiva.

«Ho come l'impressione che Danni ti usi per attirare l'attenzione di tuo padre...» Ecco, l'avevo detto, e sapevo che a mio figlio non sarebbe piaciuto.

«Santo cielo, mamma, non ho bisogno di sentire queste stronzate,» borbottò, chiudendosi completamente a riccio e tornando a guardare il telefono, «e adesso non c'è segnale.» mormorò. «Dio mio, inizio a odiare questo posto.» Avevo toccato un tasto dolente.

Pochi minuti dopo, il segnale del telefono tornò e Sam parve rispondere a un messaggio che aveva appena ricevuto. Doveva trattarsi di un'emergenza, considerando la velocità con cui digitava la risposta. Quanto avrei voluto che rispondesse anche ai miei messaggi con la stessa rapidità. Poi, un pensiero mi attraversò la mente: era *lei* a scrivergli? Ma prima che potessi chiedergli con chi stesse messaggiando, si alzò e se ne andò nella sua stanza.

Olivia si svegliò e si mise a piangere, il che distrasse me e portò Georgia a uscire dalla propria camera. Quando le dissi che Danni non era tornata dalla passeggiata ed eravamo un po' preoccupati, scoppiò subito in lacrime.

Cercai di rassicurarla. «È fuori solo da poco tempo.» aggiunsi mentre cercavo di cullare Olivia per farla riaddormentare. Ma Georgia era inconsolabile e solo allora mi resi conto di quanto era davvero legata alla sua matrigna e questo, devo ammetterlo, mi ferì.

Pochi minuti dopo, Scott rientrò in salotto vestito con un maglione di lana, pantaloni imbottiti e calzettoni. Era di fronte alla porta e stava quasi per indossare gli scarponi quando sul suo telefono arrivò una notifica. Lo guardai. Non disse chi era, quindi dovetti chiedere.

«È Danni?» domandai senza davvero aspettarmi che fosse lei.

Alla fine, Scott rispose «Sì.» con voce affranta.

«Oh, quindi sta bene?» chiesi mentre Georgia sollevò lo sguardo, speranzosa.

«Dice che sta bene, ma che ne ha avuto abbastanza e non devo andare a cercarla, né mandarle messaggi. Vuole stare un po' da sola a riflettere.» Teneva in mano il cellulare e lo fissava. Desiderai che non gli importasse così tanto.

«Dovresti fare quello che ti chiede e lasciarle un po' di spazio, Scott.» tentai di rassicurarlo. «Se non torna, diciamo, entro oggi pomeriggio, allora vai a cercarla, okay?»

«Sì, ha bisogno di spazio.» disse Georgia, asciugandosi gli occhi. «Credo che andrò a farmi una doccia.» disse, alzandosi dal divano con aria stanca e incamminandosi verso la sua stanza.

Prendendo Olivia dalle mie braccia, Scott mi guardò con un'espressione triste e disse «Come ho fatto a combinare un simile disastro nelle nostre vite, Fiona?»

«A quanto pare la nostra vita non era abbastanza eccitante per te. Prevedibile, avevi detto. Di certo non puoi accusare la tua nuova moglie di essere *prevedibile*.» Alzai gli occhi al cielo. Nemmeno io ero stata molto prevedibile negli ultimi tempi, e ripensarci mi fece attorcigliare lo stomaco.

Si strinse nelle spalle. «Hai ragione, sa essere imprevedibile e complicata, ma sono preoccupato per la sua incolumità, se dovesse scivolare o... peggio.»

«Ti riferisci al conducente del...»

Annuì, incapace anche solo di parlare della possibilità che Danni potesse essere ferita, o peggio. Anch'io rabbrividii a quel pensiero, così lo scacciai per lasciare spazio a un'altra cosa che mi era appena venuta in mente.

«Danni è incinta, non è vero?» Non lo sapevo, lo *immaginavo*, e speravo di sbagliarmi. Ma questo avrebbe spiegato il panico di Scott, il perché lui l'aveva accusata di bere e lei si era arrabbiata tanto quando lui aveva gettato via il paracetamolo. Sapendo quanto Scott disapprovasse l'assunzione di antidolorifici e qualsiasi tipo di alcol durante la gravidanza, supposi di averci azzeccato, ma non potevo sopportare quell'idea, perciò speravo di sbagliarmi. Il fatto che lei portasse in grembo suo figlio spiegava anche perché lui sembrava così tanto preoccupato pur sapendo che c'era un'alta probabilità che quello fosse solo uno dei soliti giochetti di Danni.

Non mi rispose subito, il che fu, in effetti, una conferma.

«Scusa... mi dispiace.» rispose infine, guardando il volto di Olivia. «Vorrei solo che non avesse tutto questo potere su di me. Proprio quando penso di avere tutto sotto controllo, lei fa qualcosa che mi spiazza.»

«Ma mi avevi detto che quell'aspetto del vostro matrimonio era finito.»

«È successo qualche mese fa, solo una volta.»

«Di quanti... mesi è?»

«Appena tre mesi.»

«E non hai pensato di dirmelo?»

Si sedette, un profondo sospiro si sprigionò dal suo petto. «Mi dispiace. Come sai, le cose tra di noi erano complicate a prescindere, ma questa gravidanza... l'ha sconvolta, ha sconvolto entrambi.»

«Tua madre sa della gravidanza?» chiesi sottovoce senza distogliere lo sguardo dal panorama.

«Sì.» rispose lui, «È preoccupata.»

«Posso immaginare.» Mi fece male sapere che lui, Angela e Danni condividevano questo grande segreto e non me l'avevano detto, che avevano una bolla tutta loro di cui io non facevo parte. Da quando Scott ed io ci eravamo riavvicinati, mi aveva chiesto di poter tornare a casa, di tornare insieme. Mi ero concessa di credere che potessimo riprendere da dove ci eravamo lasciati, un po' ammaccati e sanguinanti, ma ancora capaci di vivere un matrimonio felice, di costruire un futuro insieme. Ma adesso...

Guardava ancora dritto di fronte a sé. Non mi aveva

degnata di uno sguardo, stava ancora pensando a lei mentre io rimanevo dietro le quinte, aspettando e sperando. Ora lo capivo: ero stata una stupida, Scott non l'avrebbe mai lasciata.

«Insomma, un altro *figlio*. Danni ha la testa fra le nuvole, è imprevedibile. Perfino il suo stile di guida è inaffidabile. Mi chiedo perfino se... se abbia avuto qualcosa a che fare con l'incidente.»

«Davvero?» risposi, intrigata da quella teoria.

«Non dico che sia stata *lei*...» Capendo di aver stuzzicato la mia curiosità, ritrattò. «Dico solo che, a questo punto, nulla che riguarda Danni mi sorprenderebbe più.» aggiunse con un sospiro. «Ma se davvero avesse commesso una cosa simile, sarebbe la fine. Chiederei immediatamente l'affidamento esclusivo di *entrambi* i figli.» disse quasi tra sé e sé. Nel profondo, avevo sempre saputo di non fare parte dei suoi progetti per il futuro, Scott non aveva alcun interesse nel rattoppare il nostro matrimonio o la nostra famiglia. Per lui non ero stata altro che un porto sicuro nella tempesta, qualcuno della sua vecchia vita tranquilla, da cui ricevere conforto nei giorni in cui la sua nuova vita era troppo da sopportare.

Prima che potessimo continuare a parlarne, Angela si unì a noi.

«Mamma, non riesco a trovare Danni, credo che sia andata a fare una passeggiata, ma sono preoccupato.» disse, sembrava un bambino.

Angela sembrò non avere reazioni, poi all'improvviso disse «Ah, già, questa mattina si è svegliata presto, vero? Molto presto, se non ricordo male.»

Entrambi ci voltammo a guardarla. «L'hai *vista* questa mattina?» domandò Scott.

«Sì, saranno state le cinque e mezza, non ne sono sicura, ma era ancora buio. Non riuscivo a dormire, il faro illuminava la mia stanza, è come un riflettore che gira e rigira, mi sembra di venire interrogata nel sonno.»

Smise di parlare. Notai la frustrazione sul suo volto nel cercare di mantenere il filo del discorso.

«Quindi hai visto Danni. Era qui, o in cucina?» chiesi per rinfrescarle la memoria con delicatezza senza metterla in imbarazzo.

«No, era là fuori, sul terrazzo in legno.» Indicò fuori dalla finestra, dove la vasca idromassaggio gorgogliava sulla distesa gelata che era il terrazzo.

Proprio al momento giusto, Olivia si mise a piangere. Scott la prese dal lettino e, posandola su pavimento, le porse un giochino nel tentativo di calmarla. Non funzionò.

«Cosa stava *facendo* sul terrazzo, era da sola?» chiesi mentre il pianto di Olivia si faceva più forte, più insistente.

«Sì, da sola. Seduta. Se ne stava seduta, tutta rannicchiata su una delle poltrone da giardino. Indossava il giubbotto e la sciarpa, e sulle ginocchia aveva una coperta.»

«Stava dormendo?» domandò Scott, cercando di tranquillizzare Olivia massaggiandole la schiena.

«Difficile a dirsi... Le ho offerto un po' di tè, ma non ha risposto. Che stesse *davvero* dormendo?» disse lei, come se le fosse appena venuto in mente. «Quando non mi ha risposto, ho dato per scontato che fosse di cattivo umore.»

Il pianto di Olivia si fece ancora più forte, più arrabbiato.

«Sta mettendo i denti.» dissi. «Hai qualcosa per la dentizione?» chiesi, pensando a Danni seduta là fuori al freddo sul terrazzo, nel buio del mattino.

Scott sembrò sconcertato, era ovvio che non avesse nulla.

«Allora, mamma, Danni non ti ha detto proprio *niente*?»

Angela scosse la testa.

«E come ti è sembrata?» domandò lui a voce alta.

Sua madre si limitò a rispondere «Sembrava... addormentata.»

Scott impallidì. «Sono davvero preoccupato.»

«Scott, si è solo svegliata presto, in preda agli ormoni, non riusciva a dormire ed è andata a fare due passi.» cercai di rassicurarlo.

«Era *buio pesto*.» commentò Angela, guardandomi, una punta di irritazione nella voce. «Se ne stava seduta là fuori nel buio più totale. Insomma, non è normale, no?»

Dopo diversi giorni rinchiusa qua dentro con queste persone, iniziavo a chiedermi cosa volesse dire *normale*.

«Cristo» mormorò Scott mentre continuava ad avere difficoltà nel calmare Olivia. Era come se la piccola avesse percepito la tensione che aleggiava nello chalet. «E se *non* si fosse svegliata presto per fare due passi?» disse a voce alta per contrastare il pianto della piccola. Guardava sua madre e me dal basso del pavimento, dove cercava disperatamente di confortare sua figlia.

«Cosa vuoi dire?» domandai.

Scott si alzò in piedi con Olivia in braccio, mentre lei lottava per liberarsi. «E se stamattina fosse uscita di casa presto con l'intenzione di fare qualcosa di stupido... e ora fosse troppo tardi?»

Angela si portò una mano alla bocca. «Non dirlo.»

«Be', è la verità mamma, ultimamente si comporta in modo bizzarro, ed è strano che se ne sia stata seduta là fuori al buio. Stava... lo stava pianificando?» Riuscì a malapena a pronunciare quelle parole.

«Non dirlo, potrebbe entrare da quella porta in qualsiasi momento.» dissi io.

Scott scuoteva la testa. «Chiunque esca là fuori da solo all'alba, non tornerà. La temperatura è sotto lo zero e non c'è nessuno in giro, se inciampa e cade potrebbe rimanere distesa a terra nella neve per ore. O peggio, potrebbe essere caduta in mare.»

«Conosci Danni, sa badare a sé stessa molto bene.» disse Angela. «Forse ci stiamo preoccupando un po' troppo, stiamo ingigantendo la cosa. Può essere che sia andata da qualche parte al sicuro.» suggerì.

«Devo darle ragione, Danni non metterebbe in pericolo il bambino che porta in grembo.» mormorai con incertezza.

«No, non lo farebbe.» concordò Angela, altrettanto dubbiosa. «Dammi retta, Scott, probabilmente è solo uno dei suoi soliti drammi. Scommetto che è in uno degli altri chalet, seduta davanti al camino acceso a raccontare a qualche povera anima che suo marito non la capisce.» Mentre lo diceva, guardò Scott alzando le sopracciglia. Ormai non nascondeva più nessuna delle sue forti opinioni su Danni.

Scott sospirò, scuotendo la testa, mentre continuava a picchiettare invano la schiena di Olivia.

All'improvviso, il volto di Angela si contorse per la tensione. «Scott, Olivia deve mangiare?»

«Non lo so.» Guardò prima sua madre e poi me, e io mi chiesi se, in fondo, non fosse affatto cambiato. Scott non era il papà premuroso che aveva fatto credere.

«Allora,» proseguì Angela, «io dico di fare prima colazione e poi chiamare la polizia.»

«La polizia non può venire qui, non posso aspettare, mamma, devo andare a cercarla, anche se *è* davvero seduta davanti al camino in uno degli altri chalet. Non posso fare colazione senza *sapere*. Nessuno può sopravvivere a lungo con queste temperature, ed è *incinta*.»

«Ma se esci a cercarla, metti a rischio anche la tua vita.» gli ricordai. «Devi pensare a Olivia.»

Scosse la testa. «Devo pensare anche a Danni e al bambino che ha in grembo. C'è già stato un omicidio nei paraggi e la polizia sta ancora cercando il colpevole. E se fosse ancora là fuori?»

19
FIONA

Scott controllò il perimetro dello chalet, vagando nelle vicinanze e chiamando il suo nome, ma Angela ed io riuscimmo a convincerlo a non avventurarsi oltre in quelle condizioni metereologiche avverse. Gli ricordammo che Olivia aveva bisogno del suo papà e lui acconsentì ad aspettare di ricevere una risposta dalla polizia e non correre stupidi rischi. Sembravano tutti preoccupati per il mancato rientro di Danni e tutti avevano una teoria che volevano condividere. Mentre avveniva tutto questo, il pianto e le urla di Olivia facevano da sottofondo. A quasi dodici mesi, era in procinto di iniziare a camminare e, con il suo naturale istinto esplorativo, ogni volta che Scott la prendeva in braccio per consolarla, lei lottava con tutte le sue forze per essere lasciata libera. Ma poi, quando la posava a terra, si metteva a gattonare per tutta la stanza e, percependo la tensione, strillava per farsi riprendere in braccio. L'ansia era alle stelle, eravamo tutti nervosi, sobbalzavamo all'arrivo di ogni notifica; la neve si stava sciogliendo e, quando cadeva a blocchi dal tetto caldo dello chalet, sembrava che qualcuno stesse bussando alla porta. Avevo il cuore in gola in attesa dell'arrivo della polizia.

«Ho appena provato a richiamarla.» disse Sam, il telefono in mano, come sempre. «Adesso il suo cellulare sembra completamente scarico.»

A queste parole, udii Scott gemere come un animale ferito.

«E se fosse semplicemente andata a fare due passi e avesse deciso di fare visita a uno degli altri chalet?» suggerì Jenna.

«Perché mai avrebbe dovuto farlo?» ribatté Angela, palesemente irritata.

«Penso che Jenna stia solo cercando di dire che forse Danni è scomparsa per un motivo? Ha mandato un messaggio a Scott dicendo di non cercarla. Forse vuole solo spaventarci... be', spaventare Scott?» Mi voltai verso di lui e tutti gli altri seguirono il mio sguardo. «Credi che possa avere qualche motivo per volerti... spaventare?»

L'espressione del mio ex marito era imbarazzata, gli occhi sfuggenti.

«Potrebbe essere una spiegazione plausibile. Come sapete,» esordì in modo impacciato, «Danni ed io abbiamo discusso ieri sera. Io ho dormito qui con Olivia e lei ha dormito nella nostra camera da letto.» disse. «Certo, eravamo entrambi arrabbiati e non è da escludere che sia uscita e si sia nascosta da qualche parte per darmi una lezione. Ma non sarebbe di certo così crudele, no?»

«Oh, sì che lo *sarebbe*.» borbottò Jenna tra i denti.

«Io non credo.»

«No, se è andata a nascondersi da qualche parte, non l'ha fatto per crudeltà.» dissi io, non volevo recitare la parte della moglie che porta rancore perché è stata scaricata. Guardai Scott. «Forse si tratta solo di confusione, insicurezza, un malinteso?»

«Credo che dovremmo chiamare la polizia e comunicarlo.» disse Angela. «Non vogliamo sprecare il loro tempo, ma non possiamo starcene seduti qui a supporre che stia bene, perché non sta bene, anzi, in realtà è piuttosto fuori di senno.» Guardò dritto davanti a sé, come se avesse appena detto una cosa del tutto appropriata.

Prima che potesse aggiungere altro, ribadii a Scott che dovevamo chiamare la polizia e lui concordò, seppur con riluttanza. «E va bene, chiamiamola. Non penso che dovremmo fare parola del nostro litigio né del messaggio, potrebbe solo complicare le cose.»

«No, dobbiamo raccontare *tutto*.» insistetti. «Non dobbiamo nascondere nulla, ogni particolare può essere utile per ritrovarla.» aggiunsi con fermezza, e mi alzai in piedi per prendere il telefono dal tavolino.

«Giusto, giusto.» rispose, poi estrasse il cellulare dalla tasca e chiamò lui stesso. Tipico di Scott. Era quello che sistemava sempre le cose, che risolveva tutti i problemi, ma ora non sapeva che cosa fare, né dove si trovasse Danni, e per lui era molto frustrante. Gli piaceva avere tutto sotto controllo.

E così compose il numero e attese, e attese ancora, finché alla fine qualcuno rispose. Raccontò tutto in modo semplice, disse alla persona all'altro capo del telefono che sua moglie era uscita a fare una passeggiata sei ore prima, che aveva inviato un messaggio dicendo di non cercarla, ma che era successo diverse ore fa e che ora la batteria del suo cellulare era morta e non c'era traccia di lei. Non fornì nessun'altra spiegazione e l'agente di polizia si limitò a chiedere informazioni di base come il suo nome, l'età, il peso, l'altezza, la posizione e l'ora in cui era uscita di casa.

Scott riagganciò, scoraggiato. «Non sembravano granché allarmati, dicono che ci informeranno se salta fuori qualcosa, ma al momento sono inondati di segnalazioni per problemi causati dal maltempo, incluse quelle riguardanti delle persone scomparse. Inoltre, non possono venire qui, siamo ancora completamente isolati.» disse con un sospiro. «Hanno detto che non dobbiamo assolutamente uscire a cercarla.» Guardò fuori dall'enorme finestra, verso la distesa bianca che sembrava non avere fine.

Quel pomeriggio fu il più lungo della mia vita. Scott camminava avanti e indietro, Olivia strillava, Georgia e Angela piangevano in continuazione e Sam cercava di consolarle. Jenna si univa a noi di tanto in tanto, ma passava molto più tempo in cucina o nella sua stanza. Si offrì di preparare dei sandwich, ne portò alcuni sul vassoio con un po' di caffè, ma nessuno di noi aveva appetito e li assaggiammo appena, solo per tenerci in forza. Chissà cosa ci aspettava?

Verso le tre e mezzo, il cielo nevoso stava cedendo il posto al buio della sera e tutti quanti eravamo estremamente nervosi. Qualsiasi speranza era svanita durante la giornata e ora affrontavamo l'oscurità incombente senza alcuna notizia. La polizia non si era fatta sentire, Sam e Scott erano rimasti fuori per un po' a chiamarla, ma non c'era traccia di Danni, niente di niente.

«Dove potrà mai essere?» domandò Georgia mentre Angela continuava a scuotere la testa.

«So che la polizia ha detto che non dobbiamo lasciare lo chalet, ma adesso esco e vado a cercarla.» Scott tremava nonostante l'interno della casa fosse caldo.

«È pericoloso, Scott, non puoi.» disse Angela.

«Non ho scelta, mamma, devo farlo.» disse, alzandosi in piedi.

«Non ci vai da solo, papà, vengo con te.» disse Sam, e a quel punto tutti ci offrimmo di accompagnarlo.

«No, non voglio che stiate là fuori con questo tempo.» ribatté Scott.

«Sarà più sicuro se siamo tutti insieme.» dissi. «Danni è uscita da sola, non vogliamo che tu faccia lo stesso, sarebbe stupido da parte nostra lasciartelo fare, quindi non si discute.»

Iniziammo a indossare l'attrezzatura da esterno; gli scarponi erano accanto alla porta, giubbotti e giacche erano appesi all'attaccapanni.

«E Olivia?» disse a un tratto Jenna. «Non possiamo lasciarla qui. Posso rimanere io con lei, se volete.» Di solito era entusiasta di uscire. Aveva questo bisogno di sentirsi parte del gruppo, perciò non riuscivo a concepire che fosse disposta a rinunciare a unirsi a noi nella ricerca, anche se era per Danni. Per un istante mi domandai perché si fosse offerta di rimanere a casa a badare alla piccola; era un gesto genuino, o aveva un secondo fine?

«No, resto io con Olivia.» disse Angela, il che era la soluzione più ovvia. Non sarebbe stata d'aiuto là fuori nella neve, soprattutto ora che aveva perso il bastone da passeggio. E dal momento che qualcuno doveva per forza rimanere con Olivia, aveva senso che fosse la nonna a prendersi cura della nipote.

«Ma certo, grazie, mamma.» rispose Scott, strappando il pesante giubbotto dall'appendiabiti accanto alla porta, mentre tutti ci muovevamo di qua e di là, preparandoci per iniziare la ricerca. Avevamo le torce dei cellulari e, una volta vestiti per uscire, le accendemmo e nella credenza del corridoio trovai delle altre torce da usare come riserva.

Il vento gelido ci colpì non appena la porta fu aperta. All'esterno, il freddo era insopportabile. I miei denti iniziarono a battere e presi a tremare, cercando di camminare il più velocemente possibile nel tentativo di scaldarmi. Ma la neve continuava a scendere, il suolo era ghiacciato e duro per i vari strati di neve e brina. I miei scarponi affondavano nel terreno friabile, in alcuni punti la neve mi arrivava alle ginocchia. Camminare era quasi impossibile, era come cercare di avanzare nel cemento freddo, e tra la neve turbinante, le raffiche di vento e la luce fioca, era difficile riuscire a vedere davanti a sé.

Camminammo per un po', chiamando il suo nome, ma con l'arrivo del buio diventò inquietante, sembrava che fossimo le uniche persone rimaste al mondo. La neve assorbiva ogni rumore, il silenzio era denso, il terreno compatto, e nonostante avessimo le torce dei cellulari accese, le ombre si chiudevano intorno a noi, come se avanzando ci trascinassimo dietro l'oscurità.

Eravamo in cinque, e io iniziai a rendermi conto di quanto doveva essere stato terribile per Danni. Ovunque fosse, e qualunque giochetto stesse mettendo in atto, tutto questo doveva essere stato ancora più spaventoso e pericoloso per lei che era da sola. Forse le sue intenzioni erano buone, voleva solo fare una passeggiata, allontanarsi da quell'atmosfera soffocante e dalle altre persone. Forse aveva iniziato a camminare, si era accorta che era stato un errore e non era più riuscita a trovare la via di casa. Avvicinandomi al sentiero costiero con lo strapiombo dove solo pochi giorni prima avevo dovuto stringermi ad Angela, mi ricordai del pericolo di scivolare, e subito gridai ai ragazzi di fare attenzione. Ero molto più spaventata per loro di quanto lo fossi per me, volevo solo stringerli, tenerli vicini, ma loro – ne sono certa – sarebbero inorriditi. Erano giovani, forti, in salute e con una vista e un equilibrio migliori dei miei, ma d'altronde, anche Danni era giovane e in forma, eppure dov'era? Continuammo a chiamare il suo nome a gran voce, seguendo Scott e la sua torcia, mentre le nostre venivano accese solo dove e quando era necessario. Eravamo consapevoli che se uno di noi si fosse perso avrebbe avuto bisogno della torcia del proprio telefono, e ben presto ci fu modo di verificare questa teoria, quando io mi accorsi che stavo seguendo la luce di Jenna, anziché quella di Scott.

«Dove sono tutti?» chiese lei.

«Come hai fatto a perderli? Eri appena davanti a me.» dissi io, frustrata.

«Non ne ho idea, un istante prima erano qui e quello dopo non c'erano più. Scott è l'unico che sa davvero come muoversi qui intorno, ci veniva in vacanza da piccolo.»

«Sì, lo so.» ribattei in tono irritato. Perché me lo stava

dicendo? Ero la sua ex moglie, santo cielo, sapevo molte più cose sulle sue vacanze d'infanzia di quante lei avrebbe mai potuto conoscerne. Sollevai lo sguardo e il cuore mi balzò in gola. Jenna aveva messo il telefono sotto il mento per illuminare il volto. In quello scenario sembrò una visione sinistra, soprattutto perché eravamo solo noi due. Si stava comportando in modo strano. Era questa la sua idea di scherzo?

«Jenna, non sprecare la luce.» dissi. «Se ci siamo perse, ne avremo bisogno.»

Continuò a tenere il cellulare sotto il viso, era inquietante.

«Jenna, potremmo esserci perse.» dissi, aggiungendo una certa urgenza al mio tono di voce. Aveva sempre avuto problemi a capire le situazioni, e in quel momento si stava proprio comportando da stupida. «Fa freddo e non riusciamo a trovare gli altri, e temo che non riusciremo nemmeno a ritrovare la strada di casa.» Gridai i nomi degli altri, ma Jenna non si mosse, rimase lì, con il volto illuminato come un'apparizione spettrale. Che problema aveva?

«Non rispondono.» dissi, nervosa. Non volevo stare da sola su quel sentiero buio, al gelo, con la neve che turbinava tutt'intorno e il mare che si agitava sotto di me. E ancora meno volevo stare lì con Jenna. Ripensando all'ultima volta che ero stata in quel posto, mi allontanai il più possibile dal bordo.

«Non so bene cosa fare.» confessai. «Stavo seguendo Scott, ero convinta che ci avrebbe condotti lungo il sentiero per poi riportarci allo chalet.»

«Che sciocca che sei,» disse lei, «non puoi fidarti di Scottie, ormai dovresti saperlo.» mi avvertì, continuando a illuminare il proprio volto con la torcia del telefono.

«Quindi, hai qualche idea?» domandai, quella dannata luce sotto al suo viso mi irritava, così come la verità nelle sue parole e il fatto che non stesse prendendo quella situazione sul serio. «La gente muore con queste temperature.» gemetti, sentendo crescere il panico, furiosa nei confronti di Scott per aver messo i nostri figli in pericolo.

«Io dico di tornare indietro.» disse lei. «Ho cercato Danni Watkins già più di quanto volessi.» Usò il suo cognome da nubile, la voce fredda, contornata d'odio, poi si voltò e si incamminò in un'altra direzione.

«Sai dove stai andando?» chiesi mentre cercavo di raggiungerla. Ero riluttante all'idea di rimanere con lei in quella situazione potenzialmente pericolosa. Avevo visto un lato diverso rispetto a quello della giovane e dolce ragazza, e non ero sicura di fidarmi di lei, ma l'alternativa era proseguire da sola nel tentativo di ritrovare gli altri, il che avrebbe potuto essere perfino più pericoloso. Jenna continuò a camminare e io non ebbi altra scelta che seguirla. Avrebbe potuto condurmi ovunque, abbandonarmi ovunque.

"È un squilibrata!" Sentii la voce di Danni risuonare nella mia testa mentre camminavamo fianco a fianco.

Ero davvero a disagio, il panico cresceva pian piano nel mio petto mentre continuavo ad arrancare dietro di lei alla cieca.

Ma mentre i miei denti battevano nell'aria gelida e il mare ruggiva sotto di noi, Jenna proseguì il suo cammino in mezzo al nulla. E io non avevo altra scelta che seguirla.

20

FIONA

Camminai insieme a Jenna per circa mezz'ora. Non avevo la più pallida idea se stessimo andando nella direzione giusta. Controllai il cellulare, ma il segnale era sparito di nuovo. Non potevo chiamare nessuno, né individuare il percorso giusto dalle mappe del telefono. Eppure, Jenna procedeva tenacemente nell'oscurità, a testa bassa, con la neve che vorticava tutt'intorno a noi. «Sei *sicura* di conoscere la strada del ritorno?» domandai con ansia tra un respiro e l'altro.

Si fermò di colpo, così di colpo che per poco non andai a sbatterle contro.

«Vedi laggiù?» disse, e io guardai nella direzione che stava indicando. All'inizio non riuscivo a capire cosa fosse ma poi, attraverso il buio e la foschia creata dalla neve, vidi il faro.

«Finché rimane alla nostra destra, cioè a est, dovremmo essere sulla strada giusta per tornare a casa.»

Ero colpita e mi sentii anche un po' più tranquilla sapendo che aveva una vaga idea di come tornare allo chalet. «Non ti facevo una ragazza scout, Jenna.»

Si mise a ridere. «Non lo sono. Ieri mattina presto sono

uscita qui con Scottie e mi ha detto del faro, e di come funziona sia per le persone che per le navi.»

«Ah. Davvero?» Era proprio da Scott trasformare una passeggiata in una lezione, e servirsi del faro come bussola era con ogni probabilità una cosa che aveva fatto da bambino durante le sue vacanze qui. Ma non avevo idea che uscisse a fare passeggiate al mattino presto, e questo mi fece pensare alla passeggiata mattutina di Danni e mi portò a chiedermi se fosse davvero stata sola, dopotutto. Questa domanda mi ronzava ancora nella testa dieci minuti dopo quando, con mio grande sollievo, vedemmo le luci dello chalet in lontananza. Stavo ancora riflettendo su come reintrodurre l'argomento, senza apparire preoccupata per il fatto che Scott si trovava all'esterno nello stesso momento di Danni, prima che lei scomparisse.

«Tu e Scott siete andati a fare una passeggiata questa mattina?» domandai nel modo più disinvolto possibile.

Si fermò di nuovo. «Proprio *non* ti fidi di lui, eh?» disse, voltandosi verso di me. Nella luce dello chalet, vidi il sorriso sul suo volto, ma non era divertito, era un sorriso di scherno.

«Non più di quanto mi fiderei di chiunque altro.» Mi strinsi nelle spalle, chiedendomi perché avesse fatto quel commento. La mia diffidenza era così palese? Arrancammo in silenzio finché non ci avvicinammo alla casa e udii la voce di Angela.

«Ehilà, ciao! Sei tu, Scott?» chiamava dalla porta d'ingresso aperta, agitando le braccia.

«Siamo Jenna e Fiona», gridai, ma lei non rispose, senza dubbio contrariata per il fatto che non fosse suo figlio.

Quando ci avvicinammo, chiese «Scott sta bene?»

«Sì, sta bene,» dissi, «tornerà presto.» Non avevo la minima idea di dove fosse né come stesse, ma non volevo farla preoccupare.

Sentii Olivia strillare quando varcai la soglia, e mi si strinse lo stomaco. Povera piccola, tutto ciò era angosciante per lei. Era ovvio che percepisse la tensione e, nonostante la sua tenera età, doveva essere in qualche modo consapevole dell'assenza di sua madre. Il mio cuore si spezzò, e d'istinto mi diressi verso il lettino e la presi in braccio.

«Ho bisogno di aiuto con lei quando fa così.» disse Angela a mo' di scusa. Mi addolorò sentire quelle parole, lei era sempre stata una nonna vivace, affettuosa e divertente, e mi rattristò vederla così fragile e in difficoltà con la sua amata nipotina.

Jenna andò nella sua stanza a cambiarsi, ma sospettai che il vero motivo era che non avesse voglia di occuparsi di bambini, né di cucinare, ed era giusto così. Mi sedetti sul pavimento insieme alla piccola, presi una borsa contenente dei morbidi mattoncini giocattolo e cominciai a costruire. Olivia ne fu conquistata e ben presto smise di piangere e si unì a me nell'impresa, mentre Angela ci guardava dal bordo del divano.

«Spero che Danni stia bene.» mormorai. Sentii di dover dire qualcosa, non volevo che Angela pensasse che non mi importava.

«Io spero che Scott e i ragazzi stiano bene; non sono certa di *come* mi sento riguardo a Danni.»

Ancora una volta rimasi sorpresa da questa sua nuova schiettezza. Ormai non aveva più filtri, e non avrei saputo dire se era la vecchia Angela che aveva deciso di essere onesta, o la nuova e confusa suocera che quella mattina aveva perso la borsetta. Per fortuna Jenna aveva risolto la situazione, ritrovandola sul pavimento della cucina.

«Ma non ci sono stata in cucina.» aveva detto Angela. Di certo la scomparsa di Danni doveva aver occupato tutti i suoi pensieri. La sua salute mentale sembrava in declino e quella situazione non le faceva affatto bene.

«Nonostante sia una donna intelligente e in carriera, trovo Danni piuttosto immatura nella sua richiesta di attenzioni continue.» disse, il che mi parve un commento alquanto lucido e veritiero. Annuii lentamente in segno di approvazione. L'immaturità di Danni si evinceva dal suo desidero di scaricare le responsabilità sul prossimo e ricercare il piacere personale a spese di tutti gli altri, soprattutto mie. Al suo arrivo aveva consegnato la bambina ad Angela, si era aspettata che Scott si facesse carico della cura della figlia così che lei potesse giocare con i ragazzi nella vasca idromassaggio... be', con Sam. Poi c'era stata la sceneggiata per la torta di compleanno di Angela, e nonostante il dolce fosse distrutto, l'aveva comunque presentato a tavola per ricevere attenzioni e lodi.

«Angela, mi dispiace.» dissi, sollevando lo sguardo dalla torre di morbidi mattoncini color pastello che stavo costruendo perché Olivia potesse demolirla. «Questo fine settimana si è trasformato in un incubo, vero?»

Sospirò. «Vi ho invitati qui perché volevo che stessimo tutti insieme. Volevo stabilire una tregua, godermi un po' di tempo in famiglia prima che sia troppo tardi. Ma è stato un disastro, e in gran parte è colpa di Danni.»

«Non è stato un completo disastro, ai ragazzi ha fatto bene passare un po' di tempo con Scott.» suggerii, ma non ne ero del tutto convinta.

Inarcò le sopracciglia. «Scott è troppo stressato per godersi il tempo con chiunque in questo periodo. Avrei dovuto pensarci, c'erano troppe complicazioni, troppi sentimenti di persone diverse da tenere in considerazione.»

«Sì, ma non siamo venuti qui per *noi*, siamo venuti qui per *te*.»

Mi guardò con un sorriso perplesso.

«Hai detto che questo potrebbe essere il tuo ultimo compleanno.»

«Sì, sì, l'ho detto, vero?» rispose, come se lo avesse dimenticato. «Be', immagino che qualsiasi compleanno di *chiunque* possa essere il suo ultimo, no?» disse, come se fosse una cosa logica. Mi guardava dall'alto, sorridendo. Fu allora che mi accorsi dei suoi occhi: erano scuri, come se mi stesse guardando ma non mi vedesse. Avvertii i capelli sulla mia nuca rizzarsi.

«Angela? Stai bene?» dissi con voce roca, alzandomi lentamente, ma continuando a tenere d'occhio la piccola.

«Sto bene, cara.» Si sedette dov'ero seduta io e allungò la mano per prendere un mattoncino.

«Angela, attenta!» gridai quando Olivia cominciò a cadere, così mi lanciai verso di lei, afferrando la sua morbida testina da neonata appena prima che sbattesse contro il pavimento.

«Oddio, cos'è successo?» strillò Angela, riprendendo vita all'improvviso quando la piccola scoppiò a piangere. Eravamo entrambe sul pavimento adesso. Io stringevo Olivia a me e cercavo di consolarla. La sua testa era atterrata tra le mie braccia, ma il pavimento sotto di noi era duro; perciò, controllai se ci fosse un bernoccolo. Ancora nulla, probabilmente gridava perché la caduta e il mio salvataggio l'avevano colta di sorpresa. Avrei vigilato su di lei.

Anche Angela era stata colta di sorpresa. Soffriva di convulsioni? Ricordai ciò che mi aveva raccontato Jenna riguardo al cuscino squarciato. Adesso stava allungando le braccia per prendere Olivia, cosa che mi allarmò, e d'istinto strinsi la piccola forte a me, riluttante a passargliela. Mi scostai con delicatezza, inorridita dai miei stessi sentimenti, ma sentivo che la bambina non sarebbe stata al sicuro con Angela, e avevo paura che lei potesse accorgersene.

«Rilassati un attimo, Angela, sta bene, sembra che le piaccia questo movimento.» Presi a camminare lentamente e a cullarla nel frattempo. Se quello che mi aveva detto Jenna era vero e Angela era stata capace di squartare un cuscino senza rendersene conto, cos'*altro* era capace di fare?

«Sto benissimo, sai. Posso badare a Olivia.» replicò lei, indignata.

«Lo so, lo so.» Usai la mia voce rassicurante. «Che ne dici di una bella tazza di tè?» suggerii. Angela non avrebbe mai detto di no a una tazza di tè, era la sua risposta a tutto.

«Buona idea.» Si diresse in cucina mentre io rimasi davanti

alla finestra, con Olivia ancora in braccio, per poterla tenere d'occhio. Fu allora che vidi delle luci di torcia in lontananza, solo dei piccoli puntini, ma due di quei puntini erano i miei figli, e il sollievo mi inondò. Man mano che si avvicinavano, riuscivo a distinguere le loro figure nell'oscurità. Scott apriva la fila, gli altri due appena dietro di lui, le spalle ricurve, le teste basse mentre si facevano strada nella notte gelida. Pensai alle foto che la gente pubblicava su Facebook. Foto di figli, partner e animali domestici scattate durante le grigliate in giardino, le vacanze e le feste di Natale, molte di quelle con la didascalia *Il mio mondo*. Ed eccoli lì adesso, i miei figli, *il mio mondo*. Li osservai arrancare nel paesaggio buio e innevato, barcollando lungo il sentiero costiero, a un solo scivolone di distanza da una caduta mortale, a un solo passo di distanza dallo smarrirsi nella neve. I miei figli stavano mettendo le loro vite in pericolo per salvare la donna che ci aveva distrutti.

«Il mio mondo.» sussurrai sottovoce.

Quei due erano tutto, e Danni non solo aveva diviso Scott e me, ma si era anche intromessa tra me e i miei figli. Sam mi aveva spezzato il cuore con i flirt e le conversazioni sussurrate tra lui e Danni a cui avevo assistito in quel lungo fine settimana. E di recente anche Georgia si era affezionata alla matrigna, lei che l'aveva sempre accusata di essere una sfasciafamiglie e una ladra di mariti. Ma evidentemente le cose erano cambiate. Le avevo viste insieme in città a godersi un po' di shopping tra ragazze, ridacchiando mentre trasportavano borse piene di nuovi vestiti per Georgia che io non potevo più permettermi di comprarle. Danni aveva causato tanto dolore quando era andata a letto con mio marito, ma in seguito ancora di più.

Olivia si addormentò tra le mie braccia mentre fissavo le tenebre all'esterno. Ero stata riluttante all'idea di venire allo chalet, ma nemmeno io avrei mai potuto immaginare le cose terribili che sarebbero accadute.

Pensai ad Angela, ancora occupata a preparare il tè in cucina, canticchiando tra sé e sé... o forse stava parlando tra sé e sé? Rammentai la camminata fino alla sommità del sentiero costiero con lei al mio fianco, il suo sguardo perso nella contemplazione del mare, come se fosse a un milione di chilometri di distanza, come se io non potessi raggiugerla. E ricordai la paura nei suoi occhi, il tono allarmato della sua voce. «Sta' attenta... non fidarti di lei, Fiona.» Era una sorta di follia, oppure un avvertimento? E, nel caso fosse stato quest'ultimo, da chi mi stava mettendo in guardia?

Le sue parole mi avevano inquietata allora e mi inquietavano ancora adesso, mentre lei si univa a me davanti alla finestra, sorridente.

«Stanno tornando.» dissi, ricambiando il sorriso e indicando le tre sagome, ora illuminate dalle luci dello chalet, che si facevano strada con difficoltà attraverso la neve.

«Chi, tesoro?» Sollevò lo sguardo su di me, gli occhi vitrei e vuoti.

«Scott e i ragazzi.» risposi.

«Oh... sì, ma certo.»

Le lanciai un'occhiata con discrezione, il suo volto era inespressivo.

Ben presto i tre arrivarono alla porta, parlando e sbattendo gli scarponi sui gradini per liberarli dalla neve. Morivo dalla voglia di andare da loro, aprire la porta e abbracciare i miei figli, ma avevo un'altra bambina fra le braccia e non potevo lasciarla con Angela.

Alla fine, entrarono, portando con sé un freddo pungente e il ruggito del mare e del vento.

«Niente da fare?» domandai.

Scott scosse la testa.

«Chiama la polizia!» disse Jenna. Era apparsa dal nulla,

dopo essersi cambiata i vestiti e truccata. Nonostante il panico nella sua voce, sembrava piuttosto presente a sé stessa. «Dobbiamo informarli che è *davvero* scomparsa.» Avanzò di qualche passo. «Venite dentro a scaldarvi.» ordinò, poi mi passò davanti trascinando con sé Scott e sollevò lo sguardo. «Scott è sotto shock, credo.»

«Nessuna traccia di lei?» domandai ai ragazzi, ed entrambi scossero il capo senza dire una parola e iniziarono a togliersi i giubbotti. «Oh cielo, spero che stia bene.» dissi, ma in quel momento il fatto che i miei figli fossero tornati sani e salvi era l'unica cosa importante per me.

«Abbiamo cercato ovunque, mamma.» disse Sam con un sospiro, mentre entrava nel salotto insieme a Georgia. Il loro comportamento e le espressioni sui loro volti erano di puro terrore e sconforto.

«Che cosa triste.» disse Georgia, balbettando tra le lacrime. Aveva preso malissimo la scomparsa di Danni. Sapevo che si era affezionata alla sua matrigna, nonostante avesse cercato di nascondermelo. Era straziante vederla così sconvolta e perciò, con Olivia ancora stretta a me, la circondai con l'altro braccio.

Adesso Jenna digitava con forza il numero della polizia che Scott aveva giudiziosamente lasciato scritto sulla bacheca. Nel frattempo, Angela riempiva di attenzioni suo figlio, che se ne stava lì seduto a scuotere lentamente la testa.

«Credete che possa essersi fatta di qualcosa?» chiese Georgia, le lacrime le scorrevano lungo le guance. Ebbi un lieve sussulto di fronte alla mancanza di tatto di mia figlia. Diceva solo quello che le passava per la testa, ma era ovvio che Scott era stressato. Suo padre non rispose.

Passai Olivia a Sam e condussi Georgia sul divano, facendola sedere accanto al fratello. Non mi sentivo per niente sicura a dare la bambina ad Angela; i suoi occhi spiritati guizzavano ovunque e sembrava ancora più confusa di prima. Circondai le spalle di mia figlia con un braccio mentre Sam stringeva Olivia, facendo smorfie e solleticandola per distrarla. Era commovente guardarlo, e ricordai le sue parole quando la piccola era appena nata «Adesso ho due sorelle minori di cui prendermi cura.» Per quanto all'epoca mi avesse fatto male sentirlo, ero fiera di lui. Era sempre stato un bravo fratello per Georgia, erano grandi amici e lui avrebbe fatto qualsiasi cosa per lei. Non mi ero mai abituata al fatto che i miei figli facessero parte di una famiglia in cui io non ero inclusa, ma osservarlo con Olivia mi ricordò del rapporto che i miei figli avevano con quella bambina, e di come anche loro fossero una famiglia. Mi vergognai di cominciare a provare davvero tristezza e dispiacere per la scomparsa di Danni solo in quel momento.

Finalmente Jenna riuscì a mettersi in contatto con la polizia per informarli che Danni risultava ancora scomparsa. Quando riattaccò scuotendo la testa, Scott non aveva ancora pronunciato una parola.

«Cos'ha detto la polizia?» domandai.

«Le stesse cose di prima, che non riescono a venire qui, che loro stessi sono in difficoltà. Hanno detto che richiameranno quando ci sarà un operatore disponibile per parlare con noi. Pare che abbiano un mucchio di altre robe da affrontare.» aggiunse, accendendo la TV con il telecomando.

Aveva ragione, stando a quanto riportava il telegiornale, tutta la zona era in preda al caos: incidenti stradali, persone scomparse e altre bloccate in aree remote a causa della tempesta. Poiché quella era una regione costiera, si temeva che le persone scomparse potessero essere state trascinate via dal mare.

«Immagino che la polizia possa aiutare solo le persone che riesce a raggiungere.» offrii come spiegazione.

«Ci sono lupi là fuori?» domandò Angela senza distogliere lo sguardo dallo schermo del televisore.

«No.» mormorai io, e intanto Jenna guardò prima lei e poi me, come a dire che era pazza.

«Mi chiedevo solo se non sia stata sbranata da qualche animale selvatico» suggerì Angela, e tutti rimanemmo seduti, rigidi, in silenzio, senza sapere cosa rispondere. Il suo commento era fuori luogo e insensibile nei confronti di Scott, che era angosciato. Di certo non era l'Angela che conoscevamo, un attimo prima sembrava stare bene, e quello subito dopo era disorientata e confusa.

Scott aveva senza dubbio udito il commento, e si alzò dicendo di non sentirsi bene. Si diresse nella sua stanza, dove lo sentimmo vomitare nel bagno en suite.

«Oddio, povero Scott!» strillò Angela, alzandosi in piedi dal divano per precipitarsi da lui, ma Jenna la invitò a risedersi.

«Lascialo stare, ha bisogno di rimanere da solo per qualche minuto.» disse, poi si voltò verso Georgia. «Perché tu e Angela non ci preparate qualcosa di caldo mentre io aspetto che la polizia richiami?»

«Ci hai parlato solo un minuto fa e sono tutti impegnati, non richiameranno tanto presto.» sbottò Georgia, in apparenza seccata dalla richiesta. Dunque, non era così ammaliata da lei come credevo, c'era sicuramente stato qualche screzio. Jenna si *stava* comportando in modo piuttosto risoluto, forse pensava che qualcuno dovesse prendere in mano le redini della situazione? L'avrei fatto volentieri io, ma ero più propensa a non dare nell'occhio ed evitare qualsiasi conversazione con la polizia.

Alla fine, Scott tornò in salotto e Jenna balzò in piedi e lo accompagnò fino al divano, come se fosse incapace di camminare. Si sedette, e io notai la mano di lei sulla sua schiena, ma Scott sembrava ignaro di tutto e tutti. Qualunque fosse lo stato in cui versava il matrimonio di Danni e Scott, era evidente che era preoccupato per sua moglie. Era la madre di sua figlia e ne portava in grembo un altro, e non sapere dove fosse doveva essere straziante per lui. Adorava i bambini, e io sapevo che in cuor suo desiderava quel figlio.

«Forza, Scottie, sono certa che sta bene.» disse Jenna con fermezza.

Era la mia immaginazione, o godeva di quella situazione? All'improvviso si era autoproclamata leader del gruppo, e la dolce e mite ragazza si era trasformata in una persona piuttosto fiera.

Poco dopo, Georgia e Angela tornarono in salotto con un vassoio di tè. Lo posarono sul tavolino e, mentre Angela versava la bevanda, Georgia distribuiva le tazze.

«Oh, io di solito bevo l'Earl Grey.» disse Jenna.

«Non credo ce ne sia, questo è tè normale.» rispose Georgia con voce monotona, senza nemmeno guardarla in faccia quando le porse la tazza fumante.

«Sì che *c'è* del tè Earl Grey, perché l'ho comprato io quando sono andata a fare la spesa.» ribatté lei con decisione. Georgia reggeva ancora la tazza dal manico, perciò Jenna la afferrò dall'orlo superiore.

«Vuoi che te lo prepari?» rispose mia figlia, facendo risuonare quell'offerta come una minaccia, tenendo ben salda la tazza in mano.

«No, mi farò andar bene questo.» Anche Jenna continuava a stringere la tazza. Si stava trasformando in una sorta di "braccio di ferro", finché Georgia non la lasciò andare, senza sorridere.

Le due ragazze erano state piuttosto amiche fino a quel momento, ma qualcosa era successo tra di loro. Dubitavo che si trattasse di qualcosa di importante; mia figlia era giovane, perciò gli amori e le amicizie andavano e venivano molto in fretta. Non ero mai del tutto sicura di chi fosse "cool" e chi no secondo lei, ma sembrava proprio che Jenna avesse perso il suo status.

Scott fissava il cellulare, come se così facendo potesse convincere Danni a mandargli un nuovo messaggio.

Jenna si guardò intorno e, rivolgendosi a Georgia, disse «Tesoro, ti dispiacerebbe portarmi un po' di quei biscotti con le gocce di cioccolato? Sono in cucina, nella credenza più in alto.»

«Non puoi prenderteli da *sola?*» disse Sam, intervenendo in difesa di sua sorella.

Ero un po' preoccupata nel notare che Jenna sembrava voler coinvolgere Georgia in un gioco di potere. Forse era solo il suo modo brusco di avanzare una richiesta, ma non mi piaceva. E anche Sam doveva averlo percepito.

«No, Sam,» esordì lei. «Non posso perché sto parlando con la polizia.» Agitò in aria il telefono che fino a quel momento aveva tenuto all'orecchio. Non stava parlando con nessuno, stava aspettando che qualcuno le rispondesse, ma per evitare qualsiasi conflitto, Georgia si alzò dal divano per fare quello che le era stato chiesto. Fu allora che decisi che era arrivato il momento di far intervenire un adulto.

«Tranquilla, tu resta qui a scaldarti davanti al camino, Georgia.» dissi nel tentativo di strappare il comando a Jenna, almeno in parte. «Te li prendo io i biscotti, Jenna.» Arrivai quasi a pensare che per l'imbarazzo mi avrebbe detto di non disturbarmi, invece si limitò ad annuire disinvolta.

Entrai in cucina, andai dritta verso la credenza e la aprii. Stavo per afferrare la scatola di biscotti quando notai che un sacco della spazzatura di plastica nera era stato infilato in fondo al ripiano. Non era pieno di rifiuti come ci si sarebbe aspettato, ma era stato schiacciato e appiattito, il che era alquanto misterioso e perciò, con un lieve strattone, lo estrassi dalla credenza. A una prima occhiata, sembrava che il sacco contenesse semplici imballaggi di carta e cartone probabilmente destinati al riciclo, eppure non riuscivo a capire perché fossero stati nascosti lì. Ma poi, quando li aprii, il motivo divenne chiaro. Erano le confezioni di cibi precotti da scaldare nel microonde, con ogni probabilità erano costosi piatti *francesi* pronti. Manzo alla borgognona, salsicce bianche con tartufo nero, mele caramellate, purea di sedano rapa e salsa al Calvados, coq au vin... la lista era infinita e corrispondeva a tutti i piatti che avevamo mangiato fin dal nostro arrivo allo chalet. Riconobbi alcune delle confezioni, le avevo viste in uno dei supermercati più costosi. Ero scioccata, potevo capire il voler tenere di scorta qualcosa di pronto, ma Jenna non aveva cucinato nulla; le patate Boulanger erano confezionate, non aveva preparato la mousse al cioccolato, né la Tarte Tatin. E non aveva nemmeno preparto i croissant da zero, eppure ci aveva raccontato una storia incredibile di come avesse imparato a preparare i dolci al burro da un pasticcere parigino che le aveva chiesto di sposarlo! Ogni sera, a cena, si era seduta a capotavola per presiedere l'assaggio della sua cucina raffinata, accettando tutti i nostri complimenti, quando in realtà aveva a malapena versato il cibo pronto nei piatti prima di infilarli in forno. Di per sé non era un gran crimine, ma aveva ottenuto questo lavoro da Angela per unirsi a noi in questa vacanza, con il pretesto di essere una chef di Cordon Bleu. Ma perché spingersi a tanto con le bugie, e su cos'altro stava mentendo?

Ritornai in salotto con i biscotti e li posai sul tavolino. Jenna non li degnò di uno sguardo né li toccò, chiaramente aveva solo voluto dimostrare chi comandava. Ma aver lasciato che andassi io in cucina le aveva causato molti più danni che se fosse andata a prendersi i biscotti da sola.

«Dicono che i veicoli non riescono ad arrivare quaggiù, le strade sono ancora bloccate, ma hanno chiamato gli altri quattro lodge e non è in nessuno di questi.» stava annunciando. «Dicono anche che non c'è un luogo in cui potersi riparare lungo la strada costiera, è aperta ed esposta alle intemperie, ma lungo la costa ci sono delle grotte, forse si sta riparando lì? Inizieranno le ricerche non appena possibile e ci terranno aggiornati.» Lo disse come se lo stesse leggendo da un copione. Senza dubbio amava stare al centro della scena, il che mi fece provare un po' di pena per lei; era ovvio che non era mai stata elogiata e non aveva mai ricevuto un qualunque tipo di incoraggiamento, né di responsabilità. Capivo perché fosse tanto attratta da Scott, che era gentile e paterno, e mi chiesi se forse Georgia ne fosse gelosa.

«Danni ha i suoi nemici.» disse Jenna in tono cupo mentre

io mi sedevo. Quel commento mi fece arrossire. Io ero chiaramente *una* di quei nemici.

«Cioè, *adora* voi due,» aggiunse, indicando Sam e Georgia come se stesse parlando per conto di Danni, «ma avete avuto i vostri alti e bassi, non è così?»

Mi voltai verso i miei figli, che erano completamente spiazzati da quell'analisi. Jenna non li conosceva così bene, ma era come se, dopo aver parlato con la polizia, stesse stilando uno strano resoconto della situazione. Chi era lei per fare quelle osservazioni?

«Io non ho mai avuto problemi con Danni.» rispose Sam con fermezza. «È una brava madre acquisita, con lei posso parlare di tutto, perfino delle cose che non posso raccontare ai miei genitori.»

Quelle parole mi irritarono un po', ma ero curiosa di sentire cos'altro avesse da dire.

«Non ci sono stati né *alti* né *bassi*, Jenna, non capisco perché dici così.» aggiunse Georgia, con voce dispiaciuta. «Era come una sorella maggiore per me...»

«Era?» chiese Jenna, la testa inclinata da un lato, come se stesse facendo solo una semplice domanda e non accusando mia figlia di essere a conoscenza di qualcosa.

«*Sai* cosa intendo, Jenna.» rispose lei a denti stretti.

«Scusa, ho solo pensato che...» Fece una pausa di qualche secondo, poi proseguì «È solo che Danni e io eravamo amiche quando lei si è fidanzata con tuo papà.» Mi lanciò un'occhiata. «E per te è stato difficile, eri molto cattiva con lei, non è vero, Georgia? Questo la faceva stare male...»

Il volto di Georgia si corrucciò ancora di più tra le lacrime.

«Jenna, non credo che sia il caso di discutere di questo. Fa parte del passato, molte cose sono cambiate e parlarne non aiuta nessuno.» intervenni.

Guardò prima me e poi mia figlia, con gli occhi spalancati, come se non avesse idea di averla in qualche modo turbata.

«Santo cielo, Georgia, mi dispiace tantissimo, non era mia intenzione farti agitare.» disse alzandosi in piedi e camminando verso di lei per poi allungare goffamente una mano e toccarle la spalla.

Georgia si scrollò subito di dosso la sua mano e, guardandola con odio malcelato, disse «È vero, quando mamma e papà divorziarono, diedi la colpa a Danni. La odiavo e mi rifiutavo di andare a casa di mio papà perché pensavo che lei avesse distrutto la nostra famiglia.» Il mento le tremava, il volto era ancora umido per le lacrime che continuavano a sgorgare dagli occhi. «Ma poi la conobbi meglio e mi disse che non avrebbe mai provato a sostituirsi a mia mamma, voleva essere mia amica, e mi disse di considerarla una sorella maggiore. Non avevo mai avuto una sorella e Danni era la migliore che potessi desiderare!» Il suo volto si contrasse di nuovo mentre singhiozzava rumorosamente, il dolore nudo e crudo reso ancora più atroce dal senso di colpa instillato in lei dai commenti meschini di Jenna.

«Ehi, ehi.» Jenna le si avvicinò ancora di più. «Non parlare al passato, Georgia.» disse. «Per quanto ne sappiamo, è ancora viva. Non c'è nulla di cui preoccuparsi.»

«Tutti qui hanno avuto un problema con Danni a un certo punto.» intervenni. «Soprattutto tu, Jenna!» Mi sforzai di non permettere al tremore nella mia voce di rivelare l'intensità della mia rabbia, ma ero certa che i miei occhi mi stavano tradendo.

Lo shock sul suo viso nell'essere ripagata con la stessa moneta fu profondamente gratificante.

«Insomma, so che ti ha fatta licenziare dal tuo lavoro e, com'è *comprensibile*, nutri un certo rancore. Ma di certo il fatto che tu e Danni avete litigato e che tu la incolpi per aver perso il lavoro non è rilevante nella sua scomparsa, giusto?» chiesi, incapace di nascondere il mio tono sarcastico mentre puntavo il dito dritto verso di lei.

Jenna impallidì visibilmente e, abbassando lo sguardo, balbettò «No, certo che no.»

Le sorrisi, ma lei doveva aver visto lo scintillio nei miei occhi. Pensava davvero di poter fare quei commenti e sollevare dubbi su mia figlia mentre io me ne stavo a guardare senza intervenire? La fissai senza parlare, ma la mia faccia diceva: *Prenditela con me o con i miei figli, e sei morta.*

«Fiona ha ragione, tutti noi abbiamo avuto i nostri momenti "no" con Danni. È mia moglie, e come accade in tutte le relazioni, abbiamo avuto i nostri problemi.» Per qualche ragione, nel bel mezzo di quello scambio di critiche e accuse reciproche, Scott parve sentire il bisogno di difendere il proprio rapporto, a dire il vero piuttosto logoro, con Danni. «Non è una persona con cui è facile lavorare, o con cui essere sposati...» Fece un po' di fatica a proseguire. «Ma d'altronde, non lo sono nemmeno io.» Fece una piccola pausa... «ed è colpa mia se adesso non è qui insieme a noi. Avrei *dovuto* trattarla meglio. Avrei *dovuto* rendermi conto di quanto fosse infelice, ma non l'ho fatto, e ora se n'è andata.» continuò, e nel frattempo il mio cuore si spezzò di nuovo nel rendermi conto che, anche se Danni non avesse più fatto parte delle nostre vite, il suo amore per lei non sarebbe *mai* morto.

Il volto di Scott diceva che era sul punto di scoppiare in lacrime da un momento all'altro, ma cercava disperatamente di non piangere. Angela gli toccò un braccio, le lacrime le rigavano le guance nell'assistere al dolore di suo figlio. Le parole di Scott per Danni sembravano sentite, vere, e tutti nella stanza parvero commossi da ciò che aveva detto. Tutti tranne me. Mi domandai che impressione avrebbe fatto quella scena a un estraneo, o alla polizia, se fosse entrata in salotto e avesse interrogato ciascuno di noi sul nostro rapporto con Danni. Forse avrebbero capito che era d'intralcio alla felicità di qualcuno, che aveva causato dolore e sofferenza, che aveva distrutto vite e carriere e ferito sentimenti. E tutto ciò si applicava a me, Scott e Jenna, perfino ai miei figli e ad Angela, che avrebbero potuto considerarla il fattore che aveva innescato la rovina della nostra famiglia, causando di conseguenza tristezza e distruzione nelle nostre vite.

«Mi sento così in colpa per questa mattina. Avrei dovuto uscire a chiederle se stesse bene.» borbottò Angela, ricordandoci che era stata l'ultima persona a vedere Danni.

«Secondo me stiamo dando troppa importanza al fatto che sia rimasta per un po' seduta in terrazza prima di andare a farsi una passeggiata mattutina. Non rimproverarti, nonna, anche se le avessi chiesto come stava, probabilmente ti avrebbe risposto che stava bene e sarebbe comunque andata a fare due passi.» disse Sam per confortarla. «Perciò non hai assolutamente nulla di cui sentirti in colpa.»

«Be', *di certo* io non l'ho vista, mi sono alzata tardi.» annunciò Jenna sulla difensiva. Ripensai ancora una volta alla passeggiata mattutina che mi aveva detto di aver fatto con Scott il giorno prima. A quanto pare, lui le aveva detto che spesso si alzava così presto per fare due passi, e mi chiesi se anche quella mattina avesse fatto lo stesso mentre Olivia dormiva.

«Non ha importanza *chi* l'ha vista,» disse Sam in tono brusco, «l'unica cosa importante è che torni.» Riuscì a malapena a pronunciare quelle parole.

Quella sera rimanemmo svegli fino a molto tardi, a pensare e parlare di Danni, chiedendo a noi stessi e agli altri «Dov'è?» Ma ripensandoci ora, credo che tutti avessimo i nostri sospetti sul motivo che l'aveva spinta ad andarsene, e tutti si domandavano se qualcuno tra di noi sapesse *esattamente* cosa le era successo.

«Per noi è più facile pensare che possa essersi tolta la vita o aver avuto un incidente, ma quando ha scritto a Scott era già pieno giorno.» sottolineai. «Aveva quasi smesso di nevicare in mattinata, perciò, anche ammesso che abbia fatto una lunga passeggiata sulla strada costiera, era giorno e se fosse stata attenta se la sarebbe cavata. È giovane e in forma, non capisco. Cosa le è successo *dopo* che ha scritto il messaggio a Scott?»

«Credi che qualcuno le abbia fatto qualcosa?» domandò Jenna, guardandosi intorno nella stanza. Trovavo i suoi commenti privi di sensibilità e inutili, e ancora non riuscivo bene a capire se fosse sarcastica, se stesse mentendo, o se semplicemente fosse immatura sotto il profilo emotivo. E tuttavia perseverava. «Voglio dire, chissà chi si aggira là fuori?»

«Oh, no,» disse Angela, «potrebbe esserci qualcuno là fuori *adesso*?» Si afferrò le guance con entrambe le mani. «Povera Danni!»

«A meno che... a meno che... *non* sia qualcuno là fuori,» annunciò Jenna, «ma qualcuno *qua dentro*!» I suoi occhi scintillavano. Si stava prendendo gioco di tutti noi e, dopo aver sganciato la bomba, si guardò intorno in attesa dell'esplosione.

Nessuno batté ciglio.

Riuscivo a sentire i suoi occhi ardere su di me e mi chiesi se, secondo la sua opinione, io fossi la principale sospettata. Era ovvio: ero la moglie tradita che cercava vendetta, e in un qualsiasi thriller che si rispetti, sarei stata la sospettata numero uno. Ma più si accoccolava accanto a Scott sul divano, e più mi domandavo se la dolce e piccola Jenna avesse più di un motivo per volere Danni fuori dai giochi. Ero ancora sconvolta per aver trovato la sua scorta segreta di pasti pronti, era chiaro che avesse un vero talento per le bugie elaborate.

Nel vedere come guardava Scott negli occhi e gli accarezzava il braccio, misi in dubbio la natura della loro cosiddetta amicizia. All'inizio avevo pensato che fossero semplicemente ex colleghi, conoscenti al massimo, ma la loro confidenza suggeriva qualcosa di più. Scott era forse una figura paterna per lei, e Jenna era come una studentessa per lui? Qualunque cosa fosse, tra loro c'era più intimità di quanto mi fossi resa conto in un primo momento, quando lei si era presentata come la dolce e giovane ragazza che aveva stretto amicizia con Angela nel bar locale. Cominciai a osservare le cose più da vicino. Ero stata fin troppo propensa a considerare le insinuazioni di Danni su una possibile storia tra i due come semplice gelosia. Avevo dato troppe cose per scontate e non mi ero chiesta perché mai una giovane assistente di laboratorio avrebbe dovuto fare amicizia con il preside, figuriamoci rivolgersi a lui per nome! Aveva perfino fatto un commento sul suo peso e l'aveva punzecchiato perché la sera prima, a cena, aveva chiesto di fare il bis. A quanto pareva, il giorno prima erano anche andati insieme a fare una passeggiata mattutina da soli, e poi c'era la storia delle uova. Ancora non riuscivo bene a capire perché fossero scomparsi per diciassette minuti per prendere le uova dall'auto, quando in cucina ce n'erano a sufficienza.

Ripensai a tutte quelle volte in cui, per settimane, Scott aveva lavorato fino a tardi per "aiutare" la nuova insegnante Danni con i piani didattici. Le telefonate di lei al nostro numero fisso di casa per chiedere di poter scambiare due parole con Scott riguardo a un evento scolastico, il modo in cui da lontano l'avevo osservata abbracciare mio marito durante la giornata sportiva, dopo che lui aveva vinto una gara di corsa tra insegnanti.

Nel rievocare quei ricordi dolorosi, osservai il modo in cui Jenna ora porgeva con amore un bicchiere d'acqua a Scott. Mi stavo solo comportando in modo irrazionale ed ero sospettosa per via di tutto quello che era successo? Oppure, proprio come l'abbraccio di Danni alla giornata sportiva, mi era sfuggito qualcosa che si stava svolgendo proprio davanti ai miei occhi... di nuovo?

22
FIONA

Il mattino dopo la scomparsa di Danni, ci svegliammo accolti da altra neve. Guardai fuori dalla finestrella della mia stanza singola verso il bianco infinito, e provai nostalgia dei colori, delle strade, delle auto e della vita.

Entrando nel bagno che condividevo con i ragazzi, ancora una volta mi venne in mente il caos che la famiglia comportava. C'erano tutte le questioni emotive, che erano già abbastanza difficili, come aiutare i ragazzi a gestire gli ormoni, per non parlare del mio ex marito, i cui ormoni l'avevano portato fuori strada. Ma mettere piede in un bagno fradicio di vapore, con flaconi di plastica mezzi pieni abbandonati a gocciolare shampoo e bagnoschiuma costosi su tutto il pavimento, era altrettanto stressante.

E così, prima ancora di poter pensare di farmi una doccia o un bagno, dovetti aprire la finestra per lasciar uscire un po' di vapore, e pulire tutta la stanza, inclusi gli specchi schizzati, le piastrelle e il vetro della doccia. Dopodiché raccolsi gli asciugamani dei ragazzi e aprii la mia trousse per prendere la *bath bomb* che mi ero concessa come coccola. Nell'estrarla, vidi il portachiavi di Nick a forma di mazza da cricket e sentii il cuore palpitare nel petto. L'avevo nascosta lì proprio per non doverla vedere, e per scordarmi che era stato in quello stesso chalet prima di me, ispezionandolo, sbirciando nelle stanze, chiedendosi quale sarebbe stata la mia. Mi sforzai di non pensare a lui, né a cosa sarebbe accaduto in seguito. Ma ero terrorizzata.

Richiusi la cerniera della trousse e cercai di togliermelo dalla testa. Volevo dimenticare di averlo conosciuto. Mi distrassi raccogliendo le calze di Sam dal pavimento, e pulii la vasca con candeggina e polvere abrasiva, strofinando con forza, come se da quello dipendesse la mia vita. Non era nemmeno sporca, ma dovevo lavare via tutto, anche a costo di far sanguinare le unghie e scorticarmi le mani.

Finalmente aprii il rubinetto ed entrai nella vasca, le mani bruciavano a contatto con l'acqua calda, ma me lo meritavo, mi meritavo il dolore. In pochi secondi, tutte... be', *molte* delle mie preoccupazioni e paure furono momentaneamente sciacquate via, e stavo quasi per appisolarmi quando avvertii un brivido e mi ricordai di aver lasciato aperta la finestra per far uscire l'umidità creata da chiunque avesse usato il bagno per ultimo. Nonostante l'acqua calda, l'aria sul mio viso era gelida, e stavo quasi per alzarmi e chiuderla, quando udii qualcuno implorare «Per favore, non dirlo alla polizia. Ti prego, Jenna...» Erano appena fuori dalla finestra.

Era la voce di Angela. Di cosa diavolo stava parlando?

«Angela, non *capisci*? Non ho scelta, se non lo racconto alla polizia, potrei finire io stessa nei guai, e io non voglio esserne coinvolta.»

«Magari ti sei sbagliata?»

«Angela, ti dico che c'era del sangue nella neve.»

Cosa? Rimasi seduta immobile. A malapena respiravo, sperando di riuscire a rimanere abbastanza in silenzio da sentire altro. Non potevo permettere che il minimo rumore le avvertisse del fatto che c'era qualcuno in bagno e che potesse essere in ascolto. Lentamente, mi misi seduta più dritta e più vicina alla finestra per sentire meglio.

«C'è qualcosa, *qualsiasi* cosa che posso fare? Ti servono soldi?»

Proprio in quel momento cruciale, la voce di Georgia risuonò dall'esterno del bagno. «Mamma, sei lì dentro? Devo usare il bagno.»

Merda.

Non potevo rispondere; se l'avessi fatto, Jenna e Angela avrebbero capito che stavo origliando. Rimasi in silenzio nella speranza che Georgia se ne andasse. «Sam?» chiamò. «Hai detto che la mamma sarebbe andata a farsi un bagno?» La sentii mentre provava ad aprire la porta.

Udii Jenna che diceva «Merda. C'è qualcuno nel bagno.»

«Oh, no!» strillò Angela.

«Allontanati dalla finestra, Angela.» la esortò. Aspettai e aspettai ancora, ma rimase solo il silenzio. Stavo cercando di capire cosa diavolo avessi appena sentito, ma avrei dovuto pensarci in un secondo momento, perché Georgia iniziò a bussare forte alla porta.

«Mamma, mi sto preoccupando, tutto bene lì dentro?»

Come chiunque altro, mia figlia era spaventata dalla scomparsa di Danni, e adesso si comportava in modo iperprotettivo nei miei confronti, come se potessi essere io la prossima vittima.

«Sto bene, tesoro.» risposi. «Mi sono solo addormentata nella vasca.» aggiunsi, nel caso Jenna o Angela fossero state in ascolto e avessero pensato che le avevo sentite.

«Oh, grazie al cielo, mi hai fatta preoccupare.»

«Scusa, tesoro.»

Georgia era apprensiva, e temevo che il tempo trascorso qui l'avesse rensa ancora più ansiosa. Ma non era l'unica, io stessa mi sentivo sempre più claustrofobica a ogni ora che passava, Angela sembrava più confusa, Olivia era nervosa, Scott era ridotto uno straccio e Jenna aveva assunto il controllo della situazione. Chiesi a mia figlia se le andasse di prendere una boccata d'aria fresca e così ci sedemmo insieme sul terrazzo in legno, avvolte da giubbotti e sciarpe. Nessuno voleva più mettere piede nella vasca idromassaggio, ma era bello starsene seduti fuori, far entrare un po' d'aria fresca nei polmoni.

Georgia non aveva nessuno con cui parlare di ciò che stava succedendo, e io volevo che sentisse di potersi confidare con me, che farlo avrebbe potuto alleviare la sua ansia. «Sei molto affezionata a Danni, vero?» dissi.

«Danni è una a posto.» borbottò.

«Senti, puoi dirlo che *ti piace*, non mi offendo. Lo ammetto: all'inizio, quando papà si era appena trasferito da lei e si aspettavano che tu ti fermassi da loro a dormire, temevo di perderti. Ma sono stata stupida, sono la tua mamma e ora so che niente e nessuno potrà mai cambiare questo.»

Lei mi guardò. «Non hai mai *detto* che avevi paura di perderci.»

«No, perché non sarebbe stato giusto da parte mia dirvelo.»

«Sapevo che ti sentivi sola quando andavamo a casa di papà.»

«Non mi sentivo sola, ero solo un po' triste di non poter stare tutti insieme.»

«Lo so, anch'io, e avevo la sensazione che tu fossi stata esclusa. Mi è dispiaciuto così tanto per te quando Danni è rimasta incinta e poi siamo dovuti andare al matrimonio e... ero contenta di avere una sorellina, ma non potevo dirtelo.»

«Mi dispiace di averti fatta sentire così, Georgia.»

«Non te l'ho mai detto, mamma, ma Danni mi ha portata con sé a scegliere l'abito da sposa. Ho bevuto un bicchiere di champagne con lei, sua mamma e le sue amiche.» aggiunse con aria colpevole.

«Bene. Sono contenta che vi siate divertite, avrei solo voluto comportarmi in modo un po' più maturo e apprezzare il fatto che Danni ti vuole bene, nonostante quello che era successo. Da genitore, dico che più persone amano i tuoi figli e più la loro vita sarà ricca.» aggiunsi, circondandola con un braccio.

«Più la conoscevo e più mi piaceva, era gentile. Ma era triste.»

«Cosa vuoi dire?»

«Credo che avesse paura che papà potesse lasciarla come aveva lasciato te.»

Avevo percepito i sentimenti negativi di Danni nei miei confronti, l'odio era reale, eppure non l'avevo mai visto per ciò che era realmente: insicurezza. Danni sapeva che io rappresentavo una minaccia, e io vedevo lei allo stesso modo. Eravamo entrambe vittime di quello che era successo, entrambe infelici, tese, non ci fidavamo l'una dell'altra, quando in realtà era Scott la persona di cui nessuna delle due poteva fidarsi. Era stato *lui* a farci questo.

«Ho avuto l'impressione che Danni e tuo papà stessero attraversando un momento difficile, ma forse era tutto lì?» suggerii, sentendomi in colpa e mettendo in dubbio il mio stesso comportamento in tutta quella vicenda.

Georgia si strinse nelle spalle, poi il suo viso si fece dubbioso.

«Cosa c'è?» domandai.

«Non lo so, è solo che... Una sera mi ero fermata a dormire da loro e papà doveva lavorare fino a tardi. Danni mi ha chiesto di fare da baby-sitter a Olivia ed è uscita.»

«Okay.»

«Ma quando papà è tornato, è andato fuori di testa perché Danni era uscita. E quando è rientrata, le ha chiesto se si fosse vista con *lui*.»

«Chi?»

«Non lo so, solo *lui*.» Si strinse nelle spalle. «Ma papà era davvero incazzato.»

«Quando è successo?»

«Qualche mese fa, all'inizio dell'estate?»

Interessante. Io e Scott ci eravamo riavvicinati di recente, dopo Nick. Forse Danni aveva conosciuto qualcun altro, Scott l'aveva scoperto ed era tornato da me per ripicca? Che pasticcio. Vedere il nostro comportamento attraverso gli occhi di mia figlia mi fece vergognare. Scott aveva distrutto la famiglia, ma nel mio goffo tentativo di rimettere insieme i pezzi, avevo cercato di distruggere quello che lui aveva costruito con Danni. Nel frattempo, i ragazzi avevano cominciato ad abituarsi alla nuova normalità, mentre io ero determinata a stravolgere tutto ancora una volta. Se davvero Olivia percepiva la tensione, allora ero dannatamente certa che la avvertissero anche i miei figli adolescenti. Non c'era da stupirsi che Georgia fosse così angosciata e Sam così propenso a cadere nella trappola di Danni. Era confuso, voleva attenzioni, e lei gliele aveva date.

All'improvviso, la porta si aprì sul terrazzo dall'interno e la testa di Sam fece capolino. «Papà ha appena ricevuto una chiamata dalla polizia a proposito dell'investimento.» disse. Sobbalzammo entrambe. Il cuore mi martellava nel petto, quanto di tutto questo avrei ancora potuto sopportare?

«Cosa dicono?» domandai.

Ma Sam si strinse nelle spalle. O non lo sapeva, oppure non era interessato a trasmettere l'informazione, si limitò a farci segno di seguirlo all'interno.

«Papà ha convocato un'assemblea.» Georgia si voltò verso di me, alzando gli occhi al cielo, mentre attraversavamo a passi pesanti la cucina con ancora indosso gli abiti da esterno. Entrando in salotto, fummo accolte da Scott.

«Ci sono novità.» disse quasi in tono allegro. Era ovvio che la scomparsa di Danni era angosciante per lui, ma l'incidente era qualcosa con cui potersi distrarre almeno per un momento. Scott aveva il costante bisogno di un progetto, di un problema da risolvere, e la vicenda del pirata della strada gli forniva esattamente la distrazione di cui aveva bisogno.

«Mi ha appena chiamato l'Ispettore Capo Freeman.» annunciò con la sua voce da preside. «Dice che c'è stato uno sviluppo nell'indagine per omicidio.»

«Va bene, *quale*?» domandai, impaziente.

«L'investimento potrebbe essere in qualche modo connesso...» Esitò un istante. «Alla scomparsa di Danni.»

Avvertii un brivido di paura.

«In che *modo*?» chiese Sam.

«Ma non sappiamo nulla di cosa sia successo a Danni, come possono collegare un omicidio a una scomparsa, non ha alcun senso.» Scossi la testa, incredula. «Non vedo come...»

«Lo so, ma in pratica quelli che sembrano essere due incidenti non correlati hanno in realtà forti analogie. Entrambi sono avvenuti in questa zona e coinvolgono persone provenienti dal Worcestershire.»

«Quindi stai dicendo che si conoscevano?»

«O questo, oppure l'assassino li conosce entrambi, nel qual caso sono ancora più preoccupato per Danni.» La sua voce si affievolì per un istante, ma poi si ricompose e con la sua voce da preside disse «La polizia ci ha chiesto di stare all'erta, di tenere sempre le porte chiuse a chiave, e ha detto che a nessuno è permesso lasciare lo chalet.»

«Quindi ci stai dicendo che c'è un cazzo di psicopatico a piede libero che se ne va in giro ad ammazzare chiunque gli capiti a tiro?» Sam sembrava terrorizzato.

Scott assunse un'espressione dubbiosa. «Non la metterei in questo modo, Sam. E, per favore, non imprecare in quel modo davanti alla nonna.» aggiunse per inciso. «Stando a quel che dice la polizia, non sanno *chi* sia il responsabile, né il movente.»

«Oh, Scott, non penserai che Danni e quest'uomo...?» suggerì Jenna. Santo cielo, che persona contorta.

«No, non credo.» sbottò Scott, e Jenna si ritrasse leggermente mentre lui si ricomponeva. «Finché non avranno ulteriori informazioni, facciamo quello che ci chiedono e restiamo al sicuro.»

«Saremmo più al sicuro se ce ne andassimo invece di starcene seduti qui ad aspettare come esche.» sbottò Georgia. «Andiamocene e basta, cosa possono farci?»

«Possono fare molto, Georgia. Per esempio, arrestarci, tanto per cominciare.» ribatté suo padre in tono brusco, e lei fece un'espressione accigliata.

«Georgia, tesoro, so che è snervante,» la confortai, «ma siamo qui tutti insieme e, anche se potessimo lasciare lo chalet, è caduta così tanta neve ieri notte che è impossibile andare da qualche parte, non riusciremmo mai a tirare un'auto fuori da qui.»

«Mmm, e a giudicare dalle previsioni del tempo, sarà così anche per le prossime ventiquattro ore, almeno.» disse Scott.

«Merda.» mormorò Sam. «Altre ventiquattro ore bloccato qui, no!»

«Oh, che peccato, Sam, avevi qualche appuntamento galante?» lo punzecchiò Jenna. Nessuno rise.

23

FIONA

Il mattino seguente, rimasi seduta al buio a pensare a Nick, e al contempo a cercare di togliermelo dalla testa. Essendomi sentita in qualche modo protetta nel silenzioso tepore, accompagnata dal gorgoglio del bollitore, tutto a un tratto cominciai a sentirmi vulnerabile e, nel controllare la porta sul retro, rimasi inorridita nello scoprire che era aperta. Trovai subito le chiavi di scorta custodite nella credenza e la chiusi a doppia mandata, proprio come avevo fatto la sera prima. Dopo essermi preparata una tazza di tè, vagai nel salotto e, mentre sorseggiavo, guardai fuori dalla finestra verso l'enorme distesa di tenebre. Era illuminata dalla neve, e nella mia testa sentii la voce di Jenna dire ad Angela «C'era del sangue nella neve.» Di cosa stava parlando? Mi fece rabbrividire e mi chiesi, per la milionesima volta, cosa fosse successo a Danni. All'esterno, la neve cadeva leggera, creando uno scenario simile a una cartolina di Natale, ma con la sua silenziosa discrezione stava lentamente coprendo sempre più terreno, più indizi, e cancellando prove essenziali. Sembrava determinata a tenerci tutti insieme in questo posto, costringendoci ad attendere mentre continuava a controllarci, senza che nemmeno ce ne rendessimo conto.

Avvertii una lacrima scorrere lungo la mia guancia nel ripensare a Nick, al modo in cui avevamo fatto l'amore per la prima volta, era stato delicato, premuroso, e mi aveva riempita di nuova vita e speranza. Avevo avidamente consumato le sue promesse sussurrate di giornate di sole senza fine. Ricordai di essere rimasta sdraiata nel crepuscolo, abbracciando un futuro senza Scott e osando sperare in un nuovo amore. Nick mi regalava fiori e scriveva poesie, e il suo amore era come una droga: più me ne dava e più io ne diventavo dipendente. Era quello che stavo cercando, l'antidoto al tradimento, una crema lenitiva su una ferita aperta.

Più a lungo guardavo fuori dalla finestra e più il cielo si faceva pallido; la luce del giorno si insinuò nell'oscurità che si rifiutava di cedere il passo, aggrappandosi alle ombre. E all'improvviso, da quelle ombre, qualcosa baluginò dall'altro lato della finestra. C'era qualcosa o qualcuno all'esterno? Udii la voce della conduttrice del telegiornale nella mia testa: «C'è un assassino a piede libero a Kynance Cove?»

Credetti che il mio cuore avrebbe smesso di battere, e posai la tazza prima di farla cadere, mentre mi guardavo intorno alla disperata ricerca di un'arma. Nella stanza in penombra, individuai una bottiglia di vino su uno scaffale e mi allontanai dalla finestra per afferrarla, camminando all'indietro con estrema cautela, mentre i miei occhi cercavano di vedere attraverso il vetro scuro. C'era solo il mio riflesso, il mio volto che ricambiava lo sguardo, ma con orrore vidi che le braccia appartenenti al riflesso si stavano muovendo. Eppure, le mie braccia erano ferme. In quel momento il volto si avvicinò, non era altro che un vago profilo dai movimenti arrabbiati. Il panico crebbe nel mio petto e mi misi a gridare, e gridare ancora, finché Sam non entrò di corsa nel salotto, presto seguito da Georgia.

«Mamma, cos'è successo?» Entrambi sembravano terrorizzati. Georgia mi circondò con un braccio mentre raccontavo cosa avevo visto. Sam si avvicinò alla finestra, premendo il volto contro il vetro. «Non vedo nessuno.» borbottò, poi si incamminò verso la porta.

«Dove stai andando, Sam?» domandai.

«Fuori a vedere se è ancora lì.»

«No, no.» gemette Georgia.

«Tu *non* esci là fuori.» sibilai mentre lo afferravo per un braccio. «Potrebbe esserci chiunque lì ad aspettare. Se è uno psicopatico, non gli importa chi o cosa ha davanti, attaccherà e basta. Hai sentito cosa ha detto la polizia, dobbiamo rimanere in casa.»

Adesso mi trovavo davanti alla porta, sbarrandogli la strada. Non avrei permesso a mio figlio di uscire nella semioscurità. «Se c'è qualcuno là fuori, sa bene quanto noi che la polizia non può venire qui.»

«Mamma, se lo vedo, lo spavento.»

«*No*, invece. *Lui* non è spaventato, *noi* lo siamo! Siamo da soli e non riusciremmo a sopraffare nessuno. Aprendo quella porta potresti far entrare...» Prima che potessi finire la frase, tutti e tre udimmo un rumore provenire dalla cucina.

«Merda, sta provando a entrare dalla porta sul retro.» sussurrai. Non me n'ero resa conto fino a quel momento, ma avevo ancora in mano la bottiglia di vino, così mostrai l'arma ai ragazzi e gli dissi di rimanere in disparte mentre io andavo a controllare cosa fosse quel rumore. Ovviamente, nessuno dei due era disposto a lasciarmi andare da sola, perciò tutti insieme avanzammo pian piano fino alla cucina, dove sembrava che qualcuno stesse cercando di forzare la porta sul retro. Ci fermammo al lato opposto della stanza, ma da quel punto riuscivamo a vedere solo l'ombra di *qualcuno* che manovrava la maniglia della porta. Dall'esterno arrivava il bagliore emanato dalle luci della vasca idromassaggio, era di un pallore spettrale e faceva apparire la persona alla porta niente più che una sagoma scura.

«Accendi la luce.» sibilai.

«Non so dov'è l'interruttore.» La voce di Sam trasmetteva panico puro. Udii Georgia emettere un gemito e, nella paura, io stessa non riuscii a ricordare dove si trovasse l'interruttore.

«Abbiamo chiamato la polizia!» gridai. «Abbiamo un'arma e se non te ne vai, la useremo» Sollevai la bottiglia di vino in aria.

A un tratto, chiunque fosse dall'altro lato della porta si mise a urlare, e tutti e tre facemmo un passo indietro per il terrore.

«Oh, ma che cazzo!» esclamò Sam.

«Cosa?» Riuscivo a malapena a parlare.

Si incamminò verso la porta e poi, ricordando dove fossero le chiavi, la aprì.

«No, Sam!» gridai mentre girava la chiave nella serratura.

«È papà!» disse, mentre Scott entrò quasi cadendo.

«Che sta succedendo?» domandò quest'ultimo.

«Potremmo chiederti la stessa cosa. Ci hai spaventati a morte.» rantolai, tutto il mio corpo tremava di paura e sollievo allo stesso tempo.

«Ho lasciato la porta aperta per poter rientrare.»

«Be', non avresti dovuto. Così facendo ci hai messi tutti quanti in pericolo, la polizia ha detto che le porte devono rimanere chiuse a chiave.» sbottai. I ragazzi stavano entrambi gemendo per il sollievo.

«Cosa diavolo ci *facevi* là fuori?»

Prima che Scott potesse rispondere, Angela apparve nella sua vestaglia, comprensibilmente sorpresa di trovarci tutti in cucina.

«Mi era sembrato di sentire qualcosa e ho pensato che sarebbe stato meglio venire a controllare.» disse, guardandoci a uno a uno.

«Scott era fuori e noi pensavamo che fosse...» Non volevo

spaventarla dicendo chi o cosa pensavamo che fosse, perciò mi zittii.

«Avevo solo... avevo solo bisogno di risposte.» disse Scott.

«Credevi di trovarle uscendo là fuori da solo e lasciando la porta aperta? Non solo hai messo in pericolo te stesso, ma hai anche messo a repentaglio la sicurezza di tutti noi!» Ancora una volta, mentre parlavo, mi venne in mente che aveva messo Danni prima di *chiunque altro*, perfino dei suoi stessi figli. L'aveva già fatto prima e l'avrebbe fatto ancora, non avrebbe mai rinunciato a lei.

«Stavo provando a ripercorrere i suoi passi.» disse. «Cercavo indizi per riuscire a capire cosa sia successo, per trovarla.» Era in piedi al buio, appoggiato alla credenza della cucina come se senza quel supporto rischiasse di cadere, la voce era rauca, rotta dalle lacrime.

«Forza, papà.» disse Georgia, circondandogli la vita con un braccio e appoggiando la testa sul suo petto.

Nel vederli abbracciati, mi sentii in colpa per la mia rabbia. Certamente aveva senso che Scott volesse ripercorrere i passi di Danni; forse voleva sentirla vicino, camminare con lei e il loro bambino?

«Sei bagnato fradicio, papà.» disse Georgia. «Vieni a scaldarti vicino al fuoco.» Sam accese la luce della cucina per permettere a suo padre di vedere dove metteva i piedi. Era uno straccio, i capelli scompigliati, il giubbotto così bagnato che sembrava si fosse rotolato nella neve. Quell'evento l'aveva distrutto.

Angela ed io li seguimmo in salotto, accendendo le luci e alimentando il fuoco mentre i ragazzi lo aiutavano a togliersi il giaccone e gli scarponi prima di farlo sedere. Angela si allontanò per preparare del tè mentre noi ci sedemmo intorno a lui, dicendogli che sarebbe andato tutto bene.

«Non andrà tutto bene, non posso farcela.» mormorò lui.

«Sì che *puoi*, papà.» lo esortò Sam. «Abbiamo *bisogno* che tu sia forte.»

«Sì, papà, tutti noi abbiamo bisogno di te, da sempre, e tu ci sei sempre stato per noi. Cosa faremmo senza di te?»

Provai un tale orgoglio nel sentire i miei figli confortare e incoraggiare il loro padre, come lui aveva sempre fatto con loro. Questa inversione di ruoli era così commovente che non riuscii a trattenere le lacrime. Allungai una mano e toccai il braccio di Scott. Stavo per offrirgli anch'io delle parole di conforto, e fu allora che lo vidi. Qualcosa di colore rosso sul polsino del suo maglione Aran. Lo shock mi attraversò come una scarica elettrica e avvertii una fitta al petto. Era *sangue*.

Rimasi seduta per qualche minuto nel tentativo di elaborare la cosa, mille pensieri mi ronzavano per la testa. Non sapevo cosa fare, né cosa dire. Forse non era nulla e io stavo saltando a una conclusione affrettata? Avrei dovuto farglielo notare davanti ai ragazzi? Avrei dovuto lasciar perdere per il momento e accennarglielo più tardi, in privato? Ma nei minuti seguenti, mentre i ragazzi continuavano a prendersi cura di lui e Angela tornò con un vassoio di tè, non potei più trattenermi, e la mia bocca pronunciò la frase «Cos'è quella macchia che hai sul polsino?»

Scott guardò il punto che stavo indicando e anche i ragazzi seguirono i nostri sguardi. Me ne pentii all'istante. Sam e Georgia sembravano sconvolti. Entrambi impallidirono, e io odiai far loro questo, ma era chiaro che la paura non era solo mia.

«Io... io...» Scott fissava la macchia, come se guardandola abbastanza a lungo potesse farla sparire e convincerci che non c'era mai stata. Ma più la guardavamo e più appariva nitida e scarlatta sulla lana di colore chiaro. Mentre Scott faticava a trovare una scusa, io mi sentii male. Pregai che avesse una spiegazione plausibile, come del ketchup o dell'inchiostro rosso... qualcosa, *qualsiasi* cosa.

«Devo essermi tagliato mentre mi radevo la barba.» disse infine con una mezza alzata di spalle.

Mi accorgevo subito quando Scott non diceva la verità, mi aveva raccontato abbastanza bugie nei nostri anni insieme da saperle riconoscere ormai. Gli avevo sempre concesso il beneficio del dubbio, perfino quando frequentava Danni, gli avevo creduto quando mi diceva che non c'era nessun'altra. Ma il modo in cui aveva negato la loro storia mi convinse che avevo ragione, e infatti era corso dritto da lei quando l'avevo cacciato di casa e avevo chiesto il divorzio. E quella mattina, mentre il sole sorgeva sull'ennesima giornata infernale, nel guardarlo vidi la stessa identica cosa, e pensai *"Bugiardo"*.

In apparenza, tutti accettammo la spiegazione di Scott per la macchia di sangue e passammo oltre. Ma io sapevo che stava mentendo. E ne ero terrorizzata. La polizia temeva che potesse esserci un assassino nella zona. E contro le loro direttive, il mio ex marito se ne andava in giro alle prime luci dell'alba e tornava a casa con del sangue sul polsino. C'era molto su cui riflettere, e io trovai difficile concentrarmi su qualsiasi altra cosa dopo quell'episodio.

Più tardi, quando Scott andò a fare un sonnellino, Angela diede voce alle paure e alla confusione di tutti noi. «Non capisco cosa l'abbia spinto a uscire là fuori stamattina, si gelava, e poi potrebbe esserci un pericoloso assassino in agguato.» annunciò in tono drammatico.

«È fuori di sé dalla preoccupazione, Angela, tutti noi facciamo cose strane quando siamo spaventati.» Jenna sorrise con rammarico mentre accarezzava il braccio dell'anziana signora.

«È stata una cosa stupida da fare.» sbottai io. «Ha messo in pericolo sé stesso e tutti gli altri.» Ma mentre pronunciavo quelle parole, non riuscivo a vedere altro che la macchia di sangue, quell'immagine riempiva ogni mio minuto di veglia.

«Mamma, rilassati, nessuno si è fatto male. È papà, ricordi? Gli capita di fare stronzate simili. Si sente il padrone dell'universo e pensa di essere invulnerabile.» Sam, come sempre, era pronto a difendere suo padre, il suo eroe. Speravo seriamente che Scott non deludesse suo figlio ancora una volta.

Sembravamo degli zombie, stanchi e impauriti, ma poco più tardi, Angela chiese a Jenna di preparare la colazione per tutti. La ragazza non ne fu contenta, ma sorrise a denti stretti e scomparve in cucina per molto tempo, uscendo alla fine senza i pasticcini e i croissant dei primi giorni, quelli che aveva voluto a tutti i costi preparare con le sue stesse mani (a detta sua).

«Ho pensato che fosse inappropriato mangiare croissant e marmellata, data la situazione.» annunciò, appoggiando con un tonfo un mucchio di panini al bacon in mezzo al tavolo. Dubitavo che l'appropriatezza avesse qualcosa a che fare con la colazione. Il vero motivo era che, con il passare dei giorni, Jenna stava terminando le scorte di finto cibo francese, e di questo passo avrebbe con molta probabilità ritenuto inopportuno mangiare qualsiasi cosa, se fossimo rimasti lì ancora a lungo e le sue confezioni di pasti pronti fossero diminuite ulteriormente. E per quanto riguardava i croissant freschi "fatti in casa", in realtà quel delicato impasto era stato lavorato in qualche fabbrica molto tempo prima. Mio marito non era l'unico bugiardo dello chalet quella settimana.

Dopo la colazione, ricevemmo una telefonata dall'Ispettore Capo Freeman, che ci informò di aver "requisito" un veicolo quattro per quattro che avrebbe dovuto permettere loro di muoversi nella neve.

«Abbiamo avviato una ricerca, abbiamo l'attrezzatura che ci consente di arrivare giù fino alla baia.» disse. «La neve è meno fitta ora, perciò cercheremo di raggiungere il vostro chalet. Vi chiameremo al nostro arrivo, così saprete che siamo noi e sarà sicuro per voi aprire la porta.»

Due ore più tardi, dopo averci telefonato per farci sapere che erano lì fuori, Freeman e un paio di altri uomini erano in piedi sulla soglia di casa. Trattenni il respiro mentre Sam si incamminò verso la porta per accoglierli all'interno.

«Ci abbiamo messo dieci volte di più del tempo normale di percorrenza, non siamo abituati a questo clima quaggiù.» scherzò mentre sbatteva gli scarponi sul portico per liberarli dalla neve. Aveva richiesto che fossimo tutti presenti perché voleva aggiornarci, ma credo che in cuor nostro tutti sapessimo che era lì per qualcos'altro.

«Ci sono novità su Danni?» domandò Scott prontamente non appena Freeman mise piede in casa.

«Sono spiacente, Mr. Wilson, ancora nulla, la polizia scientifica sta ancora lavorando nell'aerea in cui crediamo possa essere passata. Spero solo che, se riusciamo a trovarla, l'ambulanza riesca a raggiungere il posto. Il meteo sta causando un'infinità di problemi.» Si chinò per slacciarsi gli scarponi. «C'è carenza di personale e di ambulanze, il Servizio Sanitario Nazionale è in sofferenza e tutti i letti d'ospedale sono occupati dai poveretti con l'influenza.» aggiunse, piuttosto schietta, sfilandosi gli scarponi innevati e posandoli con cura vicino alla porta.

«Avete trovato il *conducente*?» chiese Angela, sedendosi sul bordo del divano, rigirandosi il fazzoletto tra le dita. Non era la domanda più ovvia, considerando che Danni era ancora dispersa, ma la povera Angela sembrava avere difficoltà a trovare un senso a tutta quella situazione.

Freeman scosse il capo. «No, ancora nulla, ma a questo proposito...» Si rimise dritta e, attraversando la stanza, disse «Posso solo chiedervi ancora una volta se qualcuno di voi ha visto *qualcosa* venerdì sera?»

«Credo di averlo già accennato, ma io sono stata quasi buttata fuori strada da un'auto piena di ragazzi.» risposi.

«Sì, è scritto nel rapporto, ma gli unici ragazzi che siamo stati in grado di localizzare sono in uno chalet qui vicino. Sono solo in due e sostengono di non essere usciti mai di casa quel giorno. Questo è stato confermato dalle rispettive compagne, che soggiornano nello chalet insieme a loro.»

«Be', qualcuno andava abbastanza forte da spingere quasi fuori strada mia mamma, anche ammesso che non siano stati quei due ragazzi in particolare. Quindi perché non state cercando qualcun altro?» si intromise Sam con fare aggressivo. Io mi sentii sprofondare.

«*Stiamo* cercando qualcun altro, e fino ad allora, *tutti* sono sospettati, signore.» disse Freeman lentamente, scrutandolo.

«Allora, a proposito di Danni? Sapete dirci *qualcosa?*» domandò Scott. Non era interessato all'investimento, ma solo a quanto potesse essere rilevante nella scomparsa di Danni.

«È il motivo principale per cui siamo qui, Mr. Wilson.» rispose lei. «Non abbiamo ancora escluso un legame tra i due incidenti. Abbiamo interrogato tutti gli ospiti degli altri chalet, e tutti loro possono dimostrare dove si trovavano all'ora dell'incidente...»

«Anche *noi*.» le ricordò Scott, la voce intrisa di una leggera indignazione.

«Sì, certamente. È solo un po' complicato determinare le tempistiche e la collocazione di ciascuno di voi in rapporto all'incidente, considerando che eravate tutti in viaggio, molti di voi da soli. E la stessa cosa si applica alla scomparsa di sua moglie: quando è uscita di casa, tutti voi stavate dormendo in stanze diverse.»

«E questo cosa vorrebbe dire?» chiese Georgia, perplessa.

«Nessuno può corroborare le dichiarazioni degli altri secondo le quali eravate tutti quanti a letto a dormire.» Attesi che Angela accennasse di aver visto Danni quella mattina, ma non lo fece.

«Senta, Ispettore Capo Freeman, non voglio risultare scortese, ma a mio avviso state perdendo tempo prezioso.» disse Scott. «Nessuno tra i presenti farebbe mai del male a Danni.»

Freeman trasse un lungo respiro, la sua espressione era imperscrutabile, il che mi suggerì che probabilmente non credeva a quelle parole. Nemmeno io ci avrei creduto.

«Le posso assicurare, Mr. Wilson, che la perdita di tempo non è tra le nostre attività.» aggiunse con una punta di sarcasmo nella voce. «Siamo preoccupati per sua moglie, è incinta e non conosce la zona, questo la espone a un rischio medio-alto, date anche le condizioni meteorologiche e del terreno. I nostri elicotteri la stanno cercando insieme a una parte della nostra squadra, ma la neve rende la ricerca molto difficoltosa. Perciò sono venuta qui a parlare con la sua famiglia, nella speranza di poter affrontare la scomparsa da ogni prospettiva.»

Sapevamo cosa significasse: evidentemente la polizia pensava che uno di noi, o alcuni di noi sapessero più di quanto lasciassero intendere. Ci avrebbero interrogati nella speranza che qualcuno si tradisse. «Perciò vorremmo raccogliere le testimonianze di ciascuno di voi.», annunciò.

«Testimonianze?» disse Angela, come se non avesse mai sentito quella parola prima d'ora.

«Sì, questo significa che parleremo con ciascuno di voi individualmente, e in privato. Normalmente questo sarebbe da effettuarsi presso la centrale di polizia, ma ciò non è possibile al momento. Speravamo che il tempo sarebbe migliorato e che saremmo riusciti a interrogarvi lì, ma oggi ci abbiamo impiegato più di due ore per venire qui con il nostro veicolo da neve. Senza le vostre testimonianze, non possiamo proseguire con le indagini, e dobbiamo mettere per iscritto date, orari e fatti. Dunque, vorremmo interrogarvi tutti separatamente, in uno spazio privato. Registreremo tutti i colloqui e saranno presenti due agenti per supervisionare il procedimento.»

Tutti noi ci accasciammo visibilmente. Come se le cose non fossero già messe abbastanza male, adesso c'erano tre agenti della *polizia* bloccati qua dentro insieme a noi. Sarebbe stata una lunga giornata, e mentre Scott e Jenna balzarono in piedi per adibire una delle stanze a una sorta di sala interrogatori, il resto di noi si guardava in faccia con terrore malcelato.

Dopo una breve consultazione, la camera da letto di Scott e Danni venne scelta per la raccolta delle testimonianze. Disponeva di una scrivania, una sedia e tutto lo spazio necessario per ospitare l'attrezzatura di registrazione, tre agenti della polizia della Cornovaglia e un interrogato.

«Che figo, è come essere in un programma *true crime*.» disse Sam con un luccichio negli occhi.

Georgia alzò gli occhi al cielo. «Se pensi che questa situazione sia una figata, dovresti farti vedere da uno bravo.» mormorò scontrosa.

«Non ci vorrà molto.» cercò di rassicurarli Angela. «Quando ci fu un furto al circolo artistico, la polizia ci interrogò tutti, e fu una questione di pochi minuti.»

«Non è la stessa cosa, mamma.» disse Scott mentre rientrava in salotto con Jenna al seguito, dopo aver aiutato la polizia a preparare la stanza.

«No, cielo, non sto dicendo questo, ma a noi chiesero solo quali fossero le attrezzature e chi avesse accesso al magazzino.»

«Credo che sarà un po' diverso qui.» disse Jenna, imitando l'atteggiamento sapiente di Scott e appoggiandosi al muro accanto a lui, mentre entrambi se ne stavano ai margini del salotto.

«Be', tu ne saprai qualcosa, Jenna, quando c'è stato quel furto al bar...» disse Angela.

D'istinto, la ragazza si scostò dal muro, come se fosse pronta a fuggire. «Già, ma non era nulla.» Non rivolse lo sguardo ad Angela nel pronunciare quella frase.

«Oh, io ho sentito dire che hanno rubato un bel po' di soldi dal registratore di cassa.»

«Ah, *davvero?*» Jenna sorrise, ma gli occhi non esprimevano giovialità; non voleva affatto proseguire con quella linea di indagine.

«Anche voi avete dovuto lasciare la vostra testimonianza alla polizia, vero?» insistette Angela, determinata. Mi chiesi se davvero non si rendesse conto che Jenna era a disagio.

«Sì, mi pare.»

«Si trattava di diverse centinaia di sterline. La mia amica Fran, la proprietaria, era disperata, non hanno un grande profitto. Vendono solo caffè e merendine, sapete?» si rivolse a tutti noi.

«Oh mi hai appena ricordato che ho promesso una tazza di caffè ai tre agenti, meglio che vada a prepararlo.» blaterò Jenna, e scomparve in cucina, presto seguita da Scott. Intravidi uno sguardo tra Georgia e Sam, ed ero curiosa di sapere a quali conclusioni fossero arrivati.

A un tratto la porta della camera da letto in fondo al piccolo corridoio si aprì e uno degli agenti fece capolino. «Adesso inizieremo a raccogliere le testimonianze, cercheremo di essere il più rapidi possibile e di non trattenervi troppo a lungo. Tutti gli altri possono attendere qua fuori? E sarebbe preferibile che non discutiate dei vostri colloqui prima, né dopo.» disse.

Ero consapevole, così come lo erano i miei figli, che Scott e Jenna si trovavano in cucina a fare esattamente questo.

«Angela, potremmo parlare con lei per iniziare?» domandò il poliziotto, leggendo il nome da una lista. La povera Angela sembrava sull'orlo delle lacrime. Non avrebbe proprio dovuto affrontare una situazione simile nella sua attuale condizione. Mi chiesi anche quanto sarebbe stata effettivamente utile la sua testimonianza, considerando che era lucida un attimo prima e confusa quello subito dopo. Ciononostante, si alzò, il fazzoletto ancora attorcigliato tra le mani, e nell'agitazione per poco non inciampò nella sua stessa borsetta. Balzai in piedi, ma Sam arrivò prima di me.

«Ehi, sta' attenta, nonna.» la afferrò per un braccio. Lei sorrise e gli accarezzò il volto mentre lui gli porse il braccio per aggrapparsi.

«Sei un bravo ragazzo, Sam.» disse, prendendolo a braccetto così che potesse accompagnarla lungo il corridoio fino alla stanza di Scott e Danni, dove la polizia la stava aspettando.

Sam tornò pochi secondi dopo, inarcando le sopracciglia nel sedersi.

«Sta bene?» chiesi.

«Penso. Non era molto sicura del perché una detective la stesse interrogando nella camera da letto di papà, ma a questo punto non lo sono nemmeno io.»

Annuii, era ridicolo. Avevano portato qui l'attrezzatura di registrazione e streaming, e perfino un tecnico specializzato. Mi chiesi perché non avessero aspettato che il tempo migliorasse e noi potessimo recarci alla centrale di polizia, ma sembravano mossi da una certa urgenza, il che mi infastidì.

Angela fu "rilasciata" più di un'ora dopo e ci informò che le avevano prelevato un campione di DNA, il che fu una sorpresa. Scott chiese chiarimenti a Freeman, la quale spiegò che, qualora non fossero state esposte accuse formali, quei campioni sarebbero stati smaltiti.

«Ero preoccupato.» disse Scott. «Non voglio essere schedato.»

«Nessuno di noi lo vuole.» lo tranquillizzai, e nonostante le rassicurazioni di Freeman, mi sentivo a disagio nel farmi prendere le impronte digitali e un campione di DNA dalla bocca.

Gli interrogatori proseguirono per tutto il pomeriggio e, per renderlo meno snervante, dissi a me stessa che era come un semplice colloquio di lavoro... di certo era così che mi sentivo.

I "candidati" venivano chiamanti nella sala e ne uscivano dopo un po' in silenzio, non potendo né volendo anche solo accennare a ciò che era stato detto all'interno della stanza. Dopo i ragazzi, toccò a Scott. Mi chiesi se anche l'ordine era rilevante e, in tal caso, perché Scott non era stato interrogato per primo, o per ultimo? Si dice che il marito o la moglie siano i primi sospettati nelle indagini per omicidio o scomparsa. Non credevo che Scott avesse fatto qualcosa a Danni, ma fra tutti noi, di certo sarebbe stato il principale sospettato. Avrei solo voluto sapere cosa aveva raccontato della *nostra* relazione, perché io non volevo raccontare una storia diversa. Né volevo mentire su nulla perché, se la sua versione fosse stata diversa dalla mia, ciò mi avrebbe cacciata nei guai.

Scott rimase chiuso nella stanza per un tempo lunghissimo, e quando finalmente uscì sembrava invecchiato di dieci anni rispetto a quando era entrato. Mi sentii male. Adesso era il mio turno di essere interrogata, e avendo avuto un rapporto con la persona scomparsa che consisteva dapprima in un odio profondo vissuto da lontano e poi si era tramutato in un conflitto faccia a faccia, non ne ero particolarmente entusiasta. Dopo il colloquio di Scott, l'agente di polizia comparve in corridoio con la lista in mano. «Grazie per la vostra collaborazione, abbiamo quasi terminato.» disse. «Ancora due colloqui. Jenna, le dispiacerebbe seguirmi, per favore?»

Sembrò sorpresa. «Non sono un membro della famiglia, conoscevo a malapena Danni.» mentì.

«Ma si trovava qui al momento della scomparsa, giusto?»

«Sì.» Si strinse nelle spalle, visibilmente irritata. Ero stupita dalla sua reazione, si credeva forse al di sopra dei sospetti della polizia? Ripensai alla storia che Angela aveva raccontato poco prima a proposito del furto al bar in cui Jenna lavorava. Danni mentiva davvero sullo spaccio di droga, o forse era Jenna la vera bugiarda? Non sapevo a chi credere, e adesso ero anche turbata dal modo in cui Jenna guardava Scott. Perché non me n'ero mai accorta prima? Lo fissava costantemente ogni volta che era nei paraggi, era come se volesse rifugiarsi tra le sue braccia per sempre. Quanto avrei voluto essere una mosca sul muro durante l'interrogatorio di Jenna, sarebbe stato senza dubbio il più interessante di tutti.

Ma il mio pensiero dominante e più spaventoso in tutta quella disavventura era che i tre agenti dovevano per forza avere *qualcosa* su uno di noi, e non volevano perdere tempo. La mia conoscenza in fatto di procedure di polizia era limitata, ma continuavo a chiedermi perché si fossero presi il notevole disturbo di adibire una stanza e interrogarci tutti quanti nello chalet, anziché aspettare ventiquattro ore o poco più per farlo in centrale? Arrivai alla conclusione che fossero in possesso di informazioni riservate o prove riguardanti la scomparsa di Danni e/o l'investimento. Dunque, chi o cosa aveva condotto la polizia al nostro chalet, e *chi* era il loro principale sospettato?

Rimasi seduta più di un'ora ad aspettare che Jenna uscisse dalla "sala interrogatori della polizia" in fondo al corridoio. Mi sembrò un'eternità. Mi prendeva la nausea ogni volta che una porta si apriva, o una sedia grattava sul parquet, e ogni volta era un falso allarme, uno dei ragazzi che andava nella propria stanza, Scott che trascinava il lettino di Olivia sul pavimento, qualcuno che appariva dalla cucina con in mano l'ennesima tazza di tè o caffè. La polizia ci aveva detto di non condividere informazioni sui nostri colloqui con gli altri ospiti della casa. Purtroppo, Angela si stava attenendo rigidamente alle regole, mi rivolgeva a malapena la parola, come un bambino a cui è stato ordinato di non dire nulla. Non potevo fare a meno di chiedermi cosa avesse raccontato su Danni, vista la sua recente schiettezza, comunque dubitavo che fossero parole lusinghiere.

Alla fine, dopo un'ora e quarantacinque minuti, Jenna riemerse dalla stanza con aria piuttosto abbattuta, e al tempo stesso sprezzante. Il cuore mi sprofondò nel petto. Mi sembrò come una sopravvissuta, che messa alle strette avrebbe detto qualsiasi cosa pur di salvarsi. Dovevo sperare di non essere una vittima della sua disperazione.

Io fui l'ultima a essere chiamata, e quando l'agente pronunciò il mio nome, credetti di svenire. Dopo tutto quel tempo passato ad aspettare, rimuginare e angosciarmi, ero completamente consumata dalla tensione. Se solo pochi giorni prima mi avessero detto che sarei stata interrogata dalla polizia nella camera da letto del mio ex marito, non ci avrei mai creduto. La vita sa colpire davvero duro a volte, come avevo scoperto in modi diversi negli ultimi mesi e anni.

Seguii l'agente lungo il corridoio, entrando con cautela nella stanza, tutto il mio corpo era un fascio di nervi. Ma Freeman mi sorrise amabilmente e, mentre entravo, commentò perfino lo splendido panorama che si vedeva dalla camera da letto, il che mi mise un po' più a mio agio.

«Sì, è una vista meravigliosa.» risposi. «Davvero mozzafiato.»

«E questa era la stanza di Scott e Danni?» sembrò chiedermi conferma.

«Sì, sono l'unica coppia, perciò hanno avuto una delle due camere matrimoniali. Angela si è presa l'altra.»

Guardò i propri appunti. «Sì, Angela ha detto che Lei voleva *questa* stanza, è corretto?»

Sbam! Così dal nulla. «No, non è andata proprio così...» Come diavolo avrei fatto a spiegarlo senza apparire come l'ex moglie inviperita? «Ho immaginato che Angela me la stesse mostrando perché era la mia camera...» esordii.

«Dunque ne è rimasta delusa?»

«No, nient'affatto.» mentii. «Ero felice di avere una stanza singola, aveva senso.»

«Aah, già, aveva senso per *loro*, ma non per *Lei*.» Assunse un'espressione corrucciata. «Insomma, eccolo qui: il figliol prodigo con la sua nuova moglie e la loro bimba piccola nella stanza padronale, mentre la ex moglie viene relegata in una specie di cameretta rosa delle Barbie. Un bel declassamento, no?»

Non risposi.

Dopodiché Freeman sollevò lo sguardo su di me e disse «Anch'io sono divorziata, non è facile passare da una matrimoniale a una singola, vero?»

Mi sentii profondamente a disagio. «Sto bene così, non mi interessa affatto.»

Si appoggiò allo schienale della propria sedia e fece una pausa, forse per capire come lanciarmi la frecciatina successiva. «Senta, sarò onesta con Lei, se provasse risentimento nei confronti di Danni, sarebbe più che comprensibile.»

«Oh, non parlerei di...»

«Ehi, lo capisco.» Mi parlò sopra. «E da quel che ci ha detto la sua ex suocera, la rottura è stata piuttosto brutale, i due avevano una relazione clandestina e la notizia si è diffusa diventando virale, e poi lui l'ha lasciata per sposare Danni.»

«Non credo che sia diventata... *virale*, e Scott non mi ha lasciata, sono io che l'ho cacciato di casa. Ma nulla di tutto questo è rilevante adesso, appartiene al passato.»

Guardò i propri appunti. «Vi siete separati solo tre anni fa. Scommetto che dev'essere stato difficile, dopo essere stati sposati per *diciassette* anni.»

«Già.» Udii la tensione nella mia voce e mi sforzai di attenuarla. «È vero, è triste quando un matrimonio finisce, ma sono andata avanti, entrambi siamo andati avanti.»

«Davvero?»

Annuii soltanto, temevo che parlando avrei potuto tradirmi.

«È solo che sua suocera dice che Lei non l'ha fatto.» Sollevò di nuovo la testa per osservarmi, mentre io volevo solo proteggere i miei occhi dal suo sguardo truce. Trasse un respiro. «Sua suocera, scusi, *ex* suocera,» aggiunse, rigirando il dito nella piaga, «reputa che Lei provi ancora dei sentimenti per il suo ex marito.»

Ero sbalordita. Sapevo che Angela era confusa, ma cosa diavolo credeva di fare? Non si rendeva conto che quelle osservazioni avrebbero potuto essere deleterie per me? «È il padre dei miei figli, gli vorrò sempre bene, ma nulla di *più*.» risposi con fermezza, chiedendomi se Scott avesse fatto parola della nostra recente tresca. Non avrebbe fatto una buona impressione, per nessuno dei due, ma dal momento che non ci era stato permesso di parlare né prima né dopo i colloqui, non avevo idea di cosa avesse raccontato lui. O *non* raccontato.

«Dunque, Lei e Danni.» Freeman tornò all'interrogatorio. «Ho sentito dire che ci sono stati diversi attriti. È così?»

Angela le aveva parlato anche degli scontri tra me e Danni? Forse, ma potevo solo immaginare la soddisfazione di Jenna nell'intrattenere Freeman con quegli scoop.

«Il fatto è che, sì, è vero, *provavo* risentimento per Danni, e ovviamente anche per Scott, *all'epoca*. La loro storia è arrivata come un fulmine a ciel sereno e mi ci è voluto un po' per accettare l'enorme cambiamento che mi era stato imposto. Sono stata costretta a vendere la casa di famiglia, i ragazzi sono dovuti venire a vivere con me e andare solo ogni tanto a trovare il loro padre e... Danni.»

Vidi un guizzo sul suo volto; sapeva cosa provavo davvero all'idea di essere stata rimpiazzata. Era una professionista nell'osservare le persone, e io mi ero appena tradita.

«È ovvio che Lei la odi, non posso biasimarla...» mormorò.

Non c'era motivo di nasconderglielo, sapeva leggermi dentro, era il suo lavoro.

«Mentirei se dicessi che Danni mi piace, perché non è così. Ma non la *odio*; se questo fosse il caso, non avrei mai accettato di fare questa vacanza di famiglia.» Non ero sicura di credere alle mie stesse parole, l'unica ragione per cui avevo acconsentito a condividere questa vacanza con la nuova moglie di mio marito era Angela.

«Certo,» disse lei, il dubbio scolpito sul suo volto, «ma Angela dice che Lei è venuta qui perché pensava che fosse malata...» Guardò ancora una volta i propri appunti. «Mrs.

Wilson aveva detto che questo avrebbe potuto essere il suo ultimo compleanno, e forse Lei ha inteso che potesse avere una malattia terminale?»

«Be', sì, era una conclusione logica.» ribattei cercando di non lasciar trapelare la mia impazienza.

Freeman trasse un profondo respiro mentre scuoteva la testa per dimostrare empatia. «Certo, è una richiesta eccessiva per chiunque *questa* di trovarsi sotto lo stesso tetto con il proprio ex marito e la sua nuova moglie.»

«Sì, lo è stata, e come ho già detto, mi andava bene. Ammetto di essere rimasta sorpresa quando Angela ci ha invitati tutti, per Danni dev'essere stato tanto difficile quanto lo è stato per me. Ma per rispetto e amore nei confronti di Angela, ero disposta a venire qui, ed ero anche disposta ad accettare Danni e il suo ruolo in questa famiglia.» aggiunsi, nonostante non fosse vero. Volevo vederla insieme a Scott, osservarla come si osserverebbe un animale in un safari, e poi volevo usurpare il suo posto e distruggerla, proprio come lei aveva fatto con me.

«Dev'essere stato difficile vederli insieme, con la loro bambina piccola.» stava dicendo Freeman, passando oltre. «E anche con i suoi figli. Georgia e Sam hanno riferito entrambi di non aver mai condiviso con Lei i dettagli dei fine settimana trascorsi a casa del padre, perché questo la turbava.»

Non l'avevo mai detto esplicitamente ai miei figli, ma dev'essere stato implicito, proprio come Georgia non poteva raccontarmi di aver accompagnato Danni a scegliere l'abito da sposa. Provai vergogna e mi sentii molto in colpa, ma quella non era una seduta di psicoterapia; perciò, non c'era bisogno di approfondire l'argomento. Non sapevo bene cosa dire. Come avrei potuto rispondere a quelle domande senza sembrare colpevole? Molto probabilmente Freeman credeva che io avessi trascinato Danni fuori dallo chalet all'alba per gettarla giù dalla scogliera nel mare in tempesta, in pieno stile ex moglie assassina.

«So come può *sembrare*.» dissi infine. «Sono la moglie tradita, e di conseguenza la sospettata più ovvia, suppongo?» Stavo cercando di applicare la psicologia inversa, prospettandole l'ovvia possibilità che fossi colpevole per poter sembrare innocente. Era una tecnica che a volte usavo sul lavoro durante i colloqui ai candidati.

Freeman mi fissò piuttosto a lungo, scrutandomi, senza rispondere né reagire a ciò che avevo appena detto. Era brava.

Trasse un lungo respiro, poi sferrò il colpo finale. «Il suo ex marito dice che Danni era *intimidita* da Lei.» Ero scioccata, possibile che Scott e Angela non si rendessero conto che dicendo quelle cose su di me mi stavano facendo apparire colpevole? Questo, unito al fatto che i ragazzi avevano implicitamente affermato che la mia rabbia nei confronti di Danni era così accesa da non poterla nemmeno nominare in mia presenza, stava dando l'impressione che io fossi coinvolta nella sua scomparsa.

E va bene, pensai, se tutti gli altri vogliono essere brutalmente onesti, devo fare lo stesso anch'io e dire la verità, se non altro per salvare me stessa. Non avevo altra scelta. Se Scott era in qualche modo coinvolto nella scomparsa di Danni perché voleva tornare insieme a me, dovevo coprirmi le spalle. Raccontare alla polizia che io intimidivo sua moglie non era stata una bella mossa, e se davvero voleva gettarmi nella fossa dei leoni, allora perché io non avrei dovuto fare lo stesso con lui?

«Voglio essere del tutto sincera con Lei, detective.» esordii. «Non è stato *solo* il fatto di credere che Angela fosse malata ad avermi condotta qui questo fine settimana.»

«Ah, no?» Questo stuzzicò il suo interesse.

«No, c'è dell'altro.» Feci una breve pausa, non sapendo bene come dirlo. «Di recente, Scott ed io ci siamo... riavvicinati. Volevo passare un po' di tempo con lui e i ragazzi, e anche con Angela.» risposi senza accennare al fatto che volevo a tutti i costi allontanarmi dal Worcestershire e da Nick Cairns, che si era rivelato essere una persona completamente diversa dall'uomo che mi aveva ammaliata durante il nostro primo appuntamento. «Scott doveva troncare la storia con Danni.» proseguii. «Diceva di aver commesso un errore e che voleva tornare da me e dai ragazzi, e io stavo prendendo seriamente in considerazione quella possibilità. Perciò, non avevo alcun motivo per desiderare di liberarmi di Danni.»

«Dunque Lei e Mr. Wilson siete tornati insieme?»

«Non ancora. Scott non ha avuto modo di affrontare il discorso con Danni. Aveva intenzione di farlo dopo questa vacanza ma, ovviamente, dato che lei è scomparsa, non ha potuto farlo.»

«Mr. Wilson sembra piuttosto sconvolto per l'accaduto, mi ha lasciato intendere che fossero felici insieme.» Si agitò leggermente sulla sedia. «Non ha fatto parola della relazione con Lei.»

Mi strinsi nelle spalle. «Be', perché avrebbe dovuto farlo, no?»

Ora sarebbe stata la sua parola contro la mia, e a quel punto era possibile che finissi col sembrare una pazza visionaria. Nel tentativo di salvarmi, forse mi ero appena gettata *da sola* nella fossa dei leoni.

«Non voglio turbarla, ma il suo ex marito ci ha detto che Danni è incinta.»

«Sì, lo so, è stato un errore.»

«Davvero? Quando ho parlato con lui mi è sembrato piuttosto entusiasta, ha detto che non vedevano l'ora di allargare la famiglia.» Santo cielo, quella donna era davvero meschina, coglieva tutto quello che dicevamo e lo distorceva.

«A me ha detto che non era nei loro piani, so solo questo.» ribattei fiaccamente.

Freeman mi rivolse uno sguardo dubbioso, come a dire *Non è quello che ha raccontato a me.*

Perché Scott fingeva che andasse tutto bene con Danni, perché non aveva raccontato di noi alla polizia, e perché aveva detto che Danni si sentiva intimidita da me? Sembravano tutte dichiarazioni incriminanti.

«Sono sorpresa che Scott non le abbia detto di noi due.»

«No, non l'ha fatto.» Mi guardò, aspettandosi che io aggiungessi qualcosa, e la parte di me che voleva sempre compiacere tutti mi fece sentire in dovere di farlo.

«Non avevamo intenzione di abbandonare Danni, non volevamo ferirla.»

«Come loro due hanno ferito *Lei*, intende?»

Feci una pausa, non avrei abboccato all'amo. «Voglio solo farle capire che questo non rappresenta un movente. Abbiamo un piano: Scott ed io torneremo insieme, lui chiederà l'affidamento congiunto dei figli e *lei* potrà rientrare al lavoro. Sa, è molto ambiziosa, sarebbe *ottimo* per lei...» stavo sproloquiando ormai.

Freeman non sembrava convinta, ma non indagò oltre, e dopo aver affrontato quell'argomento, ebbi come l'impressione che si stesse affrettando a terminare il colloquio. Guardò l'orologio al polso e, con mio grande sollievo, prima che io potessi scavarmi una fossa ancora più profonda, concluse l'interrogatorio. Ma appena prima che mi alzassi per andarmene, disse «Oh, aspetti un attimo, un'ultima cosa.» Appoggiò entrambi i gomiti sul tavolo e si sporse in avanti. «Nicholas Cairns?»

Fu come ricevere una scossa elettrica, ma mi sforzai di rimanere composta. «Chi?» risposi, celando il tremore nella mia voce e infilando le mani sotto il tavolo perché non potesse vedere come si contorcevano.

«La vittima dell'investimento. Abbiamo appena rilasciato le sue generalità. Viveva nel Worcestershire, non molto lontano da Lei, in realtà.» Pronunciò la frase senza mostrare emozioni, poi sollevò lo sguardo su di me come se stesse aspettando una spiegazione sul perché vivessimo vicini.

«Oh, ho visto al telegiornale che la vittima era del Worcestershire...» risposi, inutilmente.

«Lo conosceva?»

«No.» dissi d'impulso, poi sorrisi goffamente e cercai di ricompormi, cosa che parve stuzzicare il suo interesse.

«Ah, nessuno di voi lo conosce, eppure vivete tutti piuttosto vicini, solo a un paio di chilometri di distanza.»

Stava scrutando il mio volto, ero convinta che quella donna riuscisse a leggermi nell'anima. Mentire sul fatto che conoscessi Nick non era stata una mossa intelligente, ma se le avessi raccontato la verità sarei subito sembrata colpevole, e oltretutto, ormai era troppo tardi. Avevo negato di conoscerlo e dovevo attenermi a quella versione.

«Prima ho dovuto informare la famiglia, la moglie e i figli erano devastati.» disse.

Mi sentii come se mi avessero appena sparato in pieno volto. Non trasalii, o quantomeno cercai di non farlo, ma ero certa di essere diventata pallida al sentirlo nominare.

«Oh...» fu tutto quello che riuscii a dire. Non avevo *idea* che fosse sposato e con figli.

«Mi è dispiaciuto davvero per la moglie,» stava dicendo Freeman, «si è scoperto che era iscritto a diversi siti di incontri. Non dovrei parlare male dei morti, lo so.» Scosse lentamente la testa, poi mi guardò dritta negli occhi. «Ma che viscido bastardo, eh?»

«Terribile.» riuscii a dire mentre anch'io scuotevo la testa con vigore.

«Già, l'ennesimo buon padre di famiglia, eh?» Sorrise con aria complice. Mi venne voglia di fuggire.

Trasse un lungo respiro, mentre io continuavo a trattenere il mio, finché riprese a parlare. «Bene, per ora è tutto. Grazie, Mrs....»

«Fiona, la prego, mi chiami Fiona.» risposi di getto, sollevata e ansiosa di andarmene.

Sorrise. «Grazie per il suo tempo, Fiona.»

Uscii dalla stanza sentendomi come se non avessi ottenuto il lavoro. In effetti, nel mio tentativo di essere trasparente e sincera, avevo spifferato troppe cose e fornito informazioni che la detective non aveva nemmeno chiesto, dando la forte impressione di essere coinvolta nella scomparsa di Danni e forse anche nell'investimento. Percorsi il corridoio con le gambe tremolanti, sentendomi esausta e molto spaventata.

Più tardi, quando la polizia se ne fu andata, ci sedemmo a parlare e ben presto accadde l'inevitabile: infrangemmo le regole e finimmo col rivelare parte dei nostri interrogatori. Nessuno voleva scoprire completamente le proprie carte e tutti offrivano solo qualche frammento, ma nell'ascoltare ciò che gli altri avevano da dire su Freeman, il suo atteggiamento, le sue domande e osservazioni, mi accorsi che quelle informazioni erano come tasselli di un puzzle. E l'immagine finale mi inquietò.

«La polizia crede che uno di noi sappia cos'è successo.» dissi, entrando in salotto e sedendomi insieme agli altri. Era semplicemente quello che tutti stavano pensando. Volevo solo che venisse fuori, e anche vedere le loro reazioni, ma avevano *tutti* l'aria sfuggente, perfino i miei figli. Arrivati a quel punto, eravamo paranoici e cercavamo di autoconvincerci che nessuno di noi era coinvolto nella scomparsa di Danni e nell'investimento. La mia mente continuava a ruotare intorno al fatto che Nick fosse sposato, e inoltre temevo che la polizia trovasse il mio profilo sul sito di incontri tramite il quale l'avevo conosciuto.

«Volevano sapere tutto, ma *non* è stato uno di noi, perché non riescono a ficcarselo in testa?» Georgia sembrava stressata e sul punto di piangere.

«Mi hanno chiesto della torta di compleanno, quella preparata da Danni.» disse Angela.

«Cos'hanno detto?» domandai.

«Volevano sapere chi l'aveva rovinata. Ho detto che pensavo fossi stata tu, Fiona.»

Sapevo che era confusa, ma... «Perché l'hai detto, Angela? Non è affatto vero.»

Si voltò verso Scott. «Mi pare sia stato Scott a dirmelo.»

Mi aspettavo che lui negasse, invece esitò, balbettò e arrossì.

«Scott, sei stato tu a dirlo?»

«Io... Danni ha detto che *pensava* fossi stata tu. Insomma, non puoi certo biasimarla: tu prepari sempre la torta per mia mamma, e lei credeva ti fossi risentita perché ti aveva rubato il ruolo.»

«Santo cielo! Ha fatto molto più che preparare una maledetta *torta* per Angela per rubarmi il ruolo.» sbottai, arrabbiata. «E l'avete detto alla polizia?» Spostai lo sguardo da Angela a Scott e viceversa. Le loro reazioni mi fornirono tutte le risposte di cui avevo bisogno.

«Hanno chiesto anche a *me* della torta, ho detto loro che molto probabilmente eri stata tu.» disse Jenna, come se mi avesse fatto un favore. Erano davvero tutti così ingenui e sconsiderati da fare simili dichiarazioni alla polizia, o c'era sotto qualcos'altro?

«Perché l'hai *detto*, Jenna?» chiesi, curiosa di sapere cosa diavolo stesse succedendo.

«È quello che pensavo. Voglio dire, chi altro l'avrebbe *fatto*?»

«*Tu*, per esempio.» Ormai inveivo contro di loro in modo puerile.

«Be', io *non* sono stata.» Jenna si strinse nelle spalle. Era solo spavalderia la sua, per celare la propria agitazione?

«Nemmeno io!»

«Mi dispiace, Fiona, ma dovevo essere onesta, soprattutto quando mi hanno chiesto del tuo rapporto con Danni.» aggiunse.

Mi si attorcigliò lo stomaco. Quella ragazza non aveva la benché minima idea del nostro rapporto, non sapeva *niente* di me né della situazione, eppure eccola lì a consegnarmi alla polizia con la sua stupida boccaccia. E perché tutto a un tratto mi stava prendendo di mira in quel modo? Stava forse cercando di distogliere l'attenzione dal *suo* rapporto con Danni, proprio come Scott? Peccato che Freeman non mi avesse chiesto niente su Jenna, in quel momento desiderai che l'avesse fatto, perché Jenna sembrava di gran lunga più colpevole di chiunque altro. A mio avviso, aveva *diverse* ragioni per volere che Danni sparisse.

Ma la cosa che più mi feriva era che non era stata l'unica a puntare il dito contro di me. Scott aveva nascosto la verità sul nostro ritorno di fiamma, Angela aveva raccontato che ero venuta allo chalet perché credevo che fosse malata. Perfino i miei figli avevano detto agli agenti che non parlavano di Danni con me perché questo mi turbava. Era tutto vero, ma in quelle circostanze, ogni piccolo frammento di informazione diventava potenzialmente incriminante. Ma tutti sembravano così terrorizzati all'idea di apparire colpevoli, che continuavano a sviare l'attenzione, la quale finiva sempre per ricadere su di me. Questo è quello che succede quando le persone cercano di salvare sé stesse: gettano gli altri nella fossa dei leoni, ci eravamo rivoltati gli uni contro altri. Ma a quanto pareva, io ero l'unica persona che *tutti* avevano indicato come implicata nella scomparsa di Danni.

Mi guardai intorno nella stanza mentre sorseggiavo il mio caffè. Il fatto che tutti loro non avessero esitato a puntare il dito contro di me mi faceva pensare che forse qualcuno in quel salotto sapesse molto di più di quanto volesse far credere. Dopo quegli interrogatori la polizia avrebbe avuto il quadro completo, e che fosse preciso oppure no, il cerchio si sarebbe stretto... e io avevo il terrore che stesse per stringersi intorno a *me*.

Angela fu la prima ad andare a letto la sera degli interrogatori. Pensai che il brandy avesse fatto il suo effetto, ma quando se ne fu andata, Scott mi rivolse uno sguardo preoccupato.

«Tua mamma sta bene?» domandai. Volevo dirgli tantissime cose, chiedergli dei suoi veri sentimenti per Danni, parlare dei ragazzi e indagare sulla sua "amicizia" con Jenna. Volevo anche chiedergli dell'investimento, chiedergli se conoscesse Nick Cairns, ma non potevo. Avevamo segreti nostri e segreti che ci nascondevamo a vicenda, e non era quello il momento di aprirsi l'uno con l'altro. Scott era angosciato per Danni, e Angela era motivo di preoccupazione per entrambi, non riuscivo a pensare lucidamente con tutto quello che stava accadendo. No, non era quello il momento giusto per affrontare una conversazione sincera.

Jenna e i ragazzi erano usciti e si erano infilati nella vasca idromassaggio e, nonostante fossero abbastanza grandi da badare a sé stessi, li osservai da lontano. Date le circostanze, non ero serena nel vederli trascorrere del tempo all'esterno da soli, soprattutto in compagnia di Jenna. Inoltre, pensavo che la loro amicizia si fosse incrinata, e questo mi rese ancora più curiosa di capire il motivo che li spingeva a trascorrere del tempo insieme a lei.

«Sono preoccupato per mia mamma.» stava dicendo Scott. «Quello che è accaduto a Danni l'ha davvero sconvolta. Si sente responsabile perché ci ha fatti venire tutti qui. Faccio fatica a guardare Olivia senza sentirmi in colpa.»

«Perché?»

Fece una breve pausa, cercando di trattenere le lacrime. «Perché se le cose fossero state diverse tra di noi, quella notte avremmo dormito nella stessa stanza. Anche se *avesse* deciso di andare a fare una passeggiata all'alba, o qualsiasi altra cosa abbia fatto, l'avrei *saputo*, e magari le avrei chiesto di non andare.»

«Tutti noi potremmo guardarci indietro e chiederci se le cose sarebbero potute andare in modo diverso. Nemmeno io sono stata particolarmente carina con lei.» dissi tra sentimenti contrastanti. Ero preoccupata per Danni, ma mi feriva il fatto che Scott stesse completamente ignorando ciò che era successo tra di noi. Era tutto cancellato, ora che Danni non c'era?

«Credo che si sentisse sola qui, soprattutto dopo che tu e Jenna siete diventate amiche.»

Ne rimasi sorpresa. «Non ci definirei amiche.»

«Danni pensava che lo foste, credo. Diceva di avere l'impressione che parlaste male di lei.»

«Questo non è giusto, è solo una sua paranoia.» Avvertii una scarica di rabbia, era il suo solito comportamento da vittima. «Mi sta facendo davvero arrabbiare il fatto che i sentimenti feriti di Danni vengano usati per addossarmi chissà quale colpa. Non ero responsabile della sua felicità o infelicità, e se *era* così insicura e paranoica che la gente parlasse male di lei, forse la *tua* intimità con Jenna ha influito molto più della *mia*! Scommetto che hai raccontato alla polizia questa assurda teoria di Danni, secondo cui io e Jenna facevamo comunella, vero?» dissi in tono aggressivo.

Scott sembrò confuso. «Sono solo stato sincero con la polizia, Fiona, ho detto la verità. Ho raccontato... tutto.»

«Non hai raccontato di noi!»

«No, perché non lo ritengo rilevante per la sua scomparsa.»

«Tu hai raccontato la cosiddetta verità solo quando questa faceva apparire colpevole qualcun altro. Che mi dici della verità che avrebbe reso *te* un possibile sospettato? Come il fatto che sei sposato con lei e hai una relazione clandestina con me, e il fatto che te ne sei andato in giro all'alba a cercarla e sei tornato con del sangue sul maglione?»

Fece una pausa. «Senti, ci sono cose che non sai, cose ben peggiori che essere giudicato colpevole per aver fatto del male a Danni.»

Questo non me l'aspettavo. «Tipo *cosa*?»

«Nulla... nulla. Non avrei dovuto dirlo.»

«Mi dispiace, Scott, ma non puoi cambiare idea così, ormai l'hai detto, quindi...»

Trasse un lungo respiro. «La sera prima che Danni sparisse, mi ha minacciato di prendere Olivia con sé e lasciarmi.»

«Ah.» Non ne ero del tutto sorpresa, Danni sembrava infelice, ma la minaccia di prendersi Olivia e il bambino che portava in grembo e andarsene l'avrebbe ucciso. Certo, Scott aveva i suoi difetti, ma adorava tutti i suoi figli, erano tutto per lui.

«C'è anche un'altra cosa.» disse, la voce così rotta dall'emozione che faticava a far uscire le parole. «Quella sera, mi ha detto che il bambino non era mio.»

Ero sbalordita.

«No? Ne avevi idea?» rantolai.

Si strinse nelle spalle. «Avevo il sentore che stesse frequentando qualcun altro, stare in congedo di maternità la annoiava ed era alla ricerca di qualcosa di nuovo. Credo che il fascino dell'uomo più grande fosse ormai svanito per lei.» aggiunse con aria triste.

Questo spiegava ciò che mi aveva raccontato Georgia a

proposito della conversazione che aveva origliato, quando suo papà aveva chiesto a Danni se fosse uscita con "lui".

«Quindi cos'è successo?»

«L'altra sera mi ha detto di essersi incontrata con un suo ex fidanzato, da cosa nasce cosa e sono finiti a letto insieme, solo una volta... *a quanto pare*.» Scosse la testa mestamente. «È successo circa tre mesi fa, in un periodo in cui lei ed io ci eravamo allontanati e... be', fai tu i conti.» Provai pena per lui, ma d'altronde, anche lui era venuto a letto con me diverse volte negli ultimi mesi; quindi, non era un tradimento a senso unico. Comunque, questo cambiava in qualche modo lo scenario, e capivo perché era preoccupato che questa situazione potesse contribuire a incriminarlo per la scomparsa di Danni.

«E tutto questo l'hai raccontato alla polizia?» chiesi.

«Sì, anche se mi fa apparire più che colpevole.»

Rimanemmo entrambi seduti per qualche istante mentre io elaboravo quelle informazioni, poi domandai «*Jenna* lo sa del bambino, o di Danni che minacciava di andarsene?»

«*Jenna?*» Parve genuinamente sorpreso. «Perché dovrebbe? *Di certo* io non le ho detto nulla. L'ho raccontato solo a mia mamma il giorno della scomparsa.»

«Mmm, mi chiedo se sia possibile che tua *mamma* se lo sia lasciato sfuggire parlando con lei? Attualmente sembra piuttosto smarrita e forse ha riferito quello che tu le avevi detto.»

«Spero di no, non ci avevo pensato. Ma che interesse potrebbe mai avere Jenna per questo?»

«Non lo so, Danni non si fidava di lei. Suppongo che un'informazione del genere nelle mani sbagliate possa causare imbarazzo, e Jenna ficca sempre il naso negli affari di tutti. L'ho sentita parlare con tua mamma l'altro giorno, diceva di dover andare alla polizia perché aveva visto del sangue nella neve. Credo che tua mamma stesse cercando di fermarla.»

«Cosa?» Aveva un'espressione inorridita, poi il suo tono

parve cambiare leggermente. «Come dici tu, mia mamma è confusa, probabilmente non ha capito.»

«No, ho sentito quella conversazione con le mie orecchie. Tua mamma *è stata* un po' disorientata ultimamente, ma quella conversazione mi è sembrata molto chiara. Jenna minacciava di rivolgersi alla polizia e tua mamma la implorava di non farlo. Le ha offerto dei soldi in cambio, Scott.»

«Santo cielo, sta proprio andando fuori di testa, non è vero?»

«Credo di sì, e credo anche che stare in compagnia di Jenna non sia d'aiuto. Ho come l'impressione che la stia manipolando, e non so se lo fa per soldi, per questioni di lavoro, o solo perché vuole sentirsi parte di una famiglia. So che Danni non si fidava di lei, e più conosco Jenna, e più credo che avesse ragione.»

Ripensai all'avvertimento di Angela il giorno in cui eravamo andati tutti insieme a fare una passeggiata nella neve: "Non fidarti di lei..." *Era* solo una vecchietta confusa, o si stava riferendo a *Jenna*? Anche lei aveva il sentore che la ragazza stesse tramando qualcosa?

«No, Jenna non si prenderebbe gioco di mia mamma, è una brava ragazza.»

«Tu le piaci.» Tirai fuori quell'argomento per vedere la sua reazione.

«Cosa vuoi dire?» Sembrava sconvolto.

«Devi stare attento a non darle l'impressione sbagliata, Scott. Sembra fraintendere il tuo interesse nei suoi confronti, mi ha detto che siete andati a fare una passeggiata all'alba insieme e che le hai insegnato tantissime cose. E ho anche visto il modo in cui ti guarda.»

Era inorridito, e non potei fare a meno di notare che arrossì leggermente. Cos'era che non mi stava dicendo? «No, tra noi c'è solo amicizia, nient'altro. Ha bisogno di una guida, e io cerco di esserlo per lei. Danni aveva le sue ragioni per detestarla, ma non la *capiva*.»

«Mmm, inizio a pensare che Danni potesse avere ragione.»

«Perché, cosa intendi?»

«Non è chi dice di essere, né *cosa* dice di essere. Non ha cucinato nessuno di quei piatti, Scott, ho trovato diversi involucri e confezioni, erano tutti pasti pronti che lei ha solo riscaldato. Non è una cuoca di Cordon Bleu più di quanto lo sia io.»

Scott impallidì leggermente, e ancora una volta io mi sentii a disagio davanti alla sua reazione. «Sono certo che lo sia... ti sbagli, forse aveva solo del cibo di scorta, nel caso fosse rimasta a corto di ingredienti?»

«No, c'erano le confezioni vuote di tutti i pasti che avevamo mangiato.» risposi. Ancora una volta rimasi sorpresa di fronte alla sua determinazione nel difenderla, e insistetti. «Non mi fido di lei, Scott. Se è in grado di mentire sui pasti, su cos'altro sta mentendo?» Ma, dopotutto, non ero più sicura di niente e di nessuno. «Ho come la sensazione di non potermi fidare di *nessuno*.»

«Lo so,» disse lui in tono dolce, «è un momento difficile per tutti. Ma puoi ancora fidarti di me.» E mentre mi circondava con entrambe le braccia, gli credetti e mi lasciai andare nella sua stretta; mi erano mancati il calore e la sicurezza degli abbracci di mio marito. Speravo significasse che la nostra storia non era stata cancellata, che una volta scoperto cosa fosse successo a Danni, saremmo potuti tornare insieme. Ci stringemmo a lungo, fino a quando Sam entrò nella stanza, e noi ci separammo bruscamente assumendo un'aria colpevole.

«Oh, santo cielo, prendetevi una stanza, voi due.» disse, sorridendo e lasciando sgocciolare l'acqua dell'idromassaggio su tutto il pavimento.

«Sam.» Scott lo rimproverò per il commento inappropriato, ma lui continuò a sorridere. Si stava asciugando i capelli, ancora biondi e ricci come quando era piccolo e io attorcigliavo quei boccoli tra le dita per farlo addormentare. Difficile credere che quel bambino adesso era quell'uomo di un metro e ottanta che avevo davanti a me, che sorrideva raggiante e fingeva di essere nauseato dalle dimostrazioni di affetto tra i suoi genitori. Riuscivo a vedere che, in realtà, dentro di sé ne era felice.

Proprio in quel momento, il baby monitor – o meglio, Olivia - iniziò a strillare, e dopo avermi assestato una pacca affettuosa sul ginocchio, piano piano Scott si alzò in piedi per andare da lei.

«Dove sono Georgia e Jenna?» chiesi a Sam, lanciando un'occhiata fuori dalla finestra e andando subito nel panico nel vedere la vasca idromassaggio vuota.

«Sono andate a letto, devi essertelo persa perché eri impegnata a pomiciare con papà.»

«Ci stavamo solo confortando a vicenda.» dissi in tono serio. «Non scherzare, è irrispettoso nei confronti di Danni.»

«Wow! E lei non è stata irrispettosa nei *tuoi* confronti ad andare a letto con papà mentre eravate ancora sposati?»

Rimasi sorpresa dalle sue parole, non avevo mai sentito mio figlio parlare in quel modo prima di allora.

«È acqua passata ormai, non serbo alcun rancore.» ripetei la solita vecchia bugia. Forse un giorno *sarei* riuscita a perdonarli per il dolore che mi avevano causato, ma non li avrei mai perdonati per il dolore causato ai miei figli.

«Allora, tu e papà? Adesso avete una storia?» domandò, sedendosi sul divano accanto a me.

«Ti ho detto di smetterla di scherzarci su. Non è né divertente né appropriato, la povera Danni potrebbe essere là fuori gravemente ferita, o...» Mi fermai. «E giù dal divano, sei bagnato!» esclamai.

Sam sorrise. «Sai essere una vera mamma rompiscatole a volte.»

«Scusa, colpa dei miei figli.»

«Ami ancora papà?»

La sua domanda mi colpì come un proiettile ed ebbi bisogno di qualche secondo per rispondere.

«Dritto al sodo, eh?» dissi.

Sorrise.

«Se amo papà?» ripetei lentamente la domanda. «Non lo so più.» risposi con sincerità, rendendomene conto solo in quel momento.

«È solo che tutte queste cose mi fanno un effetto strano.»

«Cosa vuoi dire?» chiesi.

«Be', Danni è scomparsa da due giorni, papà e Jenna all'improvviso hanno iniziato a comportarsi come i genitori della casa, la nonna sta andando un po' fuori di testa, e adesso sorprendo te e papà insieme.»

«Non metterla così, tuo padre ed io abbiamo una lunga storia alle spalle. Sta soffrendo, tesoro.»

«Lo so. Questa faccenda ci ha colpiti tutti quanti, non è vero?»

Annuii. «Ha scombussolato tutto. Più che altro è l'incertezza: starà bene? Sarà ferita? È semplicemente fuggita o...?»

«È morta?» Sam terminò la mia frase.

«Già, suppongo che più passa il tempo, e più è probabile che dovremo prendere in considerazione questa eventualità.»

«Sì, ci ho pensato. Danni è una persona con cui posso parlare. Mi piace molto.» La sua voce si incrinò mentre cercava di fingere che non stesse piangendo. «Credi che la troveremo mai? O semplicemente la polizia un giorno ci rinuncerà e passerà oltre?» domandò, asciugandosi in fretta gli occhi con il dorso della mano.

«Chi lo sa? Ma ho i miei sospetti.»

Sembrò molto interessato alle mie parole. «Cosa? Chi?»

«Non lo so, dico solo che la persona di cui mi fido meno è Jenna.»

Ci pensò su. «Lo capisco, odiava Danni e ha questo strano attaccamento nei confronti di papà.»

Feci una lieve smorfia nel sentire quell'espressione. «Non saprei. Credo che lo veda solo come un mentore. Conosco tuo padre, non si caccerebbe in una situazione simile.»

«Mmm, quando Jenna lavorava a scuola, Georgia diceva che era sempre nell'ufficio di papà, per questo Danni era così infastidita.»

«Le stava facendo da *mentore*.» lo difesi.

«Sì, ma credo che per Jenna fosse più di questo. Diventa piuttosto appiccicosa, sai?»

«Davvero?»

«Sì, il fratello maggiore di un mio amico ci è uscito insieme un paio di volte. Era *troppo* appiccicosa, così l'ha mollata, poi lei ha iniziato a scrivere cose su di lui su Facebook. Ha raccontato a tutti di essere incinta anche se non era vero.»

«Oh, cielo. Da quel che dici, sembra che Jenna abbia qualche problema. Non si sa dove fosse ognuno di noi quando Danni l'altra mattina è uscita sotto la neve, chissà se qualcuno l'ha seguita, o è andato a passeggiare insieme a lei? Può darsi che Danni e Jenna abbiano iniziano a litigare e quest'ultima abbia perso le staffe?»

Sam incarcò le sopracciglia. «Forse? Ma secondo me Danni era infelice ed è semplicemente scappata.»

«Sì, potrebbe essere, ma dev'esserci per forza qualcosa che abbia condotto la polizia a trovare sospetta la sua scomparsa. E ho sentito Jenna dire di aver visto del sangue nella neve.»

«Oh, merda. Quando l'ha detto?»

«L'ho sentita parlare con Angela.»

«Ma che diavolo?»

«Non mi fido di lei.»

«Nemmeno io.» mormorò lui. «Non riesco a immaginare *nessuno* che possa voler fare del male a Danni.»

«Se davvero le è *successo* qualcosa, non riesco a immaginare che qualcuno possa odiarla così tanto da volerla *uccidere*.» dissi, non del tutto sicura di credere alle mie stesse parole.

Sam posò il telo che teneva in mano, prese la scatola di cioccolatini alla menta che Angela aveva ricevuto per il suo compleanno e cominciò a mangiarli.

«Danni è molto attraente, dev'essere difficile per te *vederla* come una matrigna.»

Un sorriso si aprì lentamente sul suo volto. «*Tu* credi che io abbia una cotta per Danni, vero?»

«No, io... senti, non saresti il primo figlio ad avere pensieri su...»

«Mamma, pensavo lo sapessi già. Pensavo che stessi solo aspettando che fossi io a *dirtelo*.»

Mi si attorcigliò lo stomaco. «Di te e Danni?» dissi con un filo di voce.

«No. È la mia madre acquisita e sarebbe inquietante, non sono *mai* stato interessato a Danni.»

«Ho immaginato che...»

«Davvero non lo sai, mamma?»

«Cosa non so?»

«Mamma, sono *gay*.»

Quella rivelazione non fu sgradita, ma *fu* un grande shock. Mio figlio, il ragazzo grande e grosso, il macho membro della squadra di rugby, che aveva protetto me e sua sorella quando Scott se n'era andato di casa. Il giovane uomo che aveva l'imbarazzo della scelta in fatto di ragazze.

«Ma hai sempre avuto fidanzate e...» Lo guardai. «Quindi tutte le ragazze che portavi nella tua stanza, la dolce Kara, quella che è sempre con te in università?»

Mi guardava con un sorrisetto.

«Sono davvero tutte *amiche*?»

«Sì, non sono interessato a loro in nessun altro senso. Ho fatto *sesso* con delle ragazze, ma non mi è mai sembrato giusto, come se lo stessi facendo solo per essere come tutti gli altri ragazzi sul campo da rugby, capisci?»

Annuii lentamente.

«Sam, perché non me l'hai detto?» Mi feriva pensare che me l'avesse tenuto nascosto.

«Avevo intenzione di dirtelo questo weekend, o quando ne

avessi avuto l'occasione. Ho conosciuto un ragazzo all'università, stiamo insieme ed è... è *giusto* così, capisci?»

«Oh, tesoro, è magnifico.» Lo abbracciai. «Mi sento in colpa per non essermene accorta, per non averlo immaginato.»

«Perché dovresti?»

«Perché sono tua mamma. Le mamme non dovrebbero saperle certe cose?»

Sorrise.

«Chi altro lo sa? Papà?»

Scosse la testa. «Lo sa Georgia, l'ha intuito. Per questo pensavo che lo sapessi anche tu.»

«Wow, be', sono felice che tu abbia trovato quello che stavi cercando.» dissi.

«Non voglio ferirti, ma... anche Danni lo sa.»

«Ah.»

«Sapevo che ti saresti incazzata se l'avessi detto a lei prima che a te.»

«Non sono arrabbiata, *giuro*.»

«Gliel'ho detto l'altra sera, quando eravamo nella vasca idromassaggio, e lei mi ha detto che in effetti se l'era chiesto. Ma dopo averglielo confessato, non riuscivo a dormire perché avevo paura che l'avrebbe detto a papà. So che non sarà un problema per lui, ma volevo essere io a dirglielo, e non volevo che pensasse che l'avessi detto prima a Danni.»

«Lo capisco.» E ancora una volta ripensai a tutte le difficoltà e i sensi di colpa che avevamo trasmesso ai nostri figli senza rendercene conto. Facevamo del nostro meglio per proteggerli dal divorzio, e loro cercavano di non ferire i nostri sentimenti, ma a volte dovevamo soffrire per diventare genitori migliori.

«Così il giorno dopo le ho fatto promettere di non dirlo a papà.» continuò Sam. «E mentre stavamo parlando, lei pensava che tu stessi origliando attraverso la porta, il che è stato piuttosto divertente.»

«Sì, molto divertente, perché non stavo origliando!» ribattei con indignazione.

«Mamma, sei veramente una *bugiarda*!» Scoppiò a ridere.

«E va bene, forse potrei aver sentito qualche parola qua e là, ma non abbastanza, mannaggia!» scherzai. Mio figlio mi conosceva bene. Aprii le braccia e lo strinsi a me. «Sono fiera di te, amore mio.» dissi immergendo la faccia nei suoi ricci biondi. «Allora, chi è il fortunato?»

«Si chiama James, studia giurisprudenza come me. Ti piacerà un sacco, mamma.»

«Ne sono certa, ma l'unica cosa importante è che piaccia a te.»

E così, l'amicizia tra Sam e Danni non era altro che quello, niente incontri segreti, nessun comportamento inappropriato. Le carezze e il contatto fisico semplicemente rientravano nel modo di fare di Danni e Sam, al contrario di Georgia, aveva sempre apprezzato le dimostrazioni di affetto. Mi consolò sapere che mio figlio era felice, e finalmente mi ero tranquillizzata riguardo all'atteggiamento di Danni nei suoi confronti. In fin dei conti, sembrava che con lei i miei figli fossero in buone mani.

In tutta quella follia e tristezza, e sangue, e oscurità, il fatto che Sam avesse condiviso con me quella parte di sé fu un momento d'oro, una breve tregua dalla paura. Ne feci tesoro, e l'avrei per sempre custodito nello scrigno che era il mio cuore. Il mio ragazzo era davvero cresciuto e io ero così fiera di lui. E per la prima volta non provai rancore nei confronti di Danni per essere legata ai miei figli e per averlo saputo per prima; anzi, la sua accettazione e il suo amore avevano aiutato mio figlio nel suo percorso.

«Mamma?» disse Sam. «Vorrei chiederti una cosa.»

«Certo. Cosa vuoi chiedermi?»

Giocherellò con gli ultimi cioccolatini rimasti nella scatola di Angela, tenendone uno tra due dita. «Hai presente il tipo che è stato ucciso, la vittima dell'investimento?»

Avvertii una stretta al petto. «Sì.»

«L'ho cercato su Google, c'era la sua foto sul giornale locale online. Nicholas Cairns era lo stesso Nick che stavi frequentando, non è vero?»

Scossi la testa; fu una reazione istintiva, ma sapevo che era vana.

Trasse un respiro, distolse lo sguardo con aria frustrata, poi i suoi occhi tornarono ai miei. «Mamma, *lo so*. Ricordi che l'ho incontrato una volta, quando era venuto a prenderti? La sua foto è online, è decisamente *lui*.»

Non riuscivo a parlare, mi limitai a fissarlo mentre il panico mi assaliva.

«Quando ho visto la notizia, ho avuto un presentimento e sono uscito a dare un'occhiata alla macchina. Ho tolto la neve e ho visto il danno, il cofano e la portiera dal lato del guidatore erano ammaccati...»

«Merda, è danneggiata?» Nel mio stato di shock e desiderando disperatamente di allontanarmi da quella strada, arrivare allo chalet e parcheggiare senza essere vista, al buio non avevo notato il danno alla carrozzeria. Credo che, nel tentativo di togliermi tutto quanto dalla testa, non mi fossi nemmeno concessa di pensare all'auto, mi ero semplicemente limitata a parcheggiare fuori dallo chalet.

«No, il danno all'auto è minimo, a parte il cofano, che aveva un'ammaccatura. Sono riuscito a farla rientrare usando il martello, si nota a malapena... Non è perfetta, ma devi esaminarla attentamente da vicino per notarlo. Con un po' di fortuna, la polizia non andrà a guardare proprio lì.»

Dalla mia bocca uscì un «Grazie», sapevo bene che, se la polizia mi *avesse* trovata sullo stesso sito di incontri che usava Nick, sarebbe venuta dritta allo chalet per esaminare la mia auto.

Sam esitò. «Da quanto hanno detto al notiziario, l'auto ha fatto... retromarcia?»

Annuii, udendo lo stridio degli pneumatici, sentendo l'urto del suo corpo mentre ci passavo sopra in retromarcia, ancora e ancora. Fissai mio figlio in preda all'orrore.

«Quando ho letto il suo nome online mi sono reso conto che Nichola Cairns era il tipo con cui ti vedevi.»

Lasciai andare un profondo sospiro.

«Perché, mamma? Dimmi cos'è *successo*.»

Lo fissai a lungo, cercando di capire cosa dire, *se* dire qualcosa. L'ultima cosa che volevo fare era raccontare a uno dei miei figli l'orribile segreto che mantenevo da giorni. Ma era come un veleno che mi consumava dall'interno. Ero combattuta tra il sollievo, il senso di colpa e il disprezzo per me stessa. A volte mi sentivo come se avessi il nome Nick Cairns tatuato sulla fronte e chiunque potesse vederlo.

«Mamma? Raccontami cos'è successo.» Mio figlio mi stava guardando, aveva scoperto il mio segreto. E qualunque fossero state le conseguenze, gli dovevo una spiegazione. La verità, questa volta.

Nicholas Cairns era una persona che un tempo credetti di amare, per un breve periodo. Lo conobbi su un sito di incontri, fu una pura follia da parte mia, ero piuttosto scombussolata per la fine inaspettata del mio matrimonio. Era passato un po' di tempo, ero ormai divorziata e Scott aveva sposato Danni, e sapevo che era ora di andare avanti. Quello che non volevo ammettere, nemmeno a me stessa, era che quella nuova relazione con Nick era in realtà il frutto dei miei sentimenti per Scott e, nel tentativo di spazzare via il dolore, mi ci gettai a capofitto. Non feci abbastanza domande, non ascoltai con attenzione, e dal momento che Scott aveva la sua relazione, quella era la mia, occhio per occhio, una ripicca, per così dire "Se tu puoi farlo, allora posso farlo anch'io."

Ma in verità il mio cuore non era davvero coinvolto, e anche se in un primo momento Nick mi era sembrato il compagno perfetto, che mi regalava rose, mi scriveva poesie e mi diceva quanto fossi stupenda, dopo un po' la cosa si affievolì. Gli dissi semplicemente che era finita, mi aspettavo che entrambi avremmo proseguito ciascuno per la propria strada, ma con un uomo come lui questo non è possibile.

Non dimenticherò mai quanto accaduto. Georgia era stata via per qualche giorno per una gita scolastica. Mi era mancata tantissimo e non vedevo l'ora che tornasse a casa quella sera. Sarei dovuta andare a prenderla alla fermata del bus alle otto di sera, e avevo organizzato una cenetta insieme per farmi raccontare tutto.

Mentre mi incamminavo verso l'ufficio, pensavo alle compere da fare per la cena; era estate, faceva caldo e io iniziavo a sentirmi felice. Avevo questa stupida speranza che tutto sarebbe andato bene, potevo stare da sola, amare i miei figli e vivere la mia vita. Ma mentre camminavo, a un tratto mi accorsi di un'auto che proseguiva lentamente accanto a me, fino a fermarsi. Sapevo che era lui, perciò iniziai a camminare più veloce, il fiato sospeso, il cuore a mille.

«Ehi, Fiona, ti ho telefonato ma non hai mai richiamato, dove sei stata?»

«Da nessuna parte, solo non credo sia una buona idea rimanere in contatto.» Gli rivolsi un sorriso e continuai a camminare.

«Ehi, non fare così, di certo possiamo rimanere amici, no? Salta su, ti do un passaggio al lavoro.»

«Grazie, ma sono a posto, preferisco camminare.» risposi senza nemmeno guardarlo, ma lui si ostinò ad avanzare con l'auto accanto a me, il che era piuttosto intimidatorio.

«Oh, andiamo, Fiona, non sono mica uno sconosciuto.» ridacchiò. «È un tragitto di cinque minuti, voglio solo parlare.»

«No, grazie.» dissi, guardando oltre la mia spalla.

«Se mi lasci spiegare, prometto di non disturbarti più. So che è finita, voglio solo dirti addio come si deve. Per favore, Fiona, ho bisogno di una vera e propria conclusione.»

«È finita, Nick.» Mi sentivo tremendamente in colpa, ma dovevo restare salda, consapevole di non dovergli inviare messaggi contrastanti.

«Sì, lo so che è finita, ma se potessi concedermi cinque minuti, ti prometto che poi uscirò dalla tua vita. Possiamo essere amici, no? Ti prego. Non riesco a credere che tu non voglia nemmeno parlarmi. Sinceramente, non voglio che torniamo insieme, ho conosciuto un'altra persona ed è molto carina.»

«Ne sono contenta.» risposi, sollevata nel sentirlo.

«È solo che non voglio soffrire di nuovo, Fiona, voglio solo un consiglio. Non voglio perdere anche lei come ho perso te. Ti prego, ho bisogno che tu mi dica cosa ho sbagliato.»

Dopo diversi minuti che andava avanti così, pensai: "Siamo in pieno giorno, cosa potrà mai farmi?"

E così, credendo che sarebbe stato un modo per aiutarlo, impedirgli di essere così ossessivo con questa nuova persona ed essere finalmente lasciata in pace, salii in auto.

Dal momento che ci eravamo frequentati per qualche mese, sapeva dove si trovava il mio ufficio, perciò iniziò a dirigersi lì. Durante il tragitto chiacchierò allegramente, dicendo che gli ero mancata e che avrei per sempre avuto un posto speciale nel suo cuore. «Ma lo capisco, davvero, e so che non possiamo essere una coppia, ma possiamo essere amici?»

Scossi la testa.

«Non intendo amici stretti, ma nel senso che se ci incontriamo per caso, non attraversi la strada per evitarmi, perché è questo che fai.»

«Puoi biasimarmi?»

«No, il mio comportamento è stato inaccettabile e ammetto di essere stato leggermente assillante con te, ma sto bene adesso. Ho conosciuto un'altra.»

Era musica per le mie orecchie, e mi rilassai un po' mentre mi raccontava della sua nuova fidanzata.

«Siamo ancora agli inizi, ma so che è quella giusta.»

Sorrisi sollevata e chiacchierammo mentre guidava, una pioggerellina leggera cominciò a picchiettare sul parabrezza. «Sono contenta che tu mi abbia dato un passaggio, altrimenti mi sarei bagnata.» dissi. Era una frase banale, il mio modo per dire "grazie del passaggio."

«Già, vado bene per offrirti un passaggio così non ti bagni i capelli, ma a quanto pare non sono abbastanza per te, Miss Presunzione.»

Pensai che stesse scherzando; quel commento spuntò dal nulla e io cercai di capire dall'espressione sul suo volto cosa stesse succedendo. Ma lui guardava dritto davanti a sé, entrambe le mani sul volante. Fu solo allora che mi accorsi che aveva superato il mio ufficio.

Glielo feci notare in tutta calma, ma lui si voltò verso di me e disse piano «Chiudi quella bocca schifosa.»

Mi si strinse lo stomaco. Ero salita in auto con uno psicopatico e le portiere erano bloccate.

«Nick, ferma la macchina e fammi scendere.» dissi mentre cercavo disperatamente di sbloccare la mia portiera, convinta di potermi lanciare giù dal veicolo. Ma mentre lo dicevo, premette il piede sull'acceleratore e, poiché stavamo uscendo dalla città, poté guidare sempre più veloce e portarmi molto lontano dal centro abitato. Gli chiesi di fermarsi diverse volte, ma ogni volta si voltava verso di me, distogliendo lo sguardo dalla strada e premendo più a fondo l'acceleratore. Diverse auto provenienti dall'altro senso di marcia sterzarono per evitarci e io urlai, cosa che parve sconvolgerlo, e prima che potessi rendermene conto, la sua mano mi colpì forte in viso. Gemetti dal dolore, poi chinai la testa mentre la sua mano si abbatteva di nuovo sul mio volto, e da allora rimasi in silenzio perché qualsiasi tipo di rumore avrebbe comportato un altro schiaffo. Stavo malissimo, il naso sanguinava e mi sforzavo di non piangere mentre cercavo un fazzoletto nella borsa, ma quando lui lo notò, suppose che stessi cercando il cellulare; perciò, afferrò la borsa e la gettò sui sedili posteriori, fuori portata.

Stavamo percorrendo delle stradine di campagna e io ero così terrorizzata da non riuscire a parlare. Avevo il viso tutto sporco di sangue che si stava rapprendendo e, quando abbassai lo sguardo sulla mia camicetta color crema, vidi che era diventata rossa. Alla fine, si accostò e fermò l'auto in una stradina tranquilla.

«Ehi.» disse lui in quello che pensai avrebbe dovuto essere un tono dolce e gentile, ma date le circostanze risultò sinistro. Si sporse verso di me e io trasalii. «Ehi, non ti farò del male, a patto che tu faccia la brava con me...» La sua mano, quella che mi *aveva fatto sanguinare il volto, ora lo stava accarezzando. Come poteva una persona assommare in sé due personalità così opposte? Abbassai lo sguardo, incapace di sopportare la vista della sua faccia, il tocco della sua mano sulla mia guancia. Il sangue era colato dal naso sulla camicetta color crema, espandendosi nella seta aveva preso la forma di un'autentica rosa rossa.*

Gli ripetei che dovevo andare. «Al lavoro si accorgeranno che non ci sono e chiameranno la polizia.» azzardai, la mia voce tradiva il terrore che provavo.

«Che reazione esagerata,» disse lui, «ti è sempre piaciuto il dramma, non è vero?»

A quel punto, l'altra mano si sollevò per afferrarmi il viso e io trasalii quando mi fissò dritta negli occhi, mentre entrambe le mani mi tenevano saldamente la testa. Non potevo muovermi.

«Sono sicuro che i tuoi colleghi non chiameranno la polizia per qualche minuto di ritardo.» Sorrise, avvicinando il suo volto al mio e abbassando la voce. «Penseranno solo che sei una puttanella pigra e sei rimasta a letto.»

E con ciò, tolse le chiavi dal quadro di accensione, se le infilò in tasca e mi ordinò di andare sui sedili posteriori, dove mi stuprò. Dieci minuti dopo, mi gettò sul ciglio della strada, ricoperta di sangue e seminuda. Avevo così tanta paura che potesse tornare indietro, che mi nascosi in un boschetto al lato della strada per ore, rimanendo in silenzio e fingendomi morta, come un animale ferito. Quando infine tornai in me, trovai il cellulare nella borsa, ma la batteria era morta; perciò, dovetti camminare fino alla casa più vicina, dove una giovane donna mi fece entrare. Fu molto carina con me, ma non voleva che i suoi figli mi vedessero lì in casa ricoperta di sangue, voleva chiamare la polizia e lasciare che fossero loro a occuparsi del disastro che stavo combinando nella sua cucina, dal momento che il naso aveva ripreso a sanguinare. Ero così angosciata, quasi isterica all'idea che chiamasse le forze dell'ordine, che mi permise di chiamare un'amica dal telefono fisso, mentre lei accompagnava i figli a scuola. Mi disse di chiudere la porta quando me ne fossi andata.

La mia amica Maureen arrivò a prendermi in auto e, dopo avermi riportata dritta a casa sua, tentò di chiamare la polizia, ma io le strappai letteralmente il cellulare dalla mano. Mi pregò di non fare la doccia. «Hai il suo DNA ovunque,» disse, «è l'unico modo per incastrare quel bastardo.»

Ma io non riuscivo a pensare ad altro se non al fatto che conosceva i miei figli, li aveva visti a casa mia, sapeva quale scuola frequentava Georgia. E se avesse fatto a lei quello che aveva fatto a me? Ricordai di aver pianto nel pensare al suo ritorno dalla gita quella sera. Non potevo lasciare che mi vedesse in quelle condizioni, sarebbe stato troppo angosciante per lei. Non volevo che né lei né Sam sapessero mai cos'era successo. Così chiamai Scott e gli dissi che dovevo lavorare fino a tardi, e gli chiesi di andare a prendere Georgia e riportarla a casa sua e di Danni. È sempre stato un bravo padre e acconsentì all'istante. Ero davvero delusa di non riuscire ad andare a prenderla, ma ero grata a Scott, perché sapevo che sarebbe stata al sicuro con lui.

Maureen proseguì nella sua lotta per convincermi a denunciare Nick alla polizia. Era furiosa con me e aveva tutto il diritto di esserlo, anch'io ero furiosa con me stessa. Ma non potevo vivere la mia vita sapendo che lui conosceva il nostro indirizzo e un giorno, quando io fossi tornata tardi dal lavoro e uno dei ragazzi fosse rimasto da solo in casa, sarebbe potuto piombare lì. Maureen era talmente preoccupata nel vedermi così impaurita per quanto era accaduto, che insistette per fotografare le mie ferite dopo che avevo fatto la doccia.

Poi mi disse di inviargli le foto. «Mandagliele e minaccialo di raccontare tutto alla polizia se si avvicina ancora a te.» disse. «Se non lo fermi adesso, cosa gli impedirà di rapirti di nuovo, o di presentarsi sul tuo patio e fare irruzione in casa?»

Ero così spaventata da un futuro in cui ci fosse anche lui, che pensai che forse avrebbe potuto funzionare. E così gli inviai le foto dicendogli che sarei andata dalla polizia se si fosse avvicinato a me o ai miei figli. Speravo che, se avesse pensato che avevo qualcosa contro di lui, qualche prova di ciò che mi aveva fatto, sarebbe semplicemente sparito. Ma gli uomini come Nick non spariscono, una minaccia simile da parte di una donna è una sfida. Il mio messaggio sortì l'effetto opposto e parve non fare altro che accendere la sua furia per il dolore che gli avevo causato mettendo fine alla nostra relazione. Mi rispose dicendo che, se fossi andata alla polizia, avrebbe fatto del male ai miei figli, che li avrebbe seguiti o sarebbe andato a casa mia mentre io ero al lavoro e avrebbe atteso il loro ritorno. Non sapevo cosa diavolo fare, ecco perché fui così contenta di andarmene in Cornovaglia insieme ai miei ragazzi. Si trattava solo di un fine settimana, ma sentivo che sarebbe stata una buona opportunità per pensare lucidamente e capire cosa fare, cioè chiamare la polizia non appena fossimo rientrati a casa. Avevo guidato fino allo chalet alla fine di una lunga settimana fatta di messaggi violenti, telefonate e minacce a me e alla mia famiglia, ero esausta e spaventata. Avevo incoraggiato Georgia a trascorrere qualche giorno a Bristol con Sam, perché sapevo che sarebbe stata più al sicuro lì che non nel Worcestershire insieme a me... Avevo come l'impressione che lui ci stesse osservando. Ero perfino disposta a sopportare la presenza della mia nemesi Danni, se questo significava trovarmi a chilometri di distanza da lui. Lo chalet era isolato, il tempo era pessimo, le circostanze non avrebbero potuto essere migliori, e io ero entusiasta all'idea di trascorrere qualche giorno senza paure. Temevo di essere diventata paranoica, lo vedevo sbirciare dalle finestre, appostarsi dietro gli angoli e starsene nei dintorni seduto in auto, ad attendere.

Arrivata a Kynance Cove, mi sentii come se quell'enorme peso fosse stato sollevato dalle mie spalle e per la prima volta, presi seriamente in considerazione l'idea di chiamare la polizia al mio ritorno dalla Cornovaglia. Ma ad appena un paio di chilometri di distanza dallo chalet, la vidi: la sua auto dietro di me che mi seguiva lungo la strada, fin troppo vicina sul terreno ghiacciato, facendomi quasi sbandare. Era un tardo pomeriggio d'inverno e stava arrivando il buio, ma avrei riconosciuto la sua macchina ovunque. Continuai a guidare, assicurandomi che le portiere fossero bloccate dall'interno, e scoppiai a piangere. La paura abitava il mio petto da quel terribile giorno nella sua auto, e saperlo così vicino non fece altro che esacerbarla. Sapevo che c'era una buona probabilità che non sarei mai arrivata allo chalet, perché mi aveva detto che mi avrebbe uccisa, e quello era il luogo perfetto. Non c'era nessuno nei paraggi, il tempo era così brutto che a malapena si riusciva a vedere davanti a sé, e quando lui mi sorpassò, poi sterzò e si fermò davanti alla mia auto, dovetti inchiodare, e il motore si spense. Girai la chiave nel quadro di accensione, ma ero in un tale stato di confusione da non riuscire ad avviare l'auto, e lo vidi scendere dalla macchina e incamminarsi verso di me. Alla luce dei miei fari, riuscivo a vedere il suo ghigno attraverso la neve turbinante. Si avvicinò e si fermò davanti alla mia auto, ridendo. Mi teneva in trappola, come un animale, e in quel momento io urlai, e urlai. La luce dei fari era intensa e lui, continuando a ridere, si coprì gli occhi con un braccio e con l'altro mi fece cenno di scendere. Per un secondo fui quasi tentata di cedere, per poco non aprii la portiera per scendere dall'auto e arrendermi a qualsiasi cosa avesse in serbo per me. Se l'avessi fatto, questa volta mi avrebbe sicuramente uccisa, ma se quello era l'unico modo per liberarmi di lui, e per tenere i miei figli al sicuro dai suoi pedinamenti e dalle sue vili minacce, allora che così fosse. Era stata la mia più grande paura, e in quel momento potevo affrontarla e farla finalmente finita.

Ma pensando ai miei figli, subentrò l'istinto di sopravvivenza e il terrore si trasformò in rabbia, la mente lasciò il comando al corpo, mentre ogni singolo nervo e tendine mi ordinava di accendere l'auto. All'improvviso, il motore riprese vita scoppiettando e io premetti il piede sull'acceleratore per fuggire. Ma nell'avanzare a gran velocità, non riuscii a svoltare bruscamente come avrei dovuto, e Nick non ebbe il tempo di togliersi dalla traiettoria e rimbalzò sul cofano. Frenai immediatamente, gridando in preda all'orrore. Mantenni il motore acceso mentre lui ricompariva nella luce dei fari come un fantasma tornato dall'oltretomba. Barcollò leggermente e io pensai che sarebbe caduto, invece afferrò d'un tratto la maniglia della mia portiera, cercando disperatamente di aprirla. Feci il giro intorno alla sua auto e premetti il piede ancora più forte sull'acceleratore, avanzando, fissando dritta davanti a me, soffocando le grida e il pianto, consapevole che il suo volto era troppo vicino al mio, premuto contro il finestrino. Continuai a guidare mentre i suoi pugni colpivano il vetro, e con la coda dell'occhio vidi il suo viso contorto, sembrava un animale selvaggio che sputava rabbia e odio, il suono attutito solo dal vetro. Sbatteva con forza la testa contro il finestrino, bam, bam, bam. Mi nauseò, ma non mi fermai, non potevo fermarmi; se l'avessi fatto, le portiere si sarebbero sbloccate in automatico e lui sarebbe salito a bordo, mettendo le mani intorno al mio collo. Questa volta sapevo che mi avrebbe uccisa. Ma più acceleravo e più la sua presa si faceva salda, e mi chiesi se sarebbe mai caduto prima o poi, o se sarebbe rimasto lì con me, aggrappato alla maniglia della mia portiera, il suo volto contro il mio per sempre. E quando alla fine, con la coda dell'occhio, lo vidi scivolare giù dal finestrino, tirai dritto, ancora e ancora, troppo spaventata per fermarmi e lasciare che si rialzasse un'altra volta. E quando finalmente trovai il coraggio di frenare, rimasi seduta sotto shock per qualche istante. D'istinto, mi venne voglia di continuare a guidare, ma sapevo di dovermi fermare per controllare come stesse. Ero disperata e non sapevo cosa fare, ma mi resi conto che la cosa più giusta sarebbe stata fare inversione e tornare indietro. Avrei potuto chiamare un'ambulanza, dire che era stato un incidente, non lasciare il mio nome e andarmene. Riavviai il motore, controllai lo specchietto retrovisore e il mio cuore per poco non si fermò. Nick era a terra, si muoveva come un animale nel disperato tentativo di rialzarsi in piedi. Con quelle ferite, non sapevo come riuscisse a respirare ancora, e dubitavo che sarebbe andato lontano, anche ammesso che fosse riuscito ad alzarsi. Ma pensai ai miei figli e a come, se fosse sopravvissuto, lui sarebbe stato ancora un'ombra oscura sulle nostre vite. Seppi all'istante cosa dovevo fare per liberarci da quel male in agguato dietro ogni angolo buio. E così ingranai la retromarcia, e premetti il piede sull'acceleratore.

Tenni gli occhi chiusi e gridai a squarciagola mentre mi dirigevo verso di lui in retromarcia a tutta velocità. Non aveva scampo, ancora adesso riesco a sentire l'impatto del suo corpo quando l'auto lo travolse, lo falciai in un istante. E poi, lo feci di nuovo.

Dopodiché rimasi seduta a lungo nella crescente oscurità, tremante, con le portiere bloccate, tutte le luci spente, il motore morto. Non riuscivo a muovermi. Avevo ancora il terrore che potesse rialzarsi e venire barcollando verso la macchina, e lo fa... nei miei incubi. Sapevo che lo shock di ciò che era successo e ciò che avevo fatto mi avrebbe accompagnata per sempre. E tuttavia, non provavo alcun rimorso, né vergogna. Avevo dovuto salvare me stessa e i miei figli, e per quello ero disposta a uccidere. Alla fine, scesi dall'auto; vorrei poter dire che fu per controllargli il battito, chiamare un'ambulanza, dire addio. Invece, quella volta, non andò così. Volevo assicurarmi che fosse morto, e che non ci fossero tracce del suo sangue sulla mia macchina.

L'oscurità incombente mi avvolse mentre me ne stavo in piedi nel vento gelido a fissare il corpo davanti a me, il sangue penetrava nella neve bianca e fredda. Il giaccone strappato rivelava la carne nuda sul suolo ghiacciato, tutt'intorno un silenzio penetrante, funereo.

All'improvviso, un braccio si distese, le dita di protesero in un gesto di sconcerto e dolore. Un movimento vano, un ultimo fremito di vita, poi il nulla. Dovetti distogliere lo sguardo. Era difficile guardare ciò che avevo fatto, il disastro che avevo combinato, ma era l'unico modo per poter andare avanti e vivere la mia vita. Quella era la mia vendetta.

In piedi nel bianco paesaggio invernale, con gli scheletrici alberi ritorti come unici testimoni, urlai per controllare se ci fosse qualcuno nelle vicinanze. Attesi e attesi, ma solo il vento e il mare risposero. Poi me ne andai.

28

FIONA

I ghiaccioli che pendevano dal bordo del tetto avevano iniziato a gocciolare sopra la porta di ingresso dello chalet man mano che si scioglievano e la neve rallentava. Sam ed io avevamo parlato per ore di ciò che era successo con Nick Cairns e degli ultimi, terribili momenti della sua vita. Fu molto comprensivo con me, davvero indulgente e compassionevole, e ancora una volta ero così fiera che fosse mio figlio.

«Non avevi altra scelta, mamma, e se avessi saputo tutto questo, io stesso l'avrei voluto morto.»

«Sarebbe sempre stato presente, come un'ombra nelle nostre vite. Non potevo lasciare che si avvicinasse a te o a Georgia dopo quello che aveva fatto a me. Non riuscivo più a mangiare, a dormire, né a stare tranquilla, mi sentivo costantemente tesa, perché sapevo che sarebbe tornato. Ho cercato di nascondere la mia ansia perché non volevo farvi preoccupare, ma quando si è messo di fronte alla mia macchina, era la mia occasione per liberare il mondo da quell'uomo malvagio.»

Mi sentivo fortunata ad avere Sam nella mia vita, era sempre stato gentile e premuroso, e dopo la nostra conversazione mi sentii molto meglio, molto meno sola.

«Non credo che la polizia ne abbia idea.» disse lui. «Non ci sono telecamere di videosorveglianza da queste parti, e poi era buio, il tempo era pessimo, tutti quanti abbiamo percorso quella strada cercando di vedere davanti a noi. Ovunque si trovasse, io non l'ho visto, e Georgia ed io siamo stati i primi ad arrivare dopo di te. Tu eri già allo chalet al nostro arrivo.»

«Sì, era sul bordo della strada, e comunque la neve deve aver coperto il corpo.»

«Credo che dovremmo solo mantenere la calma e non raccontarlo mai a nessun altro.» mormorò Sam.

Ripensai all'Ispettore Capo Freeman che aveva accennato al sito di incontri. Non ero rimasta iscritta molto a lungo, ma di certo se la polizia avesse condotto una ricerca negli archivi, mi avrebbe trovata e avrebbe fatto due più due. Non feci parola di questo con Sam perché non volevo farlo preoccupare. «Non è giusto, dovrei dirlo alla polizia, ma poi finirei in prigione, Georgia rimarrebbe da sola e tu non diventeresti mai un avvocato. Ma se mai un giorno la polizia dovesse venire a fare domande, o ad arrestarmi, devi promettermi che dirai loro di non aver mai saputo niente di tutta questa storia.» dissi. «Non voglio che tu venga coinvolto in alcun modo. È stato il mio crimine, non il tuo.»

Sam accettò, ed entrambi promettemmo di non farne mai più parola. Era una sensazione dolceamara, non ero fiera di ciò che avevo commesso, ma poterlo raccontare a mio figlio rese il nostro rapporto ancora più forte e profondo. Parlando con lui, iniziai ad affrontare la realtà di ciò che avevo fatto, e provai una sorta di senso di redenzione, seppur lieve.

Era mezzanotte quando Sam andò a dormire, e io stavo riordinando prima di mettermi a letto, quando Scott apparve sulla soglia.

«Credevo di aver sentito qualcuno.» disse. «Volevo solo controllare che fosse tutto a posto.»

«Va tutto bene.» dissi, sentendomi fragile ma al tempo stesso più felice e più calma per aver condiviso il mio segreto con Sam.

«Come ti senti?» domandai.

«Distrutto.» Si lasciò cadere sul divano accanto a me. «Non riesco a mangiare né dormire, continuo a vedere immagini di lei distesa nella neve.»

«Lo so, ma potrebbe non essere così, potrebbe stare bene ed essere da qualche altra parte. Dobbiamo aggrapparci a questa possibilità e non arrenderci.»

«No, è morta. Lo sento, lei era la luce e ora si è spenta.»

Lo circondai con un braccio. Sembrava più debole, più magro, come se stesse svanendo.

«Non riesco ad accettare che sia morta, che Olivia ed io dovremo andare avanti da soli, senza di lei.»

«*Non* sarete soli.» lo rassicurai. «Ci sono io, e Sam, e Georgia.»

«Pensavo di trasferirmi. C'è un posto vacante come preside in una scuola in Scozia.»

Cosa? «Non puoi...» Ero inorridita. «Non posso trasferirmi lassù, Scott, è troppo lontano, ho il mio lavoro... e che mi dici dei ragazzi?»

Parve sorpreso della mia reazione e mi fissò con aria interrogativa.

«Non *dovresti* farlo, Fiona. Andrei da solo con Olivia. Potrei portare mia mamma con me, per prendersi cura della piccola.»

Che strano, perché diceva così?

«Tua mamma non può badare a un bambino, soffre di una sorta di demenza.»

«Sì, sì, lo so, prenderò appuntamento con il suo medico quando torneremo a casa, ma comunque la porterei con me.»

«Ma se resti qui, non dovrai far trasferire tua mamma, e rimarresti vicino a me e ai ragazzi...» Esitai un istante, poi dissi

«Scott, credevo che tu ed io saremmo tornati insieme. Credevo che avessi intenzione di lasciare Danni.»

«*Lasciarla?*» Lo stupore sul suo volto sembrava autentico.

«Mi hai detto che saresti tornato a casa.» All'improvviso avevo un nodo in gola. Mi aveva detto che era infelice con Danni, che desiderava di non avermi mai lasciata.

«Mi piacerebbe, certo che vorrei farlo, ma non è così semplice, Fiona. Non posso *abbandonare* Danni, né Olivia.» Fu come una coltellata al cuore. Sapevo che Olivia era la sua forza motrice, ma come poteva escludermi completamente dai suoi piani?»

«Ma abbiamo detto che potevamo ricavare una stanza per Olivia a casa mia, ne abbiamo parlato un'infinità di volte, pensavo...»

«Sì, ne abbiamo parlato, abbiamo parlato di quanto sarebbe stato bello fare tutte quelle cose in un mondo ideale.» Si alzò in piedi e si incamminò verso la finestra. «Ma erano solo questo, Fiona: parole. Non *viviamo* in un mondo ideale.»

Quella frase mi tolse il respiro, ed entrambi rimanemmo in silenzio a fissare il bianco infinito fuori dalla finestra, mentre io ricacciavo indietro le lacrime e cercavo di capire cosa dire. «Sono venuta a letto con te. Come hai potuto illudermi in questo modo, sapendo di non avere alcuna intenzione di andare fino in fondo?»

«Io... ho commesso un errore con Danni. Non voglio commetterne un altro, ho bisogno di rimanere da solo per un po'. Magari in futuro potremo riparlare di tornare insieme, che ne dici?»

«Magari in futuro? Quando sarai disperato e annoiato, o stufo della tua ultima relazione, magari *allora* tornerai da me?»

«Non fare così, Fiona, lo sai che ti amo e ti amerò per sempre.»

«No, tu non mi ami, tu mi hai solo usata, mi hai usata per quasi tutto il nostro matrimonio e io l'ho scambiato per amore.

Ero il tuo porto sicuro, la persona da cui correre per cercare rifugio, ma con cui non dovevi per forza condividere la vita vera. Il motivo per cui mi hai lasciata per Danni era che non *vivevi* con lei, la vita vera non vi aveva ancora toccati, almeno finché non è arrivata Olivia ed entrambi avete iniziato ad annoiarvi. È stato allora che Danni ed io ci siamo scambiate i ruoli senza saperlo.»

«Non credo che sia così semplice, Fiona...»

«Non ci provare!» lo ammonii. «Non ti azzardare a farmi la paternale. Ogni volta che c'era un problema nel nostro matrimonio correvi da tua madre, e una volta con Danni sei tornato di corsa da me. Be', io non sono la tua ancora di salvezza, Scott. È la *tua* vita, e *tu* devi imparare a viverla! Non ho intenzione di starmene qui ad aspettarti, perché posso benissimo andarmene!» sbottai.

«Mi dispiace, non voglio perderti, Fiona.»

Mi voltai. «Mi hai persa il giorno in cui hai baciato *lei*, il giorno in cui hai messo a rischio il nostro matrimonio e tutto ciò che avevamo costruito. Mi hai strappato il cuore dal petto e l'hai spremuto tra le tue mani. L'hai spezzato perché potevi farlo, ma non succederà mai più.»

Scoppiai a piangere e tornai di corsa nella mia cameretta rosa. Lì, tra gli unicorni, riflettei su quanto ero stata sciocca a credere alle sue promesse, a dare ascolto alle sue bugie... di nuovo. Ripensai alla sua follia di volersi trasferire in Scozia, portando con sé la madre e Olivia e abbandonando tutti gli altri. Ma al di là del mio dolore in tutto ciò, che ne era di Danni? Non poteva portare Olivia in Scozia se Danni fosse tornata, e ancora non sapevamo con certezza che non l'avrebbe fatto. A un tratto sentii un brivido attraversare tutto il mio corpo. Scott stava pianificando il resto della sua vita come se sua moglie fosse morta, perché? Sapeva qualcosa a proposito di ciò che le era successo?

Forse era proprio Scott, più di chiunque altro, a volere Danni fuori dai piedi, non perché avesse intenzione di lasciarla per me, ma perché voleva lasciarla per qualcun'altra? Ancora una volta rimasi scioccata dal comportamento di mio marito, dal suo atteggiamento incurante nei confronti dei suoi cari. Aveva distrutto la nostra famiglia solo tre anni prima per l'equivalente umano di un bel trofeo. E adesso sembrava quasi che volesse dimenticarla e andare avanti prima ancora di sapere qual era stato il suo destino. Il che fece sorgere spontanea la domanda: che Scott *già* sapesse cosa era successo a Danni, e perciò si sentiva libero di trasferirsi in Scozia con il suo nuovo bel trofeo?

Trovavo difficile accettare quell'idea, ma più ci pensavo e più ogni cosa sembrava acquisire un senso. E mi venne da chiedermi se avessi mai davvero conosciuto l'uomo con cui ero stata sposata; ma soprattutto, cos'era disposto a fare per ottenere quello che voleva?

29

L'ultimo giorno di Danni

È un vero sollievo starsene qua fuori al freddo. Sembra assurdo, lo so, ma preferisco di gran lunga starmene a vagare in questa bianca solitudine, piuttosto che rinchiusa in quel dannato chalet. Mi sono svegliata da sola, con un senso di oppressione nel petto, perché dev'essere tutto così complicato e caotico?

Non sono mai stata capace di mantenere una relazione, ma pensavo davvero che con un uomo affidabile e saldo come Scott non avrei nemmeno dovuto provarci, perché lui mi avrebbe sempre guidata verso un porto sicuro. Ma non avevo fatto conti con il mio ex Pete, ricomparso dopo pochi mesi per ricordarmi quanto la vita potesse essere divertente. Scott lavorava fino a tardi e io mi sentivo insicura, mi chiedevo cosa combinasse mentre io me ne stavo a casa tutto il giorno.

Adoro Olivia, e ho tanto desiderato che Scott fosse più coinvolto, ma sembrava distante, ed era quasi sempre a casa di Fiona a trascorrere il suo tempo con lei e i suoi figli maggiori. E proprio al momento giusto arrivò Pete, con il suo sorrisetto sfacciato e lo sguardo malizioso, che mi invitò a uscire per un drink e poi, ogni volta che riuscivo a trovare una babysitter per Olivia, andavo nel suo appartamento.

Paradossalmente, il mio matrimonio con Scott era servito proprio a scappare dai "Pete" del mondo. Volevo crescere e sistemarmi con una persona affidabile che mi avrebbe amata e non incasinata. Non avevo affatto bisogno di un'avventura con il mio ex, un musicista disoccupato senza soldi, senza scopi e senza futuro. Ma era quello che facevo sempre: rovinavo ogni cosa buona che avevo. Aspiravo a qualcosa o qualcuno e poi, una volta ottenuto, mandavo tutto in frantumi. Mia madre diceva sempre che ho un comportamento autodistruttivo, e lei lo sapeva bene perché era come me, quando ero piccola vivevamo come nomadi. Diceva che eravamo due spiriti liberi e, proprio come lei, non avrei mai messo la testa a posto, perciò immagino che Scott, il normalissimo preside, abbia rappresentato una sorta di strana ribellione allo spirito folle e anticonformista di mia madre.

Ad alcune persone, essere intrappolate in uno splendido chalet potrebbe sembrare un sogno diventato realtà, ma io mi sento come un uccello in una gabbia dorata. Ero ammaliata dai colori caldi del legno, dal caminetto scoppiettante, dal meraviglioso paesaggio marino in una cornice invernale. Ma come qualsiasi altra cosa nella mia vita, anche questo si è dissolto non appena l'ho avuto tra le mie mani. Dovevo distruggerlo, non mi ero nemmeno resa conto che lo stavo facendo fino a questo momento, quando è ormai troppo tardi.

Non impazzivo di gioia all'idea di passare del tempo qui insieme a Fiona, ma il vero incubo di questa vacanza è iniziato nell'esatto momento in cui ho visto Jenna, e per esperienza sapevo che da lì in poi le cose non avrebbero fatto altro che precipitare. Jenna ha questo suo modo di strisciare intorno alle persone, avvolgerle nelle sue spire e poi stritolarle finché non ottiene ciò di cui ha bisogno; glielo vedo fare con Angela, con Georgia, è riuscita perfino ad avvicinarsi a Fiona, adesso cucinano insieme come fossero madre e figlia. Poi ci sono Angela e Georgia, che continuano a parlare sottovoce e rintanarsi nelle proprie stanze, chiudendo la porta, e io mi sento come se tutti stessero parlando di me. E proprio quando pensavo che non potesse andare peggio di così, Jenna o Fiona – o entrambe – rovinano la torta di compleanno che avevo preparato per Angela. Devono averla colpita con un *pugno* davvero forte per causare un simile danno, e questo mi ha resa ancora più nervosa perché chiunque abbia colpito quella torta, voleva colpire me. È spaventoso pensare che qui nello chalet qualcuno mi odi così tanto, e ho paura di ciò che potrebbe farmi se ne avesse l'occasione. Ma chi può essere? Potrebbero benissimo essere Jenna *e* Fiona insieme, e in tutto ciò non so nemmeno da che parte stia la benevola e sorridente Angela, perché in questo fine settimana ho visto un altro lato di lei. Ieri sera a cena mi sono sentita più sola che mai e attaccata da tutti, era come se si fossero coalizzati contro di me. Forse me la sono cercata, ma Jenna la sta facendo franca con la sua ridicola farsa, dovevo smascherarla. A quanto pare, è stato un grosso errore, perché adesso tutti mi credono una vera stronza. Ma non ero *io* a vendere droga a degli adolescenti vulnerabili, non ero *io* a scrivere commenti spregevoli online sul sito della scuola.

Sono ancora arrabbiata per il fatto che, dopo averla denunciata a Scott, lui non abbia chiamato la polizia. Voleva nascondere la polvere sotto al tappeto, il che mi aveva confusa, non era da lui. Era sempre stato un uomo tutto d'un pezzo e non avrebbe mai fatto qualcosa solo per compiacere qualcun *altro*. Jenna deve avere una sorta di potere su di lui perché la licenziò solo quando minacciai di rivolgermi alla polizia. Mi pregò di non farlo e io acconsentii, ma solo a patto che lui la fermasse, così le diede tre mesi di liquidazione e la "congedò". Questo però non impedì loro di rimanere in contatto, anzi, Scott doveva sentirsi in debito con lei perché chiese ad Angela di mettere una buona parola con quella povera proprietaria del bar per offrirle un lavoro.

Quanto vorrei non aver mai conosciuto Jenna, non ha fatto altro che causarmi guai fin dal suo primo giorno a scuola. Stava cercando di prendere un pacchetto di patatine dalle macchinette della sala professori e la sentii inveire, così mi avvicinai e assestai un calcio alla macchinetta. Caddero diversi pacchetti di patatine, lei scoppiò a ridere e disse di dovermi un drink.

Nonostante fosse molto più giovane di me, ben presto diventammo amiche; era solare, vivace e molto più simpatica degli altri vecchi e scorbutici insegnanti che se ne stavano seduti tutto il giorno in aula professori a lamentarsi. Perciò, quando scoprì che amavo gli aperitivi, suggerì di provare un nuovo cocktail bar, e da allora iniziammo a uscire insieme molto spesso. Eravamo entrambe ufficialmente single, anche se io frequentavo Scott di nascosto, e più mi innamoravo di lui, più avevo voglia di condividere il mio segreto. E con chi confidarmi, se non con la mia adorabile nuova amica, che non mi avrebbe mai giudicata come probabilmente avrebbe fatto il resto del corpo docenti? E così una sera, dopo aver bevuto qualche bicchiere di troppo, le raccontai della nostra relazione, e lei sembrò emozionata quanto me.

Ripensare a quel periodo mi ricorda quello che provavo per Scott all'epoca. Quei primi giorni della nostra avventura, la magia, il desiderio... quand'è che tutto ha iniziato a deteriorarsi?

All'inizio era il mio capo, ma non era come nessuno dei capi che avevo avuto fino a quel momento. Aveva questi modi gentili, rassicuranti, autorevoli che erano come balsamo per la mia insicurezza e le incertezze che mi attanagliavano in quella nuova posizione lavorativa. Mi guidò nel tortuoso cammino tra studenti e genitori, risorse e necessità, graduatorie, obiettivi ed esiti degli esami. Sapevo che con lui al mio fianco avrei raggiunto qualsiasi traguardo, sarei entrata nella testa di ogni studente e sarei diventata la miglior insegnante che potessi essere. Stuzzicò la mia ambizione, lo rispettavo e lo ammiravo, e speravo che le sue competenze e la sua esperienza potessero contagiarmi. Ma per me, la natura del nostro rapporto lavorativo iniziò pian piano a cambiare, e all'improvviso ero entusiasta che arrivasse il lunedì mattina, elettrizzata quando mi invitava a un pranzo di lavoro o a una sessione di tutoraggio dopo le lezioni. Fino a quel momento mi ero sempre detta che si trattava di una cosa innocente, innocua, che era felicemente sposato e il fatto che lavorassimo fianco a fianco non avrebbe cambiato questa realtà.

Ma ora mi trovo costretta a chiedermi: una persona *gentile* abbandonerebbe mai moglie e figli per una donna che conosce solo da pochi mesi? Ero solo un palliativo, una spinta al suo ego di uomo di mezza età? Ero stata cieca davanti alla vera natura di Scott, conosco davvero mio marito?

Ero terrorizzata quando dovetti dire a Scott di essere incinta la prima volta, fu così inaspettato che nemmeno io riuscivo a capacitarmene. Ma questa seconda volta ero ancora più nervosa. Non mi ero ripresa molto bene dalla nascita di Olivia, la depressione post partum mi aveva messa al tappeto per i primi mesi e così decidemmo di non avere altri figli, almeno per il momento. Perciò scoprire di essere nuovamente incinta mi gettò in un tale stato di panico che non sapevo cosa fare, ma la reazione di Scott fu positiva, disse che era felice e che mi avrebbe dato tutto il supporto di cui avevo bisogno. Ma per mesi ho convissuto con questa bugia e ieri sera ho dovuto raccontargli la verità, cioè che il bambino non è suo. E questo l'ha distrutto, era assolutamente sconvolto. Ha detto che non mi avrebbe mai perdonata, che gli avevo rovinato la vita, che aveva rinunciato a tutto per me e io mi ero spinta troppo oltre.

«Ti importa di qualcuno, oltre che di te stessa?» ha chiesto sull'orlo delle lacrime.

«Mi importa di Olivia,» ho risposto io, «lei è tutto per me.»

Scott mi ha guardata con un tale odio, i suoi occhi si sono fatti scuri e piccoli, e ha detto «È tutto anche per *me*.»

Gli ho detto che se non fosse riuscito a perdonarmi e ad accettare il bambino l'avrei capito, ma che se me ne fossi andata, avrei portato Olivia con me. La sua reazione a quelle parole mi ha fatto davvero paura, si è infuriato e continuava a urlare che l'avevo spinto con l'inganno a lasciare Fiona, che non mi amava e non mi aveva mia amata. «La tua è stata solo lussuria e paura di essere mortale.» avevo detto.

Dopodiché si è messo a un centimetro dalla mia faccia e ha detto «Puoi pensare quello che ti pare, e fare quello che ti pare, ma Olivia resta con me. Non importa a che prezzo.»

Mi ha davvero messo i brividi, non l'avevo mai visto così, e sinceramente avevo il terrore di andare a dormire. Ero preoccupata che potesse prendere un cuscino e tenerlo premuto sulla mia faccia nel cuore della notte. Ero così sollevata quando mi ha detto che avrebbe dormito sul divano ieri sera. Ho chiuso la porta della camera da letto a chiave e ci ho posizionato davanti una cassettiera. Ecco perché me ne sto qui adesso: non volevo affrontare la sua rabbia questa mattina, e di certo non volevo che tornasse nella stanza. Non mi sentirei al sicuro da sola con lui.

Non vado fiera di me stessa, sono andata a letto con un altro uomo e adesso aspetto un figlio da lui. Sono in torto marcio e lo riconosco. Ma Scott era distante, ha smesso di guardarmi – intendo guardarmi veramente – diverso tempo fa. Credo che la nascita di Olivia abbia come spezzato l'illusione per lui. A letto non riuscivo più a essere spontanea come un tempo e lui si lamentava che non ero più eccitante. Rincontrare Pete mi aveva fatto sentire desiderata e perciò mi ero sentita attratta, ma mentre ero a letto con lui, Scott dov'era? So ormai da tempo che sta frequentando qualcun'altra, nonostante lui abbia sempre negato, ma avendo assistito alla sua "amicizia" con Jenna, non mi stupirei se si trattasse di lei. Mi sforzo di non immaginarli insieme e trovo difficile credere che io e lei siamo state amiche un tempo. Mi spaventa la facilità con cui si è distaccata da me una volta ottenuto ciò che voleva, cioè avvicinarsi a Scott. È evidente che lo adora, pende dalle sue labbra. I suoi problemi legati alla figura paterna sono ormai evidenti, mentre lui ama ricevere attenzioni da una donna più giovane... come un tempo era stato con me.

È già stato abbastanza difficile fare i conti con i miei sospetti, e Scott non perde occasione per sottolineare quanto io sia paranoica, ma non conosce nemmeno metà della storia. Quando ho scoperto, con mio assoluto orrore, che Jenna conosce Charlotte, ho creduto che il mio cuore avrebbe smesso di battere proprio lì in quel momento. Diverse settimane fa feci un test di gravidanza nei bagni della scuola in quanto, per ovvie ragioni, non volevo che Scott lo sapesse. Quando la lineetta apparve a conferma delle mie paure, ero distrutta perché sapevo che il bambino non poteva essere suo. Come in modalità automatica, rimasi in piedi davanti al lavandino a lavarmi le mani e scoppiai a piangere proprio mentre Charlotte entrava. Mi chiese se stessi bene e io non riuscii a trattenermi, le raccontai tutto. Mi fido troppo delle persone, penso sempre che questa sarà la volta buona, ma di solito non è così. Mi ero fidata di Jenna e mi sono fidata di Charlotte, pensavo davvero che fosse mia amica. E quando le ho scritto un messaggio per chiederle di cancellare quei commenti online, non mi è mai passato per la mente che non l'avrebbe fatto, che li avrebbe lasciati lì. Ma quando a cena Jenna mi ha chiesto se avessi avuto notizie di Charlotte, *sapevo* che aveva trovato il modo di arrivare a lei, e che per questo motivo quei post non erano mai stati cancellati.

Sapeva che Charlotte ed io eravamo amiche, perciò deve averla manipolata per indurla a farsi raccontare tutto ciò che sapeva. E se è proprio Jenna a pubblicare quei dannosi post online, ora può farlo in tutta tranquillità sapendo che la sua nuova amica non li cancellerà, perché ormai ha la sua piena lealtà.

Dovevo dire a Scott del bambino, ma sapendo quanto Jenna fosse determinata a pubblicare la notizia, volevo supplicarla di non farlo. Era già abbastanza umiliante per entrambi, ma non volevo che Scott lo scoprisse così, quanto sarebbe stato crudele? E così dopo cena sono andata in cucina a implorarla. Non appena sono entrata, lei si è voltata e il suo sorriso falso è svanito non appena mi ha vista.

«Possiamo parlare, Jenna?» ho chiesto. «Odio tutto questo, è orribile. Mi dispiace che tu abbia perso il lavoro, ma non era nulla di personale, semplicemente non sarei riuscita a vivere in pace con me stessa se non avessi agito.»

Era appoggiata alla credenza, i suoi occhi cupi e spenti mi fissavano, scuoteva piano la testa.

«Mi prendi in giro, vero?» dalla sua espressione trasudava odio. «Perché mai dovrei voler parlare di nuovo con te? Sei una stronza egoista e presuntuosa che era gelosa perché i ragazzi preferivano me a te.»

«Certo, perché vendevi loro la droga!»

«No, perché sono più giovane e più bella. E, tra parentesi, lo pensa anche tuo marito.» ha aggiunto, poi si è voltata verso il lavandino.

«E va bene, lo capisco, è troppo tardi, non possiamo più essere amiche. Ma immagino che Charlotte te l'abbia raccontato e che per questo scrivi quei messaggi minatori sul sito della scuola?»

«Come ho detto, Charlotte ed io ci conosciamo da molto tempo. Lei mi racconta tutto, stupida oca.» ha sogghignato.

«Volevo solo chiederti, supplicarti... in onore dei vecchi tempi, potresti per favore non pubblicare più niente? Se non per me, almeno per Scott?»

Le brillavano gli occhi, il sorrisetto stampato su quelle sottili labbra rosse. «Oh, intendi il GROSSO segreto? Non puoi dirmi cosa fare, lo pubblicherò *quando* mi pare!»

Ecco la vera Jenna, meschina, crudele e offensiva. Sono

l'unica qui dentro che la vede per com'è realmente. Mio marito la crede una ragazza dolce e bisognosa di attenzioni, e Dio solo sa cosa implichi questo, ma lei ha senza dubbio insinuato che ci fosse qualcosa tra di loro, e dopo averli visti insieme nella stanza di Angela, credo sia vero.

Sam dice che è simpatica, Georgia ne è evidentemente affascinata, proprio come Angela e adesso anche Fiona. Ma io la *vedo*, e so che è venuta allo chalet per un motivo, solo che non riesco a capire quale sia. Una cosa che ho notato è quanto si sia legata a Georgia, per questo ho scritto un messaggio a quest'ultima per avvertirla di non fidarsi di Jenna. Quando lavorava a scuola, faceva sempre amicizia con i ragazzini più deboli e dolci, e in un batter d'occhio li aveva in pugno. Ben presto iniziò a vendere droga a questi ragazzi e ai loro amici, guadagnando una fortuna. Io lo scoprii e le dissi che doveva smettere. Fu allora che la nostra amicizia finì, e lei andò da Scott a dire che la stavo bullizzando, disse che ero gelosa e che raccontavo bugie sul suo conto, e ancora oggi non capisco perché Scott creda a lei e non a me. Ma era lui a dettare le regole e forse temeva che Jenna si sarebbe rivolta alle autorità scolastiche dicendo che non avevo prove e perciò non avrei dovuto accusarla di una cosa simile. Poi, un giorno, la vidi in città mentre passava qualcosa nella mano di un ragazzino della scuola. Sapevo di averla colta in flagrante, scattai perfino una foto con il mio cellulare e andai dritta da Scott. Ma la sua reazione fu alquanto strana: mi disse che era nel mio interesse cancellare quella fotografia e scordare i pettegolezzi.

«Credimi, farà più male che bene.» aveva detto. «Dimenticatene, ti dico!»

Ma *non potevo* dimenticarmene, mio fratello è morto di overdose a soli diciassette anni, faceva uso di droghe da quando ne aveva dodici, perché venivano vendute fuori dal cancello della scuola. Jenna era ancora più pericolosa, le vendeva *dentro* la scuola, e in quanto assistente di laboratorio era a tutti gli effetti un membro del corpo docenti e i ragazzi si fidavano di lei. Non potevo lasciare che accadesse sotto il mio naso e fare finta di nulla; perciò, dissi a Scott che sarei andata dalla polizia.

«Le rovinerai la vita.» disse.

«E quante vite rovinerà lei se le permettiamo di continuare?»

Iniziò a implorarmi di non denunciarla, e fu allora che iniziai a sospettare di *lui*. E ho continuato ad avere quel sospetto per tanto tempo, fino a questa notte quando, dopo avergli raccontato il mio segreto, gli ho chiesto cosa stesse nascondendo lui.

Volevo sapere perché si rifiutava di denunciare Jenna alla polizia e perché era rimasto in contatto con lei anche dopo che se ne era andata dalla scuola, perché le aveva trovato un altro lavoro al bar frequentato da sua madre.

«Cosa c'è tra te e Jenna?» gli ho chiesto. «Con cosa ti tiene in pugno, Scott?»

Ed è stato allora che mi ha raccontato... tutto, e adesso mi ritrovo seduta sul terrazzo in legno alle cinque del mattino a guardare la luna che affonda nella neve, con la consapevolezza che ormai è troppo tardi.

Mi sento smarrita, non so cosa fare, ma avverto questo profondo desiderio di liberarmi e fuggire dallo chalet, pieno di bugie e segreti.

Mi alzo e passeggio nella neve, devo schiarirmi le idee, prendere una boccata d'aria fresca, ammirare il meraviglioso paesaggio innevato. Il cielo è di un colore blu scuro, il mare vortica sotto di me mentre muovo i primi passi incerti sul litorale roccioso. Qua fuori riesco a riflette lucidamente sulla mia vita, il mio futuro e ciò che desidero per me e Olivia.

So che se mia mamma fosse ancora viva, mi direbbe che ho combinato l'ennesimo guaio, che il pulsante di autodistruzione non è mai troppo distante dalle mie relazioni, e che questa volta l'avevo premuto davvero. Ma come potevo sapere cosa stesse realmente accadendo e quanto forte e profondo fosse il controllo che Jenna esercitava su mio marito?

Spero che al mio ritorno, tra qualche ora, Scott abbia superato la sua rabbia e che io sia riuscita a fare i conti con ciò che mi ha raccontato. Forse riusciremo a trovare il modo di andare oltre tutto questo, ma qualsiasi cosa decideremo di fare, la faremo l'uno senza l'altra. Il nostro matrimonio è finito.

Mentre vago nel turbinio di neve, con il cielo bianco sopra la mia testa e l'acqua ghiacciata che vortica sotto di me, per la prima volta dopo anni mi sento libera.

Olivia ed io ci trasferiremo in un appartamento, darò alla luce il bambino, assumerò una tata e riprenderò a lavorare. Non posso tornare nella vecchia scuola di cui Scott è il preside, ma posso trovare una nuova città, una nuova vita, e finalmente andare avanti.

Cammino con cautela ma anche con determinazione, ho bisogno di fare esercizio fisico dopo essere rimasta chiusa in casa per giorni. È bellissimo, nonostante sia un po' inquietante, come se fossi l'unico essere umano nel raggio di chilometri. E forse lo sono. C'è un silenzio tombale, non c'è anima viva intorno, e per quanto desiderassi stare sola, inizio a sentirmi leggermente a disagio. Se cadessi, o mi ferissi in qualche modo, nessuno saprebbe dove mi trovo. E anche se urlassi, o chiamassi a gran voce, nessuno mi sentirebbe nel silenzio della neve fitta, perché non c'è nessuno qui. Questo pensiero mi spaventa e accelero il passo. Magari tornerò prima del previsto. Devo tenere a mente che sono incinta. Avevo dimenticato quanto fosse estenuante portare in grembo un bambino, mi risucchia tutte le energie e non voglio fare altro che dormire. Mi fermo. Ho sentito qualcosa? Un ramo che si spezza? Attendo in silenzio di sentire qualche altro rumore. Aspetto e aspetto. Nulla. Silenzio tutt'intorno a me. Mi volto, ovunque io guardi c'è solo il bianco. La neve sta ancora cadendo, è più fitta adesso e il vento si sta alzando, sferzandomi le guance. Non riesco a vedere oltre pochi centimetri davanti a me, per poco non perdo l'equilibrio e devo aggrapparmi alla corteccia rinsecchita di un albero ricoperto di neve. E nel farlo, vedo qualcuno camminare verso di me. Non riesco a capire chi sia, non è altro che una sagoma scura che avanza, facendosi sempre più grande. Vorrei voltarmi e tornare indietro, ma questo significherebbe andare nella sua direzione, e ho paura. D'istinto, mi metto a correre.

30

FIONA

Dopo essere rimasti bloccati nello chalet per una settimana, iniziammo tutti a chiederci se il nostro lockdown sarebbe mai finito.

«È come vivere di nuovo il periodo del Covid.» commentò Angela in più di un'occasione, il che non aiutava granché a sollevare l'umore generale.

Tuttavia, quel venerdì sera, mentre cenavamo, udimmo bussare forte alla porta. Ci scambiammo occhiate in preda allo shock. Avevamo continuato a scambiarci opinioni e ad avanzare svariate ipotesi, avevamo dato sfogo alla nostra immaginazione, e dubitavo di essere l'unica ad aspettarsi che ci fosse un feroce serial killer lì sulla soglia. Ma non appena Scott aprì la porta della nostra bellissima prigione, Freeman e Fry entrarono a grandi passi. Un vento gelido e un rumore di fondo si intrufolarono con violenza nella nostra quiete fatta di tintinnio delle posate e chiacchiere tranquille, ricordandoci quanto fossimo stati isolati dal mondo in quegli ultimi giorni.

«Ha smesso di nevicare, ma adesso è arrivato il nevischio,

che è di gran lunga peggiore.» annunciò Freeman, entrando e sbattendo gli scarponi pieni di neve sullo zerbino.

Continuò a borbottare contro gli scarponi mentre pestava i piedi, prima di sollevare lo sguardo e vederci tutti lì, in trepidante attesa. Era come se tutt'a un tratto si fosse ricordata del perché si trovasse lì; perciò, si ricompose e marciò dentro il salotto seguita da Fry.

«Mr. Wilson? Ci sono novità, temo.» parlava in modo più formale e rispettoso adesso, cosa che mi fece gelare il sangue.

«Quali novità?» domandò Scott con orrore malcelato.

Tutti quanti ci spostammo dal tavolo verso di lui, che se ne stava in piedi con Olivia in braccio. Georgia gli si avvicinò, accarezzandogli la schiena mentre lui le posò l'altro braccio intorno alle spalle. Lo stava praticamente sostenendo. Il volto di Scott era pallido, sembrava sul punto di svenire da un momento all'altro.

Freeman si incamminò verso di lui e disse in un tono pacato e solenne, abbastanza alto perché tutti noi potessimo sentirla «Mr. Wilson, temo di doverle dare una brutta notizia. Preferisce parlarne in privato?»

Lui scosse la testa, frastornato, come d'altronde il resto di noi, sapendo che le parole dell'Ispettore Capo avrebbero cambiato tutto.

Una volta seduto, con Olivia sulle ginocchia, Freeman cominciò a parlare. «Abbiamo trovato un corpo, appena fuori dal sentiero costiero. Una donna di circa trent'anni. Avremo bisogno di un'identificazione formale, ma vogliamo che Lei si tenga pronto, Mr. Wilson. Crediamo che sia sua moglie Danni.»

Il faccino di Olivia guardò prima Freeman e poi di nuovo suo padre. Ricordo di aver pensato che, nonostante non fosse consapevole del significato di quel momento, in cui suo padre veniva informato della morte di sua madre, avrebbe comunque fatto parte di lei ormai.

Sam e Georgia si precipitarono a consolarlo, ma Jenna era

già lì, avvinghiata a lui come edera, tenendo alla larga i suoi figli e tutti gli altri. Rabbrividii, consapevole che con ogni probabilità stesse godendo di quel momento drammatico, dell'emozione, dell'attenzione. Scott, tuttavia, sembrava ignaro di tutto e tutti intorno a lui, il suo volto era esangue, le lacrime gli rigavano le guance, e fu solo allora che mi resi conto di quanto amasse Danni.

«Ovviamente, avremo bisogno che un membro della famiglia o un parente stretto di Danni Wilson venga a identificare formalmente il corpo.» disse Freeman.

Jenna sollevò lo sguardo dal petto di Scott, preoccupata. «Siete sicuri che sia proprio *Danni*?» Voleva averne conferma.

«Non possiamo dirlo con certezza, per il momento.» rispose la poliziotta.

«Vengo io a identificarla.» disse Sam. «Non voglio che sia tu ad affrontare questa cosa, papà.»

«No, figliolo, vorrei vederla...»

«Devo avvertirla, ha subìto una morte violenta.» disse Freeman.

Scott annuì. «Posso farcela.»

«Va bene, ci organizzeremo per farla andare all'obitorio domani.» Si schiarì la voce e, traendo un respiro, disse «È una questione piuttosto delicata, Mr. Wilson, ma crediamo che sua moglie sia stata assassinata, e abbiamo rinvenuto l'arma del delitto.»

Tutti quanti ci scambiammo un'occhiata. «I test preliminari delle impronte digitali provano che sia stata l'arma usata per uccidere Danni.»

La tensione nella stanza crebbe e ancora una volta, senza parlare, ci guardammo tutti l'un l'altro. L'assassino di Danni si trovava lì in quella stanza?

«Non voglio far preoccupare nessuno, ma vorremmo che la persona in questione tornasse con noi alla centrale per discutere di queste nuove prove.»

Chi?

Ancora una volta, tutti noi facemmo scorrere lo sguardo nella stanza per vedere chi stesse dando segni di agitazione, o se l'espressione sul volto di qualcuno lasciasse trapelare qualcosa.

Ma Freeman ci colse tutti di sorpresa quando disse «Angela Wilson, potrebbe venire con noi in questura, per favore?»

Ci fu un udibile sussulto generale. Angela sembrò scioccata come il resto di noi, e fissò prima Scott, poi me e infine le due agenti di polizia con un'espressione confusa e addolorata in volto.

«No.» sbottò Scott. «So che avete le vostre teorie, ma credo fermamente che si sia trattato di un omicidio casuale. E mentre voi ve ne state qui a spaventare una povera signora anziana e la sua famiglia in lutto, l'assassino è là fuori a vagare liberamente per le montagne in cerca della sua prossima vittima.»

«Sono spiacente, Mr. Wilson, capisco che questa situazione dev'essere angosciante per tutti, compresa Mrs. Wilson, ma le posso assicurare che vogliamo solo parlare con sua madre. Per il momento, non la stiamo arrestando.»

«*Arrestarla?*» Pensai che gli sarebbe venuto un infarto, ma io ero altrettanto indignata e sconvolta: per nulla al mondo avrei creduto che Angela avesse commesso qualcosa di simile.

«Non potete pretendere che mia madre vi segua in questura senza un avvocato.» L'espressione sul volto di Scott era colma di rabbia e paura.

A quelle parole, Fry si fece avanti. «Come ha detto l'Ispettore Capo Freeman, *non* la stiamo arrestando, Mr. Wilson, ma certamente può richiedere un avvocato, se pensa che ne abbia bisogno.»

Scott scosse la testa, riluttante. Probabilmente non voleva farla sembrare colpevole prima ancora che la interrogassero.

«Non mi serve un avvocato,» disse Angela, «non ho alcuna colpa.»

«Va bene, mamma, ma non posso lasciarti andare alla centrale di polizia da sola.»

«Può venire con noi senza problemi, Mr. Wilson. Certo, sua madre verrà interrogata individualmente, ma Lei può stare lì e offrirle supporto, se lo desidera.» disse Freeman.

«Sì, per favore.» disse Angela. Considerando che sarebbe stata lei a essere interrogata, appariva molto più calma di suo figlio. Nel giro di pochi minuti, venne gentilmente accompagnata fuori nel piazzale scivoloso davanti allo chalet e fatta sedere sulla volante della polizia, mentre Scott saliva a bordo dopo di lei.

Sam si offrì di andare con loro, ma Scott rifiutò con gentilezza. «Va tutto bene, figlio mio, tu resta qua a prenderti cura degli altri.»

Tipico di Scott. Chi mai, in una casa piena di donne, avrebbe potuto prendersi cura di sé e degli altri? Nel suo mondo, tutte le donne avevano bisogno di un uomo. Ma per quanto mi riguardava, la mia vita sarebbe stata molto più felice e meno complicata senza di loro.

Quando se ne furono andati, il silenzio calò sullo chalet. Jenna sembrava turbata, ma Georgia era inconsolabile, e Sam ed io trascorremmo le ore successive a confortarla.

«La nonna potrebbe andare in prigione?» singhiozzò tra le lacrime.

Cercammo di rassicurarla, ma io ero esterrefatta quanto lei e non avevo idea se la nonna se la sarebbe cavata. Non riuscivo proprio a *immaginare* cosa potessero aver rinvenuto sulla scena del crimine che potesse farla sembrare così fortemente coinvolta.

«Non avrebbe mai fatto del male a Danni, le voleva bene.» disse Georgia.

«Tutti volevano bene a Danni.» Sam fu l'unico a commentare quella frase. Io non avevo intenzione di mentire, e persino Jenna evitò di unirsi a *quell'elogio funebre*. La sera sopraggiunse, la neve si sciolse, gocciolando ovunque, e noi continuammo con quel circolo vizioso di conversazioni e lacrime. Eravamo stati informati della morte di Danni, subito dopo dell'implicazione di Angela nell'omicidio, e non era facile riuscire a metabolizzare tutto ciò.

«Credi davvero che Angela abbia ucciso Danni?» chiese Jenna, gli occhi le brillavano.

«No, non credo.» ribattei con fermezza. «È un grosso equivoco. Sono d'accordo con Scott: si è trattato di un omicidio casuale, e una volta risolta la questione dell'arma e del DNA, sono certa che tornerà a casa.» Ma non ero più sicura di nulla. Angela *non* voleva bene a Danni, e nonostante interpretasse il ruolo della nonnina dolce e un po' strampalata, in quella vacanza avevo visto un altro lato della sua personalità. E nonostante, o forse *per via* del suo stato confusionale e della demenza senile, probabilmente era capace di tutto.

A mezzanotte non avevamo ancora avuto notizie da Scott e Angela, né dalla polizia, perciò Georgia, Jenna e Sam se ne andarono a letto. Chiusi a chiave tutte le porte, sperando davvero che l'assassino fosse fuori, e non dentro. Poi controllai Olivia, che dormiva profondamente. Infine, tornai in salotto, mi sdraiai sul divano, mi avvolsi in una coperta di pelliccia e mi addormentai.

Venni svegliata intorno alle due di notte dal ritorno di Scott e Angela. Parlavano piuttosto animatamente, ed entrambi sembravano stare un po' meglio di quanto pensassi.

«Grazie al cielo!» dissi, liberandomi dalla coperta e precipitandomi ad abbracciare Angela, che appariva più allegra di suo figlio. Il volto di Scott era grigiastro per la stanchezza e la preoccupazione.

«Cos'è successo?» domandai.

«Lascio che sia mia mamma a raccontartelo, io vado a letto.» disse. «Olivia sta bene?»

«Ha dormito tutto il tempo.» risposi io e lui annuì, poi si diresse in camera da letto.

Preparai il tè per me e Angela, e imburrai una focaccina per lei. Inaspettatamente, aveva un bell'appetito nonostante il calvario che aveva vissuto e l'ora tarda.

«Era il mio bastone da passeggio, Fiona. Ricordi che l'avevo perso quel giorno, quando siamo andate a farci una passeggiata?»

«Sì, lo ricordo. Dov'era?»

Fece una smorfia. «Purtroppo, era vicino al corpo di Danni.»

«Oh, mio Dio.» dissi mentre attraversavamo la cucina per riaccomodarci in salotto. «Quindi è per questo che ti hanno interrogata?»

«Sì, quegli stronzi se lo sono tenuti, non volevano restituirmelo!» ringhiò. La dolce e confusa Angela si era improvvisamente trasformata in un'altra persona.

«Probabilmente devono tenerlo come prova.» le spiegai con delicatezza, ma lei continuò a mostrare i denti.

«Era il bastone da passeggio di mia *madre*.»

«Sì, ricordo.» risposi in tono dolce, nella speranza di placare la sua rabbia evidente.

«Ho chiesto se fosse possibile riaverlo indietro quando tutta questa storia sarà finita, ma hanno detto che sarà difficile, perché costituisce una prova. Ma era un buon bastone, con il manico in madreperla, apparteneva a mia madre.» ripeté. «All'epoca sì che sapevano come *fabbricare* i bastoni da passeggio, robusti, pesanti, non quegli affari leggerissimi di plastica che usano adesso le celebrità.»

La sua descrizione sembrava più quella di un'arma che di un ausilio per la deambulazione; forse lo era?

Angela stava chiaramente perdendo la ragione. Era presente un minuto prima e assente quello dopo. Voglio dire, se quel bastone era l'arma che aveva ucciso sua nuora, a chi importava che fosse un cimelio di famiglia? Chi mai l'avrebbe rivoluto indietro?

«C'era il mio DNA, Fiona, l'hanno trovato sul bastone.» pronunciò la parola DNA lentamente, come se non avesse mai sentito quelle lettere prima di allora.

«Be', certo, era il *tuo* bastone da passeggio, è *ovvio* che ci siano sopra le tue impronte.»

«Sì, ma non c'era il DNA di nessun altro... a parte quello di Danni.» Ancora una volta pronunciò le lettere con lentezza, con cautela.

«C'era il sangue di Danni sul bastone?»

«Sì, l'hanno trovato nascosto sotto un po' di neve fresca. Hanno visto il sangue, una grande macchia rossa in mezzo a tutto quel bianco.» Si sporse in avanti con fare cospiratorio. «Chiunque l'abbia uccisa l'ha nascosto. C'era sopra il DNA di Danni.» ripeté ancora una volta.

Sembrava improbabile che Angela potesse camminare da sola fino al sentiero costiero, ma dopotutto, aveva camminato benissimo anche senza bastone il giorno in cui eravamo andate a fare la passeggiata insieme, altrimenti non l'avrebbe dimenticato. Sembrava che la sua resistenza mentale si fosse affievolita, ma per il resto frequentava la palestra, non era immobilizzata, e come mi aveva detto durante la nostra piccola escursione: «Potrei camminare per chilometri, solo che non riesco a farlo velocemente.»

Ma sarebbe stata in grado di sopraffare una donna più giovane e più forte? Ci riflettei su, mentre lei mangiucchiava la sua focaccina imburrata. Danni era incinta, forse si era sentita male e aveva perso le forze, in quel caso sarebbe stato più facile sopraffarla.

«E quindi ti hanno lasciata andare?» domandai. Tutta quella storia sembrava piuttosto sconclusionata, avevano trovato il suo DNA sull'arma, quindi perché era tornata allo chalet?

«Certo. Non ho ucciso io Danni.»

Sorseggiò il tè e poi, posando la tazza sul piattino, spiegò «Ho detto alla polizia che non sarei riuscita a camminare fin lì. Ero arrabbiata per il bambino che non era di Scott, ma lui mi ha detto di non raccontarlo, perciò ho detto: "Chiunque fosse il padre di quel bambino, era pur sempre *mio* nipote".» Riprese a sgranocchiare la sua focaccina.

«Lo pensavi davvero, o è quello che Scott ti ha *detto* di dire?»

«Sì, ho fatto quello che Scott mi ha chiesto, ma per quanto mi riguarda, quel bambino non aveva niente a che fare con me. Non era del mio Scott, era di un altro uomo... Danni era una vera zoccola!»

Ero sconvolta. Non avevo mai sentito Angela usare parole simili; non solo era troppo raffinata e perbene, ma rispettava le donne. Quelle parole confermavano che quella non era la donna che conoscevo.

«Avrei *potuto* ucciderla.» disse a un tratto, come se le fosse appena venuto in mente. «Avrei *potuto* colpirla in testa con quel bastone tantissime volte, bam, bam, bam.» Imitò a gesti l'azione di colpire qualcuno alla testa con un pesante bastone da passeggio. Gli occhi erano socchiusi, la bocca serrata, il suo volto si era illuminato, come se stesse ricordando qualcosa, rivivendo il momento. Mi sentii male.

«*Potrei* aver gettato il suo cellulare in mare, e dal momento che sono una vecchina insignificante, nessuno avrebbe mai pensato che fossi stata io, vero?

Dopotutto, nessuno sapeva nemmeno che ero stata *io* a distruggere la sua torta. Sei sempre stata tu a preparare la torta per il mio compleanno, non *lei*.» Si portò un dito tremolante alla bocca. E il mio mondo venne stravolto.

EPILOGO

È passato un anno da quel lungo weekend allo chalet. Difficile credere che Danni sia morta già da così tanto tempo.

Alla fine, Angela è stata arrestata e processata per l'omicidio.

La polizia non ha fatto progressi nell'indagine per l'assassinio di Nick Cairns.

Certamente sono sollevata che non abbiano trovato nulla per incriminarmi, ma temo che sia solo una questione di tempo. Mi sforzo di impedire a questa cosa di condizionare la mia vita, e certi giorni riesco quasi a non pensarci, ma ogni volta che il mio cellulare vibra, o che suonano al campanello, un'altra piccola parte di me muore. Ho seriamente preso in considerazione di costituirmi, di chiamare la polizia e raccontare tutto. Forse, date le circostanze, il giudice sarebbe clemente? Ma più a lungo rimando la confessione e peggio sarà per me, e ormai questo crimine mi farebbe finire senza dubbio in prigione. Convivere con questo fatto è come avere un cancro che cresce lentamente dentro di me e che un giorno dovrà essere estirpato, mentre io vado avanti nella speranza che guarisca da solo.

Per quanto mi riguarda, si riconduce sempre tutto ai ragazzi. Sam frequenta il secondo anno alla Bristol University e sta ancora insieme a James, il suo fidanzato, anche lui studente di Giurisprudenza. I due ragazzi sognano un giorno di aprire il loro studio legale. Georgia, invece, si trova a Exeter a studiare medicina. Per lei la vita è un po' più difficile che per il suo socievole fratello maggiore, ed è ancora al primo semestre, ma la medicina è il suo sogno e io credo che sia felice. Non voglio separarmi da loro, vorrei solo riuscire a rimanere libera finché non si saranno entrambi sistemati, ciascuno con la propria carriera, la propria famiglia e la propria vita, non chiedo altro.

Per quanto riguarda Angela, c'erano tutte le prove sufficienti a rinchiuderla per il resto della sua vita. Aveva confessato l'omicidio di Danni durante un interrogatorio, ma dopo aveva negato tutto, accusando Jenna di essere l'assassina. Tuttavia, il bastone da passeggio, il DNA e le sue critiche non troppo velate sui modi da "sgualdrina" di Danni, la additavano come l'unica colpevole. E non dimentichiamo che era stata proprio Angela l'artefice di quel fine settimana allo chalet, che sembrava un espediente per riunirci tutti insieme in un unico luogo, inclusa Jenna, per poi puntare il dito contro di lei. Non giocava a suo favore nemmeno il fatto che nessuno di noi sapesse esattamente il *perché* avesse organizzato quel weekend. Credo che nei suoi momenti di lucidità si fosse resa conto di ciò che le stava succedendo, e ci aveva invitati lì pensando sinceramente che quello avrebbe potuto essere il suo ultimo compleanno, ma poi era andata in confusione. La polizia riconobbe che Angela non era nel pieno delle sue facoltà mentali, ma credeva che avesse organizzato quel fine settimana appositamente per uccidere Danni, così che Scott e io potessimo tornare insieme. Nonostante le nostre proteste, il caso finì in tribunale, dove Angela continuò a lottare contro il suo declino cognitivo. Dopo un lunghissimo processo, fu finalmente dichiarata non colpevole per infermità mentale, perché la giuria considerò che la sua demenza non diagnosticata avesse influenzato le sue azioni.

Ora Angela è ricoverata. Non dovrà andare in prigione per il suo crimine, vivrà il resto della sua vita in sicurezza in una struttura sanitaria. È ancora con noi nello spirito, sfoggia ancor quei bizzarri orecchini e le scarpe da ginnastica con gli arcobaleni, di questo ce ne assicuriamo. Vado a trovarla ogni settimana, ma ormai non è più Angela. A volte, per brevi attimi, ritorna tra noi, come quando qualche settimana fa io e i ragazzi le abbiamo portato una torta per il suo settantaseiesimo compleanno. «Ho sempre amato le torte di Fiona.» ha detto con la sua vecchia voce. «Non è il mio compleanno senza la torta di Fiona.» In quel momento, l'ho vista mentre colpiva la torta di Danni e ho cercato di scacciare dalla mia mente l'immagine di lei che colpiva la *testa* di Danni.

Trovo ancora difficile credere che abbia ucciso qualcuno, ma sul bastone da passeggio c'erano solo il suo DNA e quello di Danni, e questa era una prova schiacciante. Continuo a chiedermi come sia possibile che una donna di settantacinque anni abbia avuto la forza di uccidere una ragazza giovane e in forma, ma a quanto pare il primo colpo era stato inferto alle spalle, forse Danni era rimasta tramortita, offrendo ad Angela l'opportunità di porre fine alla sua vita. A volte mi chiedo se non sia stata aiutata da qualcuno.

Fu un periodo orribile, eravamo tutti spaventati e diffidenti gli uni verso gli altri. Lo chalet era stupendo, ma opprimente, e tutti noi ci sentivamo in trappola. Solo di recente ho iniziato a riprendermi e a vedere un barlume di speranza, un piccolo spiraglio di luce in fondo al tunnel.

I ragazzi dovrebbero tornare a casa per le vacanze di Natale oggi, stanno viaggiando insieme sullo stesso treno proveniente da Exeter, sul quale Sam salirà alla fermata di Bristol. Sono così emozionata al pensiero di rivederli. Sto sgombrando uno dei cassetti di Sam, quando trovo un maglione arrotolato che ricordo di avergli visto indosso l'anno scorso nello chalet. Lo srotolo con l'intenzione di lavarlo: gli servirà quest'inverno, i costi energetici sono saliti alle stelle. Nel farlo, vedo che ne spunta fuori qualcosa di solido e luccicante. So bene cos'è, e lo lascio cadere all'istante sul pavimento, come se potesse mordermi. Poi resto lì in piedi davanti all'oggetto, mentre una sequenza di possibili scenari scorrono nella mia mente come immagini di un video. È lo scintillante cellulare rosa di Danni, con il suo nome inciso e rivestito di finti diamanti. Lo fisso per un lungo, lunghissimo tempo, incapace di raccoglierlo. Non fu mai ritrovato, la teoria era che Angela l'avesse gettato in mare dalla scogliera dopo averla uccisa. Invece è qui. E io non ho idea del perché mio figlio l'abbia nascosto nel suo maglione. Ma ne sono *terrorizzata*.

La mia mente è vuota. Ettari ed ettari di neve bianca, una macchia di sangue. Il bastone da passeggio con il manico in madreperla di Angela. Il cellulare di Danni sul pavimento della stanza di Sam. Qualcosa non quadra.

Angela non avrebbe avuto l'accortezza di prendere il telefono di Danni, nemmeno prima che scivolasse nella demenza. Chiunque l'avesse portato via dal suo corpo, era una persona che capiva il *potere* di un cellulare e i segreti che esso custodiva. Continuo a fissarlo, prendendo in considerazione perfino di sotterrarlo, bruciarlo o riavvolgerlo nel maglione e rimetterlo al suo posto. Dovrei fingere di non averlo mai visto e dimenticarmene?

Suppongo che sia rotto, dev'essere rimasto sepolto nella neve a lungo. Eppure, se Sam... non riesco nemmeno a concepirlo. Ma se *qualcuno* ha ucciso Danni, potrebbe averle sottratto il telefono subito *dopo* averla uccisa? A differenza di Angela, Sam sapeva che attraverso un cellulare è possibile risalire a molte cose. Ma perché non l'ha gettato in mare? Collego il caricabatterie nella presa a muro e ci attacco il telefono, forse c'è una remota possibilità di riuscire a farlo funzionare, e quando ritorno pochi minuti dopo, si sta caricando. Una foto di Danni e Olivia mi fissa, Danni sorride raggiante con in braccio sua figlia. Perché Sam ha questo telefono? So che non è stato lui a uccidere Danni. Vero?

Pensieri strani scorrono nella mia mente mentre mi dirigo in auto fuori città, fino a un negozietto a diversi chilometri di distanza. Ho controllato online e c'è un chiosco che vende cellulari qui; non posso andare in un vero e proprio negozio, ho bisogno di un posto discreto, o losco, per così dire. Il loro sito dice che possono sbloccare qualsiasi telefono e, mentre cammino verso il chiosco, spero di essere fortunata. Il ragazzo mi dice che può farlo per cinquanta sterline, non mi fa alcuna domanda, eppure io mi sento in dovere di raccontargli spontaneamente una storia lunga e complicata sul telefono di "mia figlia". «Mi ha chiesto di farglielo sbloccare.» dico. Sono troppo vecchia per essere una Danni con una cover del telefono rosa shocking ornata di finti diamanti.

Più tardi, mentre guido verso casa con il telefono sbloccato e riposto nella mia borsa, sono tentata di gettarlo via, lanciarlo in un campo di erba alta o in un fiume. Ma se dovesse ricomparire? E se qualcuno lo trovasse e lo consegnasse alla polizia? Inoltre, devo sapere con cosa ho a che fare, se non altro per proteggere Sam.

Una volta a casa, mi siedo e mi faccio forza mentre accendo il telefono e do un'occhiata agli ultimi giorni di Danni.

Consapevole che si tratta di un'enorme intrusione nella vita di una persona, leggerò solo i messaggi rilevanti. Trovo quelli più recenti, che sì dà il caso siano tra Danni e Georgia. Mi sento giustificata a controllarli, perché ho il dovere di tutelare i miei figli. Il primo messaggio è di Danni, inviato la sera prima di morire:

Ehi, Georgie. Ti ho mandato un messaggio prima per avvertirti di non fidarti di Jenna, ma immagino di essere arrivata in ritardo di qualche anno! Questa sera, tuo papà ed io abbiamo parlato. Gli ho raccontato alcune cose di cui non vado fiera, ma soprattutto, lui mi ha confessato perché non ha mai denunciato Jenna alla polizia, e perché ha impedito anche a me di farlo. La verità è che ti stava proteggendo. Quando Jenna scoprì che io ero a conoscenza della sua attività di spaccio, disse a tuo papà che se uno di noi due fosse andato alla polizia, lei avrebbe indicato te come principale rivenditore. Purtroppo, era in possesso di alcune tue foto in cui consegnavi qualcosa in mano ad altri studenti, e aveva anche salvato alcuni messaggi incriminanti. Ora capisco. Tuo papà è dalla parte dei buoni, dopotutto, ma immagino di averlo scoperto troppo tardi. Non voglio che tu ti preoccupi, mi rendo conto che forse stai lottando contro questo problema da diverso tempo, e voglio che tu sappia che non racconterò mai a nessuno del tuo coinvolgimento. Sei giovane, hai tutta la vita davanti a te e sei stata ingannata da una persona più grande che non ha a cuore il tuo interesse. Ti prego di riconsiderare la tua amicizia con Jenna, per il bene di tuo papà. Lui sta cercando di essere carino con lei perché non ti denunci. Ma posso essere sincera? Credo che prima o poi lo fregherà, e fregherà anche te, se ne avrà l'occasione. Tuo papà non l'ha raccontato a nessuno, a parte tua nonna, e come sai io di norma non interferisco, ma voglio che tu sappia la verità. Voglio anche essere io in prima persona a comunicarti che tuo papà ed io abbiamo deciso di lasciarci. Mi dispiace tantissimo

dirtelo in questo modo, Georgie, ma me ne andrò appena possibile e porterò Olivia con me. Prenditi cura di te stessa, tesoro.
Danni x

Oh Danni, mi dispiace tantissimo per te e papà. So di non essere stata molto carina con te all'inizio, quando eri appena entrata nelle nostre vite, ma ora ti vedo come un'amica. Quando tu e Olivia ve ne andrete, potrò venire a trovarvi? Vi voglio bene, a te e alla mia sorellina. Ma hai ragione su Jenna, credevo che fosse mia amica e non sapevo che avesse fatto la spia su di me con papà. È da tempo che non mi faccio più, ma oggi mi ha minacciata di denunciarmi alla polizia se non le avessi dato 500 sterline entro domani mattina. Io non ho tutti quei soldi. Non riesco a pensare lucidamente. Se mi metto nei guai spezzerò il cuore a mamma e papà. Non entrerò all'università e non diventerò mai un medico.

Ehi, Georgie. Andrà tutto bene. Non fare nulla. Chiamerò la polizia non appena ce ne andremo da qui. Lo farei adesso, ma preferisco essere il più lontano possibile da Jenna quando farò la spia su di lei! Lascia che me ne occupi io. Danni x

Posai il telefono per un secondo, cercando di digerire tutto ciò. Come avrebbe fatto Danni a sistemare le cose per Georgia? È per questo che era stata uccisa?

I messaggi chiariscono molte cose e mettono il comportamento di Scott nella giusta prospettiva. Rivelano anche chi è realmente Jenna: una criminale. Ma sono ancora all'oscuro di ciò che è successo a Danni, e trovare il cellulare nel cassetto di Sam e scoprire che c'è dell'altro che non sapevo a proposito di Jenna, mi porta a chiedermi.

I ragazzi sono a casa, abbiamo trascorso una cena piacevole e, per la delizia di Georgia, abbiamo condiviso una bottiglia di vino fra noi tre.

«Ooh, adesso mi è permesso bere vino. Finalmente ti sei resa conto che sono cresciuta, mamma?» dice.

«Mmm, adesso che frequenti l'università da tre mesi ormai, immagino che tu abbia bevuto tequila bum bum tutta la settimana.»

«Io? Bere?» scherza, e di colpo ritorno a quei messaggi. Non avevo mai preso nemmeno in considerazione l'idea che mia figlia potesse fare uso di droghe, e la cosa mi sconvolge ancora.

Servo il dolce e parliamo di ciò che succede. Le storie dei ragazzi sono piene di amici, divertimento, lezioni e feste fino all'alba. Le mie storie sono un po' meno emozionanti, consistono per lo più in giornate passate in ufficio e serate da sola in compagnia di Netflix, e mi sta bene così. Non voglio un'altra relazione, e per quanto sia felice di uscire ogni tanto a bere qualcosa con Scott o a fare da babysitter a Olivia, non lo voglio di nuovo come compagno. Devo vivere la vita a modo mio adesso. Il suo piano di trasferirsi in Scozia non si è mai concretizzato, ma per un po' di tempo all'epoca credetti davvero che sarebbe fuggito. Mi era passato per la mente che potesse avere qualcosa a che fare con la scomparsa di Danni, ma Scott è troppo rispettoso della legge. Purtroppo, non posso dire lo stesso di Jenna; a quanto pareva, aveva una cotta per Scott, e lui diceva che la situazione era difficile. La ragazza lo accusò di averle mandato segnali contrastanti. Che fosse vero? Scott era sempre stato gentile con lei e aveva fatto di tutto per aiutarla, proprio come Angela, ma Scott diceva che Jenna si era fatta un'idea sbagliata e non l'aveva presa molto bene quando lui le aveva spiegato di non essere interessato a una relazione. Ora mi rendo conto che si comportava in modo gentile con lei solo per proteggere Georgia, e una piccola parte di me prova perfino pena per Jenna. Era in cerca di amore, ma a quanto pare era anche in cerca di soldi, e aveva visto la mia famiglia e tutti i nostri segreti come una potenziale fonte di reddito.

Dopo cena, rimaniamo seduti a tavola a stuzzicare, continuando a ridere, e odio doverlo fare, ma dico loro che dobbiamo parlare.

«Ho trovato il cellulare di Danni.» dico, senza preamboli, perché voglio vedere la reazione di Sam. Lui mi guarda fisso, senza parlare. Così mostro i messaggi, che ovviamente Georgia ha già visto, e con ogni probabilità anche Sam li ha letti, dal momento che era in possesso del telefono.

«Perché hai tu il cellulare di Danni, Sam?»

Poggia i gomiti sul tavolo e si prende la testa tra le mani.

«Ho sempre avuto ragione fin dall'inizio?» domando, rompendo il silenzio.

Solleva lo sguardo su di me, continuando a tacere.

«Quando si è scoperto che papà aveva spalleggiato Jenna solo per proteggere Georgia, è tornata a galla tutta la storia? Forse Danni ha detto qualcosa a Jenna a mo' di avvertimento, minacciando di denunciarla alla polizia? Per questo Jenna l'ha seguita nella neve e ha preso il bastone da passeggio della nonna?» A un tratto mi fermo a pensarci. «Forse l'ha trovato nella neve e l'ha colpita con quello.»

«Santo cielo, sì, mamma, hai ragione. Dev'essere andata così.» risponde Sam.

«Quindi stai nascondendo il cellulare per proteggere Jenna?»

«No, no, l'ho trovato...»

«L'hai trovato? Dove? E perché non ce l'hai detto, perché non l'hai detto alla polizia?» Sono confusa, onestamente pensavo che ci fosse una ragione molto semplice per cui mio figlio avesse il cellulare di Danni. Ma lui si sta comportando in modo ambiguo, e conosco mio figlio, la sta senza dubbio coprendo.

«Rispondimi, Sam, stavi nascondendo il telefono qui per proteggere Jenna?» chiedo, con voce alta e risoluta. «So com'è fatta, credo che Danni avesse ragione, è una manipolatrice, inaffidabile, se è stata lei a chiederti di custodirlo, devi confessare, o sarai tu a finire nei guai.»

«Sì... immagino...» Scuote la testa.

«Non serve che sia io a dire a te, a uno studente di giurisprudenza, quanto sembri grave questa situazione.» sbotto, arrabbiata con lui per essere stato così ingenuo.

Non risponde, si limita a tenere lo sguardo basso sul tavolo, e quando mi rendo conto che non ha alcuna intenzione di interagire con me, dico «Va bene. Per prima cosa, andrò a parlare con la polizia. Dirò che non è stata la nonna, è stata Jenna.»

«Buona fortuna, mamma.» dice Georgia con rammarico.

«Perché?» domando.

«Se n'è andata in Thailandia a febbraio, nessuno l'ha più sentita da allora.» spiega.

«Be', c'è sempre l'Interpol, no? Loro la troveranno.»

«Mamma, è stata beccata a Bangkok con tre chili di Molly nelle bottiglie di gin.» dice Sam.

«Scusa, non ho capito una parola di quello che hai detto, potresti tradurre, per favore?»

«*Droga*, mamma, è stata beccata alla dogana thailandese ed è già dietro le sbarre, quindi giustizia è stata fatta. Non la vedremo più per molto tempo, grazie al cielo.» dice lui, scuotendo la testa.

«Già.» interviene Georgia. «Jenna era pericolosa, davvero tossica.»

Annuii. «Sono d'accordo, quel weekend si è intrufolata nella nostra famiglia e ha cercato di distruggerla, ma il fatto che sia già in prigione non significa che debba sfuggire al processo per quello che ha fatto a Danni, no?»

Sam pare rifletterci su per un istante. «Ma in fin dei conti, come dici tu, pensano tutti che sia stata la nonna, è già stata processata e non è finita in prigione. È al di fuori di qualsiasi giurisdizione, quindi magari evitiamo di smuovere le acque e lasciamo perdere questa storia, eh?»

«Sam, come puoi dire una cosa simile? So che non sta bene, ma è pur sempre tua nonna, vuoi che venga ricordata come un'assassina? Di certo capirai che per il suo bene deve essere fatta giustizia...»

«Non possiamo *farlo*, mamma.»

«No.» Alzo la voce, sono arrabbiata a nome di Angela, per la donna che era stata. «Sam, vuoi essere un avvocato, questa cosa non è forse l'essenza di quello che vuoi fare nella vita?»

«Mamma, tu non capisci.» dice, irritato.

«BASTA!!!! Adesso SMETTETELA, okay?» grida Georgia.

Entrambi ci voltiamo verso di lei.

«Non ce la faccio più.» Guarda suo fratello e scuote la testa, le lacrime le scorrono lungo il volto.

«Georgia.» dice lui in tono di avvertimento.

Sposto lo sguardo da Georgia a Sam e viceversa, in cerca di una risposta.

Sam prende un respiro, e io credo che sia sul punto di parlare quando Georgia comincia a gemere e poi, con una voce bassa che non sembra la sua, dice piano «Non posso più mentire.»

«Georgia, non farlo. Non possiamo dirlo a nessuno. Papà ci ha detto...»

All'improvviso, mi sento mancare la terra sotto i piedi e perdo l'equilibrio.

«Non mi interessa cosa dice papà, non posso vivere con questo peso sulla coscienza.» Guarda dritto davanti a sé, il volto contorto, la voce diversa, come se fosse posseduta.

«GEORGIA, STAI ZITTA!» le urla Sam.

«Papà? Cos'ha fatto?» Sono sconvolta, ho i nervi a fior di pelle. «Ditemi, è stato papà a uccidere Danni?» Sposto lo sguardo da uno all'altra, ma nessuno dei due riesce a incontrare i miei occhi.

«Ditemelo!» grido. «*Dovete* dirmelo...»

«Adesso glielo dico.» afferma Georgia, guardando con aria severa suo fratello, che stava per intervenire.

«Il punto, mamma, è che ero stufa di lei,» inizia a dire, la voce più alta adesso, «*fottutamente* stufa di lei.»

«Di Danni?» chiedo. «Pensavo che voi due...?»

«No, ero stufa di *Jenna* che controllava le nostre vite.» Fa una pausa, incerta su come proseguire. «Era spregevole, cercava sempre di manipolare le persone, causare guai, ed era *ossessionata* da papà.» Respira velocemente. «Una volta Danni mi ha detto che Jenna era malvagia, e ora ne sono convinta. Ha rovinato il loro matrimonio, cercava sempre di provocare litigi alludendo al fatto che ci fosse qualcosa tra lei e papà. E dopo la scomparsa di Danni, ha iniziato a ricattare la nonna. Le ha detto di aver visto papà scavare nella neve, e di aver visto del sangue. Disse che doveva essere stato *lui* a uccidere Danni. La nonna me lo raccontò, era confusa, ma io capii, sapevo che Jenna la stava ricattando.»

Sento uscire dalla mia bocca la domanda «E Jenna stava dicendo la verità?», la voce incrinata. Era Scott l'assassino?

«Sì, l'*aveva* visto.» ammette Georgia. «Era fuori in mezzo alla neve, stava scavando e...» Scoppia a piangere. «C'era sangue, c'era tantissimo sangue... stava cercando di nascondere il *corpo*!»

Ora sta singhiozzando, e Sam le si avvicina per consolarla.

Sono troppo sconvolta e turbata per parlare, perciò aspetto che prosegua con il racconto e, quando lo fa, erompe come un fiume in piena.

«Una sera avevo finito tardi l'allenamento di netball e andai nell'ufficio di papà per chiedergli un passaggio a casa, ma quando arrivai lì, la porta era chiusa a chiave. Non so il perché, ma feci il giro dall'esterno, era buio, e stavo quasi per bussare alla finestra perché riuscivo a vedere la sua nuca.» Diventa pallida nel rivivere quel momento, e vedo quanto sia stato difficile per lei, ne è rimasta traumatizzata.

«Lui e Danni erano... insieme.» Si asciuga gli occhi. «E io ero così sconvolta che il giorno dopo lo raccontai a Jenna, e lei fu gentile, dolce, e mi ascoltò. Avevo solo quattordici anni e lei era l'assistente di laboratorio della scuola, era gentile con me, sembrava tenerci davvero. Disse che l'unico modo per fermare la loro relazione clandestina era scattare delle foto come prova e poi pubblicarle su Facebook e sul forum del sito della scuola. Disse che sarebbero stati così imbarazzati che avrebbero smesso di frequentarsi, così tu e papà sareste rimasti insieme. Non sapevo quello che facevo, non potevo parlarne con te perché non volevo ferirti, pensavo di poter mettere fine alla loro storia. E così feci quello che mi aveva suggerito, e pubblicai la foto.» Fa una pausa nel ricordare le terribili conseguenze. «Ma ovviamente non funzionò, tu lo scopristi e cacciasti papà di casa, e fu tutta colpa mia.» Scoppia di nuovo a piangere.

«Georgia, NO!» dico, arrabbiata perché nostra figlia porta con sé questo senso di colpa. «Quello che è successo tra me e tuo papà non è stato colpa tua, mi stava tradendo, il nostro matrimonio era finito, e tu non hai nessuna colpa, hai capito?»

Annuisce. «Ma fu terribile, e io mi affidai a Jenna quando voi vi lasciaste, me ne rendo conto solo ora. Sembrava comprensiva ed empatica, e quando ero preoccupata perché in classe non riuscivo a concentrarmi, lei disse di avere qualcosa per aiutarmi... e fu allora che iniziò tutto. Prendevo qualunque cosa mi desse, mi fidavo e così diventai dipendente da lei, dipendente dalle droghe, e poi iniziò a dirmi che avrei dovuto ripagarla in qualche modo, perché lei pagava le sostanze e non aveva soldi. Mi sentii malissimo, e quando mi disse la cifra che le dovevo, le risposi che non potevo permettermi di pagare, così lei mi disse che mi avrebbe fatto un favore: se avessi venduto la roba agli altri ragazzi, me l'avrebbe data gratis.»

«Oh, Georgia.» mormoro, allungando un braccio sul tavolo per stringerle la mano.

«Odiavo me stessa, e così non appena iniziai a sentirmi abbastanza forte, smisi di prendere droghe e le dissi che non l'avrei più fatto. Ma lei mi minacciò di andare alla polizia e disse che dovevo continuare a lavorare per lei, altrimenti sarei finita in prigione.»

Senza dubbio, Sam è già a conoscenza di tutta la storia, e si limita a starsene seduto a testa bassa mentre io sussulto inorridita.

«Quella sera, allo chalet, quando ricevetti quei messaggi da Danni e scoprii che papà mi stava coprendo ed era costretto a essere carino con Jenna... per me!» Scuote la testa, incredula. «Volevo farla a pezzi. Stava ferendo le persone che amavo e mi stava rovinando la vita. Al mattino presto del giorno in cui Danni... se ne andò, la nonna, poverina, venne nella mia stanza molto presto, così presto che era ancora buio. Si sedette sul mio letto piangendo. "Jenna ha intenzione di raccontare alla polizia di te e della droga" disse. Le aveva detto che si sarebbe assicurata che io non diventassi mai un medico, che sarei stata solo una criminale con una condanna per spaccio. La nonna allora era ancora in grado di capire, ma era un po' confusa ed era angosciante per lei. Mentre me lo raccontava, sentii qualcuno uscire di casa. Lo sentì anche lei e disse "È Jenna che sta uscendo, sta andando dalla polizia adesso, ha detto che l'avrebbe fatto." Andai totalmente nel panico, perciò indossai un cappotto e uscii di corsa nella neve dietro di lei. Riuscivo a vedere il suo giubbotto giallo in lontananza con la torcia del telefono, pensavo che fosse uscita così presto perché voleva prendere il sentiero lungo la costa per arrivare alla strada. Immaginai che volesse arrivare in questura prima ancora che noi ci svegliassimo, prima che qualcuno potesse fermarla. Ero *determinata* a impedire che mi denunciasse alla polizia, perciò la inseguii, e man mano che mi avvicinavo, lei si accorse di me e cominciò a correre. Ma io ero molto più veloce, e più lei correva e più la mia rabbia cresceva, poi per poco non inciampai in qualcosa nel buio, e mi chinai per raccoglierlo. Era un bastone, un bastone grande e pesante, e decisi che l'avrei minacciata con quello. Le avrei detto che se non se ne fosse andata a fanculo a casa sua immediatamente, l'avrei colpita. E mentre correvo, continuavo a pensare a quello che aveva fatto a Danni, a papà e alla nonna... e a come mi avesse regalato la droga per poi obbligarmi a venderla agli altri ragazzi. Solo attraverso i messaggi di Danni avevo capito perché papà la sopportasse e perché la nonna le avesse trovato un lavoro, entrambi stavano cercando di farla felice per salvare *me*.» Quel racconto porta nuove lacrime, e Georgia deve smettere di parlare per asciugarsi gli occhi e soffiarsi il naso.

È più tranquilla adesso, ripercorre i propri passi lungo il sentiero costiero e riprende il filo dei ricordi. «Non fu casuale, non fu un incidente, io *sapevo* di non volere un mondo in cui ci fosse anche lei. E... e...» Si ferma un istante per richiamare alla memoria ogni secondo. «Arrivai alle sue spalle, sollevai il bastone e la colpii *così* forte che non dimenticherò mai il rumore che fece: fu sommesso, un breve gemito, come quello di un animale a cui hanno appena sparato. Ma non mi fermai, continuai a picchiarla, e a picchiarla, perfino quando provò a voltarsi verso di me, continuai a colpirla. Mi lasciai trascinare dalla rabbia, come se non avessi controllo sulle mie azioni, lei cadde a terra e solo allora mi resi conto di ciò che avevo fatto. E *allora* mi spaventai, ero così spaventata che iniziai a battere i denti. Accesi la torcia e... avevo paura e volevo che si alzasse, o almeno che riprendesse a gemere, così sapevo che era viva. Non potevo permettermi di pensare che fosse morta. Che io avessi *ucciso* qualcuno, nemmeno se quel qualcuno *era* Jenna. Non potevo lasciare che quel pensiero prendesse forma nella mia testa. Ma la situazione era ben peggiore di così. Non me lo dimenticherò mai: puntai la torcia a terra per vedere dove fosse caduta, e vidi il nome di *Danni* incastonato di piccoli diamanti sul suo cellulare, era a terra. Sentii un gelido terrore insinuarsi nel mio corpo. E a un tratto mi resi conto di ciò che avevo fatto. Dovetti coprirmi la bocca con la mano per soffocare le mie grida.»

«Oddio, Georgia.» gemo, le lacrime mi scorrono lungo le guance.

«Poi iniziai a correre, e correre, e correre, e quando arrivai allo chalet andai dritto da Sam e gli raccontai tutto.»

Mi alzo e giro intorno al tavolo per andare a consolarla. Ed è a questo punto che si accascia, il suo corpo trema mentre un anno di dolore e terrore inizia a sgorgare fuori, e io mi limito a stringerla a me per molto tempo finché, finalmente, comincia a placarsi. Sam se ne sta ancora seduto in silenzio, lo sguardo basso sul tavolo, passandosi il tappo della bottiglia di vino da una mano all'altra, ancora e ancora. Poi, finalmente, parla. «Quando Georgia venne da me, non sapevo cosa diavolo fare, ma pensai "Se è ancora viva, dobbiamo chiamare un'ambulanza". Speravo ci fosse qualche possibilità che fosse solo stordita, o caduta, e che potessimo salvarla. Perciò dissi a Georgia di portarmi lì e ci andammo insieme, di corsa. Continuavo a pregare che non fosse così grave come diceva Georgia.»

«Ma al nostro arrivo, Danni era ancora stesa a terra, tutta contorta.» dice lei tra le lacrime. «C'era sangue che filtrava nella neve dalla sua *testa*.» La sua voce si alza in uno strillo di orrore.

«A quel punto era già giorno, ero abbastanza vicino da vedere i suoi occhi spalancati, il volto era di un blu pallido. Non lo dimenticherò mai.» Sam rabbrividisce, ha le lacrime agli occhi.

Mi sforzo di non reagire, di mantenere la calma. Georgia è sull'orlo di una crisi isterica. «Quindi cosa avete fatto?»

«Cosa *potevamo* fare? Era evidente che era morta. Ma poi lo vidi: il suo cellulare. Georgia aveva detto che era a terra accanto al corpo, probabilmente l'aveva tirato fuori dalla tasca per chiamare qualcuno, quando si era accorta di essere inseguita, e poi le era caduto a terra. A quel punto stavamo dando di matto entrambi. Andai nel panico al pensiero che, in qualche modo, il telefono avrebbe potuto incriminare Georgia, così lo raccolsi e scappammo via di corsa.»

Non so da dove cominciare con le domande. La mia mente è paralizzata dallo shock, ma mi rendo conto di essere l'unica adulta nella stanza e dobbiamo parlare di ciò che succederà adesso.

«Quindi la nonna non c'entra nulla in tutto questo?»

Entrambi scuotono la testa.

«Allora perché c'erano solo le sue impronte sul bastone da passeggio?» chiedo.

«Perché indossavo i guanti di lana. Mi misi il cappotto e i guanti erano nella tasca. Quando trovai il bastone, li avevo già indossati.» spiega Georgia. «Mentre la nonna usava il bastone in casa, senza guanti, perciò c'erano le sue impronte ovunque.»

Annuisco, ha senso. «Il corpo, avete detto che *papà* ha spostato il corpo, giusto?»

Si scambiano un'occhiata, e Sam comincia a fare chiarezza. «Lo dissi io a papà. Georgia non voleva, diceva che l'avrebbe odiata per questo, ma io ero fuori in terrazzo da solo e lui mi chiese se stessi bene. Cercai di fingere che fosse tutto a posto, ma papà sa sempre tutto, non so come, e mi disse che il messaggio ricevuto da Danni era stato scritto da qualcun altro.»

«Da chi?» domando.

«Da me.» risponde Sam. «Ma lui sapeva che non era stata lei a scriverlo.»

«Come faceva a saperlo?»

«Disse che si era firmata con "D x", come faceva sempre nei messaggi che mandava a noi, ma nei messaggi per papà si firmava come "S x". Era il loro piccolo cenno d'intesa fin dai giorni in cui si frequentavano di nascosto.» Mi guarda imbarazzato. «Era salvata sul suo telefono come Steve.»

Mi stringo nelle spalle, non fa nemmeno più male, è acqua passata e finalmente vivo felice nel presente. Be', fino ad oggi.

«Quindi eri stato tu a scrivere quel messaggio dal telefono di Danni per dire di non cercarla, che aveva bisogno di spazio?» dico.

«Già, fu una mossa stupida, ma credevo che se fossimo riusciti a convincere tutti che era il tipico comportamento di Danni, questo ci avrebbe concesso più tempo. Speravo anche che nel frattempo saremmo riusciti a spostare il corpo per farlo sembrare un suicidio. Ma papà pensava che il messaggio l'avessi scritto tu, credeva che le avessi fatto del male.» dice Sam.

Sono inorridita. «Vostro papà non mi conosce affatto, eh?»

«No, ma capii di dovergli raccontare la verità, altrimenti avrebbe iniziato a incolpare te. Ovviamente era davvero sconvolto e mi aspettavo che avrebbe chiamato la polizia seduta stante. Invece, mi chiese dove si trovasse Danni.»

«Quindi quella sera che uscimmo a cercarla, con te e Jenna, lo portammo dal corpo.» aggiunge Georgia, buttando il fazzoletto umido in un mucchietto sul tavolo.

«Faceste apposta a far perdere le tracce a me e Jenna?»

«Sì, dovevamo farlo, ma riuscivamo comunque a vedervi in lontananza. Georgia faceva il palo, si assicurava che non vi perdeste, né che ci trovaste.»

«Il piano di papà era di spingere Danni fuori dal sentiero su cui era distesa, ma era buio e troppo pericoloso, non si vedeva bene nemmeno con le torce. Il corpo era pesante e congelato, e papà disse che avremmo rischiato di scivolare giù insieme a lei, perciò decidemmo di ricoprirla di neve. Immaginammo che la polizia non sarebbe riuscita ad arrivare lì e così avremmo avuto ancora un po' di tempo per capire cosa fare.»

«Il giorno dopo, papà uscì presto, ricordi che entrò dalla porta sul retro e pensavamo fosse un intruso?»

«Sì, ci spaventò a morte.» rispondo. Adesso ogni cosa acquisisce una sorta di strano senso.

«Era stato da Danni, voleva assicurarsi che il corpo non potesse venire individuato, aveva paura che si avvicinassero volpi o altri animali. Ma una volta arrivato lì, si accorse che la neve con cui l'avevamo coperta era diventata un blocco di ghiaccio.»

«Dunque questo spiegava il sangue sul suo polsino?»

«Sì, il corpo era duro come ghiaccio, ma la mano di Danni era rimasta fuori, e quando provò a spostarla, deve aver toccato il sangue che si era sciolto nella neve.» Sam rabbrividisce.

«È raccapricciante.» gemo in preda all'orrore, pensando allo spettro di Danni rinchiuso nella sua bara di neve. «Papà non vi ha mai detto che avreste dovuto andare dalla polizia?» chiedo.

Entrambi scuotono la testa. «Disse che avevamo tutta la vita davanti,» risponde Sam, «e che se mai avessero trovato il corpo, avrebbe detto che era stato *lui*.»

Finalmente espirai.

«E quando Freeman venne allo chalet e disse che avevano trovato Danni, papà era pronto a confessare. Ma la nonna lo batté sul tempo, era confusa.»

«Non *così* confusa.» dico, rendendomi conto che nelle sue ultime settimane di lucidità, aveva salvato i propri nipoti *e* il proprio figlio. Angela sapeva cosa stava succedendo. Scott le aveva raccontato gran parte dei fatti, e in più sapeva che Georgia era corsa fuori di casa in preda alla collera quella mattina. «Immagino che non lo sapremo mai con certezza, ma suppongo che la nonna abbia confessato il crimine per salvare papà e Georgia.» dico sottovoce.

Rimaniamo seduti per qualche istante a fare i conti con l'autentico orrore di quanto accaduto. Alla fine, pronuncio la frase che mi ronza in mente.

«Sapete che la cosa *giusta* da fare sarebbe andare subito alla polizia e spiegare tutto, vero?» dico, consapevole dell'ironia delle mie parole, perché anch'io dovrei fare lo stesso a proposito di Nick.

«Già, dovremmo farlo,» concorda Sam senza troppa convinzione, «ma questo significherebbe scoperchiare un altro vaso di Pandora.»

Mio figlio mi guarda. Sta pensando all'investimento, ma non voglio che Georgia lo sappia. È troppo fragile, ne ha già passate abbastanza. Scuoto la testa e lui annuisce.

«Dunque, quella sarebbe la cosa giusta da fare.» ripeto. «Ma quali sarebbero le conseguenze? Georgia, quella mattina uscisti per fare del male a Jenna, raccogliesti il bastone da passeggio per usarlo come arma contro la vittima. Nonostante si trattasse di Danni, che tu non avevi intenzione di uccidere, verrebbe comunque considerato un gesto premeditato, e pur avendo solo diciassette anni all'epoca, saresti potuta finire in prigione. È stato un omicidio, e nei casi più gravi anche i ragazzi della tua età *possono* essere condannati a una pena detentiva e venire rinchiusi in qualche istituto.»

Georgia annuisce lentamente, il terrore è dipinto sul suo volto mentre Sam rabbrividisce. Sappiamo entrambi che Georgia non sopravvivrebbe a nessun tipo di prigione: è fragile, una ragazza ansiosa che, crescendo, sta diventando una donna ansiosa; sarebbe la fine per lei, e io non posso nemmeno concepire un futuro simile.

«E, avendo trovato il cellulare e avendolo tenuto, *anch'io* sono coinvolto.» sottolinea Sam. «Perciò il mio futuro da avvocato è fottuto, e anche papà è coinvolto, perché cercò di spostare il corpo, quindi niente più insegnamento per lui. Nessuno di noi chiamò un'ambulanza, né la polizia, e nessuno di noi *disse* alla polizia nulla di tutto questo quando venimmo interrogati. Di fatto, abbiamo *mentito* alle forze dell'ordine.» dice. «E anche ammesso che riuscissimo a ottenere una pena detentiva di breve durata, alla fine ci ritroveremmo comunque senza lavoro, senza futuro e con la fedina penale sporca.»

«Quindi, esaminando questo... pasticcio... potremmo essere dichiarati *tutti* colpevoli, in un modo o nell'altro.» concludo. «E se, come dici, alcuni di noi potrebbero finire in carcere, dobbiamo pensare a cosa questo comporterebbe per Olivia.» Lascio questa considerazione ad aleggiare sopra il tavolo perché possano davvero rifletterci su, poi dico «Ma quale sarebbe l'alternativa? Voglio dire, riusciremo a vivere in pace con noi stessi se *non* confessiamo tutto alla polizia?»

Sam e Georgia si scambiano un'occhiata. Nessuno dei due risponde.

Attendo che metabolizzino le mie parole, poi chiedo «La nonna cosa vorrebbe che facessimo?»

Entrambi reagiscono allo stesso modo alla mia domanda, con un mezzo sorriso dispiaciuto.

«Non credo che la nonna vorrebbe vedere *nessuno* della sua famiglia finire in carcere e la sua nipote più piccola nel sistema di affido familiare, e voi?» suggerisco.

Entrambi scuotono la testa lentamente. «Penso che vorrebbe vederci là fuori nel mondo a renderlo un posto migliore.» dice Sam. «E vorrebbe che papà continuasse a fare la differenza nelle vite dei ragazzi in quanto preside, e che continuasse a prendersi cura di Olivia.»

Mi voltai verso Georgia. «E *tu*, cosa pensi? Sei tu che dovrai portare questo peso, molto più di Sam. Se decidi di *non* confessarlo alla polizia e tutti noi lasciamo le cose come stanno, allora dovrai essere forte e riuscire a conviverci.»

Rimane seduta a pensarci per un po', il suo giovane viso impeccabile bagnato dalle lacrime di una vita intera. Farà fatica, lo so, ma se confessasse e venisse incriminata, credo davvero che la vita di mia figlia sarebbe finita.

Se ne sta seduta a lungo, stringendo in mano il suo fazzoletto umido, il suo volto è la rappresentazione perfetta del dolore e del rimorso.

«Non farò mai più una cosa simile.» dice sottovoce. «*Voglio* diventare un medico, è tutto quello che ho sempre desiderato. Danni mi ha incoraggiata a inseguire il mio sogno, è anche quello che la nonna vorrebbe per me, e so che entrambe vorrebbero che seguissi la mia strada. Non supererò mai quello che ho fatto, la morte di Danni è la cosa peggiore che mi sia mai accaduta, e questo non cambierà mai. Sinceramente? Non sono sicura di quanto a lungo potrò convivere con la mia colpa, ma finché ci riesco, forse in qualche modo potrò riparare al male che ho fatto, no? Ogni volta che *salverò* una vita, riuscirò a giustificare il mio essere ancora al mondo, essere ancora viva... mentre Danni non c'è più.»

Faccio un respiro profondo e le accarezzo la mano. Mi preoccupo per Georgia, l'ho sempre fatto e sempre lo farò. A dire il vero, non credo che riuscirà mai a liberarsi di un tale senso di colpa, chi mai ci riuscirebbe? So che non crede di meritare di vivere mentre Danni è morta. Spero solo che la sua carriera le porti un po' di equilibrio, una sorta di redenzione che la aiuti ad andare avanti per il resto della sua vita.

«Bene, allora siamo d'accordo.» Mi alzo in piedi, prendo il cellulare di Danni dal tavolo e mi dirigo nel ripostiglio, dove trovo un martello. Dopo aver estratto la scheda SIM, lo riduco in frantumi.

Non potrò mai giustificare moralmente il mio comportamento. Quello che sto facendo è sbagliato. Sono una pessima madre che incoraggia i propri figli a non dire la verità, mentre nascondo il mio stesso peccato. Ma credetemi quando dico che qui non si tratta di me, non si tratta di salvare la *mia* pelle, si tratta di proteggere i miei figli ed evitare nuove vittime. So che Georgia è una brava persona, so che salverà delle vite, e se riuscirà a portare questo fardello, allora forse potrà andare avanti e vivere una vita piena e che abbia uno scopo. Spero lo stesso per Sam, e per Olivia, che avrà le sue battaglie da affrontare, ma se ci atteniamo al piano, Scott la guiderà e io rimarrò in secondo piano, come la brava zia che si prende cura di lei di tanto in tanto, quando il suo papà deve lavorare fino a tardi.

So che dovrei chiamare subito la polizia e confessare quello che ho fatto, e anche quello che ha fatto mia figlia. E chi lo sa, potrebbero battermi sul tempo, potrebbero trovare il mio profilo in qualche archivio dello stesso sito di incontri a cui era iscritto Nick Cairns e per me sarebbe finita. Per ora non ho ricevuto chiamate, ma se un domani la polizia dovesse contattare uno di noi, o se Georgia non riuscisse più a nascondere il suo terribile segreto, allora andremo a costituirci insieme.

Angela ha sempre detto di essere disposta a prendersi un proiettile per i suoi nipoti, e credo che sia proprio quello che ha fatto. È stato il suo ultimo atto d'amore per la sua famiglia, prima di scomparire nel tragico oblio della demenza. Ha sacrificato sé stessa per la loro libertà, e io non ho alcuna intenzione di essere così ingrata da vanificare i suoi sforzi. Non ho preso questa decisione con leggerezza, ma sento che è la cosa *giusta* da fare... per il momento.

E se qualcuno, leggendo queste righe, sta pensando che io sia la madre peggiore e la donna più moralmente corrotta del mondo, probabilmente ha ragione. Ma quando chiuderete questo libro, sedetevi un momento e chiedete a voi stessi: se mio figlio uccidesse qualcuno e avessi la possibilità di salvarlo, cosa farei *io*?

UNA LETTERA DA SUE

Grazie mille per aver scelto di leggere *La Casa d'Inverno*. Se vi è piaciuto e volete tenervi aggiornati sulle mie ultime uscite, vi basterà iscrivervi al seguente link. Il vostro indirizzo mail non verrà mai condiviso con nessuno e potrete disiscrivervi in qualsiasi momento.

italia.bookouture.com/subscribe/

Questo libro è stato ispirato dai fantastici annunci di vacanze invernali che appaiono nei nostri news feed e nelle ultime pagine delle riviste patinate. Foto di famiglie perfette nelle vasche idromassaggio, che bevono champagne sorridendo, con i denti bianchi come le montagne innevate sullo sfondo. Quelle splendide immagini mi hanno fatto pensare a quanto sarebbe bello prenotare un meraviglioso chalet in una magica cornice invernale e invitare tutta la famiglia per un weekend lungo. Tre generazioni sedute davanti al camino mentre fuori la neve cade come coriandoli... cosa potrebbe mai andare storto? Be', questo dipende dal tipo di famiglia, e se una ex moglie e una nuova moglie si ritrovano sotto lo stesso tetto, allora potrebbe succedere di tutto. Senza dubbio è solo una questione di tempo prima che tutti i risentimenti, le gelosie e le colpe vengano a galla, proprio come le bollicine in quella lussuosa vasca idromassaggio.

Ho adorato scrivere questo libro, in realtà, una volta delineati i personaggi, è stato semplice... hanno fatto loro tutto il lavoro. Io mi sono seduta comoda con una tazza fumante di cioccolata calda e ho lasciato che le cose si facessero sempre più complicate, e ancora più complicate, mentre io mi godevo lo spettacolo!

Spero che vi sia piaciuto leggere *La Casa d'Inverno* tanto quanto a me è piaciuto scriverlo e, se così è stato, vi sarei davvero grata se poteste lasciare una recensione. Non dev'essere per forza una sola frase: ogni parola conta ed è molto apprezzata. Amo sentire le vostre opinioni, fanno un'enorme differenza nell'aiutare i nuovi lettori a scoprire uno dei miei libri per la prima volta.

Amo ricevere notizie dai miei lettori, quindi sentitevi liberi di mettervi in contatto con me attraverso i social network.

Grazie mille per la lettura,

Sue

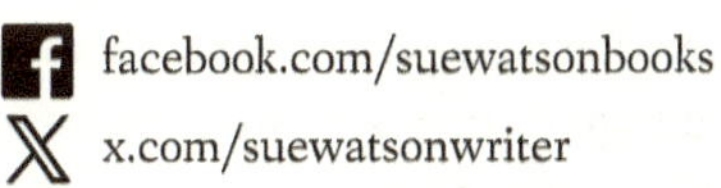

facebook.com/suewatsonbooks

x.com/suewatsonwriter

RINGRAZIAMENTI

Come sempre, un enorme ringraziamento va alla meravigliosa squadra di Bookouture, fatto di persone fantastiche, di grande supporto e in grado di trasformare sapientemente le mie idee in libri.

Grazie alla mia meravigliosa editor, Helen Jenner, che addomestica la mia scrittura, le dà un senso e ne trae la versione migliore possibile. Grazie anche a Sarah Hardy, la mia promotrice editoriale, che fa sempre un ottimo lavoro nel portare i miei libri sul mercato là fuori!

Un grande ringraziamento come sempre a Harolyn Grant, la mia amica e lettrice canadese, che non solo scruta con occhio forense tutti i dettagli e trova sempre particolari che a me sfuggono, ma apporta anche molto di più con le sue meravigliose intuizioni e la sua filosofia di vita. Grazie anche a Sue Biela e Dawn Angel per le loro favolose prime letture, e ad Anna Wallace per la fantastica rassettata finale.

Come sempre, un enorme ringraziamento al mio pazientissimo marito Nick, alla mia splendida figlia Eve, alla mia adorata mamma, al resto della mia famiglia e a tutti i miei meravigliosi amici.

Un ultimo grazie al nuovo membro della famiglia. Purtroppo, l'anno scorso abbiamo perso la nostra gatta di diciotto anni, Poppy, che è sempre rimasta seduta al mio fianco sul divano mentre scrivevo per tutta la notte, e avrebbe dovuto essere riconosciuta come co-autrice per tutte le ore che mi ha dedicato. Ci manca immensamente e per un po' di tempo, in quelle notti trascorse al computer fino a tardi, sono mi sono sentita piuttosto sola, finché non abbiamo ereditato un bellissimo e sofficissimo maschietto di nome Cosmo. Ha ormai occupato il posto di Poppy, mi tiene compagnia mentre tutti gli altri dormono ed è sempre felice di aiutarmi con i complessi problemi che sorgono nella stesura della trama. In cambio chiede solo qualche gustoso bocconcino per gatti... a qualsiasi ora.